위쳐

4 | 제비의 탑

하

This publication has been supported by the ©POLAND Translation Program
이 책은 폴란드 북 인스티튜트의 지원을 받아 제작하였습니다.

위쳐
4 | 제비의 탑 하

초판 1쇄 | 2019년 11월 21일
초판 5쇄 | 2024년 5월 22일

지은이 | 안제이 사프콥스키
옮긴이 | 이지원

펴낸이 | 서인석
펴낸곳 | 제우미디어
출판등록 | 제 3-429호
등록일자 | 1992년 8월 17일
주소 | 서울시 마포구 독막로 76-1 한주빌딩 5층
전화 | 02-3142-6845
팩스 | 02-3142-0075
홈페이지 | www.jeumedia.com

ISBN | 978-89-5952-818-9
978-89-5952-511-9(set)
• 파본은 구입하신 서점에서 교환해드립니다.

제우미디어 네이버 포스트 | post.naver.com/jeumediablog
제우미디어 페이스북 | facebook.com/jeumedia
제우미디어 트위터 | twitter.com/Jeumedia

만든 사람들
출판사업부 총괄 손대현 | **편집장** 전태준 | **책임 편집** 성건우 | **기획** 홍지영, 장윤선, 박건우, 안재욱, 조병준, 서민성, 오사랑
디자인 총괄 디자인수 | **영업** 김금남, 권혁진 | **도움주신 분** 강신후, 이민수, 임예원, 최광민

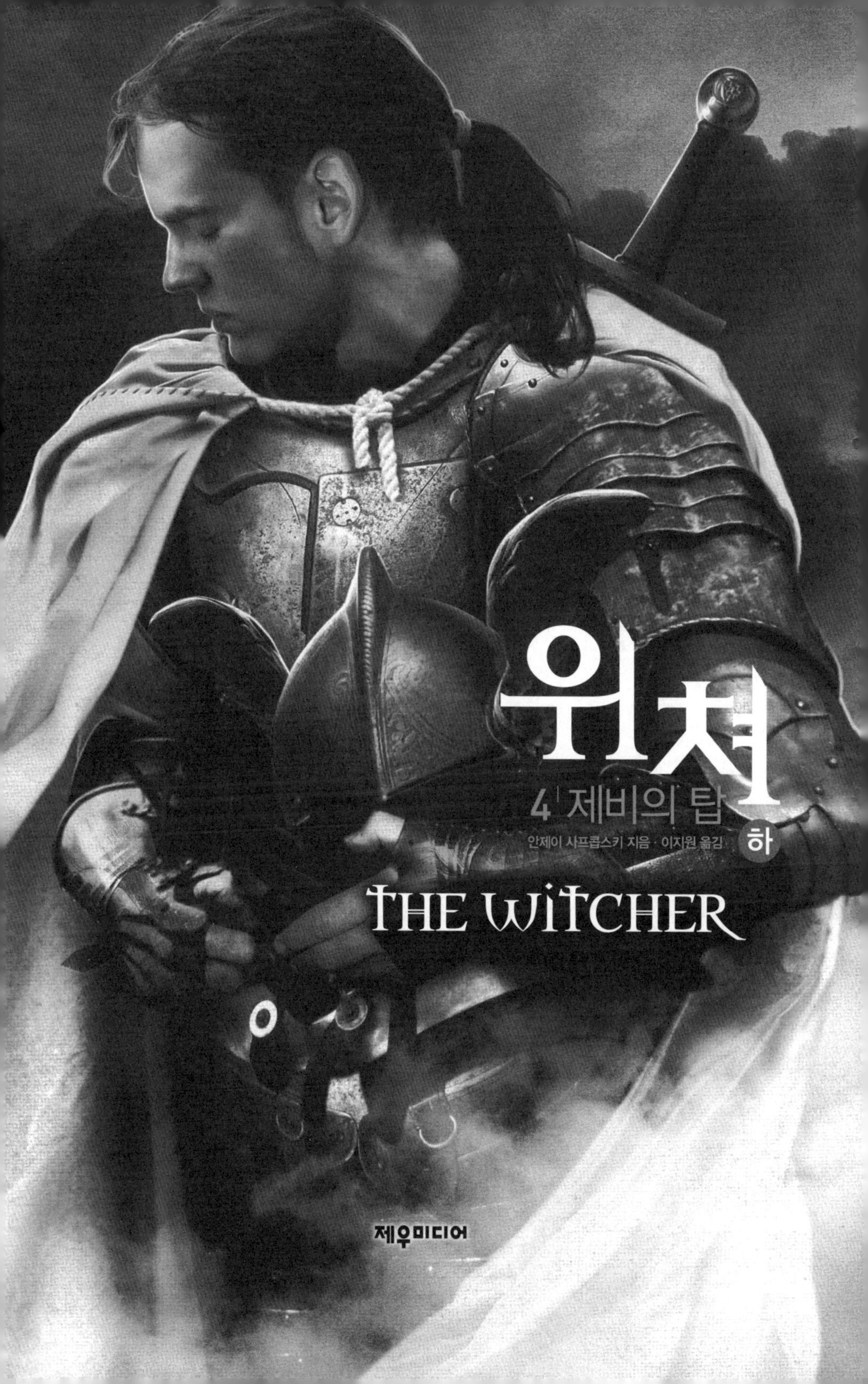
위쳐
4 제비의 탑
안제이 사프콥스키 지음 · 이지원 옮김
하
THE WITCHER
제우미디어

녹커, 넥커, 코빌나우, 부카, 폴테르둑, 카르코노스, 루베잘, 금고 지킴이 등으로도 알려져 있다. 코볼트의 일종이지만 녹커가 몸집으로 보나 힘으로 보나 훨씬 강하다. 또한 녹커는 보통 수염이 무성하게 나 있는데 코볼트는 수염을 기르지 않았다. 또한 녹커는 갱도와 광산, 폐허, 벼랑 밑과 어두운 동굴, 바위 속, 모든 종류의 구멍과 굴, 돌로 된 은신처 등에 산다. 녹커의 서식지에는 항상 금속이나 철광석, 흑연, 소금 또는 바위 기름 등의 자원들이 숨겨져 있다. 그런 이유로 광산에서 녹커를 자주 만날 수 있는데, 보통은 폐광에 많이 서식하지만 한창 채굴이 진행 중인 광산에도 종종 모습을 드러내기도 한다. 때문에 광부나 광산업 종사자들에게는 해로운 골칫거리이자 신의 저주나 다름없다. 녹커는 광산을 휘젓고 다니면서 바위를 두드리고, 광부들에게 겁을 주며 통로를 무너뜨리고, 광부의 장비와 소지품을 훔쳐가 망가뜨리고, 어두운 구석에 숨어 사람의 머리를 때리기도 한다.

이런 녹커가 심한 장난을 치지 않도록 예방하는 방법이 있는데, 어두운 갱도나 통로에 버터를 바른 빵이나 염소젖으로 만든 치즈, 훈연한 고기 토막을 놓아두면 된다. 그중에서도 가장 좋아하는 것은 술 선물인데, 녹커는 주류를 매우 좋아하기 때문이다.

피지올로구스

제 7 장

“모두 무사합니다.”

뱀파이어 레지스는 노새 드라큘을 몰며 말했다.

“세 명 모두요. 밀바, 단델라이온, 그리고 앵글로메도. 앵글로메는 산스레투르 계곡까지 제대로 따라잡았고, 모두 이야기해주었습니다. 자기 방식으로 화려하게 말이죠. 내가 정말 이해할 수 없는 건, 어째서 당신네 인간들의 욕 대부분은 성적인 것과 연관되어 있는가, 하는 겁니다. 섹스는 아름답고 무엇보다 미적인 것과 기쁨, 즐거움을 연상시키는데 말이지요. 어쩌다가 성기의 명칭을 욕과 동일시…….”

“엉뚱한 얘기로 빠지지 말고, 레지스.”

게롤트가 끼어들었다.

“그렇지, 미안해요. 추격대가 오고 있다는 앵글로메의 경고를 듣자마자 우리는 지체 없이 투생의 국경을 넘었어요. 물론 밀바는 이 결정을 좋아하지 않았죠. 화를 내며 지금 당장 방향을 돌려 당신들을 도우러 가야 한다고 주장하는 걸 겨우 설득했어요. 단델라이온은 이상하게도 국경을 넘자마자 좋아하긴커녕 얼굴이 어두워지더군요. 투생의 무엇을 그렇게 두려워하는지 혹시 알고 있나요?"

"자세히는 모르지만 짐작은 가. 여기가 우리 시인께서 소동을 일으킨 유일한 장소는 아니니까. 지금은 교양 있는 친구들과 어울리며 얌전해졌지만, 예전에는 그야말로 물불 가리지 않았지. 고슴도치와 높은 나무 꼭대기까지 올라갈 수 있는 여자만이 단델라이온에게서 안전했으니까. 그리고 여자의 남편들 대부분이 알 수 없는 이유로 우리 시인을 향한 지독한 증오심을 가지고 있을 거요. 투생에도 분명 단델라이온을 보자마자 오래된 기억을 되살릴 그런 남자들이 상당수…… 어쨌든 중요한 건 아니오. 다시 중요한 부분으로 돌아가서, 추격대는 어떻게 됐소? 여기까지는……."

게롤트가 씁쓸한 목소리로 대꾸하자 레지스는 웃어 보였다.

"그렇지는 않겠죠. 투생까지 쫓아오지는 않을 겁니다. 국경에는 할 일이 없어 오로지 싸움만 기다리고 있는 국경 수비병들이 잔뜩 있으니까요. 게다가 우리와 국경에서 마주친 순례자들은 머크비드의 성스러운 숲 쪽으로 들어왔는데, 그곳은 공포의 장소입니다. 세상 끝까지라도 가서 병을 고치려고 하는 환자들과 순례자들마저도 숲 언저리와 가까운 마을에 묵으면서 숲 속에는 들어가지 않더군요. 왜냐하면 성스러운 참나무 근처로 가는 사람은 고리버들로 만든 감옥에 갇혀 불에 타 죽는다는 소문이 돌고 있거든요."

게롤트는 숨을 들이마셨다.

"그 말은……."

레지스는 게롤트가 입을 떼자마자 재빨리 덧붙였다.

"그렇습니다. 머크비드 숲에 드루이드가 살고 있어요. 그전에 앙그렌, 캐드 드후, 록 몬뒤른 호수까지 이동했던 드루이드들이 투생의 머크비드 숲에

온 것이지요. 우리는 그들을 만날 운명이었어요. 내가 그렇게 말했었는데, 기억하나요?"

게롤트는 소리가 날 만큼 한숨을 내쉬었고, 뒤에서 오고 있던 카히르 역시 긴 숨을 내쉬며 절레절레 고개를 저었다.

"당신이 아는 드루이드도 그중에 있소?"

"물론이지요. 드루이드지만 여성입니다. 최근 신분이 격상되었더군요. 드루이드 무리 전체를 이끌고 있어요."

레지스는 다시 웃음을 지으며 설명했다.

"그럼 하이로판트카인가?"

"플라미니카라고 하죠. 여자 드루이드가 무리를 이끌게 되면 플라미니카라고 불러요. 남자는 하이로판트."

"맞소, 내가 혼동했군. 그럼 밀바와 나머지 일행은……."

"플라미니카와 드루이드 무리의 보호를 받고 있지요."

레지스는 버릇대로 질문이 다 끝나기도 전에 답을 한 후에는 하지도 않은 질문에 답했다.

"하지만 나는 당신들을 만나러 서둘러왔죠. 이상한 일이 일어났거든요. 내가 우리에 대한 이야기를 꺼내려는데 플라미니카가 말할 필요 없다고 했습니다. 이미 다 알고 있다면서, 어느 시점부터는 우리가 찾아오기만을 기다리고 있었다더군요."

"그게 사실이오?"

"나도 도저히 믿을 수가 없었지요."

레지스는 노새를 멈춰 세우더니 등자에 서서 주위를 둘러보았다.

"뭘 찾는 것이오?" 카히르가 물었다.

"지금은 찾고 있지 않아요, 발견했으니까. 자, 내립시다."

"난 최대한 빨리……."

"내려요. 다 설명해드릴 테니."

일행은 서로 큰 소리로 이야기를 해야만 했다. 깎아지른 바위 절벽에서 어마어마한 소리를 내며 폭포수가 떨어지고 있었기 때문이었다. 아래쪽에는 폭포가 만든 꽤 커다란 호수가 있었고 바위에는 동굴 입구로 보이는 검은 구멍이 뚫려 있었다.

"바로 저기입니다. 당신을 만남의 장소로 인도하라는 부탁을 받았어요. 저 동굴로 들어가야 해요. 이미 말했듯 드루이드들은 당신과 시리에 대해서, 우리의 목적에 대해서 알고 있었어요. 그걸 저곳에 살고 있는 누군가에게서 들었다고 하더군요. 드루이드 지도자의 말을 믿는다는 가정하에, 바로 그 '누군가'가 당신과 이야기를 나누고 싶다고 합니다."

"드루이드 지도자의 말을 믿는다면 말이지. 난 이 근처에 와본 적이 있소. 그리고 악마의 산 밑에 있는 절벽 동굴 속에 뭐가 사는지도 알고 있지. 저긴 여러 생물이 살고 있지만, 대부분 정상적인 대화가 불가능한 생물들이야. 칼로 하는 대화라면 몰라도. 또 당신의 드루이드 친구가 뭐라고 했소? 내가 또 뭘 믿어야 하는 거요?"

게롤트가 비꼬듯 물었다.

"드루이드 친구는 우선, 자기는 자연과 생물을 파괴하고 죽이는 이들을 좋아하지 않으며, 위쳐는 특히 좋아하지 않는다고 하더군요. 나는 현재 상황상 당신이 그저 명목상으로만 위쳐라고 말했습니다. 자연이나 생물이 덤벼들지 않는 한, 굳이 무언가를 죽이진 않는다고요. 알아둬야 할 것은, 플라미니카는 머리가 굉장히 좋은 자라는 겁니다. 당신이 위쳐를 그만둔 것도 가치관이 변해서 그런 게 아니라, 어쩔 수 없는 사정 때문이라는 걸 알아차렸어요. 내게 이렇게 말하더군요. 위쳐와 가까운 사람에게 불행이 닥쳤으며, 그가 위쳐의 임무를 그만두고 그 사람을 구하기 위해 서둘러야 한다고……."

레지스는 게롤트의 눈을 똑바로 응시하며 말했다.

게롤트는 아무 말도 하지 않았지만, 설명을 요구하는 눈빛으로 레지스를 바라보고 있었다. 레지스는 말을 이었다.

"그리고 이렇게 말했죠. '그가 위쳐가 아니라는 걸 증명하기 위해 모욕을 감내하고 희생할 생각이 있는지 보여줘야 해요. 어떠한 무기도 없이, 날카로운 쇠붙이와 뾰족한 생각을 남겨두고 어두운 땅의 심연으로 들어가도록 하세요. 싸우고 싶은 모든 생각과 분노, 오만을 버리고, 겸손한 마음으로. 심연 속에 모든 것을 내려놓았을 때, 위쳐는 스스로를 괴롭히던 질문의 답을 찾을 수 있을 거예요. 아주 많은 질문에 대한 답을. 하지만 그가 위쳐로 남는다면 아무것도 찾지 못할 거예요.'라고 말입니다."

레지스의 말에 게롤트는 폭포와 동굴을 향해 침을 뱉으며 소리쳤다.

"이건 그저 놀이일 뿐이라고! 농담이나 장난 같은 것들 말이야! 예언과 희생, 동굴 속에서의 불가사의한 만남, 질문에 대한 대답…… 전부 이곳저곳을 떠도는 이야기꾼들의 단골 레퍼토리지. 분명 누군가 여기서 날 가지고 놀고 있는 거요. 그건 그나마 긍정적인 상황이지만, 만약 장난이 아니라면……."

"나는 이걸 장난이라고 생각하지 않아요. 리비아의 게롤트, 절대로요."

레지스가 단호하게 말했다.

"그럼 이게 뭐란 말이오? 그 유명한 드루이드들의 이상 행동?"

"우리는 알 수 없지, 직접 가서 보기 전까지는. 갑시다, 게롤트, 같이 들어……."

잠자코 있던 카히르가 불쑥 입을 열었지만 레지스는 고개를 저었다.

"그건 안 됩니다. 플라미니카는 그 점에서 확고했어요. 반드시 위쳐 혼자 들어가야 하고, 무기도 소지해서는 안 됩니다. 나에게 칼을 주세요. 당신이 없는 동안 내가 맡고 있겠습니다."

"맙소사, 그……."

게롤트가 무슨 말인가를 하려고 했지만 레지스가 그의 말을 막으며 손을 뻗었다.

"칼을 줘요. 그리고 만약 가지고 있는 다른 무기가 있다면 그것도 내놓고 가요. 플라미니카의 말을 명심해요. 절대로 공격적인 행동을 하면 안 됩니다. 희생, 그리고 겸손함."

"저 안에서 내가 누굴 만나게 될지 알고 있소? 저 동굴 속에서 도대체 누가…… 아니, 뭐가 날 기다리고 있는 거요?"

"나도 몰라요. 고르곤 산 지하에는 다양한 것들이 살고 있으니까요."

"어쩌면 저 아래에서 죽을지도 모르겠군, 젠장!"

"그렇게 될 가능성도 배제할 수는 없지요. 하지만 위험을 무릅써야 해요. 당신이 결국 저 굴속으로 들어가리라는 걸 난 알고 있어요."

레지스가 심각하고 진지한 목소리로 말했다.

실망은 하지 않았다. 기대한 대로 동굴 입구에는 해골과 갈비뼈, 목뼈와 다른 뼈들이 보란 듯이 쌓여 있었다. 그러나 썩는 냄새는 나지 않았다. 뼈들은 분명 몇 백 년은 된 것이었고 침입자를 겨냥한 장식용인 듯했다.

최소한 그런 생각이 들었다.

게롤트가 어둠 속으로 들어가자 뼈들은 발밑에서 부서지며 이리저리 부딪치는 소리가 났다. 그의 눈은 어둠에 금세 익숙해졌다.

바위로 된 거대한 동굴이었다. 그 크기가 한눈에 다 들어오지도 않았고, 천장에 기괴한 모양으로 매달려 있는 종유석들에 가려져 비례를 가늠하는 게 불가능했다. 바닥은 습기로 번들거리고, 여러 색의 자갈이 깔린 바닥 위로 흰빛과 분홍빛의 석순이 두껍고 육중하게, 위쪽으로 올라갈수록 가늘어지는 형태로 자라고 있었다. 어떤 석순들은 위에서 내려오는 종유석과 합쳐져 석주를 이루었다. 누구도 게롤트를 소리 높여 부르지 않았다. 들려오는 소리라고는 떨어지고 흩어지는 물방울 소리뿐이었다.

게롤트는 천천히 안쪽으로, 어둠 속으로, 종유석과 석순의 기둥 사이로 들어갔다. 누군가가 자신을 지켜보고 있다는 것을 알고 있었다.

늘 등에 둘러메고 다녔던 칼이 없다는 사실이 마치, 얼마 전에 빠진 이빨처럼 신경 쓰이고 계속 생각났다.

게롤트는 발걸음을 늦추었다.

석순 아래에 자리한 거대한 바위라고 생각했던 물체가 갑자기 커다란 눈을 이글이글 빛내며 게롤트를 바라보고 있었다. 잿빛과 붉은빛이 섞인 단단한 몸체는 먼지투성이 털로 뒤덮여 있었고 거대한 턱과 원뿔형의 뾰족한 이빨이 빛났다.

바르브가지였다.

게롤트는 천천히, 조심스럽게 발걸음을 옮겼다. 바르브가지들은 사방에 널려 있었다. 커다란 놈, 중간 놈, 작은 놈들이 길을 비켜줄 생각이라고는 전혀 없이 드러누워 있었다. 지금까지는 의아할 정도로 얌전했지만, 한 마리라도 공격하기 시작하면 어떻게 될지 알 수 없었다.

종유석들이 숲처럼 빽빽하게 매달려 있어 똑바로 갈 수 없었고, 돌아가야만 했다. 천장에는 바늘처럼 작은 고드름들이 매달려 있었는데, 거기서 물이 떨어지고 있었다.

바르브가지는 점점 더 많아졌고, 이제는 바닥에서 꿈틀꿈틀 기어 다니며 게롤트와 함께 움직이고 있었다. 바르브가지들의 꿀렁거리는 단조로운 소리와 숨소리가 들려왔다. 코를 찌르는 듯한 산성 냄새 역시 느껴졌다.

곧이어 게롤트는 걸음을 멈출 수밖에 없었다. 두 개의 종유석 사이, 지나가야만 하는 자리에 기다란 가시가 잔뜩 난 에키놉스* 무리가 있었다. 게롤트는 침을 꿀꺽 삼켰다. 에키놉스는 열 걸음 정도의 거리 내에서는 목표물을 향해 가시를 쏘아 명중시킬 수 있다는 것을 잘 알고 있었다. 날아온 가시는 살에 박히면서 부러지는데, 뾰족한 끝이 살 속으로 파고들어 몸 안에서 돌아다니다가 연약한 내장기관에 박히는 식이었다.

"위쳐는 바보! 겁쟁이 위쳐! 무서워하는구나, 하하!"

어둠 속에서 목소리가 들려왔다.

목소리는 특이하고 낯설었지만, 게롤트는 이런 목소리를 한두 번 들어본 것이 아니었다. 목소리 내는 기관을 써서 의사소통을 해본 적이 별로 없는 생물체들의 발성이 흔히 그랬다. 그래서 강세와 높낮이가 이상하고, 음절을 부자연스럽게 늘여서 발음하곤 했다.

"위쳐는 바보! 위쳐는 바보!"

게롤트는 아무 말 없이 가만히 있었다. 입술을 깨문 채 에키놉스 옆을 조

* 에키놉스(Echinops): 길고 날카로운 가시로 뒤덮인 괴물로 움직이지 않을 때는 마치 잔디처럼 생겼다.

심스럽게 지나갔다. 괴물의 가시가 말미잘의 촉수처럼 물결치듯 움직였다. 하지만 아주 잠깐이었다. 에키놉스는 어느덧 풀밭의 움직임 없는 거대한 풀무더기처럼 보였다.

그때 거대한 두 마리의 바르브가지가 웅얼웅얼 알 수 없는 소리를 내며 눈앞에 나타났다. 천장에서는 얇은 막으로 된 날개가 펄럭이는 소리와 함께 씩씩거리는 웃음소리가 들려왔다. 리시치오노스*와 베스페르틸*임에 틀림없었다.

"살인자가 여기 왔어! 도살자! 위쳐다! 여기까지 기어들어 오다니! 감히! 하지만 칼이 없구나, 이 살인자야. 그럼 어떻게 죽이려는 거지? 눈깔로? 하하!"

좀 전에 들렸던 그 괴이한 목소리가 다시 울렸다.

"아니면 우리가 위쳐를 죽여야 하나? 하아아?"

이번에 들린 목소리는 더욱더 발음이 부자연스러웠다.

바르브가지들이 목소리를 모아 크게 웅웅거렸다. 다 익은 호박처럼 커다란 한 놈은 게롤트에게 아주 가까이 다가와 그의 발뒤꿈치를 이빨로 물었다. 게롤트는 입 밖으로 튀어나오려던 욕을 간신히 자제했다. 그리고 계속 걸었다. 종유석에서 물이 떨어지며 낭랑한 메아리가 동굴 안에 울려 퍼졌다.

무언가 발에 걸렸다. 게롤트는 조심스럽게 걸음을 멈추었다.

이 괴상한 생물은 크기가 작았는데, 고작해야 작은 강아지보다 조금 큰

---

* 리시치오노스(Liścionos): 주로 늪지에 사는 괴물로 막처럼 생긴 날개를 가졌다.
* 베스페르틸(Vespertyl): 얇은 막으로 된 날개를 가진 괴물로 박쥐와 비슷하게 생겼다.

정도였다. 조금은 요크셔테리어와 비슷하게 생긴 것 같았다, 적어도 얼굴은. 몸은 원숭이와 닮아 있었다. 게롤트는 이 괴상한 생물의 정체가 무엇인지 도저히 알 수 없었다. 이와 비슷한 생물조차 한 번도 본 적이 없었다.

"위-챠! 위-이-챠! 개-새-끼!"

작은 목소리였지만 매우 정확한 음성으로 원숭이 괴물은 게롤트의 신발을 꽉 물며 외쳤다.

"저리 꺼져. 그리고 당장 내 신발 놔, 안 그러면 엉덩이를 차버릴 테다."

게롤트는 이를 악물고 말했다.

바르브가지는 더 크게, 더 위협적으로 웅얼웅얼 소리를 냈다. 그리고 어둠 속에서 무언가가 큰 소리를 냈다. 무엇인지는 알 수가 없었다. 마치 암소 같은 소리를 냈지만, 이곳에 암소가 없다는 데 내기를 해도 좋았다.

"위-챠! 개-새-끼!"

"내 신발 놓으라니까. 난 이곳에 아무 무기도 없이 왔어, 평화롭게. 날 방해하지 마."

게롤트는 가까스로 성질을 억누르며 다시 말했다.

그 순간 게롤트는 말을 멈추고 눈에서 눈물이 핑 돌고 머리카락이 꼬부라질 정도의 악취에 컥컥거렸다.

게롤트의 장딴지에 달라붙은 원숭이 비슷한 생물이 눈을 크게 뜨더니 게롤트의 신발 위에 똥을 싼 것이다. 끔찍한 냄새가 끔찍한 소리와 함께 퍼졌다.

게롤트는 이 상황에 가장 적합한 욕설을 내뱉으며 끈질기게 다리에 붙어 있는 이 괴상한 생물을 발로 차냈다. 사실 생각했던 것보다는 훨씬 조심스럽게 떼어낸 것이다. 그러나 게롤트가 우려했던 일이 일어나고 말았다.

"저 조그만 애를 발로 찼어! 조그만 애를 발로 찼어! 자기보다 약한 애를 해쳤어!"

암흑 속에서 천둥 같은 소리로 웅얼거리는, 아니 울부짖고 있는 바르브가지 위쪽에서 무언가가 소리를 질렀다.

가장 가까이 있던 바르브가지들이 다리까지 들러붙었다. 게롤트는 바르브가지들의 울퉁불퉁하고 바위처럼 단단한 팔이 자신을 붙잡고 꼼짝하지 못하도록 조이는 것을 느꼈다. 하지만 게롤트는 방어하지 않았다. 완전히 포기한 상태였다. 그는 제일 크고 가장 공격적인 바르브가지의 털에 더러워진 신발을 닦았다. 그러고는 옷을 잡아당겨 바닥에 주저앉았다.

그때 커다란 무언가가 종유석 위에서 뻗어 나오더니 바닥을 살피고 있었다. 게롤트는 그 무언가를 보자마자 정체를 알아챘다. 녹커였다. 키가 작고, 배가 불룩 튀어나오고, 털이 북슬북슬하고, 다리는 휘어지고, 어깨는 1.8미터 가까이 될 정도로 넓고, 붉은 수염은 어깨보다 넓어 보일 만큼 덥수룩했다. 녹커가 가까이 다가올수록 땅이 흔들렸고 마치 녹커가 아니라 마차를 끄는 큰 말이 다가오는 것처럼 보였다. 거칠게 못이 박힌 넓은 녹커의 발은 보통 사람의 발보다 1.5배는 컸다.

녹커는 게롤트 위에 몸을 굽힌 채 보드카 냄새를 풍겼다. 자기들끼리 밀주라도 만드는 건가, 게롤트는 생각했다.

"넌 너보다 작은 것을 때렸다, 위쳐. 아무 이유 없이 작고 연약하고 죄 없는 생명을 공격하고 해를 입혔다. 우리는 처음부터 너를 믿지 않았다. 너는 공격적이야. 무언가를 죽이려는 본능이 있어. 지금까지 얼마나 많이 죽였나, 살인자?"

얼굴로 녹커의 지독한 냄새가 풍겨왔다. 게롤트는 답하지 않았다.

"오오오! 어릴 때부터 이걸 바라왔어! 어릴 때부터! 이제 내 꿈이 이루어지는 거야! 왼쪽을 봐."

녹커는 알코올 냄새를 더 세게 뿜어냈다.

게롤트는 바보처럼 왼쪽을 바라보았다. 동시에 녹커의 오른쪽 주먹이 게롤트의 얼굴을 후려쳤다. 얼마나 세게 맞았는지 눈앞이 번쩍하는 것 같았다.

"오오오! 어릴 때부터 이걸 꿈꿨어! 이제 오른쪽을 봐봐."

녹커는 냄새나는 수염 속에서 비뚤어진 이를 드러냈다.

"그만! 그런 장난은 이제 그만둬. 그를 놔줘라."

동굴 깊은 곳에서 울림이 좋은 큰 목소리가 명령했다.

게롤트는 터진 입술에서 피를 뱉어냈다. 바위 사이로 흐르는 물에 신발도 닦았다. 원숭이 몸뚱이에 요크셔테리어의 얼굴을 한 스컹크는 게롤트를 향해 비웃듯 웃어 보였지만, 안전거리는 확보하고 있었다. 녹커 역시 주먹을 문지르며 웃고 있었다.

"가라, 위쳐! 널 부르잖아, 가봐. 난 여기서 기다릴 테니. 어차피 넌 여기로 나가야 하니까."

녹커는 고함을 질렀다.

게롤트가 들어간 굴은 신기하게도 환한 빛으로 가득 차 있었다. 종유석으로 뾰족뾰족한 천장의 구멍을 통해 환한 빛기둥이 이리저리 교차되고 있었는데, 이 빛을 받아 형형색색의 기이한 형태들이 바위 표면에 드러났다. 공중에는 밝은 빛을 내며 이글이글 타고 있는 마법의 구체가 걸려 있어 벽의 기이한 형태가 더욱더 잘 보였다. 이 모든 조명에도 불구하고 동굴의 끝

자락은 컴컴한 암흑 속에 덮여 있어 석주들이 새카만 어둠 속으로 줄지어 사라지는 것처럼 보였다.

자연이 만들어낸 전시장이라도 되는 듯 동굴 벽에는 거대한 암벽화가 그려져 있었다. 그림을 그린 화가는 키가 큰 금발의 엘프로 물감투성이의 망토를 입고 있었다. 마법의 빛과 자연적인 빛을 받고 있는 엘프의 머리는 마치 후광에 둘러싸인 것처럼 보였다.

“앉으시오. 그 녀석들이 당신에게 무슨 해코지라도 한 건 아닌지 모르겠군.”

엘프는 그림에서 눈을 떼지 않은 채 붓으로 바위를 가리키며 앉기를 권했다.

“아니, 별로 그렇지는 않았습니다.”

“그들을 용서할 수밖에 없을 거요.”

“그럴 수밖에 없겠죠.”

“조금은 애들 같거든. 당신이 온다는 소식에 아주 기뻐했지.”

“저도 느꼈습니다.”

엘프는 그제야 게롤트를 돌아보았다.

“앉으시오. 잠시만 기다려주면 바로 가겠소. 이제 거의 끝났거든.”

엘프가 그린 그림은 양식화된 동물 그림으로 야생 들소를 닮아 있었다. 지금 그려진 건 인상적인 뿔과 그보다는 덜 멋진 꼬리의 윤곽선뿐이었다. 게롤트는 엘프가 가리킨 바위에 앉아 인내심을 갖고 수모를 견디겠노라 각오하고 있었다. 참을 수 있는 한도 내에서라면.

엘프는 다문 이 사이로 나직이 휘파람을 불며 물감이 들어 있는 그릇에 붓을 적시더니 빠른 움직임으로 자신이 그린 야생 들소를 보랏빛으로 칠하고 있었다. 그리고 잠시 생각하더니 야생 들소의 옆구리에 호랑이 무늬를 연상케 하는 얼룩무늬를 그리기 시작했다.

게롤트는 아무 말 없이 엘프의 뒷모습을 응시했다.

마침내 엘프는 한 걸음 물러서더니 사냥 장면 전체를 보여주고 있는 암벽화를 바라보았다. 보랏빛의 호랑이 무늬 야생 들소를 쫓아가고 있는 것은 붓으로 대충 그린, 화살과 창을 들고 있는 비쩍 마른 사람들의 형상이었다.

"이게 무엇입니까?"

게롤트가 참지 못하고 묻자 엘프는 게롤트를 흘끗 보더니 깨끗한 붓끝을 입에 넣었다.

"이건 이 동굴에서 몇 천 년 전에 살았던, 이미 옛날에 멸종한 보랏빛 들소들을 사냥했던 원시인들이 그린 선사시대의 그림이오. 선사시대의 어떤 사냥꾼들은 예술가이기도 했지. 예술성을 표현하고자 하는 욕구를 느꼈고. 나는 그들의 영혼에서 울리던 무언가를 그려주고 있소."

"대단하군요."

"그렇소. 당신네 인간 학자들이 몇 년 전부터 동굴을 돌아다니며 고대인의 발자취를 찾고 있으니까. 그리고 이와 비슷한 걸 발견할 때마다 매우 대단하게 생각하지. 왜냐하면 이 땅에, 그러니까 이 세계에 당신네 인간들이 떠돌이 이방인은 아니었음을 말해주는 거니까. 당신들의 조상들이 이곳에 아주 오래전부터 살았다는 증거이자 이 세상이 그 후손들에게 속한다는 의미일 테니. 물론 어떤 종이나 자신의 뿌리는 있는 법이지. 당신들, 인간이라는 종의 뿌리 역시 나무 꼭대기에서 찾아야 하오. 하, 재미있는 이야기로 흘러갔군. 그렇게 생각하지 않소? 경구로써 썩 괜찮군. 가벼운 시 좋아하시오? 여기에 무엇을 더 그리면 좋겠소?"

"조상 사냥꾼들 그림에 발기한 커다란 성기를 그리시죠."

"그것도 좋은 생각이오. 성기에 대한 숭배는 선사 문명의 특징이지. 그리고 인간이라는 종이 신체적으로 퇴화했다는 증거도 될 수 있고. 조상들의 성기는 지팡이만 했는데, 후손들은 손잡이만도 못한 조그만…… 여하튼 고맙소, 위쳐."

엘프는 붓을 물감에 적셨다.

"고마워하실 것까지야…… 제 영혼 속에서 울리던 것을 말한 것뿐입니다. 선사시대의 물감치고는 아주 신선해 보이는군요."

"한 사나흘만 지나면 이 벽에서 나오는 소금기로 색깔이 흐려지지. 그렇게 되면 그림은 선사시대 그림처럼 보일 거요. 당신네 학자들은 이걸 보면 좋아서 오줌을 싸겠지. 아무도 내 장난을 의심하지 않을 거라는 데 머리를 걸어도 좋소."

"알 겁니다."

"무슨 수로?"

"당신은 이 걸작에 서명을 하지 않고는 못 배길 테니까요."

게롤트의 말에 엘프는 건조하게 웃었다.

"바로 그거지! 날 정말 잘 읽고 있군. 아, 예술가의 허영심이란 끌 수 없는 내면의 불과 같소. 난 이미 그림에 서명을 했지, 바로 여기."

"그건 잠자리 아닌가요?"

"아니, 이건 내 이름을 나타내는 기호요. 내 이름은 크레반 에스파네 아엡 카오만 마하지. 짧게는 아발라크. 나를 아발라크라고 부르면 되오."

"그러지요."

"당신은 리비아의 게롤트라 부르겠소. 당신은 위쳐지. 지금은 없어진 여자아이를 찾느라 바빠서 괴물과 짐승들을 죽이진 않지만.”

“소문이 정말 빠르군요. 게다가 이렇게 멀리까지 퍼질 줄이야. 그럼 내가 이곳에 나타나리라는 것도 알고 있었겠군요. 그럼 당신은 미래를 예언할 수 있는 겁니까?”

“미래에 대해 이야기하는 건, 아무나 할 수 있지. 그리고 모두들 하고 있고, 쉬우니까. 얘기를 하는 건 어려운 것이 아니오. 중요한 건 맞게 이야기하느냐, 하는 것이지.”

아발라크는 손을 걸레에 닦으며 말했다.

“경구로써 괜찮군요. 물론 당신은, 맞게 얘기하겠죠.”

“친애하는 게롤트, 나는 아는 것도 너무 많고, 할 수 있는 건 더 많지. 그건 당신네 인간들이 나를 칭하는 학문적인 호칭만 봐도 알 수 있소. 흔히 날 ‘아엔 세브헤르네’라고 부르지.”

“현자.”

“그렇지.”

“그리고 그 지식을 나누고자 하는 것 같군요.”

게롤트의 말에 아발라크는 잠시 동안 말이 없었다.

“지식을 나눈다고? 당신과? 안다는 건 특권이지. 그리고 특권은 자신과 동등한 존재 사이에서만 나눌 수 있어. 엘프 중에서도 고위층이자 현자인 내가 어째서 고작 500만 년 전에나 이 세계에 나타나 원숭이, 쥐, 자칼 같은 미개한 포유류와 함께 진화한 인간 종족의 후손과 뭔가를 나눠야 한다는 건가? 털북숭이 두 손으로 씹다 만 뼈를 쥐고서 뭔가를 할 수 있다는 걸 깨닫는 데 100만 년이나 걸린 종족과? 그 뼈를 엉덩이에 집어넣고는 좋아서 비명을 지르던 그 종족과?”

엘프는 돌아서서 자신의 그림을 바라봤다.

"대체 무슨 이유로 내가 당신에게 어떤 정보라도 줄 거라고 생각하는 건가, 인간? 말해봐!"

엘프가 언성을 높이자 게롤트는 신발을 문질러 남아 있던 똥을 닦아냈다.

"어쩌면, 그럴 수밖에 없기 때문에?"

게롤트의 건조한 대꾸에 엘프는 몸을 홱 돌렸다.

"뭐가, 대체 뭐가 그럴 수밖에 없다는 거지?"

엘프는 꽉 다문 이빨 사이로 물었다. 게롤트는 목소리를 높이고 싶지 않았다.

"몇 년 후에는 그 정보를 누군가와 나누고 싶든 그렇지 않든 상관없이 다 알게 될 거라서? 엘프이면서 현자인 당신이 이 암벽화에 솜씨 좋게 숨겨놓은 그 정보 역시 말입니다. 선사시대에 그려진 것처럼 보이는 가짜 증거인 이 암벽화를 사람들이 도끼로 파손하지 않으리라는 가정하에. 어떤가요, 허영의 화신?"

엘프는 콧김을 뿜었다. 상당히 즐거운 듯했다.

"오, 그렇지. 무엇보다 당신네 인간들이 뭐라도 파괴하지 않고 있는 그대로 두겠거니 하고 생각하는 것 자체가 허영심 그 자체겠지. 당신들은 뭐든 파괴하니까. 하지만 그래서 뭐? 그래서 뭐를 어쩌겠다는 건가, 인간?"

"나도 모릅니다. 말해주시죠. 만약 말을 하지 않는 게 낫다고 결정한다면, 난 돌아가겠습니다. 되도록이면 다른 길로 말이죠. 저쪽에는 내 갈비뼈를 바스러뜨리고 싶어 하는 당신 친구들이 기다리고 있어서요."

"그럼, 이쪽으로 가시오. 빛이 가리키는 쪽으로. 은유적인 표현이든, 단어 그대로든 보통은 그게 제대로 된 길이니."

아발라크가 재빨리 양손을 펴자 암벽은 쩍 하는 굉음과 함께 잔인하게도 보랏빛 들소를 반으로 쪼개며 갈라졌다.

"조금 아깝군요. 내 말은, 저 그림 말입니다."

"농담이시겠지."

잠깐의 침묵이 흐른 후, 아발라크는 이상하게도 부드럽고 친절한 어조로 말했다.

"그림엔 아무 일도 없을 거요. 똑같은 주문으로 바위를 닫으면 되니까. 실금 하나 보이지 않을 거요. 자, 이리 오시오. 나도 같이 나갈 테니. 길을 안내하지. 결국은 당신에게 할 말이 있다는 결론에 이르렀소. 보여줄 것도 있고."

안쪽에는 어둠뿐이었지만 게롤트는 대번에 엄청난 크기의 동굴이라는 것을 알 수 있었다. 공기의 움직임과 온도를 통해서 감지한 것이다. 걸어가는 발밑의 자갈은 젖어 있었다.

아발라크는 마법으로 불빛을 만들어냈다. 주문도 외지 않고 엘프들의 방식인 손짓만으로 빛을 만들었다. 이글이글 불타는 구체는 천장을 향해 떠올랐고, 동굴 벽의 수정 뭉치는 무수히 반짝이는 반영으로 불타며 그림자를 춤추게 했다. 게롤트는 자기도 모르게 긴 숨을 내뱉었다.

엘프의 조각과 조각상을 처음 본 것은 아니었지만, 볼 때마다 그 감상은 남달랐다. 움직이던 중에 갑자기 얼어붙은 것 같은 이 엘프들의 조각상은 조각사의 끌에서 만들어진 작품이 아니라 살아있는 생명체를 아멜 산맥의 흰 대리석으로 재창조하는 강력한 마법의 산물이었다.

가장 가까운 곳에 있는 엘프 여인의 조각상은 현무암으로 된 바닥판 위에 먼지 가득한 다리를 깔고 앉아 있었다. 엘프 여인은 점점 가까워지는 목소리와 다가오는 발소리에 놀란 것처럼 고개를 돌리고 있었다. 여인은 전라의 모습이었다. 우윳빛 광택이 돌도록 반들반들하게 다듬은 대리석은, 돌 안에서 여전히 온기가 도는 듯한 착각을 불러일으켰다.

아발라크는 걸음을 멈추더니 기둥에 몸을 기댄 채 조각상이 줄지어 늘어선 그 사이의 길을 가리키며 입을 열었다.

"두 번째로 나를 빠르게 읽어냈군, 게롤트. 그렇소, 당신 말이 맞아. 들소 암벽화는 위장이지. 이 벽을 뚫거나 훼손할 생각이 들지 않도록 하는 게 목적이오. 여기 있는 모든 것들이 도둑질당하거나 파손되는 걸 막기 위해서. 어느 종족이나 마찬가지지만 엘프 또한 자기 뿌리에 대한 권리는 있소. 지금 보이는 것이 바로 우리의 뿌리지. 조심해주면 좋겠군. 굳이 말하자면 이곳은 공동묘지라 할 수 있으니."

수정 위를 춤추는 반사된 빛이 어둠 속에서 세세한 것들을 계속 비추었다. 조각상이 줄지어 놓인 곳 뒤로는 기둥과 계단, 원형극장의 복도와 회랑, 그리고 안뜰이 보였다. 모두 새하얀 대리석으로 되어 있었다.

아발라크가 손짓을 하며 발걸음을 멈추고 말했다.

"나는 이것이 살아남기를 원하지. 만약 우리가 사라진다 하더라도, 이 대륙과 이 세계 전체에 5000자도 더 되는 눈과 얼음이 쌓인다고 하더라도, 티르 나 베아 아라인네는 계속될 테니. 우리 엘프들은 이곳을 떠나지만 언젠간 다시 돌아올 거요. 아엔 이틀리네스피스, 이틀린 아에글리 엡 에베니엔의 예언이 그렇게 전하고 있지."

"당신들은 정말 믿는 겁니까, 그 예언을? 당신들의 운명론은 그렇게까지 깊은 것이었나요?"

게롤트의 물음에도 아발라크는 거미줄처럼 섬세한 부조로 장식되어 있는 대리석 기둥만을 바라보았다.

"이 모든 것이 예견되었고 예언되었지. 인간들이 대륙으로 상륙한 것, 전쟁, 엘프와 인간의 피가 뿌려지는 것. 당신들 종족의 확장과 우리 종족의 쇠퇴. 북쪽과 남쪽 지배자들의 싸움. 그리고 북쪽 나라의 왕들에게 대항하는 남쪽 왕의 도래와 대홍수와도 같은 정복 전쟁. 그들은 정복당하고, 그들의 나라는 파괴될 것이다…… 그리고 학살이 시작되지. 이틀린의 말을 기억하오, 위쳐? 멀리 있는 자는 역병으로 죽을 것이며, 가까이 있는 자는 칼에 죽을 것이다. 숨는 자는 굶주려 죽을 것이며, 살아남은 이는 추위에 쓰러지리라…… 왜냐하면 테드 데이리드, 세상의 끝이자 칼과 도끼의 시간, 백색 서리와 늑대 같은 눈보라의 시간이 올 테니까……."

"시적이군요."

"좀 덜 시적으로 말해드릴까? 태양 광선의 각도가 변해서 만년설의 경계가 변하는 것이지. 북쪽에서 내려오는 거대한 빙하가 산들을 부수고 멀리 남쪽까지 밀어 보내는 거야. 하얀 눈이 모든 것을 덮어버리고. 5000자도 넘게 쌓이는 눈. 그리고 아주, 아주 추워지는 거야."

"따뜻한 속옷을 입으면 될 텐데요. 털옷을 입고, 털모자를 쓰면 됩니다."

게롤트가 건조한 목소리로 말했다.

"그래, 바로 내가 하려던 말이었어. 그 속옷과 털모자를 입고 당신들은 견디게 될 거요. 바로 이곳에 언젠가 돌아오기 위해서, 바닥을 파고 이 동굴을 파괴하고 훔치기 위해서 말이오. 이틀린의 예언은 그런 것까지 말하고 있진 않지만, 나는 알고 있지. 인간과 바퀴벌레는 완전히 멸종시킬 수 없다는 것을. 몇 마리라도 기어코 살아남을 테니까. 우리의 운명에 대해서 이틀린은 좀 더 확신이 있었어. 제비를 따라가는 이들만이 살아남는다는 확신.

제비, 봄의 상징, 우리에게 잠긴 문을 열어주고 구원의 길로 인도해줄 구원의 여신이지. 그리고 이 세상을 다시 태어나게 할 수 있는 제비. 고대의 혈통을 가진 아이."

"시리를 뜻하는 것입니까? 아니면 시리의 아이? 어떻게 말입니까? 그리고 왜?"

게롤트는 참지 못하고 다그쳐 물었지만, 아발라크는 그의 말을 듣지 못한 것 같았다.

"고대의 피가 흐르는 제비. 그 피에서…… 이리 오시게, 그리고 눈으로 보라고."

지금까지 아발라크가 보여준 너무나 사실적인 조각들 중에서도 그 조각은 게롤트의 시선을 사로잡았다. 새하얀 대리석으로 만든 바닥에 반쯤 누워 있는 엘프 여인의 조각상은 당장이라도 잠에서 깨어나 일어날 것만 같았다. 엘프 여인은 옆쪽의 빈 공간을 향해 얼굴을 돌리고 있었는데, 올린 팔은 보이지 않는 무언가를 만지고 있는 것처럼 보였다.

엘프 여인의 얼굴에는 평화와 행복의 기운이 감돌고 있었다.

아발라크가 침묵을 깨고 다시 입을 열 때까지는 꽤 시간이 걸렸다.

"저 조각상은 라라 도렌이오. 물론 저건 무덤이 아니라 기념비일 뿐이지. 저 석상의 자세가 이상한가? 그 유명한 한 쌍을 대리석에 함께 새기려던 생각이 반대에 부딪힌 것이지. 라라와 로드의 크레게난. 크레게난은 인간이었으니, 아멜 산맥의 대리석으로 인간의 조각상을 만든다는 것은 낭비이자 신성모독이니까. 인간의 조각상을 이곳 티르 나 베아 아라인네에 세운다는 것은 신성모독이야. 그러나 그러한 감정의 기억을 일부러 파괴한다는 건 더 큰 죄악일 수도 있지. 그래서 황금의 중용을 선택한 것이오.

크레게난은 이곳에 없지. 하지만 존재한다오. 라라의 자세와 눈길 속에서. 연인들은 함께 있는 거요. 그 무엇도 이들을 갈라놓을 수 없지. 죽음도, 망각도…… 증오도."

게롤트는 내내 무심하게만 들리던 아발라크의 목소리가 한순간 흔들린 것처럼 느껴졌다. 하지만 그럴 리 없었다.

아발라크는 조각상 앞으로 다가가 조심스럽고 섬세한 손길로 대리석 팔을 쓰다듬었다. 천천히 돌아서는 아발라크의 얼굴에는 또다시 지금까지 보았던 살짝 비꼬는 듯한 웃음이 담겨 있었다.

"영생의 가장 안 좋은 점이 뭔지 아나, 위쳐?"

"모릅니다."

"섹스."

"지금 뭐라고 하셨습니까?"

"제대로 들은 거요. 섹스지. 100년도 지나기 전에 지루해져. 그 안에 매력적이고 흥분되는 요소는 하나도 없어. 새로운 것이 불러일으키는 흥분과 매력 말이지. 모든 것이 이미 해본 것들이니…… 그 방법이든 다른 방법이든 이미 다 해봤어. 그런데 그때 갑자기 천체의 충돌이 일어나고, 이곳에 당신네 인간들이 나타난 거요, 다른 세상에서. 인간 종으로 완성된 지 500만 년밖에 지나지 않았는데, 당신들이 털북숭이 손으로 완전히 파괴해버린 그 옛날 세상에서 생존자들이 나타난 것이지. 당신들은 한 줌에 지나지 않았어. 평균 수명은 우스울 정도로 짧았고, 그 때문에 당신들의 생존은 번식에 달려 있지. 그래서 그 거스를 수 없는 욕망이 당신들을 지배하는 거야. 섹스는 당신들을 좌지우지하고, 자기 보존 본능보다 더 큰 욕망으로 자리하고 있지. 한 번 할 수만 있다면 죽어도 좋아, 이 표현이 축약해서 말할 수 있는 당신들의 철학이야.”

게롤트는 말을 끊지도, 토를 달지도 않았다. 그러고 싶은 마음은 굴뚝같았지만.

아발라크는 이야기를 계속했다.

“그리고 갑자기 나타난 것은? 엘프들이지. 여자 엘프들에게 진력이 난 남자 엘프들이 언제나 원하고 있는 인간 여자들에게 달려들고, 남자 엘프들에게 진력이 난 여자 엘프들은 변태적인 호기심과 활력이 넘치는 인간 수컷에게 달려든 것이지. 그 이후 아무도 설명할 수 없는 일이 일어난 거요. 여자 엘프들은, 10년이나 20년에 한 번씩만 배란을 하는데, 인간과 교접하며 갑자기 건잡을 수 없는 오르가즘을 느낄 때마다 배란이 가능해진 거야. 숨겨져 있던 호르몬, 어쩌면 여러 호르몬들이 결합해서 나타난 작용일 수도 있겠지. 그리고 여자 엘프들은 깨달았어. 인간과의 관계에서 아이를 가질 수 있다는 사실을 말이오. 바로 그 엘프 여인들이 우리가 아직 당신들보다 강대했을 때, 당신네 인간들을 멸종시키지 못하게 한 거요. 이후엔 당신들이 더 강해졌고 우리를 멸종시키기 시작했지. 함께 사는 것, 함께 협력하는 것, 함께 살아남는 것을 내세운 건…… 그러니까 엘프 여인들이었소. 좀 더 정확히 표현하자면 함께 자는 것을 뜻했지만.”

“그게…… 나와 무슨 상관입니까?”

게롤트가 헛기침을 했다.

“당신과? 당신과는 아무 상관도 없지. 하지만 시리와는 상관이 있어. 시리는 라라 도렌의 자손이오. 그리고 라라 도렌은 인간과 공생하자는 쪽이었지. 특히 한 인간과 말이오. 로드의 크레게난, 인간 마법사였지. 라라 도렌은 크레게난과 자주, 그리고 효과적으로 같이 살았소. 더 간단히 말하면, 임신을 한 것이지."

게롤트도 이번엔 입을 다물었다. 아발라크가 말을 이었다.

"문제는, 라라 도렌은 평범한 엘프가 아니었다는 점이지. 라라 도렌에게는 각종 유전자들이 모여 있었소. 특별히 준비된 유전자들이었지. 오랜 세월에 걸친 작업의 결과였소. 그래서 여러 유전자의 조합과 응집을 통해 자신보다 더 특별한 아이를 낳도록 되어 있었던 거요. 그러나 인간의 씨를 잉태함으로써 라라 도렌은 그 기회를 파묻어버리고, 수백 년 동안의 계획과 준비를 헛되이 만들었소. 그때만 해도 그렇게 생각했지. 그 누구도 인간 크레게난에게서 잉태된 씨가 엄마의 긍정적인 유전자를 품고 있으리라고는 생각지 못했소. 그런 잘못된 결합은 결코 좋은 결과를 가져오지 못할 테니까……."

"그래서 무서운 징벌을 받게 된 것 아닙니까."

게롤트가 끼어들었다. 그러자 아발라크가 게롤트를 바라보았다.

"그건, 생각하는 그런 게 아니오. 라라 도렌과 크레게난의 결합이 엘프들에게 헤아릴 수 없는 해악을 미쳤지만, 인간에게는 좋은 결과만 가져왔지. 크레게난을 죽인 건 엘프들이 아니라 인간이었어. 실제로는 그랬지. 사실 두 연인을 미워할 만한 이유가 있는 엘프들은 많았지만. 개인적으로도 말이지."

게롤트는 다시 한 번 아발라크의 음성이 변한 것을 느꼈다.

"어쨌건 공생이라는 건 비눗방울처럼 터져버렸고, 서로 다른 종족들은 서로의 멱살을 잡으려고 달려들었지. 전쟁이 일어났고 그 전쟁은 지금까지 계속되고 있소. 그러는 동안 라라의 유전자는…… 계속해서 살아남았지, 당신도 짐작했듯이. 심지어 더 진화하기까지 했어. 불행히도 돌연변이를 겪기도 했지. 그래, 당신의 시리는 돌연변이야."

아발라크는 이번엔 게롤트에게 말할 틈을 주지 않았다.

"이 일을 꾸민 건 당연하게도 당신네 인간 마법사들이었어. 키워낸 개개인들을 잘도 싹 지웠지. 하지만 모든 것을 통제할 수 있는 건 아니었어. 대체 어쩌다가 라라 도렌의 유전자가 그토록 강력하게 시리에게서 발현되었는지, 무엇이 그런 결과를 초래했는지는 알 수가 없지. 내 생각에는 빌게포츠도 그 사실을 알고 있어. 타네드에서 당신 뼈를 부러뜨린 그 빌게포츠 말이야. 라라와 리아논의 후손들을 데리고 실험했던 마법사들은 일정 기간 동안 양육장을 유지하다가 의도하던 결과에 이르지 못하자 결국 실험에 싫증을 내며 더는 계속하고 싶어 하지 않았지. 하지만 실험은 스스로 계속되었던 거요. 리아논의 4대손, 칼란테의 손녀이자 파베타의 딸인 시리가 라라 도렌의 진짜 후손이었던 것이지. 빌게포츠는 이 사실을 아마 우연히 알게 되었을 거요. 이 사실은 닐프가드의 황제인 에미르 바 엠레이스도 알고 있소."

"그리고 당신도."

"난 그 둘을 합친 것보다 더 많은 것을 알고 있소. 하지만 아무 의미도 없지. 운명의 풍차는 계속 돌아가면서 운명의 곡식을 갈고 있으니…… 운명으로 정해진 것은 결국 일어날 수밖에 없어."

"뭐가 일어나야 한단 말입니까?"

"운명으로 정해진 것. 흔히들 하는 말로 하면, 위쪽에서 미리 정한 것. 실수 없이 돌아가는 기계 장치에 의해 정해진 것, 그 기계 장치에는 목적과 계획, 결과가 모두 들어 있지."

"그건 시가 아니라면 형이상학이겠군요. 아니면 양쪽 다일지도. 가끔은 경계를 구분하기 힘드니까요. 좀 더 구체적으로 이야기해줄 수는 없는 겁니까, 아주 조금이라도? 이 얘기 저 얘기 모두 당신과 나누고 싶지만, 내가 좀 바빠서요."

아발라크는 게롤트를 쏘아보았다.

"어딜 그렇게 바삐 가는데? 아, 용서하오. 당신은 내가 말해준 이야기를 아무것도 이해하지 못하니까. 그러니 간단히 말해주지. 당신의 거창한 구출 여행은 아무 의미가 없어. 의미를 완전히 잃었다고."

아발라크는 돌같이 굳어버린 게롤트의 얼굴을 가만히 바라보며 다시 말을 이었다.

"그 이유는 여러 가지가 있지. 첫째, 일단 너무 늦었어. 가장 심각한 일은 이미 일어났고, 당신은 그 전에 시리를 구할 수 없었지. 둘째, 제 길로 들어서게 되면 제비는 자기 혼자서도 충분히 잘해나갈 수 있을 거야. 무언가를 두려워하기엔 그 아이 안에 너무나 큰 힘이 있거든. 당신의 도움은 필요치 않아. 셋째…… 흠……."

"듣고 있습니다, 아발라크. 계속 말이죠."

"셋째는…… 누군가 다른 사람이 시리를 돕고 있기 때문이지. 설마 오직 당신만이 그 아이와 운명으로 얽혀져 있다고 생각할 정도로 오만하지는 않겠지."

"그게 다인가요?"

"그렇소, 이게 다지."

"그럼 잘 지내시길."

"기다려봐."

"말했잖습니까, 난 바쁘다고."

"잠시만이라도 이런 가정을 해보자고. 앞으로 무슨 일이 생길지 내가 정말 알고 있고 미래를 본다고 했을 때, 만약 내가 당신에게 '일어나야 하는 일은, 당신이 무슨 노력을 하든 전혀 상관없이 일어나고야 만다'라고 말한다면? 어떻게 노력을 해도 말이지. 내가 만약 이 땅 어딘가 평화로운 장소를 찾아내, 그곳에서 아무 노력도 하지 않고 어떻게 해도 피할 수 없는 사건들의 결과를 기다리라고 말한다면, 그렇게 할 건가?"

게롤트와 달리 아발라크는 평온한 목소리로 말했다.

"아니, 그럴 수는 없습니다."

"그렇다면 질문을 바꿔볼까. 목적과 계획, 결과의 흔들리지 않는 구조를 당신은 믿지 않기 때문에 그럴 일은 없겠지만, 당신의 어떤 노력이나 활동 때문에 정말로 무언가가 변하게 된다면, 심지어 더 나빠지기만 한다면? 그럼 다시 생각해보겠소? 아, 얼굴을 보니 그것도 아닌 모양이군. 그럼 간단히 묻지, 왜?"

"정말 알고 싶습니까?"

"정말 알고 싶군."

"왜냐하면 난 당신의 형이상학적인 목적과 계획, 결과 그리고 위에서부터 이미 정해졌다는 그 어떤 것도 믿지 않습니다. 물론 당신들의 그 유명한 예언자 이틀린을 비롯한 다른 예언도 믿지 않습니다. 나에게 그 예언들은 그저 당신의 암벽화와 똑같은 엉터리 사기일 뿐입니다. 보랏빛 들소라니, 아발라크. 그만 좀 하시죠. 그리고 난 당신이 날 도울 생각이 없는 것인지, 아니면 도울 수 없는 것인지 모르겠습니다. 하지만 당신에게 유감은 없어요."

"지금, 내가 당신을 도울 수도 없거니와 돕고 싶어 하지도 않는다고 말하는 건가? 그렇다면 어떻게 도와야 하지?"

게롤트는 잠시 고민했다. 제대로 된 질문을 하느냐, 못하느냐에 따라 많은 것이 걸려 있다는 것을 잘 알고 있었다.

"나는 시리를 다시 찾을 수 있습니까?"

"찾을 수 있지. 하지만 바로 잃어버리게 될 거요. 영원히, 돌이킬 수 없게. 물론 그 전에 당신의 동료들을 먼저 잃게 되겠군. 그중 한 명은 앞으로 몇 주 안에, 빠르면 며칠 안에 잃을 거야. 어쩌면 몇 시간일 수도 있겠군."

"고맙군요."

"내 말 아직 안 끝났소. 목적과 계획의 씨앗을 맷돌에 가는 데 당신이 참견한 직접적이고도 곧장 나타나는 결과는 바로 수만 명의 죽음이지. 그 역시 별 의미는 없어. 어차피 얼마 후에 수천만의 사람들이 죽게 될 테니까. 당신이 아는 이 세상은 그냥 없어져. 존재하지 못하는 것이지. 전혀 다른 세상으로 다시 태어나기 위해서. 그것에 대해서는 누구도 영향을 미칠 수 없어. 그 누구도 그것을 막거나, 사건의 순서를 뒤바꿀 수 없지. 당신도, 나도, 마법사들도, 현자들도, 물론 시리조차도. 이건 어찌 생각하오?"

"보랏빛 들소. 어쨌건 고맙군요, 아발라크."

게롤트의 대꾸에 아발라크는 어깨를 으쓱하며 덧붙였다.

"사실 곡식을 가는 맷돌 속에 돌이 떨어지면 어떻게 될지, 나도 궁금하긴 하지. 내가 또 뭐 해줄 거라도 있소?"

"없습니다. 왜냐하면 나에게 시리의 모습을 보여주는 건, 못할 테니까요."

"누가 그렇게 말했는데?"

게롤트는 숨을 멈췄다. 아발라크는 동굴 벽 쪽으로 빠르게 걸음을 옮기더니, 게롤트에게 따라오라며 손짓했다. 아발라크는 빛나는 수정을 가리키며 말했다.

"티르 나 베아 아라이네의 벽은 특별한 성질을 가지고 있어. 그리고 난, 잘난 척하는 것이 아니라 특별한 능력을 가지고 있지. 여기 손을 올리시오. 안쪽을 바라보면서 집중하라고. 시리가 당신을 얼마나 필요로 하는지 떠올려봐. 그리고 정신적인 도움을 주겠다고 선언해. 지금 당장 도움을 주러 뛰어가고 있다고, 바로 옆으로. 그런 식으로 상상을 해보는 거요. 그럼 어떤 형상이 스스로 나타날 테니까, 확실하게. 자, 보라고. 하지만 너무 놀라거나 당황하면 안 돼. 아무 말도 하지 말고. 이건 눈에 보이는 것일 뿐 통신이 아니니까."

아발라크의 말을 잠자코 듣고 있던 게롤트는 그가 시키는 대로 했다.

첫 번째 광경은 약속한 바와 달리 분명하지 않았다. 흐릿했지만 너무나 끔찍한 장면이라 게롤트는 반사적으로 뒷걸음질 쳤다. 책상 위에 놓여 있는 잘린 손…… 반들거리는 표면에 흐른 피…… 말 뼈 위의 해골들…… 수갑을 찬 예니퍼…….

탑? 검은 탑? 그리고 그 뒤에 보이는 것은…… 오로라?

갑자기 아무런 경고도 없이 형상이 깨끗해졌다. 명확하게 보인 것이다.

"단델라이온! 밀바! 앵글로메!" 게롤트가 외쳤다.

"응? 아하, 그렇군. 당신이 다 망친 것 같은데."

아발라크가 관심을 보였다.

게롤트는 동굴 벽에서 뒤로 물러나다가 주춧돌에 부딪혀 넘어질 뻔했다.

"중요치 않다고요, 젠장! 이봐요, 아발라크, 난 빨리 저 드루이드들의 숲으로 가야 한……."

"캐드 머크비드?"

"머크비드인지 뭔지, 여하튼! 내 친구들에게 죽음이 닥치고 있단 말입니다! 지금 목숨을 걸고 싸우고 있다고요! 다른 사람들도 위험에 처해…… 어디로 가야 가장 빠른 길로 갈 수 있습니까? 젠장! 칼과 말도 가지러 가야 하는데."

"어떤 말도 해지기 전에 머크비드 숲으로 당신을 데려가진 못해."

아발라크가 덤덤한 음성으로 말했다.

"하지만 난……."

"내 말은 아직 끝나지 않았는데. 일단 당신의 그 유명한 칼부터 챙기시오, 그동안 내가 타고 갈 말을 구해줄 테니. 산길에서는 최고의 말이지. 말치고는 좀 특이하지만 그 덕분에 30분 안에는 캐드 머크비드에 도착할 거요."

녹커는 말처럼 지독한 냄새가 났다. 말과 녹커의 비슷한 점이라고는 그거 하나뿐이었다. 게롤트는 언젠가 마하캄에서 드워프들이 무플론 양을 타고 달리는 경기를 본 적이 있었다. 그 경기를 보고 정말 과격한 스포츠라고 생각했었다. 하지만 미친 듯이 달리는 녹커의 등에 매달려 있는 지금에야 진짜 과격함이 무엇인지 제대로 알게 된 것 같았다.

떨어지지 않으려고 거칠거칠한 털 속에 손가락을 박고, 너덜너덜한 괴물의 옆구리를 허벅지로 꽉 조이고 있었다. 녹커는 땀과 오줌, 보드카 냄새로 지독했다. 미친 게 아닐까 싶을 만큼 내달렸고, 거대한 발이 땅에 닿을 때마다 마치 발바닥이 청동으로 된 것처럼 땅이 흔들렸다. 녹커는 속도를 줄이며 언덕으로 올라가더니 내리막에서는 어찌나 빨리 내려가던지 귀에서 휙휙 바람 소리가 났다. 녹커는 벼랑과 산길, 벼랑에 튀어나온 좁디좁은 바위 위를 달리는 통에 게롤트는 아래를 보지 않으려고 두 눈을 질끈 감았다. 폭포수가 떨어지는 곳, 양쪽 벼랑과 깊이 파인 골, 무플론 양조차도 뛰어넘지 않을 골짜기를 풀쩍풀쩍 뛰어다니며, 성공할 때마다 귀청이 떨어질 듯한 괴성을 질러댔다. 그 말은 그러니까, 그냥 산길을 달릴 때 내는 시끄러운 괴성보다 훨씬 더 끔찍하고 훨씬 더 시끄러운 괴성을 지른다는 뜻이었다.

"너무 달리지 마!"

맞바람이 입에서 나오는 말을 다시 목 안으로 밀어 넣는 것만 같았다.

"왜?"

"빌어먹을 술을 마셨잖아!"

"우우아하아아아!"

그들은 정신없이 달렸다. 귀 옆으로 바람이 휙휙 지나갔다.

녹커에게서는 달리는 내내 지독한 냄새가 났다.

거대한 발이 바위에 부딪치는 소리가 잦아들고, 대신 돌멩이와 자갈 소리가 잘그락거리며 울렸다. 잠시 뒤에는 땅의 돌들이 점점 사라지고, 초록빛의 무언가가 스쳐 지나갔다. 낮게 자라는 무고소나무 같았다. 곧이어 초록빛과 갈색빛이 번쩍였는데, 녹커가 미친 듯이 전나무 숲을 뛰어넘었던 것이다. 송진 냄새가 괴물의 지독한 냄새와 섞이고 있었다.

"우아아하아아아!"

전나무 숲이 끝나고 떨어진 낙엽들이 바스락거리더니 포도주 빛깔과 붉은색, 황토색과 노란색이 시야를 스쳐 갔다.

"천천히! 천천히 좀 달려!"

"우아아하하하하!"

녹커는 땅에 쓰러진 나무들을 한 번에 뛰어넘었다. 게롤트는 하마터면 혀를 깨물 뻔했다.

광란의 질주는 시작되었을 때와 마찬가지로 갑자기 끝났다. 녹커는 바닥에 발바닥을 박더니 고함을 지르며 낙엽이 쌓여 있는 숲 바닥으로 게롤트를 내던졌다. 게롤트는 그대로 잠시 누워 있었다. 숨이 차서 욕조차 할 수 없었다. 게롤트는 가까스로 일어나 씩씩거리며 또다시 아파오는 무릎을 문질렀다.

"안 떨어졌군. 오호라, 그것참……."

녹커는 게롤트를 보며 좀 놀란 듯한 목소리로 말했다. 게롤트는 아무 말도 하지 않았다.

"다 왔어. 여기가 캐드 머크비드야."

녹커는 털이 북슬북슬한 손으로 주위를 가리켰다.

아래에는 안개로 잔뜩 덮인 분지가 보였다. 안개 속에서 거대한 나무들의 윗부분만 빛나고 있었다. 녹커는 킁킁 냄새를 맡더니 질문을 앞질러 설명했다.

"저 안개는 자연적인 게 아니군. 저쪽에서 연기 냄새도 나고. 내가 너라면 서두르겠어. 내가 같이 가면 좋을 텐데…… 나도 가서 싸우고 싶어. 온몸이 근질근질하네! 어릴 때부터 언젠가 위쳐를 등에 태우고 인간들과 싸우고 싶었다고! 하지만 아발라크가 나더러 모습을 드러내지 말라고 했어. 우리 종족 전체의 안전이 달린 일이니……."

"알아."

"내가 뺨 때린 거 화내지 마."

"화 안 났어."

"넌 제법 괜찮은 놈이야. 인간 중에서는."

"그것참 고맙군. 데려다준 것도 고맙고."

녹커가 붉은 수염 속에서 이빨을 드러내며 웃어 보이자 보드카 냄새가 물씬 났다.

"나도 재미있었어."

머크비드 숲을 덮은 안개는 지나칠 만큼 빽빽하고 이상했다. 마치 정신이 좀 이상한 요리사가 케이크 위에 괴상한 모양의 크림을 얹어놓은 것 같았다. 안개를 보니 게롤트는 브로킬론이 생각났다. 드라이어드의 숲 역시 두꺼운 방어막을 형성하고 마법의 연기로 위장막을 치곤 했다. 브로킬론과 비슷한 점은 또 있었다. 머크비드 역시 오리나무와 너도밤나무가 주를 이루는 숲의 끝, 그곳에서 장엄하고도 위협적인 원시림의 공기가 느껴졌다.

그리고 브로킬론과 마찬가지로 숲의 끝, 나뭇잎으로 가려진 길에서 게롤트는 시체들을 보았다.

잔인하게 죽임을 당한 자들은 드루이드도 닐프가드인들도 아니었고, 밤꾀꼬리나 쉬루의 일당도 아니었다. 게롤트는 안개를 뚫고 마차를 보기 전에, 레지스가 순례자들에 대해 말한 것을 기억해냈다. 이 순례자들은 순례의 길이 그다지 행복하게 끝나지 않는 것 같았다.

축축한 공기 속에서 불쾌하게 떠도는 연기 냄새와 타는 냄새가 점점 더 확실히 길을 가리키고 있었다. 곧이어 냄새와 함께 목소리도 합류했다. 목소리라기보다는 비명이었고, 이상한 현악기 소리도 들려왔다.

게롤트는 걸음을 서둘렀다.

비로 눅눅해진 길바닥에 마차가 서 있었다. 그 바퀴 옆에는 또 다른 시체들이 널려 있었다.

산적 한 명이 짐과 집기를 길바닥에 내던지며 마차를 뒤지고 있었다. 다른 한 명은 마차의 마구에서 벗긴 말을 붙잡고 있었고, 세 번째 산적은 순례자의 시체에서 여우 털 코트를 벗기고 있었다. 네 번째 산적은 마차에서 발견한 겡실레*를 들고 엉터리로 연주를 하고 있었는데, 단 한 음도 맞는 음이 없었다.

하지만 불협화음은 쓸모가 있었다. 게롤트의 발소리를 묻어버렸던 것이다.

갑자기 음악이 뚝 그치더니, 현이 찢어지는 소리를 내며 산적은 낙엽 위로 쓰러졌고 이파리들은 피로 물들었다. 말을 붙들고 있던 산적은 비명조차 지르지 못했다. 시힐이 목구멍을 베어버린 것이다. 세 번째 산적은 마차에서 뛰어내리지 못한 채 비명을 지르며 허벅지의 동맥이 잘려 쓰러졌다. 마지막 산적은 칼집에서 칼을 꺼내긴 했지만, 칼을 쳐들진 못했다.

게롤트는 칼날의 피를 엄지손가락으로 닦아냈다.

"그래, 이놈들아. 그건 좋은 생각이 아니었어. 밤꾀꼬리와 쉬루의 말을 듣다니. 집에 그냥 있었어야지."

게롤트는 연기가 나는 방향을 바라보며 말했다.

게롤트는 얼마 지나지 않아 다음 마차와 살해당한 또 다른 이들을 만났다. 칼에 베이고 찔려 죽은 순례자들 중에는 피 묻은 흰 옷을 걸친 드루이드들도 있었다. 그다지 멀지 않은 곳에서 피어오르는 연기가 지표면에 서렸다.

---

* 겡실레(Gęśle): 바이올린, 해금 등의 현악기와 비슷한 민속 악기이다.

이번 산적들은 좀 더 조심성이 있었다. 죽은 여자의 시체에서 싸구려 반지와 팔찌를 빼내는 데 여념이 없던 한 명에게 소리 없이 다가갔다. 게롤트는 지체 없이 산적을 베었고, 산적은 비명을 질렀다. 그러자 닐프가드군과 섞여 있던 나머지 산적 일당이 고함을 지르며 게롤트에게 달려들었다.

게롤트는 숲 쪽으로, 가장 가까운 나무를 향해 뛰어가 나무둥치를 등 뒤의 보호막으로 삼았다. 하지만 산적 일당들이 뛰어오기도 전에, 말발굽 소리가 울리더니 관목과 안개 사이로 황금색과 붉은색 다이아몬드 모양의 격자무늬 마구를 걸치고 있는 거대한 말이 나타났다. 말은 완전 무장을 한 기사를 태우고 있었는데, 눈처럼 하얀 망토를 두르고 구멍이 난 천이 씌워져 있는 부리 모양의 투구를 쓰고 있었다. 산적들이 정신을 차리기도 전에 하얀 망토의 기사는 어느새 이들의 목에 좌우로 칼을 휘둘렀고, 피가 분수처럼 뿜어져 나왔다. 아름다운 광경이었다.

하지만 게롤트는 이 아름다운 광경을 구경하고 있을 틈이 없었다. 게롤트를 향해서 체리색 조끼를 입은 산적과 검은 옷의 닐프가드 병사가 덤벼들고 있었던 것이다. 달려드는 중에 방어할 기회를 놓친 산적의 얼굴을 베어버리자 이빨이 날아갔다. 그 광경을 본 닐프가드 병사는 재빨리 도망쳐 안개 속으로 사라졌다.

그 순간 게롤트는 격자무늬 마구를 걸친 채 기수 없이 날뛰고 있던 말에 밟힐 뻔했다.

게롤트는 비명 소리와 저주, 말발굽 소리가 들려오는 곳으로 고개를 돌렸다. 산적 세 명이 하얀 망토의 기사를 안장에서 끌어내리려 하고 있었다. 산적 중 한 명은 다리를 벌린 채 손도끼를 휘둘렀고, 다른 한 명은 칼을, 붉은 머리의 키 작은 나머지 한 명은 그 옆에서 마치 토끼처럼 껑충껑충 뛰며 방어하지 못하는 빈 곳을 창으로 찌르려고 했다. 쓰러진 하얀 망토의 기사는 투구 속에서 알아들을 수 없는 고함을 질러대며 양손으로 붙든 방패로 공격을 막아내고 있었다. 산적이 도끼를 내리칠 때마다 방패는 점점 더 아래로 내려왔고 이제는 흉갑까지 닿아 있었다. 이제 한 번, 아니 두 번만 더 내리치면 갈라진 갑옷 사이로 기사의 내장이 흘러나올 것이었다.

게롤트는 넓은 세 걸음으로 이 난리 속에 뛰어들었다. 그는 창을 들고 껑충껑충 뛰고 있는 붉은 머리를 내리치고, 도끼를 휘두르고 있던 자의 복부를 크게 베었다. 기사는 완전 무장을 했음에도 불구하고 매우 날렵하게 세 번째 산적의 무릎을 방패 날로 세차게 가격하고는 쓰러진 산적을 세 번이나 내리찍었다. 하얀 망토의 기사는 피가 튄 방패를 들고 자리에서 일어나 거대한 철로 된 말벌처럼 웅웅거리며 무인가 중얼거리더니 비틀비틀 고사리 숲 사이에서 없어진 칼을 찾고 있었다. 그러더니 문득 게롤트를 보고 멈춰 섰다.

"내가 누구에게 잡힌 건가?"

투구 깊숙한 곳에서 목소리가 울려 나왔다.

"그 누구에게도 잡히지 않았소. 여기 누워 있는 자들은 내 적이기도 하니까."

"아하…… 명예를 걸고 말하는데, 도움에 백만 번 감사하오."

기사는 투구 위를 가린 천을 들어보려고 했지만 천이 낀 상태로 투구가 찌그러져 생각처럼 되지 않았다.

"오히려 이쪽이 감사하지. 날 도우려 뛰어나오셨으니."

"정말이오? 언제 말이오?"

아무것도 못 봤구나, 게롤트는 생각했다. 저 쇠 냄비 구멍으로 나도 못 본 거야.

"존함은 어떻게 되시오?" 기사가 물었다.

"게롤트. 리비아의 게롤트요."

"어떤 문장을 사용하시오? 당신의 가문을 알려주겠소?"

"지금 문장 운운할 때가 아닌 것 같소, 기사님."

"진실로 명예롭고 용감한 기사인 게롤트 경."

기사는 자신의 칼을 찾아내고는 자리에서 일어났다. 붉게 물든 방패는 말의 마구와 똑같은 황금색과 붉은색 다이아몬드 모양의 격자무늬로 장식되어 있었는데, 방패 전면에 A. H.라고 새긴 글자가 보였다.

"이건 우리 가문의 문장은 아니라오. 이건 우리나라의 통치자이신 안나 헨리에타 님의 첫 글자지. 난 체스의 기사라고 하오. 방랑 기사*지. 기사의 맹세를 했기 때문에 내 이름과 가문을 밝힐 수는 없소. 그러나 명예를 걸고, 다시 한 번 도움에 감사드리오, 게롤트 경."

기사는 잔뜩 신이 나서 설명했다.

"나도 고맙소."

쓰러진 산적들 중 한 명이 비명을 지르며 이파리 속에서 바스락거렸다. 하얀 망토의 기사는 다시 달려가 산적을 힘껏 밀어 쓰러뜨렸다. 산적은 마치 몸에 핀이 꽂힌 거미처럼 팔다리를 휘저었다.

"서두릅시다. 산적 떼가 아직 이 근처를 돌아다니고 있소. 명예를 걸고 말하지만! 아직 쉴 때가 아니오!"

---

* 방랑 기사(Knight-errant): 중세 로맨스에 종종 등장하는 요소로, 자신의 기사도를 증명하고 수련을 하기 위해 모험과 결투를 하며 떠돌아다니는 기사들을 말한다.

기사의 말에 게롤트는 고개를 끄덕였다.

"그렇소, 산적 무리가 이 숲을 돌아다니며 순례자들과 드루이드들을 살해하고 있소. 내 친구들도 위험에……."

"잠시만 기다리시오."

이번엔 또 다른 산적이 신음하며 꿈틀거렸다. 그자 역시 단번에 제압되었다. 하늘로 쳐든 산적의 발은 난리를 치는 통에 신발이 벗겨져 떨어졌다.

"명예를 걸고! 저 나쁜 놈들이 세상을 하직하는 게 영 힘든가 보군! 게롤트 경, 내가 상처 입은 자들을 해치운 것에 대해 이상하게 여기지 마시오. 명예를 걸고, 예전에는 이렇게까지 하진 않았소. 하지만 저놈들은 어찌나 금방 회복하던지, 그야말로 정직한 사람은 부러울 뿐이라오. 그 후 나쁜 놈들은 세 번씩 베기로 했소, 더 확실하게 말이오. 그렇소, 완전히 끝장을 보는 거요."

체스의 기사는 칼을 무성한 이끼에 닦았다.

"충분히 이해했소."

"난 방랑 기사지만, 미친 기사는 아니오! 아, 말이 여기 있군. 부체팔, 가자!"

숲은 여러 방향으로 뻗어 있었고 더 밝아졌다. 잎이 많지 않은 가지를 넓게 뻗은 참나무가 가장 많았다. 연기와 불 냄새가 가까워지는 느낌이 들었고, 곧 눈앞에 나타났다.

갈대로 엮은 이엉으로 지붕을 덮은 초가집들이 보였고, 그 초가집들이 자리 잡은 마을 전체가 불타고 있었다. 집들뿐만 아니라 마차의 덮개도 불타고 있었고, 마차 덮개 사이에는 시체들이 널려 있었다. 멀리서 보아도 흰 망토를 입은 드루이드들의 시체가 많았다.

산적들과 닐프가드군은 함성을 지르고 기운을 북돋우며 자기들 앞에 세워놓은 마차 뒤에 숨어 거대한 참나무 둥치 위에 있는 커다란 집을 공격하고 있었다. 집은 육중한 통나무로 지어져 있었고 널빤지로 된 지붕은 뾰족했는데, 그 지붕 위로 산적들이 횃불을 던진 상태였다. 포위된 집은 방어 중이었고, 산적들을 효과적으로 공격하고 있었다. 게롤트의 눈앞에서 산적 하나가 정신을 못 차리고 마차 옆으로 몸을 내밀었다가 번개에 맞듯 날아온 화살에 머리를 관통당했다.

"당신의 친구 분들이 저 건물에 있는 것 같소! 나의 명예를 걸고, 완전히 포위당한 상태요! 빨리 도우러 갑시다!"

체스의 기사가 상황을 잘 알겠다는 듯 소리쳤다.

게롤트는 찢어지는 듯한 고함 소리와 명령을 내리는 목소리를 듣고 얼굴에 붕대를 감은 밤꾀꼬리를 알아보았다. 그리고 잠깐이었지만 닐프가드군의 등 뒤에 숨은 하프엘프 쉬루도 보았다.

그때 참나무에서 잎이 떨어질 만큼 날카롭게 뿔피리 소리가 울렸다. 군대의 훈련된 말발굽 소리가 땅을 울리고 전진하는 기사들의 군장과 칼이 눈부시게 빛났다. 산적들은 비명을 지르며 이리저리 흩어졌다.

"명예를 걸고! 저들은 내 동료들이오! 이쪽으로 오는 게 틀림없소! 조금이라도 영광을 나누려면 지금 당장 공격해야겠군! 공격, 공격!"

체스의 기사는 말에 박차를 가하며 외쳤다.

부체팔을 달리게 하며 체스의 기사는 도망치는 산적들에게 먼저 달려들어 두 명을 해치웠다. 나머지 놈들은 매를 본 참새처럼 흩어졌다. 그중 두 명은 뒤에서 달려오고 있던 게롤트 앞으로 몸을 돌렸다가 게롤트에게 순식간에 당하고 말았다.

세 번째 산적은 '가브리엘'로 게롤트를 공격했다.

'가브리엘'은 이 작은 석궁을 발명한 베르덴 기술자의 이름이었다. 이 무기를 광고하던 문구가 있었는데, '스스로 방어하라'였다. 세상엔 산적 떼와 폭력이 가득하다고 광고는 말했다. 법은 힘이 없고 제대로 작용하지 않는다, 스스로 방어하라! 집을 나설 때면 휴대가 간편한 '가브리엘'을! '가브리엘'은 당신의 수호천사, 산적 떼로부터 당신과 당신의 사랑하는 이들을 지키는 '가브리엘'. 판매는 기록적이었다. 휴대가 간편한 '가브리엘'은 곧 모든 산적들의 필수품이 되었다.

위쳐인 게롤트는 날아오는 화살 정도는 얼마든지 피할 수 있었다. 하지만 무릎이 아프다는 사실을 간과했다. 몸은 피했지만, 그야말로 1인치 차이로 나뭇잎 모양의 화살이 귀에 맞고 말았다. 고통은 눈앞이 캄캄해질 정도였지만 순간이었다. 산적은 다시 화살을 끼우느라 스스로를 방어할 틈이 없었다. 화가 난 게롤트가 맨손으로 산적을 때려눕히고 창자가 튀어나오도록 시힐을 휘둘렀기 때문이다.

귀와 목에서 흐르는 피를 닦아낼 겨를도 없이 어딘가에서 섬뜩하게 눈을 번뜩이며 족제비같이 작고 민첩한 놈이 휘어진 제리칸제 군도를 감탄할 만한 솜씨로 휘두르며 나타났다. 게롤트에게 두 번이나 공격을 가하면서 귀한 두 칼날은 서로 부딪쳐 불꽃을 쏟아내고 있었다.

족제비는 민첩하고 주의력이 있었다. 게롤트의 다리에 문제가 있다는 사실을 바로 파악하고는 주위를 돌며 자신에게 유리한 장소에서 공격을 시작했다. 공격 속도가 굉장히 빠른 탓에, 군도의 칼날이 위험한 십자 휘두르기를 하며 휙휙 소리를 냈다. 게롤트는 공격을 피하는 것이 점점 더 어려워지고 있었다. 그리고 아픈 다리로 지탱할 수밖에 없는 상황이 되자 점점 더 눈에 띄게 다리를 절었다.

족제비는 갑자기 몸을 확 움츠렸다가 뛰어올라 솜씨 좋은 속임수를 선보이며 그대로 돌진해 귀에서부터 칼을 내리쳤다. 게롤트는 옆으로 몸을 틀어 칼날을 막아냈고, 족제비는 재빨리 몸을 돌려 아래쪽에서 끔찍한 공격을 시도하려고 했다. 하지만 갑자기 눈이 튀어나올 듯 마구 재채기를 하더니 휼쩍거리다가 칼을 놓치고 말았다. 게롤트는 재빨리 족제비의 목을 베어버렸고, 그의 시힐은 놈의 척추까지 닿았다.

"그러니까, 마약이 몸에 해롭지 않다고 누구든 한번 지껄여보라고."

게롤트는 숨을 몰아쉬면서 경련을 일으키는 산적의 몸뚱이를 내려다보며 말했다.

그 순간, 손도끼를 높이 쳐든 채 게롤트에게 달려들던 산적이 걸음을 멈추더니 진흙탕 위로 코를 박고 쓰러졌다. 놈의 머리 뒤로 화살 하나가 삐죽 나와 있었다.

"게롤트, 내가 가요! 지금 간다고! 그러니까 버텨요!"

고래고래 소리를 지르는 밀바의 목소리가 들렸다.

게롤트는 재빨리 돌아섰지만 해치울 사람은 없었다. 밀바는 근처에 남아 있던 산적 하나를 명중시켜 쓰러뜨렸다. 다른 산적들은 형형색색의 복장을 갖춰 입은 기사단에게 쫓겨 숲으로 도망쳤다. 부체팔을 탄 체스의 기사도 달아나는 산적 몇 명을 뒤쫓고 있었다. 잠시 뒤 숲 속에서 끔찍한 비명 소리가 나는 것으로 보아 해치워버린 모양이었다.

검은 옷을 입은 닐프가드군들 중 한 명이 목숨을 부지하고 있다가 갑자기 벌떡 일어나 도망치기 시작했다. 밀바가 번개처럼 활을 들고 활시위를 당겼다 놓자 화살이 휙 소리를 내더니 닐프가드 병사의 등뼈 사이에 회색 화살이 꽂혔다. 닐프가드 병사는 비명조차 지르지 못한 채 낙엽 위로 쓰러졌다.

밀바는 크게 한숨을 내쉬며 중얼거렸다.

"우린 교수형을 당할 거야."

"왜 그렇게 생각해?"

"여긴 닐프가드잖아요. 닐프가드군을 상당수 해치우기 시작한 지 벌써 두 달이야."

"여긴 투생이야, 닐프가드가 아니라."

게롤트가 관자놀이 주변을 만지자 손 전체가 피범벅이 되었다.

"젠장, 여기 옆에 좀 봐줘, 밀바."

밀바는 게롤트의 귀 주변을 깐깐하게 살펴보았다.

"귀만 좀 날아갔네. 신경 쓸 것 없어요."

"쉽게 말하는군. 난 이 귀를 아주 좋아했다고. 동여매는 것 좀 도와줘. 목으로 자꾸 피가 흘러내리니까. 단델라이온과 앵글로메는 어디 있지?"

"저기 집 안에, 순례자들과…… 아, 젠장……!"

말발굽 소리가 나더니 안개 속에서 군용 말을 탄 세 명의 기사들이 망토와 깃발을 휘날리며 달려오고 있었다. 싸움의 함성이 들려오기 전에 게롤트는 밀바의 어깨를 감싸고 서둘러 마차 밑으로 끌어당겼다. 완전 무장에 14자나 되는 창을 들고, 말에 올라탄 자들이라면 열 걸음은 유리할 것이다. 그런 자들 앞에서 함부로 까불 수는 없었다.

"나와라! 당장 무기를 버리고 나와!"

기사들의 말이 마차 앞에서 발굽을 구르자 땅이 울렸다.

"교수형을 당할 거야."

밀바가 중얼거렸다. 그 말이 맞을지도 몰랐다. 그때였다.

"하, 이 나쁜 놈들!"

기사들 중 한 명이 쩔렁거리며 소리쳤다. 그 기사는 은빛 바탕에 검은 소의 머리가 그려진 방패를 들고 있었다.

"이 악당들아! 명예를 걸고, 네놈들은 교수형을 당할 것이다!"

"명예를 걸고! 그냥 이곳에서 이들을 처치해버리겠다!"

이번엔 푸른빛의 방패를 든 기사가 앳된 목소리로 소리쳤다.

"잠깐, 잠깐, 기다리게!"

안개 속에서 부체팔을 탄 체스의 기사가 모습을 드러냈다. 마침내 찌그러진 투구를 올려 쓰는 데 성공했는지 투구 아래로 밀짚 색의 무성한 수염이 보였다.

"그들을 해치지 마시오! 그 사람들은 산적이 아니야! 선량한 시민들이오! 저 여인은 용감하게 순례자들을 위해 산적과 맞섰소. 그리고 저 기사는 선한 기사요!"

체스의 기사가 외쳤다.

"선한 기사라고? 명예를 걸고! 그럴 리가 없는데!"

소머리 기사가 투구의 가리개를 올리고 믿지 못하겠다는 눈으로 게롤트를 노려봤다.

"명예를 걸고! 진실임을 내가 보장하겠소! 내가 산적들에게 당해 쓰러져 있을 때, 저 용감한 기사가 위험에서 내 목숨을 구했소. 이름은 리비아의 게롤트라고 하오."

체스의 기사가 쇠장갑을 낀 손으로 흉갑을 쿵쿵 쳤다.

"가문은?"

"밝힐 수 없소. 진짜 이름도, 가문도. 나는 기사의 맹세를 한 몸이오. 그저 방랑 기사 게롤트라고 불러주시오."

게롤트가 되는대로 대꾸했다.

"오! 누가 왔는지 봐요! 하, 내가 말했잖아요, 이모! 위쳐 삼촌이 우릴 구하러 올 거라고."

어디선가 익히 잘 알고 있는 건방진 목소리가 들려왔다.

"딱 좋은 시간에 왔군. 단 1초도 더 빨리 오지 않았어. 게롤트, 극적인 순간을 연출하는 데 감이 있다니까. 자네는 연극을 집필해야 한다고!"

앵글로메를 비롯해 공포에 질린 순례자들과 함께, 단델라이온이 류트와 몸에서 절대 떼놓지 않는 종이 상자를 끌어안고서 성큼성큼 다가왔다.

큰 소리로 떠들어대던 단델라이온이 갑자기 입을 다물었다. 소머리 기사가 안장에서 몸을 굽혔다. 그의 눈이 빛나고 있었다.

"줄리안 자작님?"

"페이락-페이란 남작?"

참나무 뒤에서 또 다른 기사 둘이 모습을 드러냈다. 한 명은 흰 백조가 날개를 펴고 있는 모습이 멋지게 장식되어 있는 냄비처럼 생긴 투구를 쓰고 있었는데, 두 명의 포로를 올가미에 묶어 끌고 오고 있었다. 다른 한 명은 교수대로 적당한 나뭇가지를 살펴보고 있었다.

"밤꾀꼬리도, 쉬루도 아니군요. 젠장, 유감이네."

앵글로메가 게롤트의 얼굴을 살피며 말했다.

"유감이야. 하지만 상황을 바꿔봐야지. 기사님……?"

게롤트가 동의하며 기사를 힐끗 쳐다봤지만 소머리, 아니 페이락-페이란 남작은 게롤트에게 조금도 신경을 쓰지 않았다. 그의 눈에는 단델라이온만 보이는 듯했다.

"명예를 걸고, 내가 잘못 본 게 아니군! 바로 줄리안 자작님이라고. 하! 우리 공작 부인께서 기뻐하시겠는걸!"

페이락-페이란 남작은 쉬지 않고 떠들어댔다.

"줄리안 자작님이 누구지?"

게롤트가 흥미롭다는 듯 물었다.

"그건 나야. 이 일에 끼어들지 마, 게롤트."

단델라이온이 입을 반쯤만 벌린 채 나지막이 말했다.

"헨리에타 공작 부인께서 좋아하실 겁니다. 명예를 걸고! 여러분 모두를 보끌레흐 성으로 모시고 가겠습니다. 안 가겠다고 해봐야 소용없습니다, 자작님. 핑계 대봤자 난 듣지 않을 겁니다!"

페이락-페이란 남작은 지치지도 않는지 같은 말을 되풀이했다.

"산적 중 몇 명이 도망쳤는데, 일단 산적들부터 잡읍시다. 그런 후에 하루를 이렇게 흥미롭게 시작한 오늘, 뭘 하면 좋을지 생각해봅시다. 어떻습니까, 남작님?"

게롤트는 최대한 냉정한 목소리로 말하고자 애썼다.

"명예를 걸고, 그래봤자 아무 성과도 없을 거요. 추적은 불가능하오. 범죄자들은 강 저편으로 도망갔는데, 우린 강물에 발을 담글 생각이 없소, 말발굽도 말이오. 머크비드 숲의 저쪽 지역은 침범할 수 없는 성스러운 장소고, 이건 투생을 다스리는 우리의 은혜로운 안나 헨리에타 공작 부인께서 드루이드들과 맺은 조약……."

"산적들이 저쪽으로 도망치다니, 젠장!"

페이락-페이란 남자의 말이 채 끝나기도 전에 게롤트가 소리쳤다. 점점 화가 끓어올랐다.

"침범할 수 없는 성스러운 장소에서 놈들은 사람을 죽일 거요! 그런데도 당신들은 무슨 조약 따위를……."

"이건 기사의 명예를 걸고 하는 말이오! 절대로 안 된단 말이오! 엄연한 조약이오! 드루이드들의 땅에는 단 한 발짝도 들어가서는 안 된단 말이오!"

페이락-페이란 남작은 소머리보다는 양머리가 더 잘 어울릴 것 같았다.

"안 되는 사람에겐 안 되겠죠. 아무 소용없는 이야기 그만해요, 위쳐 삼촌. 우린 가요. 난 밤쥐꼬리와 계산할 게 남아 있으니까. 당신도 아마 하프엘프와 할 얘기가 남아 있겠죠?"

앵글로메가 산적들이 두고 간 말 두 마리의 고삐를 끌어당기며 말했다.

"나도 같이 갈게. 말을 한 마리 구해서." 밀바가 말했다.

"나도, 나도 같이……." 단델라이온이 다급히 말했다.

"오, 그건, 그건 안 됩니다! 명예를 걸고, 줄리안 자작님은 우리와 함께 보끌레흐 성으로 가셔야 합니다. 우리가 자작님을 만났는데 모시고 가지 않는다면 공작 부인께서 용서하지 않으실 겁니다. 당신들을 붙잡진 않겠소, 각자 생각이 있고 계획이 있을 테니까. 은혜로우신 헨리에타 공작 부인께서는 줄리안 자작님의 친구인 여러분 모두를 기꺼이 환대하고 성에서 후하게 대접하실 테지만, 만약 공작 부인의 환대를 무시하고 싶으시다면……."

"그건 아닙니다."

게롤트가 남작의 등 뒤에서 구부린 팔꿈치로 여러 가지 좋지 못한 제스처를 취하는 앵글로메를 무서운 눈빛으로 제어하려고 애쓰며 말했다.

"우리가 공작 부인의 환대를 무시하는 것은 절대로 아닙니다. 또한 공작 부인께 인사를 올리고 마땅히 갖춰야 할 예의를 피하는 것도 아닙니다. 다만 우리가 해야 할 일을 먼저 하려는 것뿐입니다. 우리 역시 맹세를, 그러니까 약조한 바가 있기 때문입니다. 이 문제만 해결되면, 우리도 지체 없이 보끌레흐 성으로 가겠습니다. 그곳으로 꼭 가도록 하죠."

게롤트는 가쁜 호흡을 잠시 진정시킨 뒤 의미심장하게 덧붙였다.

"우리 친구 단델라이온, 아니 줄리안 자작에게 좋지 않은 일이나 불명예스러운 일이 생기진 않았을지 확인하기 위해서라도 말이지요."

"명예를 걸고! 자작님께는 그 어떤 좋지 않은 일도, 불명예스러운 일도 일어나지 않을 것이오! 내가 장담하지! 왜냐하면 내가 이야기하는 것을 깜빡 잊었는데, 자작님, 레이먼드 공께서는 이미 2년 전에 중풍으로 돌아가셨습니다."

남작이 활짝 웃어 보였다.

"하, 하하! 공작께서 죽었다고! 이거야말로 기쁘고 즐거운 소식일세! 아니 내 말은, 슬프고도 안타깝고, 애석한…… 그 위의 흙이 가볍기를…… 하지만 그게 사실이라면 보끌레흐로 어서 갑시다, 기사 여러분! 게롤트, 밀바, 앵글로메, 모두들 성에서 만나자고!"

순식간에 얼굴이 확 밝아진 단델라이온이 호탕한 목소리로 외쳤다.

일행은 시냇물을 건너 넓게 가지를 뻗은 참나무와 안장의 등자 높이까지 자란 고사리로 무성한 숲을 달렸다. 밀바는 도망치던 산적들의 시체를 발견했다. 일행은 있는 힘을 다해 말을 달렸다. 게롤트는 드루이드들을 걱정하고 있었다. 산적의 잔당들이 투생의 방랑 기사들에게 당한 것을 드루이드들에게 분풀이라도 할까봐 우려했던 것이다.

"그런데 단델라이온은 정말 잘 걸렸네. 밤피꼬리 일당이 오두막에 있던 우리를 포위했을 때, 단델라이온이 나한테 뭣 때문에 투생에 가는 걸 무서워했는지 말해줬거든요."

갑자기 입을 연 앵글로메가 말했다.

"짐작은 했지. 하지만 상대가 그렇게 높을 줄은 몰랐군. 공작 부인이라니, 하!"

게롤트가 절레절레 고개를 저으며 대꾸했다.

"몇 년 전 이야기래요. 죽었다는 레이먼드 공작이 단델라이온의 심장을 꺼내 구워버리려고 했대요. 불륜을 저지른 공작 부인에게 그 구운 심장을 저녁 식사로 먹이겠노라 맹세했다나. 어쨌거나 레이먼드 공작이 살아 있을 때 투생에 온 게 아니라 다행이에요. 우리한테도요."

"그건 두고 봐야 알지."

"단델라이온의 말에 따르면, 헨리에타 공작 부인이 자신을 미친 듯이 사랑한다던데요."

"단델라이온은 항상 그렇게 말해."

"입 다물어!"

밀바가 버럭 소리를 지르고는 고삐를 잡아당기며 활을 잡았다.

참나무와 참나무 사이로 산적 한 명이 모자도 쓰지 않고 무기도 들지 않은 채, 눈이 먼 것처럼 비틀거리며 게롤트 일행을 향해 달려오고 있었다. 뛰어오다가 넘어졌다가 다시 일어나 또 뛰었다. 그러고는 비명을 질렀다. 새되고 끔찍한 비명 소리였다.

"뭐지, 저 머저리는?" 앵글로메가 의아해했다.

밀바는 아무 말 없이 활시위를 당겼다. 쏘지는 않고 산적이 가까이 다가올 때까지 기다렸는데, 산적은 마치 게롤트 일행이 보이지 않는 양 그들을 향해 비척거리며 달려왔다. 그러고는 게롤트와 앵글로메의 말 사이를 지나 계속 앞으로 달려갔다. 일행은 하얀 치즈처럼 창백하게 질린 산적의 얼굴과 공포로 일그러진 표정, 그리고 눈이 튀어나와 있는 것을 보았다.

"도대체 무슨……?"

앵글로메가 당황하며 중얼거렸다.

밀바는 당혹감을 진정시키고 안장에서 몸을 돌려 도망치는 산적의 등에 화살을 박았다. 산적은 비명을 지르며 고사리 덤불로 쓰러졌다.

그 순간 땅이 흔들렸다. 근처의 참나무에서 도토리가 떨어질 정도로.

"희한하네. 대체 뭐 때문에 저렇게 도망을……."

앵글로메의 말이 채 끝나기도 전에 또다시 땅이 흔들렸다. 덤불이 부스럭거리더니 가지들이 부러지는 소리가 났다.

"이게 뭐지? 게롤트, 지금 이거, 무…… 무슨 상황이에요?"

밀바가 등자 위에 선 채로 말을 더듬으며 물었다.

게롤트는 어딘가를 응시하다가 드디어 그것을 발견하고는 크게 숨을 내뱉었다. 앵글로메 역시 그것을 보고, 얼굴이 순식간에 창백해졌다.

"씹할!"

밀바의 말도 그것을 보았다. 말은 공포에 질려 히힝 울부짖더니 앞발을 번쩍 들며 두 발로 섰다가 갑자기 껑충 뛰었다. 밀바는 안장에서 균형을 잃고 바닥으로 나가떨어졌고, 말은 숲으로 도망쳤다. 게롤트의 말 역시 곧장 밀바의 말 뒤를 쫓아갔는데, 운 나쁘게도 하필이면 참나무 가지가 낮게 드리워진 쪽으로 달렸다. 나뭇가지는 게롤트를 사정없이 쳐냈고 말에서 떨어뜨렸다. 무릎의 충격과 고통으로 게롤트는 기절하기 직전이었다.

미쳐 날뛰는 말을 가장 오랫동안 제어한 것은 앵글로메였지만, 결국 앵글로메마저 땅에 떨어지고 그 말은 땅에서 간신히 일어나려던 밀바를 밟을 뻔하다가 그대로 도망쳤다.

모두가 말에서 낙마한 채로 나뒹굴고 있던 그때, 이들에게 다가오는 그것의 모습이 더욱더 뚜렷하게 보였다. 말들이 놀라는 이유를 알만 했다.

괴물은 수백 년은 묵은 듯한, 가지가 무성하고 거대한 참나무처럼 보였다. 어쩌면 진짜 참나무였을지도 모른다. 하지만 아주 특이한 참나무였다. 낙엽과 도토리가 떨어져 있는 들판에 서서 다람쥐가 가지 사이를 뛰어다니고 붉은가슴방울새가 똥을 싸도록 놔두는 대신, 이 참나무는 굵은 뿌리로 쿵쿵거리며 힘차게 숲을 뛰어다니면서 무성한 가지를 흔들고 있는 것이었다. 옹이가 가득한 둥치, 아니 몸통에는 지름이 2송젠은 될 만한 눈이 달려 있었고, 그 몸통에 뚫린 커다란 구멍이 움직이면서 나뭇가지가 부러지는 듯한 소리를 내며 무언가 씹고 있는 것으로 보아, 그냥 구멍이 아니라 입인 모양이었다.

참나무 괴물의 육중한 발걸음 때문에 몸의 중심을 잡을 수 없을 정도로 땅이 흔들리고 있었지만, 괴물은 놀라울 만큼 민첩하게 계곡을 따라 걸어오고 있었다. 그리고 걷고 있는 뚜렷한 목적도 있었다.

일행의 눈앞에서 참나무 괴물은 가지를 흔들며 휙휙 소리를 냈고, 마치 황새가 풀숲에 숨은 개구리를 잡아내듯 숨어 있는 산적들을 솜씨 좋게 골라냈다. 온몸이 가지들로 얽혀버린 산적은 비명을 지르며 자비를 구했다. 게롤트는 괴물이 이미 세 번째 산적을 집어 들고 있는 것을 보았다. 닐프가드군 한 명도.

"도망쳐…… 밀바…… 앵글로메…… 도망치라고."

게롤트는 일어서려고 애쓰며 소리쳤다. 누군가 새하얗게 달군 못을 그의 무릎에 대고 망치질을 하는 것만 같았다.

"놔두고 가지 않을 거예요!"

참나무 괴물이 일행의 목소리를 듣고 신이 났는지 뿌리를 쿵쿵 땅바닥에 박으며 그들을 향해 오고 있었다. 앵글로메는 게롤트를 일으키려고 해봤지만 뜻대로 되지 않자, 그야말로 현란한 욕설을 선보였다. 밀바는 떨리는 손으로 활시위를 당기려고 애썼다. 쓸데없는 짓이었지만.

"도망쳐!"

이미 늦었다. 참나무 괴물은 근처까지 와 있었다. 공포로 온몸이 마비된 채, 일행은 참나무 괴물의 포획물인 네 명의 산적들이 괴물의 가지에 마구 엮여 있는 모습을 똑똑히 볼 수 있었다. 새된 비명을 지르며 다리를 버둥거리고 있는 것으로 보아 두 명은 아직 살아 있는 것 같았다. 세 번째 산적은 아마도 기절한 듯 축 늘어져 흔들거리고 있었다. 참나무 괴물은 포획물들을 산 채로 잡으려고 하는 것이 분명했다. 하지만 네 번째 산적은 산 채로 잡지 못한 것 같았다. 산적의 튀어나온 눈, 피와 토사물로 뒤범벅이 된 턱까지 혀가 축 늘어져 있는 것으로 보아 아마도 주의를 기울이지 않고 너무 꽉 쥔 모양이었다.

바로 다음 순간, 게롤트 일행 세 명 모두 가지에 엮여 찢어질 듯한 비명과 함께 공중에 매달렸다.

"자자, 괜찮아. 나무야, 괜찮아."

나무 아래, 뿌리 쪽에서 낯선 목소리가 들려왔다.

참나무 괴물 뒤에서 이파리가 달린 가지로 괴물을 살살 몰고 있는 것은, 흰 옷을 입고 머리에 화관을 쓴 젊은 여자 드루이드였다.

"해치지 말고, 나무야. 조이면 안 돼, 살살."

"우린 산적이 아닙니다. 우리를 내려주라고 해주세요…… 우린 죄가 없습니다."

가슴이 가지에 얽힌 채로 조여드는 통에 게롤트는 곧 터질 것 같은 고통을 간신히 참으며 말했다.

"다들 그렇게 말하죠. 자, 조심, 조심."

여자 드루이드는 눈썹 옆에서 날고 있는 나비를 손짓으로 치우며 말했다.

"오줌을 쌌다고…… 염병할, 오줌을 지렸다니까!"

앵글로메가 소리를 질렀다.

밀바는 그르렁거리는 소리만 내더니 고개가 천천히 가슴 위로 떨어지고 있었다. 게롤트는 지독한 욕설을 내뱉었다. 할 수 있는 것이라고는 그것밖에 없었다.

여자 드루이드가 모는 참나무 괴물은 신이 난 듯 숲을 뛰어다녔다. 그렇게 뛰는 동안 아직 정신을 잃지 않은 게롤트와 앵글로메는 괴물이 뛰는 박자에 맞춰, 소리가 들릴 정도로 이가 부딪혔다.

잠시 후, 넓은 풀밭에 다다랐다. 게롤트는 흰 옷을 입은 드루이드 무리들과 그 옆에 서 있는 다른 참나무 괴물을 보았다. 새로 등장한 참나무 괴물의 수확물은 조금 쳐진 채로 세 명의 산적들이 매달려 있었고, 그중 살아 있는 사람은 한 명이었다.

"범죄자들, 나쁜 놈들, 인간 같지도 않은 놈들!"

모여 있는 드루이드들 중 길고 구부러진 지팡이에 몸을 기댄 나이 든 드루이드가 외쳤다.

"똑바로 보시오. 자, 머크비드 숲에서 범죄자들과 악당들이 어떤 벌을 받게 되는지! 똑바로 보고 기억하시오. 우린 당신들을 놔주겠소. 당신들이 곧

보게 될 광경을 다른 이들에게 전하라고 놔주는 것이오! 경고를 하라고!"

들판 한가운데에는 장작과 나뭇가지로 쌓아 올린 거대한 더미가 있었고, 그 더미 위에는 커다란 허수아비처럼 생긴 망이 작대기에 받쳐져 있었다. 망 안에는 비명을 지르며 몸부림치는 사람들로 가득했다. 그 비명 소리 중 산적 밤꾀꼬리의 꽥꽥거리는 목소리가 게롤트의 귀에 들려왔다. 그리고 몸부림치는 자들 가운데, 백지장처럼 하얗게 질려 공포로 얼굴이 일그러진 하프엘프 쉬루가 버드나무로 만든 망에 바짝 붙어 있는 모습도 보았다.

"드루이드들이여! 플라미니카 님! 나는 위쳐 게롤트입니다!"

게롤트는 이 난리 속에서도 들릴 수 있도록 있는 힘껏 소리쳤다.

"뭐라고요?"

아래쪽에서 금속 빛의 회색 머리를 어깨까지 드리우고 겨우살이로 만든 화관을 쓴, 키가 크고 마른 여자가 되물었다.

"나는 게롤트입니다…… 위쳐…… 에미엘 레지스의 친구……."

"다시 말해봐요, 안 들리니까."

"게롤트! 뱀파이어 에미엘 레지스의 친구란 말입니다!"

"아하, 처음부터 그렇게 말할 것이지!"

화관을 쓴 드루이드의 명령에 참나무 괴물은 게롤트 일행을 땅에 내려놓았다. 조심스럽게 내려놓은 것은 아니었다. 바닥에 널브러진 일행은 일어설 수가 없었다. 밀바는 코피를 흘리며 정신을 잃은 상태였다. 게롤트는 가까스로 몸을 일으켜 밀바 옆에 무릎을 꿇었다.

화관을 쓴 플라미니카는 헛기침을 하며 옆에 서 있었다. 얼굴은 너무 바싹 말라 있어 해골처럼 보였다. 하지만 수레국화 같은 파란 눈은 친절하고 부드러웠다.

"갈비뼈가 부러진 것 같군요. 하지만 우리가 해결할 수 있어요. 이런 일이 일어나서 유감입니다. 하지만 당신들이 누구인지 우리가 어떻게 알 수 있겠어요? 당신들을 캐드 머크비드로 오라고 우리가 부른 것도 아니고, 우리의 성스러운 숲에 들어오라고 허락한 적도 없습니다. 에미엘 레지스가 당신들 얘기를 전해주긴 했어요. 하지만 돈을 받고 우리 숲에 살고 있는 생물들을 죽이는 위쳐를……."

"존경하는 플라미니카 님, 이곳에서 저희는 곧바로 사라지겠습니다, 단지……."

게롤트가 장담하며 말을 이어가려고 할 때, 드루이드들이 불타는 횃불을 들고서 사람들로 가득 차 있는 버드나무 망 밑에 있는 장작더미로 가는 것을 보고 게롤트는 말을 멈추었다.

"안 돼! 멈춰!"

게롤트가 주먹을 휘두르며 다급하게 소리쳤다. 하지만 플라미니카는 게롤트의 외침을 못 들은 척 말했다.

"저 버드나무 망은 원래 겨울에 먹이가 없는 동물들을 위해서 먹이 망으로 만든 것이죠. 하지만 저 악당들을 잡은 후, 인간들이 우리들과 관련해서 만들어낸 악의적인 소문과 중상모략을 떠올렸어요. 좋아, 그렇다면 버들 여인을 정말로 만들어주지. 악몽을 만들어낸 건 인간들이에요. 그렇다면 그 악몽을 현실로……."

"그만하라고 해주십시오. 존경하는 플라미니카 님…… 저들을 불태우지 말아주세요. 저 산적들 중 한 명이 중요한 정보를 가지고 있습니다."

게롤트는 숨을 헐떡이며 플라미니카를 바라봤다. 가슴에 양손을 얹은 플라미니카의 수레국화 같은 푸른 눈은 여전히 부드럽고 친절해 보였다.

"그건 안 돼요. 그럴 수는 없어요. 형량 거래 같은 건 믿지 않습니다. 응당 받아야 할 죄의 대가를 피하는 것은 비도덕적이에요."

플라미니카는 딱 잘라 말했다.

"그만! 불을 붙이지 마십시오!"

게롤트의 외침에 플라미니카가 간단한 손짓을 해 보이자, 근처에 서 있던 참나무 괴물은 뿌리를 쿵쿵거리며 다가와 게롤트의 어깨에 가지를 턱 하고 올렸다. 게롤트는 바닥으로 쿵 하고 주저앉을 수밖에 없었다.

"불을 붙여라! 위쳐, 미안하게 됐지만 이렇게 할 수밖에 없네요. 우리 드루이드들은 생명이라면 어떤 형태라도 존중하고 그 가치를 인정해요. 하지만 죄인들의 목숨을 살려주는 것은 어리석은 일이죠. 범죄자들은 공포를 불러일으킬 뿐이에요. 그러니 우리는 공포가 무엇인지 보여줄 거예요. 그와 같은 행동을 또다시 되풀이하지 않길 바라는 마음으로 말이죠."

플라미니카의 명령에 따라 불이 붙여졌고 바싹 마른 가지는 순식간에 타올랐다. 높이 쌓은 장작더미는 연기와 불꽃으로 휘감겼다. 버드나무 망에서 새어나오는 처절한 비명과 절규에 머리카락이 쭈뼛 섰다. 탁탁거리며 타오르는 불 속의 아비규환에서는 불가능한 일이겠지만, 게롤트는 밤쥐꼬리의 꽥꽥거리는 비명과 고통으로 가득 찬 하프엘프 쉬루의 찢어질 듯한 비명을 구분할 수 있을 것 같았다.

그 말이 맞아, 게롤트는 생각했다. 죽음이 언제나 같은 건 아니지.

잔인하게도 꽤 긴 시간이 지난 후에야, 장작더미와 버드나무 여인은 아무도 견뎌낼 수 없는 거대하고 요란한 지옥 불처럼 타올랐다.

"게롤트 삼촌, 메달은……?"

옆에 서 있던 앵글로메가 물었다.

"응? 뭐라고?"

게롤트는 목이 메어와 헛기침을 하며 되물었다.

"늑대가 그려져 있는 은으로 된 위쳐 메달이요. 쉬루가 가져갔잖아요. 이제 완전히 없어져 버렸네요. 저 불 속에서 녹아버렸을 거예요."

"할 수 없지."

게롤트는 플라미니카의 수레국화 같은 파란 눈을 바라보며 천천히 말했다.

"나는 이제 위쳐가 아니야. 위쳐를 그만둔 거야. 타네드 제비의 탑에서, 브로킬론에서, 야루가의 다리 위에서, 고르곤 산의 동굴에서, 그리고 여기 머크비드 숲에서. 난 이미 위쳐가 아니다. 그러니까 위쳐의 메달 없이 사는 법도 이제 배워야겠지."

왕은 왕비를 한없이 사랑했고, 왕비 역시 온 마음으로 왕을 사랑했다. 이런 이야기는 보통 불행으로 끝날 수밖에 없다.

플루오렌즈 델라노이, 〈동화와 민담〉

플루오렌즈 델라노이. 언어학자이며 역사가. 1432년 비코바로 출생. 1460년부터 1497년까지 제국의 비서관이자 사서로 근무했다. 전설과 민담을 집요하게 연구하여 고어와 제국의 북쪽 지역 문학에 관한 기념비적인 많은 논문을 남겼다. 주요 저서로는 《북부 지역의 신화와 전설》, 《동화와 민담》, 《고대의 혈통 또는 놀라운 선물에 대한 신화》, 《위쳐 사가》, 《위쳐와 여성 위쳐, 끝없는 추적에 대하여》 등이 있다. 1476년부터 카스텔 그라우피안의 아카데미아 교수로 재직하다가 그곳에서 1510년에 사망하였다.

에펜베르그와 탈봇, 〈막시마 문디 백과사전, 제4권〉

제 8 장

바다에서 불어오는 세찬 회오리바람에 돛들이 요란하게 펄럭였다. 안개비는 가늘었지만 얼굴을 아프게 때리는 우박과 함께 내리고 있었다. 대운하의 물은 납색을 띤 채 바람으로 물결이 일며 가는 빗줄기에 작은 점 모양을 만들고 있었다.

"이리로 오시죠. 배가 기다리고 있습니다."

딕스트라는 무겁게 한숨을 내쉬었다. 이미 바다 여행은 진력이 나 있던 터라 딱딱하고 안정적인 땅 위에 발을 딛고 있는 해안에서의 짧은 휴식을 다행으로 생각하고 있었다. 또다시 흔들거리는 배 위에 몸을 실을 수밖에 없다는 생각에 짜증이 치밀어 올랐다. 하지만 어쩔 수 없었다. 코비어의 겨울 수도인 란 엑세터는 다른 곳과는 확연하게 구별되는 점이 있었다. 바다를 건너온 여행객들이 란 엑세터 항구에 잠시 내리는 이유는, 바다 위를 떠다니는 또 다른 배로 갈아타기 위해서였다. 노가 여럿 달린 늘씬한 배로, 뱃머리가 하늘로 높이 들려 있고 선미도 낮지 않은 배였다. 란 엑세터는 탕고강의 넓은 하구, 물 위에 건설된 도시였다. 대로나 골목 대신 이 도시에는 운하들이 있었고, 도시에서의 이동은 모두 배 위에서 이루어졌다.

딕스트라는 배에 올라 자신을 입구에서 기다리고 있던 르다니아 대사의 인사를 받았다. 항구를 벗어나자 배는 규칙적으로 물살을 가르며 속도를 내기 시작했다. 르다니아의 대사는 침묵하고 있었다.

대사라고, 딕스트라는 생각했다. 르다니아가 코비어에 대사를 보낸 게 언제였지? 아마도 넉넉잡아 120년은 됐겠지. 120년 동안 코비어와 포비스는 르다니아에겐 외국이었다. 하지만 언제나 그랬던 것은 아니었다.

르다니아는 프락시드 만 북쪽에 있는 나라들을 아주 옛날부터 줄곧 속국 취급을 해왔다. 트레토고르 궁정에서는 코비어와 포비스에 대해 왕관을 쓴 부수입원이라고 말했다. 코비어와 포비스를 다스려왔던 공작들을 트로이데니드라고 불렀는데, 이들이 트로이덴을 조상으로 하는 후손들이었기 때문에, 또는 그들 자신이 그렇게 주장했기 때문이었다. 그런데 그 트로이덴 공작은 르다니아의 왕 라도비드 1세, 후에 대왕 라도비드라고 불리게 된 왕의 동생이었다. 트로이덴 공작은 어릴 때부터 눈 뜨고 봐줄 수 없을 지경으로 특출나게 못돼먹은 인물이었다. 커서 어떻게 될지, 이를 생각하면 무서울 지경이었다. 라도비드 왕 역시 이 점에 대해서는 이견이 없었기 때문에 자신의 동생을 마치 흑사병처럼 증오했다. 그래서 동생을 자신의 눈앞에서 치워버리고 최대한 멀리 떨어져 있도록 코비어의 공작으로 임명한 것이었다. 코비어보다 더 먼 곳은 없었으니까.

트로이덴 공작은 형식적으로 르다니아 왕의 신하였지만, 좀 특별한 신하였다. 조공을 비롯해 그 어떤 의무도 지고 있지 않았던 것이다. 형식적인 조공의 서약 또한 할 필요가 없었고, 단지 르다니아에 해를 입히지 않겠다는 약조만으로 충분했다. 어떤 이들은 라도비드 왕이 판단하기에 코비어는 조공도, 충성도 바칠 수 있는 상태가 아니라는 것을 알고 봐줬노라 떠들기도 했고, 또 어떤 이들은 동생인 트로이덴 공작이 돈을 들고, 또는 군사들을 데리고 트레토고르 궁정에 나타난다는 것 자체가 라도비드 입장에서는 너무 싫었기 때문이라고 쑥덕거리기도 했다. 진짜 이유가 무엇이었는지는 아무도 모르지만, 이렇게 정해진 대로 그간 유지된 것이다. 라도비드 1세가 죽은 후에도 르다니아에서는 위대한 라도비드 왕이 정한 여러 법이 오랫동안 지켜지고 있었다. 첫 번째로 코비어 공국은 르다니아의 속국이긴 하지만, 조세를 바치거나 봉사할 필요가 없다는 것. 두 번째로 코비어의 공작을 임명하고 계승할 권리는 트로이덴 가문에만 있다는 것. 세 번째로 트레토고르는 트로이덴가(家)의 일에 간섭하지 않는다는 것. 네 번째로 트로이덴 가문의 사람을 트레토고르 궁정 행사에 초대하지 않는다는 것. 다섯 번째로 궁정 행사를 제외한 그 어떤 다른 일에도 절대 초대하지 않는다는 것이었다.

북쪽에서 일어나는 일들에 대해 알고 있는 사람들은 적었고, 관심도 없었다. 코비어 공국과 근접한 북쪽의 다른 작은 나라들과의 갈등 소식은 보통 케드웬을 거쳐 먼 길을 통해 르다니아로 전달되었다. 헹포르스, 말레오르, 크레이덴, 탈가르 등 이름도 기억하기 힘든 나라들과의 연합과 전쟁 소식 역시 마찬가지였다. 누가 누구를 점령하고 어디를 복속시키고, 왕가와의 결혼을 통해 어떤 나라가 어떤 나라와 연합하고, 누가 누구를 죽이고, 어디가 어디에 복속되었는지 등의 소식에서 그 누군가가 누구인지, 어디인지, 왜인지는 잘 알 수가 없었다.

그러나 북쪽에서의 전쟁과 싸움에 대한 소식은 수많은 살인자들과 말썽꾼들, 모험가들, 그리고 사냥감을 찾고 생존의 가능성을 찾는 불안정한 영혼의 많은 이들에게 매혹적이었다. 방방곡곡에서 이런 이들이, 신트라나

리비아처럼 먼 나라에서도 몰려들었다. 하지만 가장 많은 건 르다니아와 케드웬 사람들이었다. 특히 케드웬에서는 말을 탄 무리들이 떼를 지어 몰려들었는데, 소문에 따르면 이 무리의 대장은 케드웬 왕조의 사생아 공주로, 반항적인 것으로 이름난 '아이딘'이라 했다. 르다니아에서는 아드 카라그의 궁정에서 북쪽의 공국을 복속시켜 르다니아의 왕조에서 분리시킬 계획이 진행 중이라고도 했다. 누군가 소리 높여 군사적 개입을 주장한다고도 했다.

하지만 트레토고르 궁정은 보란 듯이 북쪽에서 일어나는 일에는 관심이 없다고 밝혔다. 국왕의 법관들이 인정했듯, 양쪽 국가 사이에는 상호 존중 조약이 맺어져 있어 코비어 공국은 르다니아 왕국에 대해 책임이 없으며, 또한 르다니아 왕국도 코비어 공국을 도울 의무가 없다는 것이었다. 특히나 코비어가 아무런 도움도 요청하지 않은 상태에서는 말이다.

북쪽에서 여러 전쟁이 일어나는 동안, 코비어와 포비스는 점점 더 강성해지고 부강해졌다. 하지만 그때 이러한 사실을 인지하는 사람은 얼마 없었다. 북쪽 지역의 성장세에 대한 확실한 증거는 점점 더 활발해지는 수출이었다. 코비어에 대해서는 몇십 년 동안, 이 나라의 자원이라고는 모래와 바닷물밖에 없다고 농담처럼 말해왔다. 이 농담은 코비어의 공장과 염전이 전 세계의 소금과 유리를 독점 생산한다는 우스갯소리로 이어졌다.

그러나 수많은 사람들이 코비어에서 만들어진 컵으로 무언가를 마시고 포비스의 소금을 수프에 넣어 먹으면서도, 그저 이 나라들이 엄청나게 멀리 있어 갈 수 없으며 황폐하고 위험한 곳이라고 생각했다. 그리고 무엇보다도 자신들의 나라와는 완전히 동떨어진 곳으로만 여겼다.

르다니아와 케드웬에서는 '지옥에나 떨어져라'라는 말 대신 '포비스에나 떨어져라'라는 표현을 썼다. 말을 듣지 않고 대드는 도제에게 스승이 '내가 마음에 들지 않으면 코비어로 가는 건 네 자유'라고 쏘아붙이는 일이 흔했으며, 한창 논쟁 중인 학생들에게 교수가 '코비어식으로 엉망진창이다'라고 소리를 지르기도 했다. 또한 조상 대대로 고수해온 농사 방식을 비판하며 따지고 드는 아들에게 '잘난 척은 포비스에나 가서 해라'라는 식으로 윽박지르는 농부 역시 종종 볼 수 있었다.

옛날부터 해오던 방식이 마음에 안 든다고? 그럼 코비어로 가버려라!

이런 말을 듣던 이들이 어느 순간 정말 코비어나 포비스로 가는 걸 고려하기 시작했을 때, 사람들은 이주에 별 다른 어려움이나 장애물이 없다는 것을 깨닫기 시작했다. 그렇게 북쪽으로 향하는 이주민의 물결이 이어졌다. 예전의 이 무리는 뭔가 다른 것을 원하는, 불만으로 가득 찬 이들이 주류였다. 하지만 그 이후에는 삶과 투쟁하던 이들이나, 어떤 곳에서도 자신의 자리를 찾지 못한 말썽꾼들만 있는 게 아니었던 것이다.

자신의 이론을 믿는 학자들이 북쪽으로 향하기 시작했다. 대부분은 현실성이 없고 미쳤다고 치부되는 이론들이었다. 그들과 함께하는 기술자들과 건축가들은 많은 반대에도 불구하고 학자들이 고안한 기계와 도구를 만들어낼 수 있다는 확신에 차 있었다. 마법으로 방파제를 만들어내는 것이 신성 모독까지는 아니라고 생각하는 마법사들도 북쪽으로 향했다. 앞으로 매출이 늘어날 가망이 없거나 단기적인 위험을 감수하더라도 수익을 내기 위해 모험을 하겠다고 결심한 상인들도 이 무리에 뛰어들었다. 그리고 가장 황폐한 땅에서도 무언가를 수확할 수 있으며, 기후에 맞는 가축을 키우고 번식시키면 된다고 생각하는 농부들도 북쪽으로 향하기 시작했다.

북쪽은 광부들과 지질학자들도 끌어들였다. 이들의 눈에는 코비어의 거친 산맥과 황량한 바위산이 달리 보였다. 겉보기에 저렇게 황폐하다면 그 안에는 무조건 값비싼 무언가가 감추어져 있으리라는 생각이 들었던 것이다. 자연은 언제나 균형 잡혀 있기 마련이니까.

그리고 그 안에는 정말로 부가 감추어져 있었다.

약 25년 동안 코비어에서는 르다니아와 에이단, 케드웬을 전부 합친 것보다 더 많은 광물을 채취했다. 코비어보다 철광석 채굴과 가공을 더 많이 하는 곳은 마하캄밖에 없었는데, 그 마하캄으로 가는 제련 재료 역시 코비어에서 나왔다. 코비어와 포비스에서는 전 세계 생산량의 25퍼센트에 해당하는 은과 니켈, 납, 주석, 아연 등을 생산하며, 동은 전 세계 생산량의 절반을 차지했고, 망간, 크롬, 티탄, 텅스텐은 무려 75퍼센트를 차지했다. 또한 백금과 페로아오룸, 크리오벨리트와 드비메리트 등 제련을 거치지 않는 금속류도 그만큼 생산하고 있었다.

무엇보다도 전 세계 금의 80퍼센트를 생산했던 것이다.

코비어와 포비스는 이 금으로 북쪽에서는 생산되지 않는 것들을 사왔다. 코비어와 포비스에서 만들어내지 않는 것들을. 만들 줄 몰라서 생산하지 않는 것은 아니었다. 생산해봐야 수지타산이 맞지 않기 때문이었다. 등에 손도끼 하나 둘러메고 이곳에 정착한 이민자들의 아들이거나 손자인 코비어, 포비스의 장인들은 르다니아와 테메리아의 장인들에 비해 네 배나 많은 돈을 벌고 있었던 것이다.

코비어는 무역을 하면서 점점 더 큰 규모로 전 세계와 무역할 수 있기를 바랐다. 하지만 그럴 수 없었다.

르다니아의 왕은 라도비드 3세였는데, 증조할아버지인 라도비드와 이름이 같았다. 이름뿐 아니라 교활함과 인색함 역시 같았다. 아부쟁이와 아첨쟁이들은 '용맹한 라도비드 왕'이라고 부르지만, 그 외의 사람들은 '붉은 머리'라고 부르는 이 왕은 지금까지 아무도 신경 쓰지 않았던 사실에 주목했다. 코비어의 엄청난 무역량과 그에 따른 이득에 대해서 르다니아는 왜 한 푼도 받지 못하는가? 코비어는 그냥 작은 공국이 아니라 르다니아에 복속된 작은 보석이자 속국이 아닌가! 코비어의 공작이 주군을 섬길 때가 되었다!

게다가 아주 좋은 핑계거리가 발생했다. 르다니아가 에이단과 언제나 그래왔듯 폰타르 계곡의 땅을 두고 영토 분쟁을 벌이고 있었기 때문이다. 라도비드 3세는 무력을 행사하기로 결정하고 이를 위한 준비를 시작했다. 전쟁의 목적으로 특별세를 신설하고 이를 '폰타르 십일조'라 이름 붙였다. 이 십일조는 르다니아에 복속된 모든 공국이 내야만 했다. 코비어 공작 역시. 붉은 머리는 자신의 생각이 마음에 들어 손을 비볐다. 코비어 수익의 십분지 일이라니 괜찮군!

'폰트 바니스'라는 이름의 나무 울타리로 둘러싸인 작은 마을이라고 생각되는 곳으로 르다니아의 사절들이 향했다. 그리고 사절들이 르다니아로 돌아와 전한 소식은 놀랄 만한 것이었다.

폰트 바니스는 작은 마을이 아니었다. 그곳은 거대한 도시이자 코비어 공국의 여름 수도였으며, 코비어를 다스리는 게도비우스 왕은 라도비드 왕에게 다음과 같은 전갈을 전했다.

코비어 왕국은 그 어느 나라의 속국도 아니다. 트레토고르의 주장은 아무런 근거가 없으며, 단 한 번도 실제적 효력이 발생한 바 없는 옛 법문에 기대고 있을 뿐이다. 트레토고르 궁정의 왕들이 코비어 왕의 주군이었던 적은 한 번도 없었으며, 그 이유는 지금까지의 역사적 기록을 보면 알 수 있다.

코비어는 단 한 차례도 르다니아에 조공을 바친 적이 없고, 전쟁 때 도움을 주고받은 적도 없으며, 무엇보다 트레토고르 궁정에서 열리는 행사에 단 한 번도 초대받은 적이 없다. 그 외의 어떠한 다른 일로도.

또한 코비어의 왕 게도비우스는 사절들에게 이렇게 일렀다. 유감이지만 라도비드 왕을 형님으로도, 주군으로도 생각하지 않으며 십일조를 낼 생각은 추호도 없다. 마찬가지로 코비어의 통치 아래 있는 작은 공국들 역시 십일조를 바치는 일은 없을 것이다.

한마디로 르다니아는 자기 일이나 알아서 잘하고, 독립국가인 코비어의 일에는 참견하지 말라는 말이었다.

르다니아의 붉은 머리는 차가운 분노가 끓어올랐다. 독립국가라고? 외국이라고? 좋아. 그렇다면 우리도 코비어를 외국으로 취급해주지.

라도비드 왕에게 설득당한 케드웬과 테메리아는 코비어에 대해 보복적 관세와 무조건적인 물류세를 부과했다. 코비어의 상인은 남쪽으로 내려가면서 원하거나 원치 않거나 르다니아의 도시에 자신의 물류를 모두 풀어놓고 팔거나, 아니면 코비어로 돌아가야만 했다. 먼 남쪽에서 코비어로 오는 상인들 또한 이렇게 해야 했다.

코비어가 르다니아나 테메리아의 항구를 통하지 않고 바닷길을 통해 운송했던 무역 품목에 대해서 르다니아는 날강도 같은 세금을 매겼다. 코비어의 무역선들은 당연하지만, 이를 내고 싶어 하지 않았다. 결국 세금을 내는 것은 도망치지 못한 배들뿐이었다. 해상에서 일어난 이 고양이와 쥐 놀이는 곧 사고로 이어졌다. 르다니아 해안 경비선이 코비어의 상인을 체포하려고 하자 두 대의 코비어 호위함이 나타나 이를 저지했고, 이 과정에서 해안 경비선이 불타버린 것이었다. 사상자들도 발생했다.

선을 넘은 것이었다. '붉은 머리' 라도비드 3세는 말을 듣지 않는 복속국에 교훈을 주고자 결심했다. 르다니아의 4천 군대가 브라 강을 넘고 케드웬에서 보낸 군대가 카인고르로 들어갔다.

일주일이 지나자 살아남은 2천 명의 르다니아군은 브라 강을 다른 방향에서 공격하고, 케드웬 군대의 얼마 남지 않은 잔당은 푸스툴스키 산의 능선을 넘어 다리를 끌며 집으로 돌아갔다. 북쪽 지역 산에 매장된 금은 또 다른 목표가 되었다. 코비어는 전투와 도적질로 단련된 약 2만5천여 명의 상비군을 보유하고 있었는데, 이들은 세계 이곳저곳에서 모집한 전문적인 용병들로 넉넉한 월급과 은퇴까지 보장된 계약 덕분에 코비어 왕가에 대한 충성심이 대단했다. 게다가 전투에서 한 번 이길 때마다 지급되는 전례 없이 후한 보상금 덕분에 어떠한 위험도 무릅쓸 준비가 되어 있었다. 이 부유한 군대를 이끄는 것은 무척이나 노련하고 능력이 뛰어나며 지금은 굉장히 부유해진 장군들이었는데, 이들은 르다니아의 라도비드 왕과 케드웬의 벤다 왕도 잘 알고 있는 인물들이었다. 왜냐하면 바로 얼마 전까지만 해도 르다니아와 케드웬의 군대에서 복무하던 중 급작스럽게 휴가를 받아 외국으로 나갔던 인물들이었기 때문이다.

르다니아의 왕인 라도비드 3세는 바보가 아니었으며 자신의 실수를 되새길 줄도 알았다. 당장이라도 전쟁이 시작되길 원하는 장군들을 달래고, 코비어에 대한 식량 수출의 완전 봉쇄를 주장하는 상인들의 의견 역시 무시했으며, 피와 복수에 굶주려 자신의 정예 부대를 전부 희생시킬 기세인 케드웬의 벤다 왕도 타일렀다. 라도비드 왕은 상황을 정확히 파악했다. 쓰디쓴 수모를 삼키는 것도 감수했다. 코비어는 협상에 응했지만, 회담은 코비어의 영토인 란 엑세터에서 열겠다는 뜻을 전했다. 처지가 완전히 뒤바뀐 것이다.

마치 탄원서라도 넣는 이들처럼 그렇게 란 엑세터에 왔겠지, 딕스트라는 망토로 몸을 감싸며 생각했다. 간청하며 애원하는 자들처럼. 오늘의 내 모습과 똑같군.

르다니아 사절단은 프락시드 만으로 들어와 코비어의 해안으로 향했다. 지휘함선인 '알라타'에 올라탄 붉은 머리 라도비드 3세, 케드웬의 벤다, 그리고 중재자 역할로 이들과 함께 온 노비그라드의 대사제는 바다를 가로지른 방파제와 폰트 바니스 도시로의 진입을 통제하는 높은 벽, 그리고 견고한 요새를 놀라움에 찬 눈으로 지켜보았다. 폰트 바니스에서 북쪽 방향인 탕고 강으로 항해하며 왕들은 항구들이 줄지어 있는 모습과 여러 조선소들의 모습, 항만이 끝도 없이 이어지는 광경을 보았다. 돛대들이 숲처럼 솟아 있는 것과 눈부시게 빛나는 하얀 돛들도 보았다. 코비어는 봉쇄와 통상 금지령, 전쟁까지 무엇이든 준비가 되어 있는 것 같았다. 그야말로 이 드넓은 바다를 다스릴 준비가 되어 있었던 것이다.

'알라타' 호는 탕고 강의 넓은 어귀로 들어서며 외항의 딱딱한 돌바닥 위로 닻을 던졌다. 그러나 놀랍게도 왕들을 기다리는 것은 또 다른 항해였다. 란 엑세터는 도로가 없고 운하만 있었던 것이다. 그중 가장 큰 '대운하'는 수도의 동맥이자 축을 이루고 있었는데, 항구에서부터 궁전까지 통하는 길이 바로 이 대운하였다. 왕들은 갤리선으로 갈아탔는데, 갤리선은 진홍빛과 금빛의 화환과 문장으로 장식되어 있었다. 놀랍게도 르다니아의 독수리와 케드웬의 유니콘 문장도 있었다.

배를 타고 대운하를 지나는 내내 왕들과 사신들은 주위를 둘러보며 아무 말도 하지 않았다. 사실대로 말하자면 모두들 말문이 막혔다고 해야 할까.

지금까지 값비싼 것과 화려함이 뭔지 잘 안다고 생각한 것은 모두 착각이었다. 코비어가 호화로움을 아무리 자랑해봐야 자신들을 놀라게 하지는 못하리라 생각했지만, 이 생각 역시 틀렸다.

대운하 옆으로는 멋진 해군 본부와 상인 조합 건물이 보였다. 바닷가로 난 산책로에는 색색의 화려한 옷을 입은 군중들이 가득했다. 화려하게 장식되었지만 무척이나 좁아 보이는 귀족들의 아름다운 성들과 상인들의 저택이 대운하에 반사되어 무지개처럼 아른거렸다. 란 엑세터에서는 건물 넓이에 따라 세금을 내도록 되어 있었다. 주 부지가 넓을수록 더 많은 세금이 부과되는 것이다.

코비어 왕국의 겨울 궁전이자 무척이나 넓게 만들어진 유일한 건축물인 엔세나다 궁전의 계단이 대운하와 이어지는 곳에는 이미 환영단과 국왕 부부가 나와 왕들을 기다리고 있었다. 코비어의 게도비우스 왕과 그의 부인인 젬마였다. 국왕 부부는 손님들에게 궁중의 예를 갖춰 정중하고도…… 특이한 인사를 했다. 게도비우스는 라도비드에게 '친애하는 숙부'라고 인사했고, 젬마는 웃으며 '친애하는 할아버지'라고 벤다에게 인사를 했던 것이다. 게도비우스는 라도비드 왕의 먼 친척뻘인 트로이데니드였다. 또한 젬마 역시 케드웬에서 도망쳐 나온, 아드 카라그의 피가 흐르는 반항아 아이딘 공주의 후손으로 밝혀졌던 것이다.

친인척 관계가 밝혀지자 분위기는 좀 나아지고 서로에 대한 감정도 좋아졌지만, 협상에 도움이 되지는 않았다. 이후 일어난 일들은 사실 협상이라고 부를 수도 없었다. '친척 아이들'은 자신들이 무엇을 원하는지 간단히 말했고 '친척 어른들'은 그걸 들어줘야만 것이다. 그리고 후대에 '엑세터 제1조약'이라고 명명된 서류에 서명했다. 이후에 맺어진 조약들과 구분하기 위해, 이 조약은 서류상 가장 서두에 나온 문구로 불리기도 했다. 마레 리베룸 아페르툼*.

바다는 자유롭고 열려 있었다. 무역은 자유였다. 이익은 성스러운 것이었다. 무역을 사랑하고 친구의 이익을 마치 내 이익처럼 생각하라. 누군가의 무역을 방해하고 이익을 내지 못하게 하는 것은 자연의 법칙을 거스르는 일이다. 그리고 코비어는 어느 나라의 속국도 아니다. 코비어는 자치 독립국이며 중립국이다.

게도비우스와 젬마는 예의상으로도, 라도비드와 벤다의 체면을 살려줄 생각이 없는 것으로 보였다. 하지만 이것 하나만은 약조했다. 르다니아의 왕 라도비드 3세가 서거할 때까지 공식 서류상에서 코비어와 포비스의 왕이라는 호칭을 사용해도 좋으며, 케드웬의 벤다 왕 역시 서거할 때까지 카인고르와 말레오르의 왕이라는 호칭을 유지하는 것이었다.

당연히 이 호칭은 계승되는 것이 아니었다.

게도비우스와 젬마는 25년 동안 코비어를 다스렸다. 그리고 그들의 아들인 게라르드에서 트로이데니드 왕조는 끊어졌다. 게라르드 왕을 이어 에스테릴 티센이 코비어의 왕으로 즉위했으며, 그렇게 티센 가문의 왕조가 시작된 것이다.

얼마 안 되는 기간 동안, 다른 전 세계 왕국들과 혈연 관계를 맺은 코비어의 왕들은 엑세터 조약을 철저히 지켰다. 절대로 다른 나라의 일에 간섭하지 않는 것이었다. 다른 나라의 왕위 계승 문제에 대해서도 결코 관여하지 않았다. 역사의 소용돌이 속에서 코비어의 왕이나 왕자가 르다니아와 에이

---

* 마레 리베룸 아페르툼(Mare Liberum Apertum): 라틴어로 '자유롭고 열린 바다'라는 의미이다.

단, 케드웬, 시다리스, 심지어 베르덴과 리비아의 가장 적법한 계승자일 때조차 그 어떤 의사도 내비치지 않았다. 강대국인 코비어는 다른 나라의 영토를 정복하려 하지도 않았고, 예속시키려 하지도 않았으며, 다른 나라의 해상에 투석기와 대포를 갖춘 무장 군인들을 보내지도 않았다. '파도 위의 정부'라는 특권을 절대로 포기하지 않았다. 코비어에게는 마레 리베룸 아페르툼, 즉 무역을 위한 자유롭고 열린 바다 하나로 충분했다. 코비어는 무역과 경제 활동의 성스러움을 주창했다.

그리고 절대로 흔들리지 않는 중립도.

딕스트라는 비버의 털로 만든 외투 깃을 세우며 바람과 방울방울 떨어지는 빗방울이 목을 적시지 않게 했다. 그는 상념에서 빠져나와 주위를 둘러보았다. 대운하의 물이 검은 잉크처럼 보였다. 추적추적 내리는 비와 안개 속에서는 란 엑세터의 자랑인 해군 본부마저도 막사처럼 보였다. 상인들의 저택도 여느 때처럼 호화롭게 보이지 않았다. 좁은 건물 면적은 평소보다 더 협소해 보였다. 어쩌면 진짜 좁아졌을지도 모르지, 딕스트라는 생각했다. 에스테라드 왕이 세금을 더 올리는 바람에, 교활한 상인들이 집을 좁혔을지도 모르잖아.

"계속 이렇게 젠장맞을 날씨였습니까, 대사?"

둘 사이에 맴도는 불편한 침묵을 깨기 위해 딕스트라가 물었다.

"9월 중순부터 이랬습니다, 공작 전하. 보름부터요. 겨울이 일찍 시작되나 봅니다. 탈가르에는 이미 눈이 왔다고 하더군요."

"탈가르는 원래 눈이 절대로 안 녹는 곳이라고 생각했습니다만."

대사는 딕스트라를 빤히 쳐다보았다. 정말 몰라서 하는 말인지, 아니면 농담인지를 확인하기 위해서 쳐다보는 것 같았다. 잠시 뒤 대사도 농담에 동참했다.

"탈가르는 9월에 겨울이 시작되고 5월에 끝나지요. 1년의 나머지 달들은 봄과 가을로 이루어져 있습니다. 여름이 있긴 합니다. 보통 8월 상현달의 첫 번째 화요일이지요. 그리고 수요일 아침까지 계속됩니다."

대사의 말에 딕스트라는 웃지 않았다.

"하지만 그런 탈가르도 10월 말에 눈이 온 건 기록적입니다."

대사의 얼굴이 어두워졌다.

르다니아의 귀족들 대부분이 그렇듯 대사 역시 딕스트라를 혐오했다. 이 유명한 첩자를 맞이하고 접대할 수밖에 없는 자신의 운명이 치욕스러웠다. 또한 르다니아의 섭정 위원회가 코비어와 협상할 인물로 자신이 아닌 딕스트라를 임명한 것 역시 치명적인 모욕으로 받아들이고 있었다. 아홉 세대 동안 백작이었던 명문 루이터 가문의 일원인 자신이 이 자격도 없는 협잡꾼을 공작 전하라고 불러야 한다니. 그러나 대사는 노련한 외교관답게 이러한 혐오와 경멸을 잘 감추고 있었다.

배의 노들이 규칙적인 리듬을 타며 위아래로 움직였고 배는 쏜살같이 대운하를 가르며 나아갔다. 작지만 매우 고급스럽게 지어진 문화 예술의 궁전 옆을 지나가고 있었다.

"엔세나다로 가는 겁니까?"

"네, 공작 전하. 외교부 장관이 전하가 도착하시자마자 뵙고 싶다고 해서 지금 바로 엔세나다로 가는 길입니다. 하지만 오늘 저녁에는 제가 궁으로 배를 보내, 저녁 식사를 대접……."

"대사께 용서를 구해야겠군요. 업무가 너무 많아 초대에 응하기는 힘들겠습니다. 해야 할 일이 산더미처럼 쌓여 있고 시간은 얼마 없으니 즐거움을 포기해야 할 것 같습니다. 언제 한번 다른 날에 만납시다. 좀 더 행복하고, 평화로운 날에 말이죠."

딕스트라의 거절에 대사는 절을 하고 몰래 안도의 한숨을 내쉬었다.

엔세나다 궁에 도착했을 때, 당연하게도 뒷문으로 들어섰다. 딕스트라에게는 다행이었다. 늘씬한 기둥들이 늘어서 있는, 대운하와 바로 연결된 겨울 궁전의 멋진 입구는 인상적이긴 했지만 하얀 대리석으로 되어 있는 엄청나게 긴 계단이 있었다. 뒤쪽 출입구들 중 하나와 연결된 계단은 시각적인 효과만 봤을 땐 앞문과 비교할 것이 못 되었지만, 계단의 길이 역시 비교할 수 없이 짧았다. 그럼에도 딕스트라는 계단을 오르며 입술을 깨문 채 자신을 호위하고 있는 경비대와 시종들, 집사가 듣지 못할 만큼 작게 욕설을 뇌까렸다.

궁전의 내부에는 계단이 더 있었고, 더 올라가야만 했다. 딕스트라는 또다시 들리지 않을 만큼 낮게 욕설을 내뱉었다. 습기와 추위, 배 안에서의 불편한 자세 때문인지 마법으로 붙인 다리가 둔한 통증으로 부러진 자리를 알리며 좋지 않은 기억을 불러내고 있었다. 딕스트라는 이를 갈았다. 이 통증을 만들어준 위쳐 역시 뼈가 부러졌다는 것을 알고 있었다. 딕스트라는 그 위쳐 역시 지독하게 고통스러웠기를, 마음속 깊이 바라건대 계속해서 극심하게 아프기를 빌었다.

밖은 이미 어둠이 내리고 있었고 엔세나다 궁전의 복도는 어두컴컴했다. 하지만 딕스트라가 시종들의 뒤를 따라 지나간 복도는 초를 들고 드문드문 서 있는 또 다른 시종들에 의해 어둡지 않았다. 집사가 안내한 방 앞에는 미늘창을 들고 서 있는 호위병들이 있었는데, 어찌나 미동조차 없이 똑바로

서 있는지 보이지 않는 미늘창이 엉덩이에 꽂혀 있나 싶을 정도였다. 초를 들고 있는 시종들이 이곳에는 더 많아 눈이 부실 지경이었다. 딕스트라는 자신을 맞이하는 이 위풍당당함에 놀랐다.

방으로 들어가자마자 놀라움은 바로 사라졌다. 딕스트라는 몸을 깊숙이 숙여 인사했다.

"어서 오게, 딕스트라. 문 앞에 서 있지 말고 안으로 들어오게. 자, 이리로. 체면 차리지 말고. 이건 공식 접견이 아니니까."

코비어, 포비스, 나로크, 벨하드와 탈가르의 왕, 에스테라드 티센이 말했다.

"왕비 전하."

에스테라드 왕의 부인, 줄레이카 왕비는 정신이 딴 데 팔린 듯 고개를 살짝 숙여 딕스트라의 인사에 답할 뿐 별다른 인사는 없었다. 뜨개질 중인 손은 잠시도 쉬지 않았다.

넓디넓은 방에는 국왕 부부 외에 다른 이는 없었다.

"그렇지. 우리 둘만, 아니 실례, 우리 셋만 모여 얘기하는 걸세. 내 생각에는 이런 자리를 갖는 게 더 나을 것 같았네."

에스테라드는 방 안을 둘러보는 딕스트라의 눈길을 알아챘다.

딕스트라는 왕이 가리킨, 왕의 맞은편 자리에 앉았다. 왕은 어깨에 진홍빛 담비털이 달린 외투를 걸치고 있었고, 머리에는 외투와 어울리는 모자를 쓰고 있었다. 티센 가문의 모든 남자들이 그렇듯, 에스테라드 왕은 키가 크고 체격이 좋았으며 굉장한 미남이었다. 언제나 활기가 넘치고 건강해 보였는데, 마치 바다에서 지금 막 돌아온 선원처럼 바다 냄새와 차갑고 짭짤한 바람 냄새를 풍겼다. 티센 가문 사람들이 모두 그러하듯, 왕의 나이를 짐작하 는 건 쉽지 않았다. 나이를 가장 잘 말해주는 머리카락이나 피부, 손을 보면 에스테라드는 대략 마흔다섯 살쯤으로 보였다. 딕스트라는 왕이 쉰여섯이라는 것을 알고 있었다.

"줄레이카, 이 사람 좀 보시오. 첩자라는 사실을 몰랐더라면, 과연 짐작이나 할 수 있을까?"

에스테라드 왕은 부인에게 몸을 조금 기울이며 말했다.

줄레이카 왕비는 키가 작은 편에 속했고 통통하지만 선한 인상을 줬다. 그리고 꼭 가슴이 푸근해지는, 누군가의 할머니라고 해도 괜찮을 그런 종류의 옷만 입는 것 같았다. 중성적인 패턴과 회색과 갈색이 도는 헐렁한 원피스로 줄레이카 왕비의 할머니 복장은 완성되었다. 머리 위에는 조상들로부터 물려받은 작은 보닛을 얹고 있었다. 화장기도 없고 보석 하나 걸치지 않았다.

"'좋은 책'은 우리에게 가까운 사람들을 판단할 때 조심하라고 경고하죠. 왜냐하면 그들 역시 우리를 판단할 테니까요. 그리고 그 판단은 외모에 근거해서는 안 되겠죠."

줄레이카 왕비는 작고 다정한 목소리로 말했다.

에스테라드 티센은 아내를 따뜻한 눈길로 바라보았다. 왕비를 향한 왕의 무한한 사랑은 유명했다. 결혼 생활 29년 동안에도 사그라들지 않은 사랑에 대해, 더욱더 밝고 뜨겁게 빛나는 불꽃같은 사랑에 대해 널리 알려져 있었다. 또한 에스테라드는 단 한 번도 아내를 두고 바람을 피우지 않은 것으로도 유명했다. 딕스트라는 그런 말도 안 되는 소문은 별로 믿고 싶지 않았지만 결국 믿어야만 했다. 왕 앞에 상당히 능력이 좋은, 왕의 총애를 받으며 훌륭한 정보원이 될 수도 있는 여성 첩자들을 세 번이나 직접 밀어넣은 적이 있었지만 아무 소용없었던 것이다.

“나는 돌려 말하는 걸 싫어하지. 그래서 바로 말하겠네. 왜 자네와 개인적으로 이야기를 할 결심이 섰는지 말이야. 그 이유는 여러 가지지. 첫째, 나는 자네가 매수도 불사한다는 걸 알고 있네. 물론 나는 우리나라 관리들을 신용하지만, 그들을 유혹에 빠지게 하면서까지 시험할 필요가 뭐가 있겠나? 그러니 말해보게, 외무부 장관에게 주려고 했던 뇌물은 무엇이었나?”

“노비그라드 크라운으로 1000크라운입니다. 흥정을 한다면 1500까지는 쓸 요량이었지요.”

딕스트라는 눈 하나 깜짝하지 않고 대답했다. 에스테라드 왕은 잠시 침묵한 후 입을 열었다.

“이래서 자네를 좋아한다니까. 자네는 개자식이야. 내 젊은 시절과 똑같군. 자네를 보면 자네 나이였을 때의 내 모습이 생각나.”

딕스트라는 몸을 굽혀 감사의 인사를 했다. 딕스트라는 에스테라드 왕보다 여덟 살밖에 어리지 않았다. 또한 왕이 그 사실을 알고 있다는 것도 확신했다.

“자네는 정말이지 개자식이야. 하지만 제법 양심적이고 괜찮은 개자식이지. 이런 개 같은 시대에 그러기도 쉽지 않거든.”

왕이 다시 한 번 심각한 목소리로 거듭 말하자 딕스트라 역시 몸을 숙여 인사했다.

“잘 알겠지만 어느 나라에서나 사회 질서를 유지하겠다는 눈먼 맹신자들을 만나기 마련이지. 그들은 교조주의에 빠져 자신들의 신념을 위해서라면 무슨 짓이라도 할 준비가 되어 있거든. 범죄조차 말이야. 왜냐하면 목적이 수단을 정당화하고 개념의 의미를 바꿀 수 있으니까. 그래서 죽이는 것이 아니라, 질서를 유지한다고 여기지. 고문을 하거나 협박을 하는 게 아니라, 나라의 기강을 튼튼히 하고 질서를 위해 싸우는 거라고 믿는 거야. 정해진 질서를 해치는 자라면, 그런 자의 목숨은 단 한 푼의 값어치도 없다고 치부해버리지. 어깨를 으쓱하며 고민할 필요조차 없어. 이 사회가 바로 그런 개개인들로 이루어졌다는 사실을 그들은 알려고 하지도 않아. 그런 사람들은 세상을 소위 '넓은 시선'으로 본다고 하지. 하지만 그런 시선은 하나하나의 개개인은 보지 않으려는 수작일 뿐이야."

"디코데무스 드 부트의 말이군요."

딕스트라가 불쑥 중얼거렸다.

"비슷하지만 정답은 아니야."

코비어의 왕 에스테라드는 대리석처럼 새하얀 이를 드러내며 웃어 보였다.

"코르보의 비소고타가 한 말이지. 드 부트보다는 덜 유명하지만, 윤리학자와 철학자로서 훌륭한 인물이야. 일독을 권하네. 아마 자네 나라에도 비소고타의 저서 중 남아 있는 것이 있겠지? 모조리 태우진 않았을 것 아닌가? 다시 본론으로 돌아가자면 딕스트라, 자네 역시 양심의 거리낌 없이 음모와 매수, 협박과 고문을 이용하지 않나. 눈 하나 깜짝하지 않고 누군가를 죽이라고 지시하기도 하고 비밀리에 암살하라는 명령을 내리기도 하겠지. 그렇다고 자네가 충성을 다해 왕국을 위해서 하는 모든 일들이 자네의 행위를 정당화하진 못해. 최소한 내 눈앞에 있는 자네를 더 나은 인간으로 보이게끔 하지도 않아. 그에 대해서는 알고 있겠지."

에스테라드 왕의 말에 딕스트라는 고개를 끄덕였다.

"하지만 자네는 성깔 있는 진짜 개자식이지. 그래서 난 자네를 좋아하고 존중해. 이렇게 개인적으로 이야기를 나누고 있는 이유이기도 하지. 왜냐하면 딕스트라 자네는 기회가 수백 만 번쯤 있었겠지만, 지금껏 사사로이 이득을 챙긴 적이 없잖아. 그리고 국가의 돈은 동전 한 닢 손댄 바가 없지. 아니, 동전 반쪽도. 줄레이카, 보시오! 딕스트라의 얼굴이 빨개졌다고. 아니면 그냥 그렇게 보이는 건가?"

줄레이카 왕비는 뜨개질을 하다 말고 머리를 들었다.

"겸손함을 보고 진정성을 안다고 하죠."

줄레이카 여왕은 또다시 '좋은 책'의 한 부분을 인용했지만, 딕스트라의 얼굴에서 홍조 따위는 찾아볼 수 없다는 것을 분명 알고 있었다.

"좋아, 본론으로 넘어가지. 이제 국가적 대사에 대해 이야기해보자고. 줄레이카, 이 사람은 애국적 의무를 띠고 이 바다를 건너왔소. 조국인 르다니아가 위험에 처한 거요. 비지미르 왕의 비극적인 죽음 이후, 그 나라는 혼란스러운 상태지. 지금 르다니아를 다스리고 있는 것은 바보 천치 귀족들 무리인데, 섭정 위원회라고 부른다지. 줄레이카, 그 무리가 르다니아를 위해 하는 일은 아무것도 없소. 위험이 닥치면 도망치거나, 머저리들이 늘 그래왔듯 닐프가드 황제의 진주 박힌 신발 밑에 납작 엎드리겠지. 하지만 딕스트라는 르다니아를 구하고자 바다를 건너왔다고. 르다니아를 진정으로 생각하는 이가 과연 누구인지 보여주고 있어."

에스테라드 왕은 긴 연설에 힘이 들었는지 잠시 숨을 몰아쉬며 아무 말 없이 코 쪽으로 조금 밀려 내려온 담비 가죽 모자를 고쳐 썼다. 왕은 숨을 고른 후 다시 이야기를 이었다.

"그러니까 딕스트라, 자네 나라의 문제가 뭔가? 돈이 없다는 건 제외하고 말이지."

"돈이 없다는 걸 제외하면 감사합니다만, 모두들 문제없이 잘 지내고 있지요."

딕스트라의 표정은 마치 돌처럼 변화가 없었다.

"아하, 알겠군. 그래, 알겠어."

에스테라드 왕이 고개를 끄떡이자 모자는 또 한 번 코 쪽으로 밀려 내려왔고 다시 고쳐 써야 했다.

"계획은 칭찬할 만해. 돈이 있으면 뭐가 됐든 증상에 맞는 약을 살 수 있지. 그런데 문제는, 일단 돈이 있어야 한다는 거야. 당신들은 돈이 없어. 만약 돈이 있었다면 여기까지 올 리가 없지. 내가 제대로 이해한 게 맞나?"

"정확하십니다."

"그럼 궁금해서 묻는데, 얼마가 필요한가?"

"얼마 안 됩니다. 100만 비잔트면 됩니다."

"얼마 안 된다고? 그게 얼마 안 되는 액수라니, 이런!"

에스테라드 왕은 과장된 동작으로 모자를 움켜잡았다.

"전하께는 그 정도 액수쯤이야 푼돈이……."

"푼돈?"

왕은 담비 가죽 모자를 던지고는 천정화를 향해 손을 쳐들었다.

"아이쿠, 이런! 100만 비잔트가 푼돈이라니! 줄레이카, 이자가 하는 말을 들었소? 딕스트라, 자네는 이런 계산법을 아나? 100만을 가지고 있는 것과 안 가지고 있는 건, 200만의 차이라고. 자네와 필리파 에일하트가 급작스럽고 열성적으로 닐프가드 앞에서 스스로를 방어할 방법을 찾고 있다는 건 알고 있었네. 하지만 그렇다고 닐프가드 전체를 사버리기라도 할 셈인가? 대체 뭘 어떻게 하겠다는 건가?"

딕스트라는 대답하지 않았다. 줄레이카 왕비는 멈추지 않고 뜨개질을 계속했다. 에스테라드 왕은 잠시 동안 천정화에 그려진 나체의 님프를 감상하는 척했다.

"이리 오게."

에스테라드 왕은 갑자기 자리에서 일어나 딕스트라에게 고갯짓을 했다.

둘은 회색 말에 올라탄 게도비우스 왕이 군대를 향해, 그림에는 등장하지 않는 무언가를 손짓으로 가리키고 있는 모습을 그린 거대한 그림 앞에 섰다. 에스테라드 왕은 주머니에서 금으로 된 작은 막대를 꺼내더니 액자의 틀을 막대로 툭 치고는 작은 소리로 주문을 외웠다. 그러자 게도비우스와 회색 말이 사라지더니, 현재의 세계 지도가 등장했다. 왕이 금으로 된 막대로 지도 모서리에 있는 은색 버튼을 눌러 마법을 통해 축척이 변환되면서 야루가 계곡부터 네 나라가 입체적으로 확대되었다.

"여기 파란 부분이 닐프가드지. 빨간 부분은 당신네 르다니아고. 뭘 보고 있나? 여기를 보라니까!"

딕스트라는 다른 그림들에서 시선을 뗐다. 누드와 바다 그림이 대부분이었다. 딕스트라는 이 그림들 중 어떤 것이 악명 높은 에스테라드 왕의 지도를 위장하고 있는지 생각했다. 에스테라드 왕의 지도 중에는 코비어의 전쟁과 무역 첩자들을 기록하는 것도 있고, 매수와 협박으로 얻은 정보원들의 연계망도 있을 것이며, 배신자들, 계약자들, 파괴 공작원, 계약 암살자들, 잠시 활동을 중단하고 있는 정보원들과 현재 활동 중인 정보원들의 지도도 있을 것이다. 딕스트라는 그런 지도가 있다는 것을 알고 있었고, 오랫동안 그 지도에 접근하고자 노력해왔다.

"빨간 부분이 당신네 르다니아라고. 상황이 좋지 않아 보이는군, 그렇지 않나?"

에스테라드 왕이 같은 말을 반복하며 물었다.

좋지 않지. 딕스트라는 아무 말 없이 왕의 말에 동의했다. 최근 들어 계속해서 지도를 살펴보고 있었지만, 에스테라드 왕의 입체 지도를 보니 상황은 더욱더 좋지 않아 보였다. 닐프가드의 파란 네모들이 무서운 용의 입처럼, 언제든 무시무시한 이빨로 불쌍한 빨간 네모들을 집어삼키고 씹어 먹을 듯이 늘어서 있었다.

에스테라드 왕은 지도에서 화살표 역할을 할 만한 무언가를 찾는 것 같더니 옆에 있던 물건들 중 장식용 양날검을 꺼내 들었다. 왕은 양날검으로 필요한 부분을 가리키며 강의를 시작했다.

"닐프가드는 리리아와 에이단을 침략했지. 전쟁을 일으킨 명분으로는 국경에 있던 글레비칭겐 요새가 공격받은 사건을 내세웠네. 나는 누가 글레비칭겐 요새를 공격했는지, 어떤 변장을 하고 그 작전을 수행했는지, 그런 것에는 관심이 없네. 또한 에이단과 테메리아가 세우고 있던 작전이 시작되기도 전에, 닐프가드 군대의 군사적 행동이 얼마나 앞섰는지 따지는 것에도 관심 없어. 그런 건 역사학자들에게 맡기면 되니까. 내 관심사는 현 상황과 내일 무슨 일이 생기느냐 하는 것이네. 지금 이 시점에서 닐프가드는 돌앙그라와 에이단에 주둔하고 있고, 에이단과 국경을 맞대고 있는 돌 블라타나, 그러니까 엘프들이 다스리는 그 땅을 완충지대로 삼고 있지. 이 지역에 대해서 케드웬의 헨젤트 왕은 에미르의 이빨에서 낚아채 자신이 꿀꺽했다고 말한 바 있고."

딕스트라는 아무 말도 하지 않았고, 에스테라드 왕은 상관없다는 듯 말을 이었다.

"헨젤트 왕의 행동에 대한 도덕적 평가 역시 역사학자들에게 맡기면 될 일이지. 하지만 지도를 한 번이라도 살펴보기만 하면, 헨젤트가 북쪽 지역 일부를 차지한 덕분에 에미르가 폰타르 계곡으로 가는 길을 막아주고 있다는 걸 알 수 있지. 테메리아와 르다니아의 옆구리를 방어해준 셈이야. 자네들은 헨젤트 왕에게 고마워해야 해."

"고마워했습니다. 다만 조용히 고마워했지요. 트레토고르에서 에이단의 데머번드 왕을 접대하고 있습니다. 그리고 데머번드 왕은 헨젤트 왕의 행동에 대해 자신만의 정확한 도덕적 평가를 가지고 있더군요. 아주 짧고 쉽게 이해할 수 있는 단어들로 말입니다."

딕스트라의 나지막한 답변에 코비어의 왕, 에스테라드는 고개를 끄떡였다.

"그러리라 생각했네. 그 문제는 잠시 놔두고 이제 남쪽, 야루가 강을 살펴보자고. 에미르는 돌 앙그라를 공격하면서 동시에 자신의 옆구리를 방어했지. 테메리아의 폴테스트 왕과 독자적인 협약을 맺으면서 말이야. 하지만 에이단에서의 군사 행동이 끝나자마자 에미르는 주저 없이 협약을 깨뜨리고 브뤼헤와 소든을 공격했지. 폴테스트 왕은 비겁한 계산속으로 2주의 평화밖에 얻지 못했어. 정확히 말하면 16일이지. 그리고 오늘은 10월 26일이네."

"그렇습니다."

"그러니 10월 26일의 상황은 다음과 같지. 브뤼헤와 소든은 점령되었고, 라즈반과 마예나 요새는 넘어갔어. 테메리아 군대는 마리보 전투에서 패배해 북쪽으로 물러났고. 마리보는 포위된 상태지. 오늘 아침까지만 해도 버티고 있었어. 하지만 지금은 이미 늦은 저녁이네, 딕스트라."

"마리보는 버틸 겁니다. 닐프가드군은 아직 봉쇄조차 제대로 하지 못했습니다."

"그건 사실이야. 위험하게도 옆구리를 드러내며 방어선을 너무 늘렸거든. 겨울이 되기 전에 포위를 풀고, 야루가 강 가까이로 더 물러나면서 전선을 축소할 거야. 하지만 봄이 되면 무슨 일이 생길까, 딕스트라? 눈 밑에서 풀이 돋아날 때쯤 무슨 일이 생길 것 같은가? 가까이 다가오게. 여기 지도를 봐."

딕스트라는 에스테라드 왕이 가리키는 지점을 응시했다.

"지도를 잘 보게. 봄이 되면 에미르가 무슨 짓을 하려는지 알려줄 테니."

"봄이 되면 전례 없는 규모의 총공격이 시작될 거예요. 물론, 이 소식 자체는 그다지 놀라운 게 아니라는 걸 알아요. 도시마다 우물가 아낙네들조차 빨래를 하면서 봄의 총공격에 대해 떠드는 판이니까요."

카르티아 반 칸텐, 칸타렐라가 거울 앞에서 황금빛으로 물결치는 머리를 매만지며 말했다.

아시르 바 아나히드는 평소와 달리 신경이 곤두서고 참을성이 없는 상태였지만, 놀랍지도 않은 소식을 전하며 귀찮게 구는지 다그치는 것은 자제했다. 아시르는 칸타렐라를 잘 알고 있었다. 칸타렐라가 무언가에 대해 이야기를 시작하는 건, 그럴 만한 이유가 있기 때문이었다. 그리고 그 이야기들은 언제나 결론이 있었다.

"하지만 저는 아낙네들보다는 좀 더 정보가 있죠. 바티에는 황제와 나눈 이야기 전부를 저에게 해줬어요. 게다가 지도로 가득한 서류철을 들고 우리 집에 왔죠. 바티에가 잠이 들었을 때, 저는 지도를 살펴봤어요. 얘기를 계속할까요?"

“당연하지. 계속해봐, 칸타렐라.” 아시르가 눈을 깜빡였다.

“주요 공격 방향은 당연히 테메리아예요. 폰타르 강 유역, 노비그라드-비지마-엘란더를 잇는 선이죠. 메노 코에훈이 지휘하는 중부 군대가 공격에 나설 거예요. 동부의 군대는 옆구리를 방어하며 폰타르 계곡에서 에이단을 공격하고 케드웬을…….”

“케드웬을? 약탈품을 나눠 가지면서 생긴 불안정한 우정이 그렇게 짧게 끝나는 건가?”

아시르가 눈썹을 치켜세웠다.

“케드웬은 오른쪽 옆구리의 위협이 되지요. 공격은 선방어의 의미를 가져요. 동부 군대 일부가 헨젤트 왕의 군대와 부딪칠 때, 헨젤트 왕의 머릿속에서 테메리아를 도와야 한다는 생각 자체를 몰아내 버릴 거예요. 베르덴 특수 부대는 서쪽의 시다리스를 점령하고 노비그라드, 고스 벨렌과 비지마의 확실한 포위를 목적으로 공격할 테고요. 지휘부는 그 세 곳의 요새를 포위하는 것이 결정적이라고 생각하죠.”

칸타렐라는 도톰한 입술을 살짝 깨물었다. 인형처럼 예쁜 얼굴은 군대 전략을 얘기하는 명석함과 두드러지게 대비를 이루었다.

“그 부대의 지휘관들이 누군지는 아직 말하지 않았어.”

“동쪽은 아르달 아엡 다히, 서쪽의 베르덴은 요아힘 드 베트.”

칸타렐라가 살짝 웃으며 대꾸하자 아시르는 또 한 번 눈썹을 높이 치켜세웠다.

“흥미롭군. 에미르의 배우자로 자신의 딸들이 간택되지 않아 화가 나 있는 두 귀족들이군. 우리 황제는 매우 순진하시거나 혹은 머리가 아주 좋으시군.”

"만약 에미르가 귀족들의 모반에 대해 무언가 알고 있다면, 그건 바티에를 통해서 안 건 아닐 거예요. 바티에는 에미르에게 아무 말도 안 했으니까요."

"이야기를 더 해봐."

"공격은 지금까지의 그 어떤 전투보다 훨씬 큰 규모로 진행될 거예요. 전선을 이루는 최전방 부대와 예비 부대, 보충병들과 뒤를 받쳐줄 지원군까지, 작전에는 30만 명이 넘는 병력이 투입될 거예요. 그리고 엘프들도요."

"공격 개시일은?"

"그건 아직 정해지지 않았어요. 일단 가장 중요한 건 보급품이죠. 보급품 문제를 해결하려면 길이 뚫려야 하는데, 겨울이 언제 끝날지는 아무도 모르니까요."

"바티에가 또 무슨 말을 했지?"

"불쌍한 사람, 스트레스를 받고 있었죠. 황제가 또 불러다 화를 내며 질책했다는 거예요. 사람들 앞에서요. 이유는 스테판 스켈렌과 그의 부대가 한꺼번에 비밀스럽게 사라진 사건 때문이었죠. 에미르는 사람들이 보는 앞에서 바티에를 바보라고 부르며, 사람을 흔적도 없이 사라지게 하는 기관의 우두머리가 스켈렌이 사라지는 꼴을 보고 놀라기나 하고 있다면서 면박을 줬대요. 바티에가 정확히 말하진 않았지만 심한 말을 했던 모양이에요. 그러더니 황제가 바티에에게 혹시 자기도 모르는 비밀스러운 어떤 조직이 탄생한 건 아니냐며 농담조로 물었대요. 우리 황제는 굉장히 똑똑하죠. 거의 맞았으니까요."

칸타렐라는 작은 치아를 반짝이며 말했다.

"거의. 또 뭐가 있지, 칸타렐라?"

"바티에가 스켈렌의 부대에 심어둔 첩자가 있어요. 그 첩자 역시 함께 사라진 모양인데, 이름은 네라틴 세카라고 해요. 바티에가 그 첩자를 굉장히 아꼈는지, 첩자가 증발한 것에 대해 매우 걱정하고 있더군요."

아시르는 잠시 생각에 잠겼다. 나 역시 예디아흐 메케세르가 없어져서 굉장히 걱정이라고. 하지만 바티에와는 달리, 무슨 일이 있었는지 곧 알게 될 거야.

"그럼 리엔스는? 바티에는 리엔스를 좀 더 만나지 않았나?"

"그 얘기는 안 했어요."

둘은 잠시 아무 말도 하지 않았다. 아시르의 무릎 위에 앉은 고양이가 야옹대며 울었다.

"아시르 님."

"그래, 칸타렐라."

"앞으로 얼마나 더 오랫동안 백치 애인 역할을 해야 하나요? 전 이제 학업으로 돌아가 연구에 전념……."

"조금만 더. 조금은 더 해야 해. 얘야, 조금만 참거라."

아시르의 말에 칸타렐라는 한숨을 쉬었다.

이야기가 끝나고 둘은 작별 인사를 나누었다. 아시르는 고양이를 소파에서 내쫓고는 투생에서 휴가를 즐기고 있는 프린질라 비고의 편지를 다시 한 번 읽었다. 그러고는 잠시 생각에 잠겼다. 편지의 내용이 마음을 어지럽혔던 것이다. 행간에 분명, 무언가 다른 이야기가 있는 것 같은데, 그게 무엇인지는 알 수 없었다. 닐프가드의 여자 마법사 아시르 바 아나히드가 확대 환등기를 켜고 르다니아의 몬테칼보 성과 연결을 시도한 것은 이미 열두 시가 지난 후였다.

필리파 에일하트는 얇은 천으로 된, 팔이 달린 짧은 잠옷을 입고 있었고 빰과 파인 가슴에는 립스틱 자국이 나 있었다. 아시르는 있는 힘을 다해 혐오의 표정을 감추었다. 난, 저것만큼은 절대로 이해를 못하겠어, 아시르는 생각했다. 이해하고 싶지도 않고.

"편하게 이야기해도 되나요?"

필리파는 넓게 손짓을 하며 주위를 마법의 장으로 감쌌다.

"이제 편하게 말해도 돼요."

"정보가 있어요. 정보 자체는 별로 놀랍지 않아요. 우물가의 아낙네들도 떠들어대는 이야기니까요. 하지만……."

아시르가 건조한 음성으로 입을 열었다.

"르다니아는 지금 상태라면 3만 5천 정도의 군대를 동원할 수 있겠지. 중무장한 기마병은 그중 4천이고. 물론 대충 계산했지만."

에스테라드 티센이 자신의 지도를 보며 말했다.

딕스트라는 고개를 끄덕였다. 계산은 아주 정확했다.

"데머번드와 메브의 군대도 비슷한 규모였지. 에미르는 이들을 26일 만에 격파했어. 그러니 군대를 더 강화하지 않으면 똑같은 일이 르다니아와 테메리아에도 일어나겠지. 자네들의 생각에는 나도 동의하는 바야, 딕스트라. 자네와 필리파 에일하트의 생각 말이지. 자네들은 군대가 필요해. 훈련이 잘되어 있고 군장을 갖춘 전투용 기마부대가 필요할 거야. 그런 부대를 갖추려면 100만 비잔트 정도가 필요할 테고."

딕스트라는 에스테라드 왕의 계산이 아주 정확하다는 것을 인정하며 고개를 끄떡였다.

"하지만 자네도 아주 잘 알고 있듯이 코비어는 언제나 중립을 지켜왔고,

앞으로도 그럴 걸세. 닐프가드 제국과 우리나라 사이에는 나의 할아버지인 에스테릴 티센과 페르거스 바 엠레이스 황제가 맺었던 조약이 유효하지. 그 조약의 문구에 따르면 코비어는 닐프가드의 적들에게 군사적 도움을 줄 수 없어. 군자금 역시 마찬가지지."

"하지만 에미르 바 엠레이스가 테메리아와 르다니아를 무력화시킨다면, 그 후에는 북쪽을 바라보겠지요. 에미르는 만족을 모릅니다. 그러면 닐프가드와 코비어의 조약은 아무 가치도 없는 휴지 조각이 되겠지요. 테메리아의 폴테스트 왕이 닐프가드와의 조약으로 고작 16일의 평화를 얻었던 것이……."

딕스트라가 헛기침을 하는 사이, 에스테라드 왕은 그의 말을 끊고 언성을 높였다.

"아니, 자네, 그런 식으로 논지를 전개해서는 안 되지. 조약이라는 것은 결혼을 하는 것과 같아. 결혼할 때는 앞으로 불륜을 저지르겠다는 생각 따위는 하지 않잖은가. 그리고 결혼한 후에는 서로 의심하지 않고 사는 거지. 그게 마음에 들지 않으면 결혼을 안 하면 되는 거야. 결혼을 하지 않고는 불륜을 저지를 수도 없지만, 그렇다고 불륜이 무섭다며 독신을 고수한다는 것은 말도 안 되고 웃기는 일이라고. 불륜 문제는 결혼을 앞두고 생각할 문제가 아니야. 그저 '만약'의 문제일 뿐이지. 일이 터지기 전에는 그런 문제를 생각할 필요가 없어. 다만 일이 터지면 그때 가서 생각하는 거라고. 불륜 얘기가 나왔으니 말인데, 르다니아 재무부 장관, 머시 후작의 아름다운 부인 마리는 어떻게 지내나?"

"전하께서는 실력이 정말 대단한 정보원들을 갖추고 계시군요."

딕스트라가 딱딱하게 몸을 굽혀 절을 했다.

"물론, 그렇지. 우리 정보원들이 얼마나 많은지, 얼마나 실력이 좋은지 알게 된다면 자네도 감탄할 걸세. 하지만 자네의 정보원들도 어디 가서 꿀리진 않아. 여기 나의 궁과 폰트 바니스에 배치한 정보원들 말이야. 내가 장담하지만 그들 역시 실력만큼은 부족함이 전혀 없지."

딕스트라는 눈 하나 깜짝하지 않았고, 에스테라드 왕은 천장의 님프를 바라보며 이야기를 계속했다.

"에미르 역시 잘 훈련된 정보원들을 적소에 배치해뒀지. 그렇기 때문에 다시 한 번 말하는 거야. 코비어의 국가 정책은 중립이고 팍타 순트 세르반다* 원칙을 지키지. 코비어는 한 번 맺은 조약은 깨트리지 않아. 코비어는 상대방이 먼저 약속을 어기는 것에 대비해 선수를 치고자 약속을 깨지도 않고."

"감히 말씀드리자면, 르다니아는 코비어에게 조약을 깨트리라고 종용하는 것이 아닙니다. 르다니아는 또한 닐프가드에 대항하는 과정에서 코비어와의 그 어떠한 군사적 동맹 관계나 군사적 도움을 받을 생각이 전혀 없습니다. 단지 앞으로 저희가 돌려드릴 작은 차관을……."

"그건 알고 있네. 빌려 간 돈은 돌려주겠지. 하지만 그건 순수한 가정에 지나지 않아, 왜냐하면 동전 한 닢도 못 빌려주니까. 그럴듯한 말로 나를 설득할 생각은 말게, 딕스트라. 자네가 달변가라는 걸 뻔히 아는 이상, 늑대에게 턱받이를 해놓은 것처럼 어울리지 않으니까. 그럼 좀 더 진지하고 현명하면서 적절한 다른 논지는 없나?"

"없습니다."

---

* 팍타 순트 세르반다(Pacta sunt servanda): 라틴어로 로마법의 원칙에 따라 약속은 지켜져야 한다는 의미이다.

에스테라드 티센은 잠시 침묵했다가 입을 열었다.

"자네가 첩자가 된 건 정말 다행이군. 장사꾼으로는 영 싹수가 안 보이거든."

세상이 넓고 커서 그런지 국왕 부부들은 보통 각자의 침실을 가지고 있다. 왕들은 각자 매우 다른 빈도로 왕비의 침실을 방문하고, 아주 가끔씩은 왕비들이 왕의 침실을 예상치 못하게 방문하는 일도 있었다. 그 후에 부부는 서로 헤어져 각자의 방과 각자의 침대로 돌아가기 마련이었다.

코비어 국왕 부부는 이 점에 있어서 특별히 예외였다. 에스테라드와 줄레이카는 한 침실에서, 지붕이 달린 거대한 침대에서 언제나 같이 잤다.

줄레이카는 잠들기 전에 시종들 앞에서는 창피해서 쓰지 않는 안경을 쓰고, 자신의 '좋은 책'을 읽곤 했다. 에스테라드 왕은 보통 수다를 떨었다.

그날 밤 역시 다르지 않았다. 에스테라드는 잠자리에서 쓰는 모자를 눌러쓰고 손에는 홀을 들었다. 홀을 들고 휘두르는 것을 좋아했지만, 공식적인 자리에서는 신하들이 잘난 척한다고 생각할까봐 하지 않았다. 에스테라드는 여느 때와 마찬가지로 떠들기 시작했다.

"줄레이카, 그러니까 최근에 아주 이상한 꿈을 꾸었단 말이지. 몇 번이나 연달아서 우리 어머니의 유령이 꿈에 나오는 거요. 내 위에 서서 계속 같은 말을 하시더군. '탄크레드의 신붓감을 구해놨다, 탄크레드의 신붓감을 구해놨다.' 그러고는 내 앞에 예쁘장한 어린 여자애를 보여준단 말이지. 그런데 줄레이카, 그게 누군지 아시오? 바로 시리라고, 칼란테의 손녀 말이오. 칼란테 여왕 기억하시오, 줄레이카?"

"기억나죠."

에스테라드는 계속 홀을 휘두르며 이야기를 이어갔다.

"시리는 에미르 바 엠레이스가 결혼하려는 상대지. 분명 이상하고 놀라운 결합이긴 할 테지만…… 도대체 어떻게 시리가 탄크레드의 신부가 된다는 말이오?"

"탄크레드에게도 아내가 있으면 좋겠어요. 그러면 안정도 될 테고……."

아들 얘기를 할 때면 언제나 그러하듯 줄레이카의 목소리가 조금 변했다.

에스테라드는 한숨을 내쉬며 말했다.

"그럴지도 모르지. 별로 그럴 것 같진 않지만 뭐, 그럴 수도 있겠지. 어쨌든 결혼을 한다는 건 그래도 좋은 기회가 될 테니까. 흠, 시리라…… 하! 코비어와 신트라. 야루가 강의 어귀! 이건 제법 괜찮아, 괜찮다고. 좋은 연합이 되겠는걸. 아주 좋은 동반자야. 하지만 에미르가 그 아가씨를 배우자로 점찍었다면…… 하지만 그 아이가 도대체 왜 내 꿈에 나타나는 거지? 그리고 대체 왜 그런 이상한 꿈을 꾸는 걸까? 추분이었던 날…… 기억하시오, 줄레이카? 내가 밤중에 당신을 깨웠잖소. 후, 정말이지 그날 꿨던 악몽은 기억나지 않는 게 다행스러울 정도요. 흠, 점성술사라도 불러야 할까? 아니면 예언자? 영매는 어떻겠소?"

"란 엑세터에는 쉴라 드 탄자빌 님이 있죠."

"안 돼. 그 여자 마법사는 싫소. 지나치게 똑똑하다고. 바로 우리 옆에서 또 한 명의 필리파 에일하트가 자라고 있는 셈이오. 그 똑똑한 여자들은 과하게 권력을 밝힌다고. 너무 믿거나 좋아해서는 안 돼."

에스테라드는 얼굴을 찡그렸다.

"언제나 그렇듯 당신 말이 맞아요."

"흠, 하지만 꿈이……."

"'좋은 책'에서는 인간이 잠들 때, 신들이 인간의 귀를 열고 말을 한다고 적혀 있어요. 선지자 레비오다는 꿈을 보면 대단한 지혜나 대단한 어리석음을 알 수 있다고 했죠. 하지만 그걸 알아보는 것이 어려워요."

줄레이카가 책장을 넘기며 말했다.

"탄크레드의 신붓감으로 에미르의 약혼녀를 생각하는 건 대단한 지혜라고 할 수는 없겠지. 하지만 지혜라는 말이 나와서 하는 말인데, 꿈속에서 지혜를 얻을 수 있다면 정말 좋겠군. 딕스트라가 여기 온 건 말이오, 아주 어려운 문제라고. 왜냐하면 사랑하는 줄레이카, 사실 닐프가드가 북쪽으로 맹렬하게 전진하면서 언제라도 노비그라드를 차지할 수 있는 이 상황을 좋아할 수만은 없지 않겠소. 중립국인 우리 입장에서 봤을 때, 바로 코앞인 노비그라드에서 벌어지는 일은 먼 남쪽에서 일어나는 일과는 전혀 다를 테니까. 그러니 르다니아와 테메리아가 닐프가드를 막아내고 침입자들을 야루가 강 건너로 보내버리는 게 가장 좋단 말이지. 하지만 그걸 우리 돈으로 하는 게 과연 옳은 일일까? 줄레이카, 사랑하는 여보, 지금 내 얘기 듣고 있소?"

"물론 듣고 있죠, 사랑하는 남편."

"당신 의견은 어떻소?"

"세상의 모든 지혜는 '좋은 책' 안에 들어 있어요."

"그럼 당신의 '좋은 책'에는 딕스트라 같은 자가 와서 100만 비잔트를 내놓으라고 했을 때 어떻게 하라고 쓰여 있소?"

"'좋은 책'에는 재산 문제에 대해서 딱히 이야기한 부분은 없어요. 하지만 이런 단락이 나오긴 하죠. '받는 것보다는 주는 행복이 더 크다. 그리고 가난한 이들에게 자선을 베푸는 것은 숭고한 행위이다.' 그리고 이렇게도 쓰여 있죠. '모든 것을 나눌 수 있다면, 당신의 영혼은 숭고해질 것이다.'라고요."

줄레이카는 안경 너머로 두 눈을 깜빡였다.

"그리고 돈주머니와 배는 텅 비고 말이지. 줄레이카, 숭고한 나눔과 자선에 대한 대목 말고 사업에 대한 조언은 없소? '좋은 책'은 공정한 거래에 대해 뭐라고 말하고 있지?"

왕비는 안경을 고쳐 쓰더니 책장을 바삐 넘겼다.

"여기요, '야쿱이 신들에게 하듯, 신들은 야쿱에게 한다.'는 말이 있네요."

에스테라드는 한참 동안 아무 말도 하지 않았다. 그러더니 끈질기게 다시 물었다.

"그거 말고, 뭔가 다른 건 없을까?"

줄레이카는 다시 책장을 넘기더니 반색하며 외쳤다.

"찾았어요! 선지자 레비오다의 말씀 중에 있네요. 읽을까요?"

"읽어주시오."

"선지자 레비오다가 이르길 '가난한 이들을 언제나 자선으로 도와야 한다. 허나 가난한 이들에게 수박 한 통을 주는 것보다, 반 통을 주는 것이 낫다. 필요 이상으로 큰 행운은 가난한 이들의 머릿속에서 좋지 않은 역할을 할지도 모르니.'"

"수박 반 통이라…… 그러니까 50만 비잔트를 주라는 말이오? 줄레이카, 이런 말 들어봤소? 50만 비잔트를 가지고 있는 것과 가지고 있지 않는 것은 100만 비잔트 차이다."

에스테라드가 씩씩대자 줄레이카는 안경 너머로 남편을 엄한 눈초리로 쏘아보았다.

"아직 다 읽지 않았어요. 또한 선지자 레비오다가 이르길 '수박 반 통보다 더 좋은 방법은 가난한 이에게 수박의 1/4을 주는 것이요, 가장 좋은 방법은 가난한 이에게 다른 이가 주도록 하는 것이다. 숭고한 목적이든, 어떤 계산이 깔려있든 간에 가지고 있는 수박을 가난한 자들과 나누려는 이들은 언제나 있기 마련이다.'라고 쓰여 있네요."

줄레이카의 말이 끝나기 무섭게 에스테라드는 들고 있던 홀로 협탁을 내리쳤다.

"하! 선지자 레비오다는 정말 현명하군! 내가 주는 대신, 다른 이가 주도록 만들어라? 그거 괜찮군. 정말 달콤한 말이야! 선지자 레비오다의 말을 더 찾아주시오, 사랑하는 줄레이카. 분명 그의 말들 가운데 르다니아가 내 돈으로 만들려는 군대 문제를 해결할 수 있는 비책이 있을 거요."

줄레이카는 오랫동안 이리저리 책장을 넘겨보다가 마침내 무언가를 읽기 시작했다.

"읽어볼게요. '어느날 선지자 레비오다에게 그의 제자가 물었다. 스승님, 저에게 어찌 행동해야 할지 일러 주십시오. 저의 이웃이 제가 가장 좋아하는 개를 가지고 싶어합니다. 허나 만약 제가 그 개를 준다면 슬퍼서 심장이 터지고 말 것입니다. 반대로 개를 주지 않는다면 이웃의 부탁을 거절한 것 때문에 불행해질 것입니다. 어떻게 해야 하겠습니까? 그러자 레비오다가 물었다. 너는 그 개보다 덜 좋아하는 무언가가 있느냐? 네, 스승님. 제자가 대답했다. 고양이입니다. 변덕이 심하고 골치 아픈 문제 덩어리입니다. 고양이는 사실 전혀 좋아하지 않습니다. 그 말을 듣고 레비오다가 말했다. 그 변덕스러운 고양이를 너의 이웃에게 주어라. 그러면 두 배의 행복이 깃들 터이니. 골칫거리인 고양이도 없애고, 이웃에게는 선물을 한 것이 아니겠느냐. 보통 이웃은 사실 특정한 선물을 바라는 것보다, 그저 무언가 얻기를 원하는 경우가 많다.' 어떤가요?"

에스테라드는 잠시 아무 말도 하지 않았다. 이마에는 주름이 잔뜩 잡혀 있었다.

"줄레이카, 그것도 같은 선지자의 말이오?"

"그 변덕스러운 고양이를……."

"이런 이야기는 처음 듣는다고!"

에스테라드는 언성을 높였지만 곧 잠잠해졌다.

"미안하오, 사랑하는 줄레이카. 난 그러니까 고양이가 이 문제와 무슨 관련이……."

에스테라드 왕은 문득, 하던 말을 멈추고 입을 다물었다. 그리고 깊은 생각에 빠졌다.

85년이 지난 후, 지나간 사건과 인물에 대해 안전하게 말할 수 있게 되었을 때 크레이덴의 공작이자 에스테라드 티센의 손자이며 에스테라드 티센의 맏딸 가우데문다의 아들인, 구이스카르드 베르뮐렌은 당시의 상황을 회상했다. 구이스카르드 공작은 이미 머리가 하얗게 센 노인이었지만, 자신이 직접 목격한 그 사건을 잘 기억하고 있었다. 그리고 르다니아가 기마부대를 갖출 수 있었던 100만 비잔트를 어디에서 구했는지, 이를 밝힌 것도 바로 이 구이스카르드였다. 그 100만 비잔트는 다른 이들이 짐작했듯 코비어의 금고에서 나온 것이 아니라, 노비그라드 귀족들의 금고에서 나왔다. 구이스카르드는 에스테라드 티센 왕이 새로 생긴 해상 무역 연합에서 이 노비그라드의 돈을 얻었다고 밝혔다. 역설적인 것은 이 무역 연합이 닐프가드의 상인들과 활발한 협력을 통해 생겼다는 점이다. 백발의 구이스카르드 공작이 밝힌 바에 따르면, 닐프가드가 르다니아의 군대를 조직

하는 데 어느 정도 돈을 댄 셈이라고 했다. 구이스카르드 베르묄렌이 아래와 같이 회상했다.

"외조부께서는 짓궂은 웃음을 지으며 어떤 수박 얘기를 하셨소. 그러고는 비록 계산적인 속셈이라 하더라도 가난한 사람을 도우려는 사람은 언제나 나타난다고도 말씀하셨지. 또 닐프가드 스스로가 르다니아 군대에 힘을 보태고 있는 만큼, 다른 이들에게 가타부타 유감을 가질 수도 없다고 하셨소."

구이스카르드는 이야기를 계속했다.

"외조부께서는 당시 정보국 국장이었던 사위, 그러니까 내 아버지와 내무부 장관을 부르셨지. 두 분은 자신들이 어떤 임무를 수행해야 하는지 들었을 때, 굉장히 겁을 냈소. 왜냐하면 감옥에서 삼천 명이 넘는 죄수를 내보내는 일이었으니까. 거기다 수백 명은 가택 연금이 해제되기도 했고. 아니, 그건 일반적인 도둑이나 범죄자들에게만 국한된 것이 아니었소. 사면은 무엇보다도 반체제 인사들을 위한 것이었지. 이들 중에는 폐위된 리드 왕을 지지하던 이들도 있었고, 찬탈자인 이디의 측근과 그들의 맹렬한 지지자들도 있었소. 그들은 그저 입으로만 떠들어대는 자들이 아니었어. 종종 파괴나 공격을 일삼고, 무장 봉기를 일으켜 형을 살고 있던 자들이었소. 그러니 내무부 장관은 겁에 질리고 아버지는 불안해하셨지."

구이스카르드는 당시를 떠올리며 말을 이었다.

"하지만 외조부께서는 마치 최고의 농담이라도 되는 양 웃으셨소. 그러고는 이렇게 말씀하셨지. 나는 그 한 마디, 한 마디를 모두 기억하고 있소. '자네들이 잠들기 전에 좋은 책을 읽지 않는 건 참 유감이군. 그 책을 읽었더라면 지금 내 생각을 이해할 수 있을 텐데. 하지만 이해하지 못하더라도 어차피 왕명은 수행해야겠지. 쓸데없이 미리 걱정할 필요는 없네. 나는 무엇을 해야 하는지 잘 알고 있으니까. 그럼 이제 돌아가서 내 변덕스러운 고양이들을, 그 골칫덩어리들을 모두 풀어줘.'라고 말씀하셨소.

분명 그렇게 말씀하셨지. 변덕스러운 고양이들, 골칫덩어리들이라고. 그때만 해도 아무도 상상하지 못했지만, 그 '변덕스러운 고양이들'이 얼마 후에 칭송과 영광 속에서 이름을 날리는 영웅들이 되었지. 유명한 외인부대의 아담 '아듀' 판그랏, 로렌조 몰라, 후안 '프론티노' 구티에레즈. 그리고 줄리아 아바테마르코, 르다니아에서는 '달콤한 수다쟁이'로 알려져 있소. 여러분들은 젊어서 이들을 기억하지 못하겠지만, 우리 어릴 적에 전쟁놀이를 하면 남자아이들은 모두 '아듀' 판그랏이 되고 싶어 했고, 여자아이들은 모두 '달콤한 수다쟁이' 줄리아가 되고 싶어 했지. 하지만 외조부께 이들은 그저 변덕스러운 고양이였소, 하하하."

구이스카르드는 나직이 소리 내어 웃었다.

"외조부께서는 내 손을 잡고 발코니로 나가셨지. 외조모이신 줄레이카 할머님은 갈매기들에게 모이를 주고 계셨소. 외조부께서 줄레이카 할머님께 뭐라고 말씀하셨냐 하면……."

백발의 노인은 천천히, 85년 전 에스테라드 티센 왕이 부인인 줄레이카에게 대운하가 내려다보이는 엔세나다 궁전의 발코니에서 했던 말을 정확히 기억해내려고 애쓰고 있었다.

"나의 사랑하는 아내, 줄레이카! 내가 선지자 레비오다의 현명한 조언 중에서 또 뭘 발견했는지 짐작이 가시오? 르다니아에게 변덕스러운 고양이를 주었을 때 발생하는 또 다른 이익이 있소, 줄레이카. 고양이들은 집으로 돌아오지. 고양이는 언제나 집으로 돌아온다고. 그리고 내 고양이들은 집으로 돌아올 때, 전리품과 얻어낸 것들, 그러니까 부를 가져올 거요. 그럼 난 그 고양이들에게 세금을 매길 거라고!"

에스테라드 티센 왕이 마지막으로 딕스트라와 이야기를 나눴을 때는 단 둘뿐이었다. 줄레이카마저도 자리에 없었다. 거대한 방의 마룻바닥에는 열 살쯤으로 보이는 남자아이가 놀고 있었지만 그 아이는 문제가 되지 않았다. 게다가 남자아이는 납으로 만든 장난감 병정에 정신이 팔려 대화에는 조금도 주의를 기울이지 않았다.

"구이스카르드지. 우리 딸 가우데문다와 아무짝에도 쓸모없는 베르뮐렌 왕자의 아들이라네. 내 손자지. 혹여 내 아들인 탄크레드 티센에게 무슨 일이 생기기라도 하면 이 어린아이가 코비어의 유일한 희망이지."

에스테라드 왕이 고갯짓으로 남자아이를 가리키며 말했다.

딕스트라는 코비어의 문제를 알고 있었다. 또한 에스테라드 왕의 개인적인 문제도 잘 알고 있었다. 탄크레드에게 어떤 일이 벌써 일어났다는 것도 알고 있었다. 탄크레드에게 왕이 될 만한 어떤 자질이 있다고 한다면 오직 하나, 아주 나쁜 왕이 될 만한 자질밖에 없었다.

"자네의 문제는 이미 해결된 것이나 다름없지. 곧 트레토고르의 금고로 들어갈 100만 비잔트를 어떻게 써야 가장 효과적일지, 그에 대한 계획을 세워도 좋을 거라고."

에스테라드 왕은 화려하게 칠해진 구이스카르드의 장난감 병정 하나를 몰래 집어 들었다. 날이 넓은 칼을 치켜들고 있는 기마병이었다.

"이걸 가져가서 잘 간직하게. 이와 똑같은 기마병을 자네에게 보여주는 사람이 내가 보낸 사신이네. 아무리 봐도 도저히 사신처럼 보이지 않고 믿을 수 없어 보여도, 바로 그 사람이 내 신복이고 우리의 100만 비잔트 건에 대해 알고 있는 자야. 나머지 다른 이들은 그냥 공작원일 뿐이니, 공작원으로 대우하면 되네."

딕스트라는 고개를 깊숙이 숙였다.

"르다니아는 잊지 않을 것입니다, 전하. 저 또한 제 이름을 걸고 개인적인 감사를 표합니다."

"자네 이름 따위 걸지 않아도 좋으니, 코비어의 외무부 장관을 설득할 요량으로 쓰려고 했던 1000크라운이나 내놓는 게 어떤가? 왜, 왕을 설득하는 데는 뇌물이 필요 없나?"

"전하께서 이런 장난을……."

"물론이지! 자, 돈을 내놓으시게, 딕스트라. 1000크라운을 가지고 있는 것과 1000크라운을 안 가지고 있는 건……."

"예, 2000크라운의 차이지요, 알고 있습니다."

엔세나다 궁의 깊숙한 곳에 자리한 작은 방에서, 여자 마법사 쉴라 드 탄자빌은 집중한 채로 줄레이카 왕비의 이야기를 심각하게 듣고 있었다.

"훌륭해요, 훌륭하십니다, 왕비 전하."

쉴라 드 탄자빌은 머리를 끄덕였다.

"당신이 이야기한 그대로 했어요, 쉴라 님."

"감사드립니다. 또다시 말씀드리지만, 우리는 이 나라의 이익을 위해 일한 거예요. 그리고 왕조를 위해서요."

줄레이카는 헛기침을 했다. 목소리가 조금 변해 있었다.

"그러면…… 그러면 탄크레드는요?"

"제가 분명 장담했습니다. 제가 약속드린 바와 같이 도움은 도움으로 갚겠습니다. 왕비 전하는 이제 걱정 없이 주무실 수 있어요."

쉴라 드 탄자빌의 냉정한 음성에 줄레이카는 한숨을 내쉬었다.

"그랬으면 정말 좋겠군요. 정말로요. 잠 얘기가 나와서 말인데…… 왕은 무언가를 의심하기 시작했어요. 그 꿈이 아무래도 이상하게 여겨지는 모양이고, 왕은 무언가 이상하다 싶으면 의심하기 시작하니까요."

"그럼 당분간 전하께 꿈을 보내는 것은 중단하겠습니다. 그럼, 왕비 전하의 꿈 얘기로 다시 돌아가자면, 왕비 전하는 이제 편히 주무실 수 있어요. 탄크레드 왕자님은 나쁜 친구들과 헤어질 겁니다. 더 이상 쉬르크라타스 남작의 성에 가지 않으실 거예요. 드 리제모어 양과 르다니아 대사의 부인에게도요."

"이제 다시는 그들을 찾지 않을 거라고요? 절대로?"

"지금 제가 언급한 사람들은 더 이상 탄크레드 왕자님을 초대하거나 혼란스럽게 만들 엄두를 내지 못할 거예요, 다시는요. 왜냐하면 그랬다가는 어떤 결과가 초래되는지 알고 있으니까요. 제가 말씀드리는 건 확실합니다. 또한 탄크레드 왕자님이 다시 학문에 정진해 성실한 학생이 되고, 진지하고 안정된 젊은이가 되리라는 것도 확신합니다. 여자들을 쫓아다니는 일도 그만두고요. 왕자님은 그런 것과 관련된 의욕을 모두 잃게 될 테니까요. 우리가 신트라의 공주, 시릴라를 왕자님의 눈앞에 소개하는 바로 그날까지는 말이죠."

쉴라 드 탄자빌의 검은 눈에서 이상한 빛이 번뜩였다.

"아아, 이 말들을 모두 믿을 수만 있다면! 이게 다 사실이 되기만 한다면!"

줄레이카는 손을 내리고 눈을 크게 떴다.

"마법의 힘은 가끔 믿어지지 않기도 하죠, 왕비 전하. 사실 그래야 하는 것이기도 하고요."

쉴라 드 탄자빌은 미소를 지었다. 본인도 뜻밖이었다.

필리파 에일하트는 투명한 잠옷의 거미줄처럼 얇은 팔 부분을 매만지고는 깊게 파인 목 부분의 립스틱 자국을 지웠다. 정말 똑똑한 여자인데, 쉴라 드 탄자빌은 가벼운 경멸을 느끼며 생각했다. 호르몬을 제어할 줄 모르다니.

"얘기 좀 해도 될까요?"

쉴라의 말에 필리파는 주위를 마법의 장으로 감쌌다.

"이제 말씀하세요."

"코비어에서는 모든 일이 해결됐어요. 긍정적인 방향으로요."

"고마워요. 딕스트라는 떠났나요?"

"아직."

"왜 지체하고 있는 거죠?"

"에스테라드 왕과 긴 얘기를 나누고 있어요. 왕과 첩자가 이상하게도 마음이 잘 맞는군요."

쉴라 드 탄자빌이 입술을 일그러뜨리며 말했다.

"우리나라 날씨에 대한 농담을 아나, 딕스트라? 코비어에는 계절이 두 개밖에 없다는……."

"겨울과 8월, 압니다."

"그럼, 코비어에 여름이 왔다는 건 어떻게 알 수 있는지 아나?"

"아니오, 모릅니다만. 어떻게 알 수 있습니까?"

"빗방울이 조금 따뜻해지거든."

"하하."

"농담은 농담이지만, 겨울이 점점 더 빨리 오고 오랫동안 지속되는 것은 좀 걱정스러워. 예언에도 등장하지. 이틀린의 예언은 읽어본 적 있겠지? 그 예언에는 겨울만 있는 몇십 년이 계속된다고 기록되어 있지. 어떤 이들은 무언가의 비유라고 해석하지만, 나는 걱정스러워. 코비어에서는 오래전에 한 번, 4년 동안 겨울이 계속되는 바람에 줄곧 비만 내리고 농작물은 죄다 망가져서 흉작을 겪은 적이 있었지. 닐프가드에서 엄청난 물량의 식량을 수입해오지 않았더라면 많은 사람들이 굶어 죽었을 거야. 상상이 가나?"

에스테라드 왕이 심각한 목소리로 말했다.

"솔직히 말해서 상상이 되진 않습니다."

"난 상상할 수 있어. 기후가 바뀌고 기온이 내려가면 우리 모두 굶어 죽을 수도 있어. 배고픔은 싸워서 물리칠 수 있는 적이 아니라 더 무서운 법이네."

딕스트라는 생각에 잠긴 채 고개를 끄떡였다.

"딕스트라?"

"예, 전하."

"르다니아 국내 사정은 이제 잠잠한가?"

"그렇지는 않습니다. 노력은 하고 있습니다만."

"나도 알고 있네. 소문이 떠들썩하니까. 타네드의 배신자들 중 살아 있는 자는 빌게포츠밖에 없다고 하던데."

"예니퍼가 죽은 후로는 그렇습니다. 전하, 예니퍼가 죽었다는 걸 알고 계십니까? 8월 마지막 날 알 수 없는 상황에서, 스켈리게 섬과 페이제 드 마르만 사이의 유명한 세드나 해구에서 목숨을 잃었습니다."

"벤거버그의 예니퍼는 배신자가 아니었어. 빌게포츠와 모반을 꾸미지도 않았고. 만약 원한다면 자네에게 증거를 보여줄 수도 있네."

잠시 침묵이 흐른 후 딕스트라는 고개를 저었다.

"원치 않습니다. 어쩌면 원할지도 모르지만, 적어도 지금은 아닙니다. 지금은 예니퍼가 배신자로 되어 있는 편이 저에게는 편하지요."

"알겠네. 마법사들을 믿지 말게, 딕스트라. 특히 필리파는."

"필리파를 믿은 적은 한 번도 없습니다. 하지만 우린 협력해야 하지요. 저와 필리파가 없으면 르다니아는 혼란에 빠져 멸망하고 말 겁니다."

"그건 사실이지. 충고 하나 하자면, 속도를 조금 늦춰. 내가 무슨 말을 하는지는 잘 알고 있겠지. 나라 곳곳에 즐비한 교수대와 고문실, 엘프들에 대한 잔인함…… 그리고 끔찍한 드라켄보르그 요새. 자네가 애국심에서 우러나 하는 일인 건 알고 있지만, 그러다 보면 좋지 않은 전설이 생겨나게 되지. 자네는 그 전설 속에서 죄 없는 이들의 피를 빨아 마시는 늑대인간이 될 테고."

"누군가는 해야 할 일입니다."

"그리고 누군가는 억울하게 그 책임을 지겠지. 자네가 공정하게 행동하려는 건 알고 있지만, 실수는 피할 수 없는 것 아닌가. 또한 피가 낭자한 와중에 혼자만 깨끗할 수도 없지. 난 자네가 개인적인 이유로는 누구도 해치지 않았다는 것을 알고 있지만, 그걸 누가 믿겠는가? 그런 걸 누가 믿고 싶어 할까? 운명이 뒤바뀌는 날, 자네에게 죄 없는 이들을 죽였다며 손가락질을 할 테고 그 죽음에서 이익을 취했다는 고발이 시작될 거야. 거짓말은 마치 타르처럼 쩍 하고 사람에게 달라붙지."

"알고 있습니다."

"그때는 방어할 기회조차 주어지지 않을 거야. 자네 같은 이들에게는 기회를 주지 않지. 자네를 타르로 발라버릴 걸세. 나중에, 모든 것이 끝나면. 조심하게, 딕스트라."

"조심하겠습니다. 절 잡지는 못할 겁니다."

"자네의 왕 비지미르는 당했잖은가. 내가 듣기로는 단검으로 옆구리를 찔리고 목까지……."

"첩자보다는 왕이 처리하기 쉬운 법이지요. 저는 못 잡습니다, 절대로요."

"그래서도 안 되고. 왜 그런지 아나, 딕스트라? 왜냐하면 이 세상에 빌어먹을 공정함이라는 것도 존재해야 할 테니까."

이 대화를 떠올리게 되는 날이 오긴 왔다. 두 명 모두, 왕과 첩자 두 사람 모두 말이다. 딕스트라는 트레토고르 성채의 모든 복도에서 자신을 향해 다가오는 암살자들의 발소리를 들으며 이 대화를 떠올렸다. 에스테라드 왕은 대운하로 통하는 엔세나다의 화려한 대리석 계단 위에서 딕스트라의 말을 떠올렸다.

"싸울 수도 있었소."

흐려져 아무것도 보이지 않는 구이스카르드 베르뮐렌의 눈은 회상의 심연을 응시하고 있었다.

"암살자들은 고작 세 명이었고, 외조부님은 힘이 센 편이었으니까. 호위병들이 올 때까지 싸우면서 버틸 수도 있었지. 아니면 그냥 도망칠 수도 있었고. 하지만 줄레이카 할머님이 함께 계셨소. 외조부님은 줄레이카 할머님을 향한 공격을 온몸으로아내며 지키셨지. 자신의 아내인 줄레이카 할머님만 생각하고, 본인의 안위는 생각지 못하셨소. 시종들이 도착했을 때, 줄레이카 할머님은 생채기 하나 나지 않았소. 외조부이신 에스테라드 왕께서는 스무 군데 가량을 찔렸지. 세 시간 후, 의식을 되찾지 못하고 그렇게 돌아가셨소."

"'좋은 책'을 읽어본 적 있나, 딕스트라?"

"없습니다, 전하. 하지만 무엇이 쓰여 있는지는 압니다."

"믿지 못하겠지만, 어제 그 책을 열었다가 우연히 이런 문장을 발견했네. '영원으로 가는 길에는 누구나 자신의 짐을 지고 자신만의 계단을 디디며 가야 한다.' 어떻게 생각하나?"

"슬슬 가야 할 시간이군요, 전하. 제가 짊어져야 할 짐을 지고요."

"최고의 첩자, 건강하게 지내게."

"건강하십시오, 전하."

우리는 유명한 고도 아센가르드에서 남쪽으로 약 600스타야니아 정도를 내려와 '백 개의 호수'라고 불리는 지역에 다다랐다. 이 지역을 언덕에서 내려다보면 수많은 호수들이 여러 모양으로 펼쳐져 있는 광경을 볼 수 있다. 우리를 안내한 엘프 아발라크는 이곳에서 토끼풀과 비슷한 모양을 한 호수를 찾으라고 했다. 그리고 실제로 우리는 그런 모양의 호수를 찾아냈다. 다만 그 토끼풀의 잎이 세 장이 아니라 네 장처럼 보였는데, 북쪽에서 남쪽으로 길게 늘어진 호수 하나가 마치 토끼 풀의 네 번째 잎과 줄기를 이루는 것처럼 보였기 때문이었다. 이 호수의 이름은 타른 미라라고 하는데, 주변이 검은 숲으로 둘러싸여 있었다. 그리고 호수의 북쪽 끝에는 엘프어로 '토르 지라엘', 흔히 '제비의 탑'이라고 부르는 불가사의한 탑 하나가 솟아 있었다.

처음 우리 눈엔 짙은 안개 말고는 아무것도 보이지 않았다. 내가 엘프 아발라크에게 탑에 대해 무언가 물어보려는 순간, 아발라크가 내게 조용히 하라는 손짓을 하며 입을 열었다. "희망을 가지고 기다려라. 희망은 빛, 그리고 좋은 징조와 함께 돌아올 것이다. 저 끝없는 물결을 보아라. 그 안에 좋은 소식을 전하는 전갈이 있을 것이다."

부이비드 바크휘센, 〈마법의 흔적과 장소들을 따라 떠난 긴 여정〉

이 책은 처음부터 끝까지 사기다. 타른 미라 호수의 유적은 이미 여러 차례 조사한 바가 있다. 그곳은 결코 마법의 장소가 아니며, B. 바크휘센의 말과는 다르게 전설과도 같은 '제비의 탑'의 유적일 가능성 또한 전혀 없다.

〈아르스 마기카, 제 14권〉

제 9 장

"저기 배가 들어와요! 배가 들어온다고요!"

예니퍼는 바닷바람에 흐트러진 머리카락을 쓸어 넘기며 계단 난간 옆에 서서, 해안으로 달려가는 여인들에게 길을 비켜주고 있었다. 서풍에 밀려온 세찬 파도가 큰 소리를 내며 해안선을 때리고, 하얀 깃털 같은 거품이 바위들 사이로 일었다.

"배가 들어와요! 배가 들어온다니까요!"

아드 스켈리그의 주요 거점인 케어 트롤데의 높은 전망대에서는 스켈리게 제도 전체가 거의 다 내려다보였다. 좁은 해협 바로 건너편에는 안 스켈리그가 보였는데, 남쪽은 높이가 낮고 평평했지만, 북쪽은 경사가 급한 벼랑과 바닷물에 깎인 계곡으로 인해 잘 보이지 않았다. 멀리 왼쪽의 날카로운 산호초 위로 높은 초록빛 파도가 이는 곳은 스파이크루그로 산봉우리들이 구름에 덮여 있었다. 오른쪽으로는 운드비크 섬의 가파른 벼랑에 갈매기와 슴새, 가마우지와 얼가니새들이 모여 있었다. 운드비크 섬 뒤로는 이 군도에서 가장 작은 섬인, 뾰족한 원뿔 모양의 숲으로 울창한 힌다스피얄 섬이 모습을 드러냈다. 마지막으로 케어 트롤데의 탑 어디를 올라가든 남쪽을 바라보면 다른 섬들과 외따로이 떨어진 페로 섬을 볼 수 있었는데, 썰물 때는 마치 거대한 물고기의 지느러미가 삐죽 솟아나온 것처럼 보이기도 했다.

테라스 쪽으로 내려간 예니퍼는 해안으로 우르르 달려가 흥분하고 있는 무리에 끼지 않고 품위와 자존심을 지키고자 버티고 있는 여인들 사이에 섰다. 발밑으로는 마치 파도가 던져놓고 간 듯한, 검고 형체를 알아볼 수 없는 거대한 갑각류처럼 항구 도시가 펼쳐져 있었다.

안 스켈리그와 스파이크루그 사이의 해협으로 좁고 긴 배들이 줄지어 들어왔다. 돛들은 햇볕 아래에서 흰색과 붉은색으로 빛나고, 뱃머리 앞에 장착된 구리 방패들이 빛나고 있었다.

"맨 앞에서 '링혼'이 온다! 그 뒤로는 '펜리스'가……."

여자 한 명이 외쳤다.

"저기 '트리글라'가 보이고 그 뒤에는 '드락'이…… 그 뒤를 따라오는 건 '하브프루에'야!"

다른 여자가 흥분한 목소리로 외쳤다.

"'앙기라', '타마라', '다리아'…… 아니야, '스코르페나'야. '다리아'가 없는데, '다리아'가……."

금발 머리를 굵게 땋은 젊은 여자가 양손으로 만삭의 배를 움켜잡은 채, 먹먹한 비명 소리를 지르더니 창백해진 얼굴로 쓰러졌다. 그러자 고리가 빠진 커튼이 찢어지듯 테라스에 있던 무리의 대열이 흩어졌다. 예니퍼는 재빨리 뛰어가 무릎을 꿇고 손가락을 여자의 배에 얹고는 주문을 외치며 태반과 자궁 사이의 탯줄을 끊어버릴 위험이 있는 발작과 경련을 진정시켰다. 곧이어 손바닥 아래로 발길질이 느껴지는 태아 위에 방어와 진정 마법을 걸었다.

쓰러진 산모에게는 마법 에너지를 낭비하지 않고자 뺨을 때려 정신이 들게 했다.

"조심해서 데려가요, 살살."

"바보같이…… 큰일 날 뻔했구먼."

나이가 지긋한 여자들 중 한 명이 중얼거렸다.

"지레 겁을 먹고 난리를 피운 거야. 남편 닐스가 다른 배에 있을 수도 있는데……."

"도움을 주셔서 감사합니다, 마법사님."

"데려가세요."

예니퍼가 자리에서 일어나며 말했다. 무릎을 꿇다가 원피스의 안쪽으로 접힌 부분이 뜯어진 것을 보고 욕을 내뱉으려다가 꿀꺽 삼켰다.

예니퍼는 더 낮은 테라스로 내려갔다. 긴 배들이 차례로 해안에 다다르고, 부대 한 무리가 배에서 둑으로 내려서고 있었다. 중무장을 하고 수염을 기른 스켈리게의 전사들이었다. 많은 이들이 몸 이곳저곳에 붕대를 감고 있었으며, 걷기 위해 주변의 도움을 받아야 하는 이들도 많았다. 심지어 몇몇은 들것으로 날라야만 했다.

해안가에 모인 스켈리게의 여인들은 가족이나 친척이 무사한 걸 발견하고는 비명을 지르거나 기쁨에 겨워 울음을 터뜨렸다. 하지만 그렇지 않은 경우 그대로 기절하거나 천천히, 그 누구도 탓하지 않은 채 아무 말 없이 자리를 떠났다. 그러다 혹시 흰색과 빨간색의 '다리아' 호의 돛이 휘날리지 않을까 하는 희망에 뒤를 돌아보기도 했다.

그러나 '다리아' 호는 끝내 나타나지 않았다.

예니퍼는 다른 이들 사이에서도 유독 키가 큰 스켈리게의 족장, 붉은 머리의 크래치 안 크라이트가 '링혼' 호에서 마지막으로 내리는 것을 보았다. 크래치 족장은 큰 소리로 무언가를 지시하고는 주위를 점검하며 살피고 있었다. 그 모습을 뚫어지게 바라보고 있던 두 명의 여자, 금발의 여인과 흑발의 여인이 울고 있었다. 기쁨의 눈물이었다.

크래치 족장은 모든 것을 다 점검하고 살폈다는 확신이 들자, 곧장 그 여인들에게 달려가 곰 같은 손길로 둘을 끌어안고서 키스했다. 그러고는 고개를 들고 예니퍼를 보았다. 크래치 족장의 눈은 이글이글 불타오르고, 얼굴은 마치 구리로 만든 방패나 산호초의 바위처럼 험상궂게 굳었다.

다 알고 있네, 예니퍼는 생각했다. 소문이 빨리 도는군. 크래치 족장은 배에서도 어제 스파이크루그 만에서 여자 어부들이 나를 그물로 건져냈다는 소식을 들은 거야. 케어 트롤데로 돌아오면 나를 만나게 되리라는 걸 알고 있었던 거라고.

마법일까, 아니면 전서구 비둘기를 통해 알게 된 걸까?

크래치 족장는 예니퍼에게 서두르지 않고 다가왔다. 바다와 소금, 타르, 피곤의 냄새가 풍겼다. 그의 밝은 눈을 바라보자마자 예니퍼의 귀에는 전사들의 전투 함성과 방패들이 부딪치는 소리, 손도끼와 칼이 쩔렁거리는 소리가 들려왔다. 죽어가는 이들의 비명과 불타는 '다리아' 호에서 바다로 뛰어내리는 이들의 울부짖음이 들려왔다.

"벤거버그의 예니퍼."

"크래치 안 크라이트, 스켈리게의 족장이시여."

예니퍼는 가볍게 몸을 굽혀 인사했다.

크래치는 인사를 받아주지 않았다. 좋지 않네, 예니퍼는 생각했다.

크래치는 예니퍼의 얼굴에 노로 두들겨 맞은 자국이 남은 걸 깨달았다.

얼굴이 또다시 굳어지며 입술이 떨리더니 잠시 후 입을 열었다.

"당신을 때린 자는 그 대가를 받겠군."

"아무도 날 때리지 않았어요. 계단에서 넘어진 거죠."

크래치는 예니퍼를 찬찬히 살펴보더니 어깨를 으쓱해 보였다.

"굳이 사실을 밝히고 싶지 않다면 그건 당신 마음이지. 나도 조사할 시간이 없으니까. 할 말이 있으니 잘 들으시오. 당신과 이야기를 나누는 건 이게 마지막일 테니, 제대로 들었으면 좋겠군."

"그렇게 하죠."

"내일 당신은 배를 타고 노비그라드로 이송될 거요. 거기에서 노비그라드 시 당국에 넘겨지고, 그 후엔 테메리아 정보국이나 르다니아 정보국, 둘 중 아무나 더 빨리 원하는 쪽으로 넘겨지겠지. 양쪽 나라 모두 당신을 찾아내려고 혈안이 된 채 수배 중이라는 건 알고 있겠지."

"그게 다인가요?"

"거의. 하지만 당신이 추가로 들어야 할 말이 있소. 스켈리게가 법에 쫓기는 이들에게 피난처를 제공하는 일은 종종 있었지. 지금까지 잘못한 일을 고된 노동과 용기, 희생과 피로 되갚아 용서받을 수 있기도 하오. 하지만 당신의 경우는 아니야, 예니퍼. 그걸 기대했을지 모르겠지만, 당신에게는 피난처를 제공할 수 없어. 난 당신 같은 자들을 혐오하오. 권력을 얻기 위해 문제를 일으키는 자들, 결국에는 자신의 이익만을 추구하며, 적들과 내통하고 감사와 충성을 바쳐야 할 이들을 배신하는 자들. 나는 당신을 경멸하오, 예니퍼. 당신이 반역자 일당과 닐프가드의 사주를 받아 타네드 섬에서 난리를 일으켰던 그때, 나의 전사들은 아트레에서 신트라의 혁명군을 돕기 위해 싸웠소. 삼백 명의 우리 전사들이 이천 명이나 되는 검은 군대에 맞섰

단 말이오! 이 세상에는 용기와 충성에 대한 상도 있어야 하는 법이고, 악행과 배신에 대한 벌도 있어야 하는 법이지. 하지만 죽은 이들에게 내가 어떤 상을 줄 수 있겠소? 기념비를 세워주나? 오벨리스크에 이름을 새겨서? 아니! 전사한 이들을 기리고 상을 주려면 그런 걸로는 안 되지. 아트레의 사구에 뿌려진 그들의 피 대신 당신의 피를, 예니퍼, 당신의 피가 교수대에 뿌려지기를."

"나는 죄가 없어요. 난 빌게포츠의 음모에 가담하지 않았으니까요."

"그 증거는 법정에서 내놓도록 하시오. 내가 판단할 바는 아니니까."

"당신은 날 판단했을 뿐만 아니라, 나에게 선고를 내린 것과 같아요."

"더 이상 이야기는 그만! 말한 바와 같이, 내일 새벽에 수갑을 차고 노비그라드, 왕립 재판소로 가게 될 거요. 그곳에서 공정한 처분을 받겠지. 마법은 쓰지 않겠다고 약속하시오."

"그런 약속은 하지 않겠다면?"

"이곳의 마법사인 마르카드가 타네드에서 죽는 바람에 우리에겐 당신을 제어할 만한 마법사가 없소. 하지만 당신은 스켈리게에서 가장 뛰어난 궁수들의 끊임없는 감시 속에 놓일 거요. 수상쩍은 손짓만으로도 곧장 화살이 날아오리라는 것을 명심하시오."

"알았어요, 약속하죠."

예니퍼는 고개를 끄덕였다.

"고맙소. 그럼 잘 가시오, 예니퍼. 내일 배웅은 안 하겠소."

"크래치."

이미 돌아섰던 크래치는 다시 돌아서서 예니퍼를 바라봤다.

"말해보시오."

"난 노비그라드로 가는 배에 탈 마음이 전혀 없어요. 딕스트라에게 내가 무죄임을 밝힐 시간도 없고요. 내 잘못을 입증하기 위한 증거가 이미 조작된 상황에서 위험을 무릅쓸 수도 없어요. 체포된 이후 갑자기 뇌출혈로 죽게 되거나 뭔가 화려한 방법으로 감옥에서 자살하게 되는 그런 위험도 무릅쓸 수 없고요. 다시 말하지만, 난 그럴 시간도 없고 그런 위험을 감수할 수도 없어요. 또한 그게 왜 나에게 그렇게 위험한지 당신에게 설명할 수도 없어요. 하지만 난 노비그라드로는 가지 않아요."

크래치는 예니퍼를 오랫동안 바라보다가 입을 열었다.

"안 간다고? 가지 않겠다고 단정 지을 수 있는 근거가 뭐요? 혹시 과거 어느 시점에, 우리가 사랑하는 사이였기 때문이오? 그것에 의지하지 마시오, 예니퍼. 이미 지나간 일은 지금, 아무 의미도 없으니까."

"알고 있고 기대도 안 해요. 족장님, 나는 노비그라드로 가지 않을 거예요. 왜냐하면 나는 절대로 혼자 내버려두지 않겠다고, 언제나 도와주겠다고 맹세한 사람을 도와야 해요, 지금 당장. 스켈리게의 족장 크래치, 당신도 이 일을 도와줘야 해요. 왜냐하면 10년 전에 당신 역시 비슷한 맹세를 했으니까요. 바로 이 자리, 지금 우리가 서 있는 이 해변에서 말이에요. 당신 역시 그 사람에게 맹세했죠. 칼란테 여왕의 손녀이자 신트라의 새끼 사자, 시릴라에게. 나, 벤거버그의 예니퍼에게 시리는 내 딸과 다름없어요. 그래서 시리의 이름으로, 당신이 했던 맹세를 이제 이행하라고 요구하겠어요. 맹세를 지키세요, 스켈리게의 족장, 크래치 안 크라이트."

"진심이오? 정말로 맛도 안 보겠다는 거요? 이 맛있는 것을?"

크래치 안 크라이트는 재차 확인했다.

"정말로요."

크래치는 더 이상 권하지 않고 접시에서 랍스터를 집어 도마 위에 올려놓고는 세차게, 하지만 매우 정확하게 큰 칼을 내리쳐 껍질을 분리했다. 그러고는 레몬과 마늘 소스를 잔뜩 뿌린 뒤 랍스터 살을 먹기 시작했다. 손가락으로.

예니퍼는 은 나이프와 포크를 사용해 고상하게 식사했다. 예니퍼가 먹고 있는 요리는 시금치가 들어간, 어린 양으로 만든 커틀릿으로 예니퍼를 위해 특별히, 약간 자존심이 상한 요리사가 준비한 것이었다. 예니퍼는 굴도, 홍합도, 연어 절임도, 성대와 새조개로 만든 수프도, 아귀 꼬리찜도, 구운 황새치도, 튀긴 곰치도, 게도, 랍스터도, 성게도 모두 거절했다. 신선한 해초 역시 거절한 것은 두말할 나위도 없었다.

조금이라도 바다 냄새가 나는 음식이라면 그 어떤 것도 예니퍼에게는 구역질을 일으킬 뿐이었다. 프린질라 비고와 필리파 에일하트, 그리고 너무나 위험천만했던 텔레포트, 파도 위로 내동댕이쳐진 추락, 삼켜야 했던 바닷물, 자신에게 던져졌던 그물을 연상케 했다. 더구나 그물에는 지금 접시 위에 올라와 있는 해초들이 달라붙어 있었다. 머리카락 사이로 떡이 되어 엉켜 있던 미역과 해초들, 소나무로 만든 노로 아프게 얻어맞아 꼼짝할 수 없었던 어깨 위에 엉겨 붙어 있던 해초들.

크래치는 랍스터의 부러진 다리 관절 사이에서 살을 빨아 먹으며 이야기를 꺼냈다.

"당신을 다시 믿어보기로 했소, 예니퍼. 하지만 당신을 위해서 그러는 건 아니오, 알고 있겠지만. 블러드게아스, 내가 칼란테 여왕에게 했던 맹세가 그야말로 내 손을 묶어버린 거요. 그러니 당신이 시리에게 도움을 주겠다는 의도가 진심이고 사실이라면, 나는 어쩔 도리가 없소. 당신이 하려는 일에 도움을 줄 수밖에…….”

“고마워요. 하지만 제발 그런 이상한 어조는 집어치워요. 다시 한 번 말하지만, 난 타네드의 음모에 가담하지 않았어요. 날 믿어줘요.”

예니퍼의 말에 크래치는 콧김을 뿜었다.

“그게 뭐 그렇게 중요한가? 내가 믿고 안 믿고의 문제가? 당신을 잡겠다며 이 세상 끝까지라도 쫓아오려는 왕들이나 딕스트라의 부하들을 설득시키는 게 중요하지. 그리고 필리파 에일하트나 왕들에게 충성하는 마법사들을 설득하는 것도. 당신 말에 의하면 그들 눈앞에서 사라져 여기 스켈리게에 나타난 것에 대해 말이오. 그들에게야말로 증거를 제시해야…….”

“증거는 없어요.”

예니퍼는 자존심에 상처 입은 요리사가 양고기 커틀릿에 곁들여 준비한 방울양배추를 포크로 뒤적거리며 화가 난 목소리로 말을 끊었다.

“설령 증거가 있다 해도, 내가 그 증거를 제시하도록 허락하지 않을 거예요. 당신에게 그런 것까지 설명할 수는 없어요. 나에겐 침묵의 의무가 있기 때문이죠. 하지만 내 말을 믿어줘요, 크래치. 제발.”

“말했지만…….”

“당신은 분명 도와주겠다고 했어요. 고마워요. 하지만 내 무죄는 믿지 않죠. 믿어줘요.”

크래치는 살을 다 빨아 먹은 랍스터 껍질을 던지고는 홍합이 든 그릇을 앞으로 당겼다. 그는 덜그럭거리며 그릇 안에서 큰 것들을 골라냈다.

크래치는 식탁보에 손을 닦고 마침내 고개를 끄덕이며 말했다.

“믿겠소. 왜냐하면 믿고 싶으니까. 하지만 이곳에서 피난처를 제공하거나 숨겨주지는 못하오. 그럴 수는 없소. 하지만 당신이 원할 때 이곳을 떠나거나 가고 싶은 곳으로 갈 수는 있지. 내 생각에는 서두르는 게 좋을 것 같소. 이곳 스켈리게에는 말하자면, 마법의 날개로 온 셈이잖소. 다른 이들도 그렇게 올 수 있는 것 아니오? 다들 주문을 알 테니까."

"족장님, 난 피난처나 숨을 곳을 찾는 게 아니에요. 당장 시리를 구하러 가야 해요."

"시리, 새끼 사자…… 이상한 아이였지."

크래치는 생각에 잠긴 채 중얼거렸다.

"아이였지? 왜 과거형으로 말하는 거죠?"

"아, 말실수를 했군. 아이였다고 말한 건, 이미 아이가 아니니까. 그런 뜻으로 한 말일 뿐이오. 시릴라, 신트라의 새끼 사자는…… 여기 스켈리게에서 여름과 겨울을 지냈지. 한두 번 말썽을 부린 게 아니었어, 하하! 새끼 사자가 아니라 새끼 악마였지. 젠장…… 또 과거형으로 말했군. 예니퍼, 육지의 여러 소문이 이곳으로 전해지지…… 어떤 이들은 시리가 닐프가드에 있다고 하고……."

"시리는 닐프가드에 있지 않아요."

"어떤 이들은 이미 죽었다고도 하지."

예니퍼는 아무 말도 하지 않은 채 입술을 깨물었다.

"하지만 그 두 번째 소문은 부정할 수 있소. 시리는 살아 있어. 난 확신해. 그런 표식이 없었거든. 시리는 분명 살아 있소!"

크래치 족장은 확신을 가지고 말했다.

예니퍼는 눈썹을 치켜세웠다. 하지만 아무 질문도 하지 않았다. 아드 스켈리그의 바위에 부딪치는 거센 파도 소리를 들으며 둘은 오랫동안 아무 말도 하지 않았다.

그렇게 긴 침묵이 흐른 후 크래치가 입을 열었다.

"예니퍼, 육지에서 또 다른 소문도 전해졌소. 내가 듣기로 당신의 위쳐는 타네드에서의 사건 이후, 브로킬론에 숨어들었다가 시리를 구하기 위해 닐프가드로 향했다고 하더군."

"다시 말하지만, 시리는 닐프가드에 없어요. 당신이 말하는 '나의' 그 위쳐가 무슨 생각을 하고 있는지는 나도 몰라요. 하지만 그는…… 크래치, 비밀은 아니죠. 내가 그를 특별하게 생각하는 것 말이에요. 하지만 그가 시리를 구할 수 없다는 것을, 아무것도 할 수 없다는 것을 알고 있어요. 내가 그 사람을 잘 아니까요. 그는 혼란스러워하고, 길을 잃고, 생각에 빠지고, 자기 비애에 빠질 거예요. 그러고는 아무나 걸리는 자에게 자신의 화를 풀겠죠. 그런 후에 속죄의 의미로 무언가 숭고한, 하지만 아무 의미도 없는 행동을 할 거예요. 그리고 결국 죽임을 당하겠죠. 바보같이, 아무 의미도 없이, 등에 칼을 맞고……."

"사람들은 시리가 그의 운명이라고 말하지. 나도 봤소, 신트라에서 말이오. 파베타의 약혼식 때……."

크래치는 떨리는 음성으로 불길한 예언을 내뱉는 예니퍼의 말투에 두려움을 느끼며 얼른 끼어들었지만, 예니퍼는 그의 말을 끊었다.

"운명이란 여러 가지로 해석이 가능해요. 아주 여러 가지로요. 하지만 지금은 다른 얘기를 할 시간이 없어요. 다시 말하지만, 나는 게롤트가 의도하는 바가 무엇인지, 뭘 하고 있는지 몰라요. 그리고 나는 이 일을 혼자서 해결하려고 해요. 내 방식으로, 내 행동으로 말이죠, 크래치. 난 주저앉아서 양손으로 머리를 감싼 채 울고만 있지는 않을 거예요. 난 행동해요!"

크래치는 눈썹을 꿈틀거렸지만 아무 말도 하지 않았다.

"난 직접 행동할 거예요. 계획은 이미 세웠어요. 그리고 당신은, 당신이 했던 맹세처럼 날 도와줘야 해요."

"준비가 되어 있소, 무슨 일이든. 배들도 항구에서 대기 중이오. 명령만 내리라고, 예니퍼."

크래치의 강건한 어조에 예니퍼는 웃음이 터져 나오는 것을 참지 못했다.

"당신은 언제나 똑같군요. 크래치, 용맹함이나 남자다움이 필요한 게 아니에요. 닐프가드로 배를 몰고 가서 황금 탑의 입구를 도끼로 박살 내는 게 아니라고요. 그렇게 화려한 방법을 필요로 하는 건 아니에요. 그저 좀 더 명확한 도움이……. 당신의 금고 사정은 어떻죠, 크래치?"

"뭐라고 했소?"

"크래치 안 크라이트 족장님, 내가 필요로 하는 도움은 돈이에요. 금액도 이미 정해놨고요."

내일 새벽부터 시작한다. 예니퍼에게 주어진 방은 온통 난리가 나 뒤집어진 상태로, 이 방을 맡은 집사 구틀라프는 매우 힘들어 하고 있었다.

예니퍼는 책상 뒤에 앉아, 고개 한 번 들지 않은 채 무언가를 종이에 적고 있었다. 그녀는 계산을 하고 식을 다시 쓰고 계산식을 만든 후, 재정관을 통해 스켈리게 섬에 있는 치안파넬리 은행 분점으로 그 내용을 보내는 중이었다. 그림을 그리고 줄을 긋고, 그렇게 만들어진 스케치는 연금술사와 금세공인, 유리 장인과 보석 세공사들에게 전해졌다.

어느 정도 잘 진행되는가 싶더니 문제가 발생하기 시작했다.

집사 구틀라프가 힘겹게 말을 꺼냈다.

"죄송하지만 존경하는 마법사님, 없는 건 없는 겁니다. 우리가 갖고 있는 건 모두 드린 거예요. 기적도 마법도, 우리는 할 줄 모릅니다! 감히 말씀드리자면, 지금 눈앞에 있는 그 다이아몬드들의 값어치는 합쳐서……."

"그 값어치를 합산한 게 나에게 무슨 소용이 있겠어요? 난 그저 목적에 맞는 커다란 다이아몬드 단 하나만 있으면 된다고요. 얼마나 커야 한다고요, 선생님?"

폭발한 예니퍼가 언성을 높이며 소리를 질렀다.

보석 세공사가 다시 그림을 들여다보았다.

"이런 세공으로 이렇게 가공하려면…… 최소한 30캐럿은 되어야 합니다."

"그런 보석은 스켈리게에 없습니다."

구틀라프가 딱 잘라 말하며 쏘아붙이자 보석 세공사가 말했다.

"그건 사실이 아닙니다. 스켈리게에도 그런 보석이 있어요."

"지금 그게 무슨 소리요, 예니퍼?"

크래치 안 크라이트는 눈썹을 찡그렸다.

"무장한 군사들을 보내 그 신전을 약탈이라도 하라는 거요? 여사제들에게 다이아몬드를 내놓지 않으면 가만두지 않겠다고 협박하면서? 말도 안 되는 소리. 내가 특별히 종교적인 사람은 아니지만 신전은 신전이고, 사제들은 사제들이오. 예의 바르게 부탁할 수는 있겠지. 얼마나 시급한지, 얼마나 감사한지에 대해 말하면서 말이오. 하지만 그건 그저 부탁일 뿐이오. 겸손하게 사정하는 거지."

"거절할 수도 있는?"

"그렇소. 하지만 시도는 해볼 수 있지. 손해 볼 게 뭐 있겠소? 우리 둘이 함께 배를 타고 힌다스피얄로 가서 그렇게 부탁해보자고. 내가 여사제들에게 어떻게 해야 하는지 말해보겠소. 그 다음엔 당신에게 맡기지. 협상을 해보라고. 왜 그렇게 해야만 하는지 그들에게 이유를 설명하는 거요. 매수를 할 수도 있고, 야심을 자극할 수도 있고, 모든 이유를 다 대보라고. 절망하고, 울고불고, 발작을 일으키고, 자비에 호소하고…… 바다 귀신들에게 맹세코, 내가 이런 것까지 당신에게 가르쳐야겠소, 예니퍼?"

"그런 건 아무 소용없어요, 크래치. 마법사는 사제들과 절대로 친해지지 못해요. 세계관의 어떤 지점들이 서로 극명하게 다르니까요. 게다가 그들의 '성스러운' 유물이나 성물을 마법사가 사용하도록 내준다는 건…… 아니, 이건 불가능한 일이에요. 절대로 있을 수 없는……."

"그런데 도대체 다이아몬드는 왜 필요한 거요?"

"'창문'을 만들기 위해서죠. 통신을 할 수 있는 확대환등기예요. 몇몇 마법사들과 교신해야 하거든요."

"마법으로? 멀리 떨어져 있는 사람들과?"

"케어 트롤데 꼭대기에 올라가 있는 힘껏 소리쳐서 해결될 일이라면, 당신을 이렇게 괴롭히진 않았겠죠."

물 위를 빙빙 도는 갈매기들과 슴새들이 꽥꽥거리고 있었다. 힌다스피얄의 깎아지른 듯한 벼랑 틈새로 부리가 빨간 검은머리물떼새들이 둥지를 틀며 귀청이 떨어질 듯 우짖고 있었고, 머리가 노란 얼가니새들은 쉰 목소리로 빽빽거렸다. 검은 볏을 삐죽 세운 가마우지는 초록색으로 번들거리는 눈으로 다가오는 배들을 조심스럽게 관찰하고 있었다.

크래치 안 크라이트가 레일에 몸을 기댄 채 어딘가를 가리켰다.

"물 위에 걸린 저 커다란 바위는 케어 헴달의 망루지. 헴달은 우리 전설에 나오는 영웅이오. 전설에 따르면 테드 데이리드, 그러니까 종말의 시간, 백색 서리와 늑대의 눈보라가 찾아오면 헴달은 뫼르호그에서 온 사악한 세력들과 악귀, 악마, 카오스의 유령에 맞선다고 하지. 무지개 다리에 서서 뿔피리를 불며 무기를 들고 전투를 위해 줄을 맞춰 서야 할 시간이라는 걸 알린다는 거요. 라그 나 루그, 밤이 올 것인지 아니면 새벽이 올 것인지 결정하는 마지막 전투지."

론치*는 경쾌하게 파도를 넘어 물살이 좀 더 잠잠한, 헴달의 망루처럼 기묘하게 생긴 다른 바위 사이의 만으로 들어섰다. 크래치는 설명을 계속했다.

"저기, 좀 더 작은 바위는 캄비. 우리 전설에서 캄비는 검은 군대, 뫼르호그의 악마와 유령들을 싣고 오는 지옥의 범선, 나글파가 오고 있음을 헴달에게 경고하는 마법의 검은 수탉 이름이지. 나글파는 시체들의 손톱으로 만들어진 배라오. 예니퍼, 당신은 믿지 않겠지만 스켈리게에는 아직도 죽은 이들을 묻기 전에 손톱을 깎는 사람들이 있소. 뫼르호그 배의 재료로 사용되지 말라는 의미로."

"믿어요. 전설의 힘은 잘 알고 있으니까요."

바람 사이로 피요르드의 모습이 조금 드러나고 돛이 펄럭거렸다.

"뱃고동을 울려라. 해안 가까이 손님이 왔다는 걸 사제들에게 알려야지."

크래치가 선원들에게 명령했다.

---

* 론치(Launch): 항구 내에서 연락 또는 교통수단으로 이용되는 작은 배.

긴 돌계단 꼭대기에 자리한 건물은 마치 거대한 고슴도치 같았다. 이끼와 담쟁이, 덤불로 완전히 뒤덮여 있었던 것이다. 예니퍼는 건물 지붕에 덤불뿐 아니라 작은 나무들까지 자라고 있는 것을 보았다.

"여기가 신전이오. 신전을 둘러싸고 있는 숲은 힌다르르라고 불리고, 역시 신성한 장소요. 바로 여기서 성스러운 겨우살이를 가져오는 것이지. 알고 있겠지만 스켈리게에서는 겨우살이로 갓난아이의 요람부터 묘지까지 모든 것을 장식하지. 조심하시오, 계단이 미끄러우니까. 종교가…… 흠, 이끼가 잔뜩 껴서…… 잠깐, 내가 팔짱을 좀 껴도 되겠소? 옛날과 똑같은 향수를 쓰는군, 예나……."

"크래치, 제발. 과거는 과거일 뿐 현재와는 아무 상관없어요."

"미안, 들어갑시다."

신전 앞에는 침묵한 채로 서 있는 젊은 여사제들이 기다리고 있었다. 크래치 족장은 이들에게 공손히 인사를 건넨 후, 모드론 시그르드리파라고 하는 여사제와 이야기를 좀 나눌 수 있는지 물었다. 안으로 들어가자 건물 내부는 높은 창의 스테인드글라스 사이로 쏟아지는 빛기둥들 덕분에 환했다. 그런 빛기둥 중 하나는 제단을 밝히고 있었다.

"바다 괴물들에게 맹세코, 저것이 저렇게 큰지 잊고 있었소. 저 브리싱가멘 말이지. 이곳엔 어릴 때 와보고 이후로는 온 적이 없었소. 저걸로는 시다리스의 모든 조선소를 살 수도 있을 거요. 일하는 사람들과 해마다 발생하는 생산량 전부를 합쳐서."

크래치의 말은 과장된 표현이었지만, 그렇게 큰 과장은 아니었다.

대리석으로 만든 수수한 제단에는 고양이와 매 조각들, 그릇에 봉헌된 여러 가지 제물들이 놓여 있었고 그 위로 모드론 프레야, 위대한 어머니의 조각상이 자리하고 있었다. 위대한 어머니의 조각상은 전형적인 모성애를 강조한 형태였는데, 임신 중인 모습을 과장해 표현했고 품이 넓은 옷을 입고 있었다. 또한 조각상은 고개를 살짝 숙인 채 머릿수건으로 얼굴을 가리고 있었다. 가슴 위에 놓인 양손 위로 금목걸이와 목걸이에 달린 다이아몬드가 눈에 들어왔다. 다이아몬드는 깨끗한 물처럼 여린 푸른빛을 띠고 있었다. 그리고 굉장히 컸다.

눈짐작으로도 150캐럿은 되는 듯했다. 예니퍼가 나직이 속삭였다.

"저거라면 깎을 필요도 없어요. 내가 필요로 하는, 장미 모양으로 깎여 있으니까요. 빛을 반사하는 정확한 각도로……."

"그 말은 우리가 운이 좋다는 이야기로군."

"그건 아니에요. 잠시 후 여사제가 나타나면 불경한 나는 저주를 받고 쫓겨나겠죠."

"그건 좀 과장된 것 같은데?"

"전혀."

그때 어디선가 목소리가 들려왔다.

"족장님, 어머니의 성전에 오신 것을 환영합니다. 존경하는 벤거버그의 예니퍼 님도요."

"시그르드리파 어머니께 인사를 보냅니다."

크래치는 재빨리 몸을 숙여 예를 표했다.

여사제는 키가 컸다. 크래치만큼이나 큰 키였고, 예니퍼보다 머리 하나가 더 있는 셈이었다. 금발 머리와 연한 눈동자, 아름답다거나 여성스럽다는 표현은 어울리지 않는 긴 얼굴의 여자였다.

어디선가 본 적이 있는 얼굴이야, 예니퍼는 생각했다. 얼마 되지 않았는데, 어디였을까?

"항구로 이어지는 케어 트롤데의 계단에서죠."

여사제가 웃으며 기억을 상기시켰다.

"긴 배들이 항구에 도착했을 때 말이에요. 당신이 유산할 뻔한 여자를 도와주고 있을 때, 바로 옆에 있었어요. 굉장히 값비싼 낙타털 모직으로 만든 드레스는 신경도 쓰지 않은 채, 당신은 무릎을 꿇고 여자를 도왔죠. 나는 그 모습을 보았어요. 그리고 생각했죠. 앞으로는 여자 마법사들이 이기적이고 차갑다는 소문은 믿지 않기로 말이에요."

민망해진 예니퍼는 헛기침을 하며 고개를 숙였다.

"당신은 지금 어머니의 제단 앞에 서 있는 거랍니다, 예니퍼. 어머니의 은혜가 당신과 함께하길."

"사제님, 저는…… 저는 감히 부탁드릴 일이 있어서……."

"아무 말도 하지 말아요. 족장님, 할 일이 아주 많으시겠죠? 여기 힌다스피얄에 우리 두 사람을 두고 가세요. 우리끼리 이야기하겠습니다. 우린 여자들이에요. 무슨 일을 하건, 누구이건 간에 우리는 언제나 처녀이고, 어머니이고, 할머니인 여자들을 섬기죠. 내 옆에 무릎을 꿇어요, 예니퍼. 어머니 앞에 머리를 숙여요."

"지금, 여신의 목에서 브리싱가멘을 벗기겠다고 말한 건가요?"

여사제 시그르드리파는 다시 물었다. 목소리에는 신성모독에 대한 분노보다 도저히 믿지 못하겠다는 감정이 더 많이 담겨 있었다.

"그건 안 돼요, 예니퍼. 한마디로 불가능해요. 그건 상상조차 할 수 없는…… 설령 내가 그럴 용기를 낸다고 해도, 브리싱가멘은 빼낼 수 없어요.

잠금장치가 되어 있는 건 아니에요. 다만 조각상과 일체형으로 되어 있죠."

예니퍼는 오랫동안 침묵하며 여사제를 침착한 눈길로 바라보다가 냉정하게 말했다.

"내가 그 사실을 알았더라면, 족장과 곧장 배를 타고 돌아갔을 거예요. 당신과 대화를 나누는 데 쓴 시간을 최소한 시간 낭비라고 생각하진 않아요. 하지만 난 정말 시간이 없어요. 진심으로 고백하지만, 당신의 호의와 친절에 조금은 속은 듯한……."

"난 당신에게 호의를 가지고 있어요. 당신의 계획 역시, 온 마음을 다해 응원해요. 나는 시리를 알아요, 그 아이를 좋아했죠. 그 아이의 운명을 생각하면 나도 마음이 아파요. 그 아이를 구하겠다는 당신의 결의를 존경합니다. 당신이 원하는 것이라면 뭐든지 해줄 수 있어요. 하지만 브리싱가멘은 안 돼요, 예니퍼. 브리싱가멘만큼은 절대로. 그건 부탁하지 말아요."

시그르드리파는 감정을 담지 않고 차분한 목소리로 말했다.

"시그르드리파, 시리를 구하러 가려면 나에겐 정보가 필요해요. 되도록 빨리 여러 가지 정보를 모아야 하죠. 그 정보 없이 난 아무것도 할 수 없어요. 지식과 정보는 마법의 교신으로만 얻을 수 있어요. 멀리 있는 이들과 교신하기 위해서는 마법의 힘으로 확대환등기를 만들어야만 해요."

"확대환등기란 당신들의 그 유명한 수정 구슬과 비슷한 건가요?"

"훨씬 더 복잡한 기계죠. 수정 구슬은 연결되어 있는 다른 수정 구슬이 있을 때 교신할 수 있어요. 여기 있는 드워프 은행도 본사와 연락하기 위해 그런 수정 구슬을 사용해요. 확대환등기는 좀 더 많은 걸 할 수 있죠. 하지만 이런 걸 설명해봐야 무슨 의미가 있겠어요? 저 다이아몬드가 없이는 아무것도 안 되는 걸요. 할 수 없죠, 그럼 안녕히……."

"그렇게 서두르지 말아요."

시그르드리파는 자리에서 일어나 회랑을 가로질러 모드론 프레아의 조각상 앞 제단에서 멈춰 섰다. 그녀가 천천히 입을 열었다.

"여신은 점성술사들의 수호신이기도 하죠. 예지력과 텔레파시의 신이기도 하고요. 여신의 성스러운 동물들, 그러니까 숨겨진 것을 보고 듣는 고양이, 저 위에서 먼 곳가지 내려다볼 수 있는 매가 그런 것들을 상징해요. 여신의 보석, 브리싱가멘, 통찰의 목걸이 역시 그런 것을 상징하죠. 그렇다면 어째서 보고 듣는 기계를 직접 만들고자 하는 건가요, 예니퍼? 그냥 여신께 도움을 청하는 게 더 간단하지 않나요?"

예니퍼는 욕설이 튀어나오려는 걸 마지막 순간에 간신히 참았다. 어쨌든 이곳은 성스러운 장소였으니까. 이를 아는지 모르는지 시그르드리파는 여전히 차분한 음성으로 말을 이었다.

"저녁 기도 시간이 다가오고 있어요. 다른 신녀들과 나는 명상을 할 거예요. 시리를 위해 여신님께 도와달라고 기도하겠어요. 시리는 이 신전에 여러 번 왔었고, 위대한 어머니의 목에 걸린 브리싱가멘을 여러 번 보았죠. 당신의 귀중한 시간 중 한두 시간만 더 쓰세요, 예니퍼. 우리의 기도 시간에 여기 남아줘요. 내가 기도할 때, 나를 도와줘요. 여기 있음으로써, 그리고 당신의 바람으로써."

"시그르드리파……."

"부탁이에요. 나를 위해서 그렇게 해주세요. 그리고 시리를 위해서."

여신의 목에 걸린 브리싱가멘.

예니퍼는 하품을 겨우 참았다. 무슨 노래라도 있다면, 아니 낭송이나 성극 같은 거라도, 하다못해 신비로운 풍습이라도…… 그러면 조금 덜 지루할 텐데, 이렇게 졸리지는 않을 텐데. 그런데 이 사람들은 그저 무릎을 꿇고 머리를 숙이고 있네. 꼼짝도 하지 않고, 아무 소리도 없이.

하지만 이들은 원하기만 하면, 힘을 사용할 줄 알지, 우리 마법사들처럼. 어떻게 그런 것이 가능한지는 수수께끼지만. 아무런 준비도 없이, 학습도, 수련도 없이 기도와 명상만으로. 술법일까? 자기 최면일까? 티사이아 드 브리스는 그렇게 주장하곤 했지…… 이들이 무의식적으로 에너지를 흡수하고, 무아지경 속에서 우리의 주문과 비슷하게 에너지를 전환하는 능력을 얻는다고. 에너지를 전환시키며 이를 신의 은총이나 선물로 생각한다고 말이야. 믿음은 이들에게 힘을 준다고.

왜 우리 마법사들은 그렇게 할 수 없는 걸까?

시도해볼까? 이곳의 분위기와 기운을 이용해서? 나도 무아지경에 빠질 수 있을 텐데…… 하지만 저 다이아몬드, 브리싱가멘을…… 내 확대환등기에 연결할 수만 있다면 제대로 작동할 텐데…….

브리싱가멘…… 어둠 속, 향의 연기와 흔들리는 촛불 속에서 새벽 별처럼 반짝이는…….

"예니퍼."

갑작스러운 목소리에 예니퍼는 고개를 들었다. 신전은 컴컴했다. 연기 냄새가 심하게 났다.

"제가 잠이 들었나요? 용서를……."

"용서는 무슨, 나를 따라와요."

바깥의 밤하늘은 만화경처럼 이리저리 흔들리며 변하는 빛으로 밝혀져 있었다. 극지방의 오로라인가? 예니퍼는 놀라서 눈을 비볐다. 8월에 오로

라라고?

"예니퍼, 당신은 희생할 각오가 되어 있나요?"

"무슨 말씀이신지?"

"당신 자신을 희생할 각오가 되어 있나요? 당신의 귀중한 마법도?"

"시그르드리파, 그런 종교적인 발언으로 나를 어떻게 해볼 생각은 말아요. 난 아흔네 살이나 먹었다고요. 하지만 내 나이는 고해 성사처럼 비밀로 해주세요. 내가 굳이 나이를 밝힌 이유는 날 아이 취급하지 말라는 뜻일 뿐이니까."

예니퍼는 화가 나서 쏘아붙였다.

"내 질문에는 대답하지 않았군요."

"대답할 생각도 없어요. 왜냐하면 그건 내가 받아들일 수 없는 신비주의이기 때문이죠. 난 당신들이 의식을 치르는 동안 잠들고 말았어요. 눈이 감기고 지루했던 거죠. 왜냐하면 난 당신들의 신을 믿지 않으니까요."

시그르드리파는 말없이 돌아섰고, 예니퍼는 자기 뜻과는 상관없이 깊은 한숨을 내쉬었다.

"내 입장에서는 믿음이 없다는 고백이 듣기 좋은 소리는 아니군요. 하지만 그런 불신이 뭔가를 다르게 만드나요?"

황금빛 물결이 가득한 눈으로 시그르드리파가 물었다.

예니퍼는 그저 긴 숨을 들이쉴 수밖에 없었다. 금빛 눈의 여인이 말했다.

"불신의 시대가 다가오고 있어요. 그 누구도, 아이들마저도 마법사를 믿지 않는 시대가요. 일부러 못되게 말하는 거예요. 복수의 의미로요. 갑시다."

예니퍼는 한숨을 들이쉬고 내쉬는 것을 그만두었다.

"아니, 아니요! 안 가요! 이제 그만해요! 이런 식으로 현혹하거나 최면을 거는 것 따위 그만두라고요! 망상! 환상! 난 방어기제가 훈련되어 있어요. 이 모든 건 한 번의 주문으로 흩어버릴 수도 있다고요, 젠장!"

금빛 눈의 여인이 가까이 다가왔다. 목에 걸린 다이아몬드는 마치 샛별처럼 빛나고 있었다.

"당신의 말은 의사소통의 기능을 점점 잃어가고 있군요. 그저 예술을 위한 예술이 되고 있을 뿐이에요. 이해하기 어려울수록 더 깊고 현명하다고 생각하는 거죠. 차라리 '에에'나 '구구'라고 말하는 게 나을 지경이군요, 가요."

"이건 환상이야, 최면 상태라고…… 아무 데도 안 가요!"

"당신을 강제할 생각은 없어요. 그건 안 될 일이죠. 당신은 현명하고 자존심 강한 여자고, 성격 있는 여자죠."

평원. 바다처럼 펼쳐진 풀. 들판. 숨어 있는 맹수의 등처럼 솟아 있는 커다란 바위.

"당신은 내 보석을 갖고 싶어 했어요, 예니퍼. 우선 몇 가지 일에 대해 확실히 하지 않고는 줄 수 없어요. 나는 당신 안에 무엇이 있는지 알고 싶어요. 그래서 헤아릴 수 없는 태곳적부터 강력한 힘의 장소였던 이곳에 당신을 데려왔죠. 당신의 귀중한 마법은 아마 어디에나 있을 거예요. 그저 손만 뻗으면 되겠죠. 손을 뻗는 걸 두려워하진 않겠죠?"

예니퍼는 목구멍이 조여드는 기분에 아무 소리도 낼 수 없었다.

"당신 생각 대로라면 혼돈이나 예술, 학문이야말로 이 세상을 바꿀 수 있는 힘이겠군요? 혹은 저주나 축복, 진보일 수도 있겠죠. 어쩌면 믿음은 아닐까요? 아니면 사랑? 희생?"

그 이름을 말해서는 안 될 여인이 말했다.

들리나? 수탉 캄비가 울고 있다. 파도가 해변에 부딪친다. 나글파의 뱃머리가 밀고 온 파도. 비프로스트의 무지개 다리에 서서 적들과 맞선 헴달의 뿔피리가 울린다. 하얀 겨울이 계속되고 비바람과 눈보라가…… 땅은 거대한 뱀의 맹렬한 몸부림에 뒤흔들리고…….

늑대는 태양을 집어삼킨다. 달은 붉어진다. 추위와 어둠밖에 없다. 증오, 복수, 피…….

누구의 편에 설 것인가, 예니퍼? 비프로스트의 동쪽 끝인가, 서쪽 끝인가? 헴달과 함께할 건가, 아니면 헴달에 맞설 건가?

수탉 캄비가 울고 있다.

결정해, 예니퍼. 선택하라고. 왜냐하면 바로 그 이유로 그때 네게 다시 한 번 생이 주어진 것이니까, 적합한 시기에 네가 선택할 수 있도록.

빛을 선택할 것인가, 어둠을 선택할 것인가?

"선과 악, 빛과 어둠, 질서와 혼돈? 그건 단지 상징일 뿐이야. 실제로 그런 양극은 존재하지 않아! 빛과 어둠은 어디에나 조금씩 존재해. 이런 대화는 아무 의미가 없어, 아무 소용도 없고. 난 신비주의 따위에 빠지지 않겠어. 당신과 시그르드리파에게는 늑대가 태양을 삼켜버린 것이겠지만, 나에겐 그저 일식일 뿐이야. 그렇게 내버려두라고!"

내버려두라고? 무엇을?

예니퍼는 발밑에서 땅이 꺼지는 듯한 느낌을, 무서운 힘이 어깨의 관절과 팔꿈치를 비트는 것을, 마치 고문 기구인 스트라파도*로 척추를 조이는

---

* 스트라파도(Strappado): 죄인의 양팔, 허리를 묶어 장시간 매달아두거나, 매단 후 높이 올렸다가 갑자기 떨어뜨리는 고문 기구.

듯한 기분을 느꼈다. 예니퍼는 고통에 비명을 지르며 몸부림을 치고 눈을 떴다. 꿈이 아니었다. 꿈일 리가 없었다. 예니퍼는 나무 위에, 거대한 물푸레나무 가지에 꽂힌 채 걸려 있었다. 예니퍼 위로 매 한 마리가 빙빙 돌고 있었고, 아래로는 어둠 속에서 쉭쉭거리며 비늘이 쓸리는 듯한 뱀 소리가 들려왔다.

예니퍼 옆에서 무언가가 움직였다. 아프게 늘어진 어깨 위로 다람쥐가 뛰어다녔다.

"넌 준비가 되었나? 희생할 준비가 되었어? 넌 무엇을 희생할 수 있지?"

다람쥐가 물었다.

"난 아무것도 없어! 설령 희생할 무언가가 있다고 해도, 그런 희생 따위 믿지 않아! 아무리 많은 돈을 준다 해도 고통받는 건 싫다고! 고통은 싫어! 누구를 위해서든, 누구를 대신해서든!"

예니퍼는 고통으로 눈이 침침해지며 온몸이 굳어가고 있었다.

"고통받고 싶어 하는 자는 아무도 없어. 하지만 누구나 그 고통에 동참해야 해. 그리고 어떤 이들은 더 고통받지. 자기가 선택한 것도 아닌데 말이야. 고통을 견딜 수 있는가, 이런 건 중요하지 않아. 그 고통을 어떻게 견디느냐가 중요하지."

얀카! 얀카!

이 곱사등이 괴물을 나에게서 치워! 보고 싶지 않아!

내 딸이면서 당신의 딸이기도 해요.

정말로? 내 피가 섞인 아이들은 모두 정상이었어.

어떻게 감히…… 어떻게 그런 생각을…….

당신의 엘프 혈통 중에는 마법사들이 있었지. 당신이 첫 번째 아이를 지웠기 때문이야. 그래서 이렇게 된 거라고. 엘프의 오염된 피와 자궁을 당신도 가진 거야. 그래서 괴물들을 낳는 거라고.

이 아이는 재수가 없어…… 그게 신들의 뜻이었어!

내 딸인 동시에 당신의 딸이야! 내가 어떻게 해야겠어! 아이를 목 졸라 죽여? 탯줄을 자르지 말았어야 한다고? 이제 어쩌란 말이야? 숲에 가서 버리고 와? 오, 신들이여! 당신, 나한테 원하는 게 도대체 뭐야?

아빠! 엄마!

저리 가, 괴물아.

어떻게 감히! 어떻게 아이를 때릴 수 있어! 멈춰! 어디 가는 거야? 어디로? 그 여자에게? 그렇지? 그 여자한테 가는 거지?

그래, 이 여편네야. 난 남자라고. 원하는 장소와 원하는 시간에 내 욕망을 해소하는 건 자유야, 타고난 권리라고. 그리고 정말 혐오스럽거든. 너와 너의 기형아 전부 다. 저녁도 차릴 필요 없어. 밤이 되어도 이 빌어먹을 곳으로 돌아오지 않을 테니까.

엄마…….

왜 우는 거지?

왜 나를 때리고 떠미는 거예요? 난 착하게 있었는데…….

엄마! 엄마!

"넌 용서를 할 줄 아나?"

"이미 오래전에 용서했어."

"첫 번째 복수의 열망을 잠재운 후겠지."

"맞아."

"후회하나?"

"아니."

다친 손과 손가락의 고통은 엄청났다.

"그래! 내 잘못이야! 그걸 듣고 싶었던 거야? 자백과 양심의 가책을? 벤거버그의 예니퍼가 자백하고 엎드려 비는 것을? 아니, 너에게 그런 즐거움을 줄 수는 없지. 나의 잘못을 고백하고 기꺼이 벌을 받겠어. 하지만 나의 회한을 들을 수는 없을 거야!"

고통은 인간이 참을 수 있는 한계를 넘어서고 있었다.

"나에게 배신당하고, 속고, 이용당한 자들…… 내 손에 죽은 자들에 대해서 나를 비난하는 거야…… 언젠가 날 위해 했던 일들 때문에? 내게 그럴만한 이유가 있었다는 걸 알잖아! 난 아무것도 후회하지 않아! 시간을 뒤로 돌릴 수 있다고 해도…… 그 무엇도 후회하지 않아."

빙빙 맴돌던 매가 예니퍼의 어깨에 앉았다.

제비의 탑. 제비의 탑. 제비의 탑으로 서둘러 가라.

내 딸아.

수탉 캄비가 울었다.

시리는 검은 말을 타고 바람에 헝클어진 잿빛 머리카락을 흩날리며 달렸다. 얼굴에서는 피가 흘러내리며 흩뿌려졌다. 새빨간, 살아 있는 붉은빛이었다. 검은 말은 마치 새처럼 뛰어오르며 울타리 문을 가뿐하게 넘었다. 시리는 안장에서 흔들렸지만 떨어지지 않았다.

한밤중, 시리는 돌과 모래로 가득한 사막에서 손을 들고 있었다. 손에서는 번쩍이는 빛들이 떨어지고 있었다. 자갈밭을 발로 차는 유니콘, 수많은 유니콘들…… 그리고 불…… 불…….

다리 위의 게롤트. 싸우고 있다, 불 속에서. 칼등에서 불꽃이 튀고 있었다.

프린질라 비고의 초록빛 눈이 쾌락으로 커지고 있었다. 짧게 자른 머리는 펼쳐진 책의 서문을 베고 있었다. 제목의 일부분이 보였다. 피할 수 없는 죽음에 대하여…….

프린질라의 눈에 게롤트의 눈이 비쳤다.

심연. 연기. 아래로 내려가는 계단. 내려가야만 하는 계단. 무언가는 끝난다. 테드 데이리드가 온다, 종말의 시간…….

어둠. 축축함. 돌벽의 섬뜩한 냉기. 손마디와 복사뼈 위로 느껴지는 쇠의 차가움. 엉망이 된 손의 동맥에서 전해지는 아픔, 문드러진 손가락의 끔찍한 고통…….

시리가 예니퍼의 손을 잡고 있었다. 길고 어두운 복도, 돌기둥, 아니 어쩌면 조각상들…… 어둠. 마치 바람 소리 같은 작은 속삭임들.

문. 끝없이 많은 문들, 거대하고 육중한 문들이 두 사람 앞에 아무 소리도 없이 열리고 있었다. 그리고 맨 끝에, 한 치 앞도 보이지 않는 새카만 어둠 속에서 저절로 열리지 않는 문이 있었다. 그 문을 여는 것은 허락되지 않았다.

만약 두렵다면 지금이라도 돌아서. 저 문을 여는 것은 금지되어 있어. 넌 그걸 알고 있지.

알아요. 하지만 날 여기로 데려온 거죠.

만약 두렵다면 지금이라도 돌아서. 아직 돌아설 수 있는 기회가 있어. 아직은 늦지 않았어.

그럼 당신은요?

난 늦었어.

수탉 캄비가 운다.

테드 데이리드가 왔어.

오로라.

새벽.

"예니퍼, 일어나요."

예니퍼는 고개를 들었다. 양손을 살펴보았다. 손은 둘 다 상처 하나 없이 멀쩡했다.

"시그르드리파? 잠이 들었어요."

"이리 와요."

"어디로요? 이번엔 또 어디로 데려갈 셈이죠?"

예니퍼가 속삭이듯 물었다.

"뭐라고요? 무슨 말인가요? 이리 와요. 이걸 봐야 해요. 아주…… 이상한 일이 일어났어요. 이걸 어떻게 설명해야 할지 우리는 모르겠어요. 하지만 난 짐작할 수 있어요. 신의 은총…… 예니퍼, 당신에게 여신님의 은총이 내린 거예요."

"그게 무슨 말이에요, 시그르드리파?"

"자, 봐요."

예니퍼는 여사제가 가리키는 것을 바라보았다. 그리고 크게 숨을 내쉬었다.

브리싱가멘, 모드론 프레야의 성스러운 보석은 더 이상 여신의 목에 걸려 있지 않았다. 브리싱가멘은 예니퍼의 발 앞에 놓여 있었다.

"그게 무슨 소리요? 당신의 마법 공작소와 함께 힌다스피얄로 옮겨가겠다고? 신녀들이 성스러운 다이아몬드를 허락했단 말이오? 당신의 그 괴이한 기계에 성물을 사용해도 된다고?"

크래치 안 크라이트는 재차 확인했다.

"그래요."

"오호, 예니퍼, 개종이라도 한 거요? 그곳에서 무슨 일이 있었던 거요, 그 섬에서?"

"중요하지 않아요. 난 신전으로 돌아갈게요."

"그럼 이전에 요청했던 금전적 도움은? 여전히 필요한 거요?"

"필요해요."

"구틀라프 집사가 요청하는 것들을 알아서 해줄 거요. 하지만 예니퍼, 지시 사항이 있다면 서두르는 게 좋을 것 같소. 새로운 소식을 들은 게 있어서."

"젠장, 안 그래도 그걸 걱정하고 있었어요. 내가 어디 있는지 벌써 알려진 건가요?"

"아니, 그건 아직 모르오. 하지만 그 대신 당신이 스켈리게에 나타날 수도 있다며 내게 경고를 해주더군. 나타나는 즉시 감옥에 가두라고 했소. 또

한 포로들에게서 당신과 관련된 정보라면 사소한 것이라도 캐내라고 당부하더군. 당신이 닐프가드에 있는지, 아니면 어디 촌구석에 있는지. 예니퍼, 서둘러야 하오. 만약 당신을 추적하다가 여기 스켈리게에서 발견하게 되면, 나 또한 조금은 곤란한 처지에 놓일지도 모르오."

"할 수 있는 한 최선을 다할게요. 당신에게 폐를 끼치지 않도록 주의하는 것도 최선을 다하겠어요. 그러니 걱정 말아요."

크래치는 미간을 잔뜩 찡그렸다.

"조금이라고 말했잖소. 난 그들을 두려워하는 것이 아니오. 왕들도, 마법사들도. 아무도 날 어찌할 수는 없지, 난 그들에게 필요하니까. 하지만 난 당신을 도울 수밖에 없는 입장이오. 난 신트라에 충성을 맹세한 바 있소. 그렇소, 제대로 들은 것이 맞소. 형식적으로 나는 여전히 신트라의 봉신이오. 그리고 시릴라는 신트라의 왕위에 합법적인 자격이 있지. 시릴라의 유일한 보호자이며 시릴라의 이익을 대변하는 당신은 나에게 도움을 요청하고 명령을 내릴 수 있는 법적인 권리가 있는 거요."

"관습적이고 법률적인 궤변이군요."

"당연히 그렇지. 만약 에미르 바 엠레이스가 그 아이에게 결혼을 강요한다면, 난 침묵하지 않고 큰 소리로 외칠 거요. 또는 법률을 이용해 잔머리를 굴려가며 시리에게서 왕위 계승권을 박탈하고 누군가 다른 이를 세우려 한다면, 예를 들어 그 나쁜 비세게르드 같은 작자를 왕위 계승자로 세우려 해도 마찬가지지. 그런 사태가 발생한다면 난 지체 없이 봉신의 맹세와 신트라에 대한 충성을 선언하며 저항할 거요."

"만약에, 정말 만약에 시리가 살아 있지 않다면 어떻게 할 생각이죠?"

예니퍼가 두 눈을 깜빡이며 물었다.

"시리는 살아 있소. 내가 그것만큼은 확실히 알지."

크래치가 확신을 가지고 말했다.

"어떻게?"

"말해도 당신은 믿지 않을 거요."

"어디 한번 시험 삼아 말해봐요."

크래치는 잠시 생각에 잠겨 있다가 이야기를 시작했다.

"신트라 왕조의 피는 이상하게도 바다와 연관이 깊소. 만약 그 혈통의 여자 중 누군가 죽는다면, 바다는 사납게 변하지. 아드 스켈리그가 리아논의 딸을 추모했다고도 하더군. 왜냐하면 당시의 폭풍우가 어찌나 거셌는지, 서쪽에서 몰려오던 파도가 협곡과 동굴까지 들어와 바위에서부터 계곡으로 온통 짠물이 흘러내렸거든. 그리고 섬 전체가 흔들렸지. 사람들은 아드 스켈리그가 훌쩍이며 울고 있다고 말했소. 또 누군가 죽었구나, 리아논 혈통의 누군가가…… 고대의 혈통이."

예니퍼는 침묵했다.

"그건 헛소리가 아니오. 나 역시 내 눈으로 직접 본 적이 있지, 세 번이나. 점쟁이 아달리아의 죽음 이후에 한 번, 칼란테 여왕의 죽음 이후에 또 한 번, 그리고 시리의 어머니인 파베타 공주의 죽음 이후에 한 번."

"하지만 파베타는 폭풍우에 휘말려 죽었으니, 그 이후라고 말하기엔……."

"파베타는…… 폭풍우에 휘말려 죽은 것이 아니오. 폭풍우는 파베타가 죽은 후에 시작되었지. 바다가 신트라 혈통 누군가의 죽음에 또 한 번 그렇게 반응한 거요. 난 이 사건에 대해 꽤 오래 조사했소. 그리고 내 조사 결과에 대해 확신하오."

크래치는 생각에 깊이 빠진 채 말했다.

"그 조사 결과에 대해 말해주겠어요?"

"파베타 공주와 듀니 공이 타고 있던 배는 그 유명한 세드나 해구에 빠진 거요. 그곳에서 침몰한 배는 그 배가 처음이 아니오. 당신도 잘 알 듯이."

"그건 전설일 뿐이에요. 배는 해상 사고를 당하기 마련이죠, 그건 자연스러운……."

"스켈리게에서 살고 있는 우리는 배와 항해에 대해서 충분히 잘 알고 있소."

예니퍼의 말이 채 끝나기도 전에 크래치가 날카롭게 끼어들었다.

"자연적인 재해와 자연적이지 않은 재해를 구별할 수 있지. 세드나 해구에서 배들은 자연적이지 않은 사고를 당했소. 우연도 아니고. 파베타와 듀니가 타고 있던 배도 마찬가지였지."

"당신과 논쟁할 생각은 없어요. 하지만 그게 무슨 의미가 있나요? 이미 15년이나 지났는데."

예니퍼가 한숨을 길게 내쉬자 크래치는 입술을 깨물었다.

"나에게는 의미가 있소. 난 이 문제를 밝혀내고야 말겠소. 이건 시간문제지. 진실을 알아내고 설명을 찾아낼 거요, 모든 수수께끼에 대한 설명을. 그리고 신트라에서의 학살 때 벌어졌던……."

"수수께끼? 무슨 수수께끼요?"

예니퍼의 질문에 크래치는 창문을 바라보았다.

"닐프가드인들이 신트라로 쳐들어왔을 때, 칼란테 여왕은 시리를 비밀리에 도시 밖으로 피신시키라 명령했지. 도시는 이미 불타고 있었고, 검은 군대가 사방에 퍼져 있던 터라 포위를 뚫고 나갈 수 있는 확률은 극히 희박했소. 여왕에게 이 계획은 너무 위험하다고, 차라리 시리가 형식적으로 닐프가드 앞에 항복하는 것으로 하자, 일단 이렇게라도 목숨을 구하고 나라를 살리자는 의견이 있었소. 불타는 거리에서 아무 의미도 없이 용병들의 손에 죽을 것이라고. 그 의견에 대해 암사자 칼란테 여왕이 어떤 답을 했는지 당시의 증인들이 뭐라고 전하는지 알고 있소?"

"아니, 몰라요."

"더럽혀지기보다는 그 아이의 피가 신트라의 돌바닥에 뿌려지는 게 낫다…… 여왕이 말하는 '더럽혀진다'의 의미가 뭐라고 생각하오?"

"에미르 황제와의 결혼이겠죠. 더러운 닐프가드인. 족장님, 이미 늦었어요. 내일 새벽에 바로 시작해야 해요. 진행 과정에 대해서는 보고를 드리죠."

"기다리겠소. 잘 자요, 에나…… 저기, 흠……."

"왜요, 크래치?"

"혹시, 흠, 생각이……."

"아니요, 족장님. 이미 지나간 일은 지금 아무 의미도 없어요. 잘 자요."

크래치 안 크라이트 족장은 고개를 옆으로 까딱하며 손님을 바라보았다.

"오호라, 트리스 메리골드가 직접 여기까지 오다니. 드레스가 아주 아름답군. 그 모피는…… 친칠라 아니오? 무슨 일로 스켈리게까지 오게 되었는지 물어봐야 할 텐데…… 무슨 일로 여기까지 오게 됐는지 내가 몰랐다면 말이오. 하지만 알고 있소."

"잘됐네요. 알고 계시다니 잘됐어요, 족장님. 서론과 설명 같은 건 필요 없이, 바로 본론으로 넘어가면 되겠어요."

트리스는 아름다운 밤색 머리를 매만지며 고혹적인 웃음을 지어 보였다.

"무슨 본론 말이오? 서론과 설명이 왜 필요했던 거요? 당신은 누구를 대표하고 있는 걸까, 트리스? 누구의 이름으로 이곳에 온 거요? 당신이 섬겼던 폴테스트 왕은 당신을 추방함으로써 은혜를 갚았지. 아무 잘못이 없는데도 당신을 테메리아에서 내쫓았소. 그런 당신을 품 안에 안은 것은 현재 딕스트라와 함께 르다니아를 실질적으로 다스리고 있는 필리파 에일하트지. 지금 내가 보니, 피난처를 제공한 것에 대해 나름 최선을 다해서 은혜를 갚고 있군. 옛 친구를 추적하는 비밀 첩자의 임무도 마다하지 않고 말이지."

크래치는 양손을 가슴 위에 올린 채 여자 마법사를 차가운 눈길로 쏘아보았다.

"족장님, 무례한 말씀이군요."

"만약 내가 착각한 거라면 용서를 구하지. 내가 착각한 건가?"

두 사람은 상대방을 불신의 눈초리로 오랫동안 노려보았다. 마침내 트리스가 콧김을 뿜으며 욕설을 내뱉고는 구두 굽으로 바닥을 굴렀다.

"젠장, 이게 무슨 짓이지! 이렇게 서로 떠보는 건 그만해요! 지금 누가 누구 밑에서 일하고, 누구와 함께 있고, 무슨 동기로 누가 누구를 믿고 그런 게 뭐가 중요해요? 예니퍼가 죽었단 말이에요. 아직도 시리가 누구의 손에 있는지도 밝혀지지 않았고…… 비밀 놀이가 도대체 무슨 의미가 있어요? 난 여기 첩자로 온 게 아니에요, 크래치. 난 이곳에 내 의지로 왔어요, 개인적으로요. 시리를 걱정하다가 여기까지 온 거라고요."

"모두들 시리를 걱정하는군. 아이가 복이 참 많아."

트리스의 눈이 번뜩였다.

"비웃을 거 없어요. 당신 처지에는 더욱더."

"용서하시오."

둘은 침묵한 채 붉은 태양이 스파이크루그의 무성한 숲 저편으로 지는 모습을 창문 너머로 바라보았다.

"트리스 메리골드."

"네, 족장님."

"저녁 식사에 초대하겠소. 아참, 요리사가 여자 마법사들은 해산물 요리라면 죄다 질색하냐고 물어보라던데."

트리스는 해산물을 싫어하지 않았다. 오히려 마음먹은 것보다 두 배는 더 먹어치운 바람에 지금 허리 사이즈를 걱정하고 있었다. 트리스가 자랑스럽게 생각하는 22인치의 허리 사이즈를. 트리스는 백포도주를 마셔서 소화를 돕기로 마음먹었다. 투생의 유명한 에스트 에스트였다. 트리스는 크래치처럼 포도주를 뿔잔에 담아 마시며 이야기를 시작했다.

"그러니까, 예니퍼가 8월 19일에 하늘에서 어부의 그물로 떨어지는 난리 속에서 나타났다는 거죠. 그리고 당신은 신트라의 충실한 봉신으로, 예니퍼에게 피난처를 제공했고요. 확대환등기 만드는 걸 도와주고…… 하지만 누구와 무엇에 대해 이야기했는지는 당연히 모른다는 것이고요."

크래치는 뿔잔을 한참 기울여 한 모금 크게 마시고는 트림을 참았다.

"모르오. 당연하게도 난 아무것도 몰라. 나같이 가난하고 단순한 뱃사람이 대단하신 마법사님들이 하는 일에 대해 뭘 알 수 있겠소?"

크래치는 교활하게 웃었다.

모드론 프레야의 여사제 시그르드리파는 크래치의 질문이 마치 1000톤쯤 되는 무게로 머리를 짓누른 것처럼, 고개를 낮게 숙였다.

"예니퍼는 나를 신용했어요, 족장님. 나에게 침묵의 맹세를 강요하진 않았지만, 당연히 비밀을 지켜줄 거라고 생각하더군요. 저는 정말로 모릅니다."

시그르드리파의 목소리는 간신히 들릴 정도로 작았다.

"모드론 시그르드리파, 내가 지금 부탁하는 건 밀고 같은 게 아니오. 나 역시 예니퍼와 가깝게 지냈고, 당신과 똑같이 예니퍼가 시리를 찾아내 구해주기를 바라고 있소. 아니, 난 블러드게아스, 피의 맹세까지 했소! 하지만 예니퍼에 대해서는, 개인적으로 걱정스러워 묻는 거요. 예니퍼는 자존심이 아주 세지. 굉장한 위험을 무릅쓰면서도 남에게 도와달라는 부탁 따위는 하지 않는 여자요. 그러니 도움을 부탁받진 않았지만, 서둘러 도와줘야 하는 상황일지도 모르지. 하지만 그녀를 돕기 위해서는 정보가 필요하오."

크래치의 표정은 심각했고, 잠자코 듣고 있던 시그르드리파는 헛기침을 했다. 여사제의 표정은 쉽게 읽어낼 수 없었지만, 그녀의 목소리는 조금 떨리고 있었다.

"그 기계를 완성했죠. 완성된 걸 보니 기계라고 할 수는 없더군요. 기계 부속은 전혀 없이 두 개의 거울과 검은 벨벳으로 만든 막, 상자, 렌즈 두 개, 전구 네 개, 그리고 브리싱가멘…… 예니퍼가 주문을 외우자 전구에서 불이 켜졌고……."

"세부 설명은 안 해도 되오. 누구와 교신을 했소?"

"여러 명이었어요. 마법사들…… 족장님, 제가 모든 것을 다 들은 건 아니에요. 하지만 들었던 내용을 되짚어보면…… 그중에는 정말 이상한 인물들도 있었어요. 그 누구도 대가 없이 도움을 주려고 하지는 않더군요. 돈을 요구했죠. 모두들 돈을 요구했어요."

"그건 알고 있소. 은행에서 예니퍼가 요구한 금액을 나에게 보고했으니까. 내 맹세 때문에 상당한 금액이 나갔소, 상당한! 하지만 돈은 벌면 되니까. 예니퍼와 시리에게 쓴 돈은 닐프가드 지역에서 되찾으면 되지. 하지만 이야기를 더 해보시오, 시그르드리파."

"어떤 이들에겐 예니퍼가 협박도 했어요. 자기한테 어떤 정보가 있는데, 협조해주지 않으면 그걸 온 세상에 알리겠다고 말이죠. 족장님, 예니퍼는 똑똑한 여자예요. 하지만 양심 따위는 없더군요. 인정사정없고, 자비도 없었죠."

"그것도 알고 있소. 하지만 협박과 관련된 내용은 알 생각이 전혀 없고, 당신도 될 수 있으면 빨리 잊어버리는 것이 좋을 거요. 그건 위험한 정보니까. 갖고 놀면 안 되는 위험한 불장난이오."

"알고 있습니다, 족장님. 저는 당신에게 충성해야 하니…… 그리고 당신의 목적이 수단을 정당화시킨다는 것도 알아요. 당신 외에는 그 어떤 사람도 저에게서 이 사실에 대해 아무것도 알아내지 못할 거예요. 가장 친한 친구와의 대화로도, 적의 고문으로도 이 이야기는 듣지 못할 겁니다."

"좋소, 모드론 시그르드리파. 아주 좋아…… 그럼, 예니퍼의 질문 내용은 기억나시오?"

"다 기억하는 건 아니에요. 그리고 제가 다 이해할 수 있는 것도 아니었고요, 족장님. 저는 들어도 알 수 없는 자기들만의 단어들을 사용했죠. 뭐라더라, 빌게포츠라는 자에 대한 대화가 자주 오갔고……."

"당연히 그렇겠지!"

크래치는 빠드득 이빨을 갈았다. 여사제는 겁먹은 눈으로 그를 바라보며 말을 이었다.

"엘프들과 모든 것을 알고 있는 이들에 대한 이야기도 있었어요. 그리고 마법의 포털에 대한 이야기도 나누더군요. 세드나 해구에 대한 얘기도 있었죠. 하지만 가장 많이 나온 내용은, 어떤 탑과 관련된 이야기였어요."

"탑이라고?"

"네, 두 개의 탑. 갈매기의 탑과 제비의 탑이었어요."

"나도 그렇게 생각했죠. 예니퍼는 타네드에서의 사건을 조사한 래드클리프 위원회의 비밀 보고서를 받는 것부터 시작했어요. 그 사건에 대해 이곳 스켈리게에는 어떤 소문이 돌았는지 모르지만…… 갈매기 탑의 텔레포트에 대해 들어본 적 있나요? 래드클리프 위원회에 대해서는?"

트리스의 말에 크래치는 그녀를 의심스러운 눈초리로 바라보다가 얼굴을 찡그렸다.

"여기 이 섬들은 정치도, 문화도 닿지 않는 곳이오. 우린 언제나 늦어."

트리스는 크래치의 말투에도, 표정에도 일부러 반응하지 않고 말을 이었다.

"래드클리프 위원회는 타네드에 남아 있는 텔레포트 마법의 자취를 조사했죠. 타네드 섬의 토르 라라, 즉 갈매기의 탑이 멀쩡했을 때, 사실상 포털을 통한 텔레포트 마법의 가능성을 전혀 보여주지 않았어요. 하지만 틀림없이 당신도 알고 있겠지만, 갈매기의 탑은 폭발 후 무너지면서 텔레포트가 가능해졌었죠. 타네드 소요 사건의 관련자들 대부분이 그렇게 해서 만들어진 포털을 통해 섬에서 빠져나왔어요."

"바로 그거요. 그 예를 멀리서 찾을 것도 없이, 당신 역시 브로킬론으로 날아가지 않았소? 위쳐를 등에 업고 말이지."

크래치가 웃음을 짓자 트리스는 족장의 눈을 똑바로 응시했다.

"오, 그래요. 정치도 문화도 닿지 않지만 소문은 닿는군요. 하지만 그 문제는 잠시 놔두고 래드클리프 위원회의 조사 문제로 다시 돌아가죠. 위원회는 타네드에서 누가 어디로 텔레포트를 통해 이동했는지 정확히 알아내길 원했죠. 시놉스, 이미 일어난 사건을 정확히 재현하는 마법을 써서 텔레포트의 자취를 따라가 방향을 추적하고, 그 결과로 누가 포털을 열었는지 알아내는 거죠. 이 방법으로 거의 모든 경로가 다 밝혀졌어요. 한 가지만 빼놓고요. 한 개의 자취만 그 어디로도 통하지 않았어요. 정확히 말하면, 바다로 통했던 거죠. 세드나 해구로요."

"그렇다면 그 누군가가 약속한 장소에서 기다리고 있던 배로 텔레포트한 거로군. 그렇게 멀리 이동하다니 흥미로운데. 게다가 그렇게 악명 높은 장소를 택하다니 말이오. 뭐, 목 위로 도끼날이 오가는 상황이라면……."

"그렇죠. 위원회 역시 그 사실을 알아챘어요. 그리고 다음과 같은 결론을 내렸죠. 빌게포츠가 시리를 붙잡은 후, 다른 퇴로를 모두 막고 자신이 준비해둔 탈출구를 이용했다는 것이죠. 그래서 시리와 함께 세드나 해구로 텔레포트를 하고 그곳에서 대기 중이던 닐프가드의 배로 갔다는 거예요. 위원회에 따르면, 그래야 시리가 7월 10일, 타네드의 소요가 일어난 지 열흘도 안 된 상태에서 록 그림의 궁에 등장한 것이 말이 된다는 결론을 내렸어요."

"뭐, 그렇군. 그렇게 하면 여러 가지가 설명되지. 물론, 위원회의 추리가 잘못된 것이 아니라는 가정하에 말이오."

크래치가 두 눈을 껌벅이며 트리스를 바라봤다.

"물론이죠. 록 그림에 등장한 시리가 진짜 시리가 아니라는 가능성도 물론 있어요. 그렇게 가정해도 많은 것을 설명할 수 있죠. 그러나 래드클리프 위원회가 밝혀낸 사실 중 한 가지는 설명이 불가능해요. 그건 너무나 이상한 일이라 보고서의 첫 번째 버전에서는 말도 안 된다며 그냥 넘어간 부분이죠. 극비리에 내놓은 두 번째 버전에서는 그 가능성 역시 제시되었어요. 가설로 말이죠."

트리스 메리골드는 크래치의 시선을 참아내며 조금은 빈정거리는 웃음까지 지었다.

"아까부터 줄곧 열심히 듣고 있었소. 계속 이야기해보시오, 트리스."

"위원회의 가설은 다음과 같아요. 갈매기의 탑 텔레포트는 작동하고 있었다, 누군가 그 안으로 들어갔고 그 이동 에너지가 너무 커서 텔레포트가 폭발하며 파괴되었다…… 예니퍼는 이를 분명 알아냈을 거예요. 래드클리프 위원회가 밝혀낸 사실 말이죠, 극비로 내놓은 보고서에 기록된 내용을. 그러니까 가능성이…… 시리가 토르 라라를 통해 안전하게 이동했으리라는 아주 희박한 가능성이 있는 거예요. 닐프가드와 빌게포츠의 손아귀를 모두 피해서요."

"그럼 대체 지금은 어디 있는 거요?"

"저야말로 알고 싶네요."

지옥처럼 캄캄한 밤, 짙은 구름에 뒤덮인 달은 한 줌의 빛도 내비치지 않았다. 하지만 전날 밤에 비하면 바람이 적었고, 그 덕분에 그렇게 춥지는 않았다. 배는 물결이 이는 수면 위에서 아주 조금씩만 흔들리고 있었다. 늪의 냄새가 났다. 썩어가는 물풀의 냄새, 그리고 뱀장어의 진액 냄새도 났다.

강둑 어딘가에서 비버가 꼬리로 물을 치는 바람에 둘 다 깜짝 놀랐다. 시리는 비소고타가 졸고 있다고 확신했다. 비버가 낸 소리에 깬 것이었다.

"이야기를 더 해봐요. 졸지 마시고요. 그러면 나도 눈이 감긴단 말이에요. 이러다 물살에 떠내려가 바다에서 깨어나고 말 거예요! 텔레포트에 대해서 좀 더 얘기해보시라니까요!"

시리가 아직 진액이 묻어 있지 않은 깨끗한 소매로 코를 닦으며 다그치자 비소고타는 이야기를 시작했다.

"타네드에서 도망쳐 나올 때 토르 라라, 그러니까 갈매기의 탑 포털을 통해 나온 거지. 텔레포트에 있어서 최고의 전문가라 할 수 있고, 엘프들의 텔레포트에 대한 결정적인 저서인 '옛 사람들의 마법'의 저자이기도 한 죠프리 몽크는 토르 라라 포털이 토르 지라엘, 즉 제비의 탑으로 통한다고 쓰고 있어."

"타네드의 텔레포트는 비틀어져 있었어요. 오래전, 망가지기 전에는 제비인지 뭔지 하는 그 탑과 통했을 수도 있죠. 하지만 지금은 사막으로 통해요. 그런 포털은 혼돈의 포털이라고 말하죠. 배운 적이 있어요."

"상상할 수 있을지 모르겠다만, 나도 안다. 게다가 배운 것 중 상당수는 기억하고 있지. 그래서 네 얘기가 더더욱 놀라운 거야. 네 얘기의 어떤 부분들, 특히 텔레포트 부분이……."

"더 명확하게 말해줄 수는 없나요?"

"물론 가능하단다, 시리. 더 자세히 말해줄 수 있어. 하지만 지금은 그물을 걷어야 할 시간이야. 지금쯤이면 분명 그물 안으로 장어가 들어갔을 게다. 준비됐니?"

"네."

시리는 손에 침을 뱉고 갈고리를 잡았다. 비소고타는 물속으로 사라지려던 줄을 잡았다.

"끌어당기자. 하나, 둘…… 셋! 자, 배 안으로! 시리, 잡아! 바구니에 어서 넣어라, 그러다 도망친다!"

나무를 파서 만든 배를 타고 이틀째, 시리와 비소고타는 흙탕물이 가득한 강의 지류를 떠다니며 떼를 지어 바다로 향하는 뱀장어를 잡기 위해서 그물을 던지고 어망을 놓았다. 집으로 돌아왔을 때는 이미 열두 시가 넘었고 머리부터 발끝까지 진액으로 뒤덮여 온몸이 끈적거리고 축축하게 젖어 있었다. 두 사람 모두 당장 쓰러질 만큼 피곤한 상태였다.

하지만 바로 눕지는 않았다. 물물 교환을 위한 뱀장어들은 상자에 안전하게 잘 넣어둬야 했다. 뱀장어들이 조그마한 구멍이라도 발견했다가는 상자 속에 한 마리도 남아 있지 않을 것이다. 일이 끝난 후 비소고타는 굵직한 뱀장어 두세 마리의 껍질을 벗기고 가로로 썰어 밀가루에 묻힌 뒤 커다란 프라이팬에 튀겼다. 둘은 뱀장어를 먹으며 이야기를 시작했다.

"시리, 난 아직도 한 가지 사실이 너무 이상하단다. 네가 건강을 회복한 후, 우리가 날짜를 제대로 헤아리지 못했던 일이 잊히지 않아. 네 뺨의 상처가 언제 생겼는지 그 가능성에 대한 것이지. 상처는 열 시간이 채 지나지 않은 상태였지만, 네 말에 따르면 내가 발견하기 나흘 전에 입은 상처라고 했지. 그저 착각일 수도 있겠지만, 머릿속에서 그 생각이 떠나지 않아. 그럼 없어진 그 나흘은 어떻게 된 걸까?"

"어떻게요? 그럼 그 나흘이 어디로 사라졌다고 생각하는데요?"

"나도 몰라."

"그렇군요."

고양이가 풀쩍 높이 뛰었고 발톱 사이에 잡힌 쥐가 가늘게 비명을 질렀다. 고양이는 서두르지 않고 쥐의 목을 물더니, 내장을 뱉어내고 맛있게 먹기 시작했다. 시리는 아무 감정 없이 그 광경을 바라보고 있었다. 비소고타가 다시 입을 열었다.

"갈매기 탑에서의 텔레포트가 제비의 탑으로 통한다면, 그럼 제비의 탑은……."

고양이는 쥐를 다 먹고 꼬리는 디저트로 남겨놓았다.

"토르 라라의 텔레포트는 비틀어져 있었고 사막으로 통한다니까요. 내가 백 번은 말했잖아요."

시리가 입을 쩍 벌려 하품을 하며 말했다.

"그게 문제가 아니라 내가 생각하는 건 다른 거야. 그러니까 그 두 개의 탑 사이에 연결망이 존재한다는 거지. 토르 라라의 포털이 비틀어져 있다고? 그래, 알겠다. 하지만 아직 토르 지라엘이 있지. 만약 네가 제비의 탑으로 갈 수 있다면, 어쩌면 타네드 섬으로 텔레포트를 할 수 있을지도 몰라. 그러면 너를 위협하는 위험에서도, 적들의 손아귀에서도 멀리 벗어날 수 있어."

"하! 그럼 딱 좋겠군요. 하지만 한 가지 문제가 있어요. 제비의 탑이라는 게 어디에 있는지, 난 전혀 모른다는 거죠."

"그 문제는 내가 해결할 수 있을지도 모른다. 시리, 대학 교육이 인간에게 무엇을 주는지 아니?"

"아니요, 뭔데요?"

"정보를 이용하는 능력이지."

"이럴 줄 알았다."

비소고타가 자랑스럽게 말했다.

"내가 찾아낼 줄 알았어. 찾고 또 찾았단다. 앗, 젠장……."

비소고타의 손가락 사이로 한 다발의 무거운 책이 미끄러져 떨어지면서 오래된 제본 탓에 책장이 흩어지며 종이들이 마구 흩날렸다.

"뭘 찾았는데요?"

시리가 옆에 쭈그리고 앉아 바닥에 떨어진 종이들을 주워 모았다.

"제비의 탑! 토르 지라엘 말이다. 나 좀 도와주렴."

비소고타는 흩어진 종이 위에 뻔뻔하게 앉아 있는 고양이를 손으로 쫓았다.

"으, 먼지로 온통 덮여 있잖아요! 끈끈할 지경이에요! 아저씨, 이게 뭐죠? 여기 이 그림이요. 나무에 걸려 있는 이 사람은 누구예요?"

비소고타는 떨어진 책장을 바라보았다.

"이 그림 말이냐? 헴달 전설 장면의 일부지. 영웅 헴달은 세계의 물푸레나무에 아흐레 동안 낮밤을 매달려, 희생과 고통을 통해 지혜와 힘을 얻지."

"몇 번이나 이와 비슷한 꿈을 꿨어요. 나무에 매달린 사람……."

시리는 이마를 닦으며 중얼거렸다.

"그 그림은, 그렇지, 이 책에서 떨어진 거야. 원한다면 나중에 읽어보렴. 하지만 지금 중요한 건…… 그래, 드디어 찾았다. 부이비드 바크휘센의 '마법의 흔적과 장소들을 따라 떠난 긴 여정'이지. 어떤 이들은 위작으로 치부하지만……."

"그게 무슨 뜻이에요? 거짓말이라는 건가요?"

"대충 그렇지. 하지만 이 책을 높이 평가한 이들도 많았어. 들어봐라…… 젠장, 여긴 너무 어둡구나."

"빛은 충분이 있어요. 나이가 많아서 눈이 안 보이는 거라고요. 이리 줘

보세요, 내가 직접 읽을 테니까. 어디서부터 읽어요?"

시리는 청춘답게, 잔인한 소리를 아무렇지도 않게 내뱉으며 물었다.

"여기, 소리 내서 읽어봐라."

비소고타가 손가락으로 가리켰다.

"이 부이비드라는 작자는 계속 이상한 단어들을 쓰네요. 아센가르드는 무슨 성인가 봐요? 이 지역은 뭐예요? 백 개의 호수? 그런 지역은 처음 들어보는데. 트레포일은 또 뭐죠?"

"토끼풀. 아센가르드와 백 개의 호수에 대해서는 다 읽으면 내가 설명해 주마."

"그리고 진실로, 엘프 아발라크가 그 단어들을 말하자 호수의 수면 아래 진창에서 겨울 내내 추위를 피하고 있던 작고 검은 새들이 튀어나왔다. 배운 사람이라면 알고 있듯, 그 새들은 다른 새들처럼 따뜻한 곳으로 날아갔다가 봄이 되면 돌아오는 것이 아니라, 발톱을 진흙에 박고 수면 아래 바닥까지 들어가 그곳에서 겨울을 나다가 봄이 되면 심연으로부터 날아오르는 제비였다. 그러므로 이 새는 봄과 희망의 상징일 뿐만 아니라, 땅에 절대로 앉지 않고 지상의 더러움과 죄악에는 닿지 않는다는 것에서 흠 없는 순수함의 상징으로 여겨진다.

일단 우리는 호수 얘기로 다시 돌아가자. 빙빙 도는 새들은 마치, 날개로 안개를 흩어내는 것 같았다. 왜냐하면 예상치 못하게 안개 사이로 마법의 책에나 나올 법한 신비롭고 작은 탑이 나타났기 때문이었다. 우리는 모두 놀라움의 탄성이 터졌는데, 그 탑은 마치 아지랑이로 지은 것 같았으며 바닥에는 안개가, 꼭대기에는 빛나는 마법의 오로라가 관처럼 에워싸고 있었기 때문이었다. 이 탑은 인간이 이해할 수 없는 강력한 마법으로 세워진 것이 분명했다.

우리가 놀라는 모습을 보고 엘프 아발라크는 이렇게 말했다. '이것은 토르 지라엘, 제비의 탑이다. 이것이 세계들로 가는 문, 시간의 통로이다. 지금 보고 있는 것에 기뻐하라, 인간이여. 이 탑은 언제나, 누구에게나 보이는 것은 아니다.'

그러나 우리가 제비의 탑 가까이 가서 탑을 자세히 살펴보고, 우리의 손으로 만져볼 수 있는가라는 질문에 아발라크는 이렇게 대답했다. '토르 지라엘은 당신들에게는 꿈일 뿐, 꿈은 만질 수 없다. 이 탑은 당연히 선지자들과 몇몇의 선택된 이들에게만 주어진 것, 그들에게 시간의 통로는 희망과 부활의 문이다. 그러나 보통 사람들에게는 악몽의 문일 뿐이다.'

아발라크가 말을 마치자마자, 또다시 안개가 내리고 신비한 탑은 우리의 눈앞에서 사라졌다……."

"백 개의 호수는 현재 밀 트라흐타라고 불리지."

비소고타는 설명을 이었다.

"아주 넓은 지역이란다. 나자이르와 막 투르가의 국경 지방인 메틴나 북쪽의 옐레나 강이 지나가는 호수 지역이지. 부이비드 바크휘센은 북쪽에서 아센가르드 방향으로 왔다고 기술하고 있어. 오늘날 아센가르드는 없고, 폐허만이 남아 있지. 가장 가까운 도시는 네운레우트야. 부이비드는 호수가 아센가르드에서 600스타야니아나 정도 떨어져 있다고 했지. 스타야니아 단위는 쓰는 곳마다 다르긴 하지만 가장 많이 쓰는 계산법으로는 600스타야니아면 50마일쯤 되는 거야. 아센가르드에서 남쪽, 우리가 있는 페레플럿은 한 350마일쯤 떨어져 있지. 다른 말로 하자면, 제비의 탑까지 너는 300마일 정도 이동하면 도착할 수 있다는 말이지, 시리. 너의 켈피를 타고 2주 정도면 갈 수 있을 게다. 물론 봄이 되었을 때의 얘기지. 지금은 아니야, 내일이나 모레쯤 추위가 닥쳐올 테니까."

"아까 읽기로 아센가르드에는 폐허가 남아 있다고 했죠. 나는 케드웬의 쉐라웨드에서 엘프의 도시를 본 적이 있어요. 인간들이 그곳을 파헤치고 모조리 약탈해 가면서, 돌로 된 벽체만 남겨놓았죠. 내기를 해도 좋지만, 그 제비의 탑도 돌벽만 남아 있을 거예요. 그것도 큰 돌들만요. 작은 돌은 죄다 훔쳐갔을 테니까요. 게다가 그곳에 정말 포털이 있었다면……."

시리는 생각에 잠긴 채 코에 주름을 잡으며 중얼거렸다.

"토르 지라엘은 마법의 탑이야. 누구나 볼 수 있는 게 아니었어. 그리고 텔레포트라는 것은 원래 보이지 않는 것이잖니."

"그건 사실이에요. 타네드의 텔레포트 역시 보이지 않았으니까요. 갑자기 벽에서 모습을 드러냈죠. 하지만 그야말로 필요한 순간에 느닷없이 나타난 거였어요. 그 마법사, 나를 쫓아오던 그 마법사가 이미 가까이 왔었거든요. 소리를 들었어요…… 바로 그 순간, 마치 불러낸 것처럼 포털이 나타난 거예요."

시리는 다시 생각에 잠겼다.

"나는 확신한다. 만약 네가 토르 지라엘에 갈 수만 있다면, 그 텔레포트 포털이 네 앞에 다시 나타날 게다. 폐허가 되었다 해도, 돌벽만 남아 있다 해도 말이지. 난 네가 그 포털을 발견하고 다시 작동시킬 수 있으리라 확신한다. 포털은 분명 너의 명령을 들을 거야. 왜냐하면 시리, 난 네가 선택된 자라고 생각한단다."

비소고타가 작은 목소리로 말했다.

"트리스, 당신의 머리카락이 촛불에 빛나는 걸 보니 마치 불꽃같군. 당신의 눈은 라피스 라줄리 같아. 당신의 입술은 산호처럼……."

"그만해요, 크래치. 취했어요? 포도주나 좀 더 따라줘요. 그리고 하던 얘기나 더 해봐요."

"무슨 얘기를?"

"모르는 척하지 말고요! 예니퍼가 어떻게 세드나 해구로 갈 결심을 하게 되었는지 설명 좀 해봐요."

"어떻게 되어가고 있소? 말해봐요, 예니퍼."

"우선 당신부터 내 질문에 대답해요. 내가 당신을 만나러 올 때마다 항상 마주치는 저 두 여자는 누군가요? 언제나 나를 양탄자 위에 싸놓은 고양이 똥처럼 쳐다보는 저 여자들 말이에요. 누구죠?"

"지금 법적인 관계에 대해 궁금한 거요, 아니면 사실적 관계가 궁금한 거요?"

"두 번째요."

"내 아내들이오."

"알았어요. 그렇다면 기회가 닿는 대로, 이미 지나간 과거는 지금 현재 아무 의미도 없다고 설명 좀 해주세요."

"했지. 하지만 저러는 걸 어쩌겠소? 어차피 중요한 것도 아니고. 말해보시오, 예니퍼. 당신의 일에 어떤 진척이 있는지 궁금하군."

"불행히도 진척이 전혀 없어요. 시간은 계속 흘러가고."

예니퍼가 입술을 깨물며 중얼거리자 크래치는 고개를 끄떡였다.

"시간은 멈추지 않지. 계속해서 새롭고 놀라운 소식들이 들어오고 있고. 육지에서 온 소식 중에 당신이 흥미로워할 소식도 있소. 비세게르드의 군에서 온 소식이지. 비세게르드가 누군지는 당신도 알고 있겠지?"

"신트라의 장군?"

"총사령관이지. 신트라의 난민들과 지원병으로 구성된 테메리아 군대를 지휘하고 있소. 그중에는 우리 군도 사람들도 꽤 되고. 그래야 내가 직접적인 정보를 얻을 수 있으니까."

"그래서요?"

"당신은 여기 스켈리게에 8월 19일, 보름달이 뜨고 이틀 후에 왔지. 바로 그날, 19일에 비세게르드의 군대가 이나 강에서 피난민 무리를 발견했는데, 그중에 게롤트와 그의 친구인 시인……."

"단델라이온?"

"맞소. 비세게르드는 둘을 첩자 혐의로 체포한 후 가둬놓고는 처형하려고 했던 것 같은데, 둘 다 도망쳤소. 곧이어 마치 짠 것처럼 닐프가드군을 몰고 와 공격했다더군."

"헛소리에요."

"내 생각도 그렇소. 그럼에도 그 위처가 당신의 주장과는 달리 나름 똑똑한 계획을 실행하고 있는 게 아닐까 하는 생각이 들어. 시리를 구출하려는 의도로 닐프가드의 도움을……."

"시리는 닐프가드에 없어요. 그리고 게롤트는 어떤 계획도 실행하지 못해요. 계획을 세우는 건 게롤트의 특기가 전혀 아니에요. 그건 신경 쓰지 말아요. 중요한 건 오늘이 벌써 8월 26일인데, 내가 아는 건 아직도 너무 적다는 거예요. 무언가 실행을 하기엔 너무…… 어쩌면 혹시…….”

예니퍼는 창문을 응시한 채 검은 벨벳 끈에 달린 흑요석 별을 만지작거리며 입을 다물었다.

“혹시 뭐란 말이오?”

크래치가 참지 못하고 물었다.

“게롤트를 비웃는 대신, 그의 방법을 시험해볼 수도 있겠어요.”

“무슨 말인지 통 모르겠군.”

“희생의 방법을 실험해보는 거죠, 족장님. 희생할 준비가 되어 있으면 무언가 얻을 수도 있고, 좋은 결과를 가져올 수도 있어요. 여신의 은혜라도 입을지 모르죠. 여신은 희생하고 어떤 일로 인해 고통받는 자들을 좋아하니까요.”

“무슨 말인지 모르겠군. 하지만 당신이 하는 말이 마음에 들진 않소.”

크래치 족장의 이마에 깊은 주름이 잡혔다.

“알아요. 나도 마음에 들지 않아요. 하지만 이렇게 멀리 온 상황이라면…… 호랑이가 이미 새끼 염소의 울음소리를 들었을지도…….”

“나도 그걸 걱정했어요. 바로 그걸 걱정했죠.”

트리스가 낮게 중얼거렸다.

“그 말은, 그때 내가 제대로 이해했다는 것이겠지. 예니퍼는 누군가 대화를 도청하고 있다는 걸 알았던 거요. 그 젠장맞을 기계를 통해 숨어들어 와서 말이지. 아니면 자신과 이야기를 나눴던 자들 중 비열하게도 배신을…….”

크래치의 턱 근육이 심하게 움직였다.

“두 가지 다 맞을 수도 있죠.”

"예니퍼는 알고 있었던 거요. 그래도 계속 자기 일을 했지. 미끼를 물려고 했던 것일까? 자기 스스로? 알고 있는 것보다 더 많이 아는 척을 해서 적을 자극하려고 했던 것일까? 예니퍼는 그렇게 세드나 해구로 갔지."

크래치가 이를 악물었다.

"도전을 하고, 자극하면서. 그건 굉장히 위험한 행동이에요, 크래치."

"알고 있소. 우리들 중 누구도 위험에 빠트리고 싶지 않았던 거요…… 자원하는 이들만 제외하고. 그래서 배 두 척을 요청했던 거야."

"당신이 요청한 배 두 척이 준비되었소. '알키오네' 호와 '타마라' 호지. 뱃사람들도 준비됐고. '알키오네' 호는 스벤의 아들 구틀라프가 이끌 텐데, 본인이 직접 나서서 그 영광을 차지하겠다고 했소. 당신이 마음에 든 모양이오, 예니퍼. '타마라' 호는 아사 트야지가 이끌 것이고, 내가 신용하는 장군이오. 아, 잊기 전에 말해두겠소. '타마라' 호에는 내 아들도 탈 거요. 입이 삐뚤어진 히얄마르지."

"당신의 아들? 몇 살이죠?"

"열아홉 살이오."

"일찍 시작했군요."

"지금 누가 누구에게 그런 말을 하는 거요? 히얄마르는 개인적인 이유로 자신을 배에 태워달라고 자원했소. 거절할 수 없었지."

"개인적인 이유?"

"그 이야기를 정말 모르오?"

"몰라요, 얘기해봐요."

크래치는 뿔잔을 기울이더니 미소를 지은 채 과거의 기억을 더듬었다.

"아드 스켈리그의 아이들은 겨울이면 스케이트를 타고 노는 걸 너무 좋아해서 추운 날씨를 항상 기다리지. 호수가 얼어붙기 시작하자마자 어른들이 말리기도 전에 얇은 얼음판으로 뛰어나간다오. 그중에서도 최고의 놀이는 잡기 놀이지. 힘이 닿는 대로 정신없이 달려 호수 이쪽 끝에서 저쪽 끝까지 도망치는 놀이. 남자애들은 '연어 뛰기'라는 놀이도 하는데, 그건 얼음 위로 상어 이빨처럼 튀어나온 호숫가의 바위들을 스케이트를 타고 뛰어넘는 거요. 마치 연어들이 폭포의 물살을 헤치고 뛰어오르는 것처럼. 그런 바위들이 줄지어 있는 곳을 골라 미친 듯이 달리고 뛰어넘지…… 하, 나도 어릴 때 그렇게 스케이트를 타곤 했지."

크래치는 살짝 웃으며 생각에 잠겼다가 이야기를 이어갔다.

"그 경주는 바위가 가장 길게 늘어선 곳을 뛰어넘은 아이가 이기는 경기고, 이기고 나면 엄청나게 뽐낼 수 있었지. 왕년에는 그 영광을 지금 당신과 이야기하고 있는 이 미천한 몸이 누리곤 했었지, 하하! 여하튼 내 아들놈도 그런 놀이에 한창 빠져 있던 시기가 있었고, 그 경주의 우승자는 내 아들 히알마르였소. 다른 남자아이들은 뛰어넘을 엄두조차 못 내던 바위들을 뛰어넘곤 했지. 그러고는 의기양양하게 뽐내며, 누구든 자기에게 도전하라고 떠들며 다녔지. 그때 도전장을 내민 아이가 바로 시리였소. 파베타 공주의 딸이었지. 신트라보다는 이곳에서 더 많은 시간을 보낸 터라 마치 이 섬의 아이처럼 생각되지만, 엄연히 이 섬의 아이는 아니었소."

"파베타의 사고 이후에도요? 난 칼란테 여왕이 그 사건 이후에는 이곳으로 보내지 않았을 거라고 생각했는데."

"그걸 알고 있었던 거요? 그렇군. 당신은 정말 많은 걸 알고 있어, 예니퍼. 하지만 칼란테 여왕의 분노와 금기는 반년 이상 가지 않았고, 시리는 또

다시 여름도 겨울도 이곳에서 지냈소. 그 아이는 스케이트라면 마녀처럼 잘 탔지만, 남자애들과 '연어 뛰기' 경주로 맞붙겠다고? 그리고 히얄마르에게 도전을 해? 그건 말도 안 되는 일이었어!"

크래치가 예니퍼를 바라보자 그녀는 말 안 해도 알겠다는 듯 대꾸했다.

"뛰어넘었겠죠."

"그랬지. 신트라의 새끼 악마가 뛰어넘은 거요. 암사자의 피를 이어받은 진짜 새끼 사자지. 히얄마르는 다른 사내 녀석들의 웃음거리가 되지 않기 위해서 더 길게 늘어선 바위의 행렬을 뛰어넘어야만 했소. 히얄마르는 위험을 감수했지. 결국 다리와 팔, 갈비뼈 네 대가 부러지고 얼굴은 엉망이 되었어. 흉터는 평생 남을 거요. 그렇게 입이 삐뚤어진 히얄마르가 된 거라고! 그리고 그 유명한 약혼녀가 생겼지, 하하!"

"약혼녀?"

"그건 몰랐단 말이오? 이렇게 많은 걸 알면서? 시리는 그 유명한 경주 후 히얄마르가 누워서 치료를 받는 동안, 문병을 오곤 했소. 책을 읽어주기도 하고, 이야기를 해주기도 하고, 손을 잡기도 하고…… 누가 병실에 들어오기라도 하면 둘은 양귀비처럼 얼굴이 새빨개졌다고. 그렇게 얼마 후 히얄마르가 내게 통보를 하더군. 약혼을 했다고 말이오. 난 기가 막혔지. 이 코흘리개가! 채찍질과 혼인식 둘 다 치르게 해주마! 그때 난 겁을 먹었던 거요. 왜냐하면 새끼 사자는 피가 끓고 있었고, 작은 미치광이라고 말하긴 좀 그렇지만 무서워하는 게 없었으니까…… 히얄마르가 부목과 붕대로 꽁꽁 묶여 있었던 건 정말 다행이었소. 바보 같은 짓은 할 수 없었으니까……."

"그때 아이들이 몇 살이었죠?"

"히얄마르는 열다섯, 시리는 열둘."

"그런 걱정을 하기엔 너무 이르지 않나요?"

"그렇다고 할 수도 있겠지. 하지만 나는 이 모든 사건을 칼란테 여왕께 보고해야만 했고, 칼란테 여왕은 이걸 농담으로만 받아들이지 않았소. 칼란테 여왕은 시리의 혼사에 대해 계획을 세우고 있었지. 나도 정확히 알지는 못하지만, 아마도 코비어의 탄크레드 티센이나 어쩌면 르다니아의 라도비드였는지도 모르지. 하지만 이런 소문이 나면 혼사에 지장이 생기지 않겠소? 무죄한 키스나 반쯤만 무죄한 쓰다듬기 등등 말이지. 칼란테 여왕은 지체 없이 시리를 신트라로 불러들였소. 시리는 난리를 치며 울고불고했지만 어쩔 수 없었지. 신트라의 암사자에게 대들 수는 없었으니까. 히알마르는 이틀 내내 누구와도 말을 하지 않고 벽만 바라보며 누워 있었소. 건강을 회복하자마자 작은 배를 훔쳐서 혼자 신트라로 가려고 했지. 채찍으로 흠씬 얻어맞고 나서야 정신을 차렸소. 그런 후에는……."

크래치는 생각에 잠긴 채 잠시 말을 멈추었다.

"그렇게 여름이 지나고, 가을이 지나고 어느덧 닐프가드 전군이 신트라를 남쪽에서부터 마르나달을 통해 공격해 들어갔지. 히알마르는 남자임을 증명할 기회가 생긴 거요. 신트라 밑에 위치한 마르나달과 소든에서 히알마르는 검은 군대에 맞서 용감하게 싸웠소. 그리고 닐프가드군이 주둔해 있던 해안에 배들이 닿자, 히알마르는 손에 칼을 들고 약혼녀의 복수를 했지. 그때는 이미 시리가 죽었다고 생각했으니까. 나는 시리가 죽었다는 걸 믿지 않았소. 왜냐하면 내가 말했다시피 그 괴이한 현상들이 나타나지 않았으니까…… 그래서 지금, 히알마르는 시리를 구해내기 위한 항해라는 걸 알고 자원한 거요."

"이야기를 해줘서 고마워요, 크래치. 당신의 이야기를 듣는 동안 조금 쉴

수 있었어요. 걱정거리를 잊고 말이죠."

"그럼 언제 출발할 생각이오, 예니퍼?"

"최대한 빨리요. 어쩌면 내일 당장 출발할 수도 있어요. 확대환등기로 마지막 한 번의 대화를 더 나눠야 하지만."

크래치 안 크라이트의 눈은 마치 매의 눈과 같았다. 깊숙하게, 바닥까지 쏘아보는 듯했다.

"트리스 메리골드, 그 지옥의 기계로 예니퍼가 누구와 마지막 대화를 나누었는지 혹시 모르오? 8월 27일에서 28일로 넘어가는 밤에 말이지. 누구와 무슨 이야기를 나누었는지 짐작되는 바가 없소?"

트리스의 긴 속눈썹이 눈을 덮었다.

다이아몬드로 굴절된 빛이 거울의 표면을 덮었다. 예니퍼는 양손을 올려 주문을 외웠다. 눈부신 반사광이 뭉쳐진 안개로 변하더니 안개 속에서 금세 형상이 나타나기 시작했다. 벽에 색색의 태피스트리가 덮여 있는 방의 모습이었다.

창가에 움직임이 나타났다. 곧이어 불안한 목소리가 물었다.

"누구지? 거기 누구야?"

"트리스, 나야."

"예니퍼? 예니퍼, 너야? 오, 신들이시여! 어디…… 지금 어디 있는 거야?"

"내가 어디 있는지는 중요하지 않아. 막지 마, 상이 흔들리니까. 촛불 좀 치워줘. 눈이 너무 부셔."

"알았어, 치워줄게."

늦은 밤이었지만 트리스 메리골드는 네글리제를 걸치지도 않았고, 작업복을 입지도 않았다. 외출용 드레스를 입고 있었는데, 언제나 그렇듯 목 바로 아래까지 촘촘히 단추가 채워져 있었다.

"우리끼리 마음 놓고 이야기할 수 있는 거지?"

"물론이야."

"혼자 있어?"

"응."

"거짓말."

"예니퍼……."

"넌 날 못 속여. 네 표정이라면 누구보다 잘 알고 있어. 많이 봤으니까. 내 등 뒤에서 게롤트와 자기 시작했을 때 그런 표정이었지. 그때도 지금처럼 순진한 표정을 짓고 있었다고. 그때나 지금이나 다를 바가 하나도 없어!"

트리스의 얼굴이 새빨개졌다. 그와 동시에 트리스 옆으로 은실로 수놓인 남성용 남색 상의를 입은 필리파 에일하트가 나타났다.

"아주 잘했어. 언제나처럼 똑똑하고 통찰력이 있군. 그리고 언제나 그렇듯 잡기 힘들고 이해하기 힘들단 말이지. 건강한 모습을 보니 기쁘네, 예니퍼. 몬테칼보에서의 정신 나간 텔레포트가 비극적으로 끝난 게 아니라 다행이야."

필리파 에일하트의 말에 예니퍼는 입술을 일그러뜨렸다.

"당신이 진심으로 기뻐하는 셈 치죠. 매우 심하게 엇나간 짐작이지만요. 그건 그렇고 누가 날 배신한 거죠?"

"그게 중요한가? 네가 배신자들과 연락을 한 지 이미 나흘이 지났어. 그들은 배신과 매수가 제2의 천성인 놈들이지. 그들에게 배신하라고 네가 강요한 것이나 다름없는 거야. 그중 한 명이 널 배신한 거라고. 당연히 일어날 일이었어. 그걸 예상치 못했다고는 말하지 마."

필리파가 어깨를 으쓱하며 힐난하듯 말했다.

"물론 예상이야 했죠. 그 좋은 증거로 당신들과 지금 연락을 하고 있잖아요. 그럴 필요도 없는데."

"그럴 필요가 없다라…… 그 말은 네게 무슨 속셈이 있다는 소린데."

"정확해요. 언제나처럼 똑똑하고 통찰력이 있군요. 당신들에게 연락한 이유는, 당신들의 그 모임에 대해서는 비밀을 지키겠다고 말하기 위해서였어요. 당신들을 배신하지는 않아요."

필리파는 내리깐 눈으로 예니퍼를 바라보았다.

"만약 그런 말로 시간을 벌고 쉽게 안전을 보장받을 생각이었다면, 그건 너무 많은 것을 기대한 거야. 헛된 기대는 하지 말라고, 예니퍼. 몬테칼보를 탈출하면서 넌 선택을 한 거야. 벽의 어디쯤에 서 있기로 결정한 것인지 선언한 거라고. 이제는 시리를 찾는 일에 우리를 동원할 생각이겠지만, 네가 움직이는 동기는 우리의 목적과 정반대야. 우리에게 맞서는 행동을 하고 있는 거지. 우리의 정치적 목적에 시리를 이용하려는 것을 넌 원치 않아. 또한 네가 그 아이를 감상적인 목적으로 이용하려는 걸 우리가 어떻게든 막으려고 하는 것도 알고 있지."

"그렇다면 전쟁인가요?"

"경쟁이지. 그저 경쟁일 뿐이야, 예니퍼."

필리파가 독사를 연상케 하는 웃음을 지었다.

"공정하고 명예로운 경쟁인가요?"

"농담하는 거야?"

"물론이죠. 그래도 난 어떤 일들만큼은 공정하게 이야기하고 싶어요. 물론 그 대가로 나에게 무언가가 돌아오리라는 생각으로 말이죠."

"이야기해봐."

"앞으로 며칠 안에 어쩌면 바로 내일, 그 결과가 어떻게 될지 내가 짐작할 수 없는 그런 일이 일어날 거예요. 그런 일이 발생하면 우리의 경쟁과 대립은 아무 의미도 없어질지 몰라요. 아주 단순한 이유에서 말이죠. 이를테면 경쟁자가 없어지는 것이라든가……."

예니퍼의 말에 필리파는 파란색 아이섀도로 강조한 두 눈을 깜빡거렸다.

"알겠어."

"만약 그렇게 되면 내가 죽은 후에 명예와 이름을 되찾을 수 있게 해주세요. 내가 배신자로, 빌게포츠의 동조자로 남지 않도록. 회합에 요청합니다. 당신에게도 개인적으로 부탁해요."

필리파는 잠시 동안 침묵했다. 그러더니 마침내 입을 열었다.

"그 요청은 거절이야. 미안하지만 네가 명예를 되찾는 것은 우리 회합의 이익과는 아무 관계가 없어. 만약 네가 죽는다면 넌 배신자로 죽는 거야. 넌 배신자이고 시리에게는 범죄자로 남겠지. 그래야 시리를 이용하기가 더 쉬워질 테니까."

"네가 죽음의 위험성이 있는 그 일을 하기 전에 우리에게 남겨줘."

갑자기 트리스가 끼어들며 잠긴 목소리로 말했다.

"유언장을?"

"우리가 계속할 수 있는…… 네 발자취를 따라가 시리를 찾을 수 있도록. 모두 시리를 위해서 하는 일이잖아! 시리의 목숨을 구하기 위해! 예니퍼, 딕스트라가 어떤 증거를 찾아냈대. 만약 빌게포츠가 시리를 데리고 있다면,

시리는 끔찍한 죽음의 위협에 처한 거야."

"조용히 해, 트리스! 이 일에는 어떠한 거래도 협상도 없어."

필리파가 매섭게 외쳤지만, 예니퍼는 아랑곳하지 않고 차분히 말했다.

"당신들에게 표시를 남겨놓겠어요. 내가 알아낸 정보들과 내가 무슨 일을 벌였는지에 대해서, 그리고 당신들이 따라갈 수 있는 자취도 남겨놓겠어. 하지만 공짜는 아니에요. 내 명예를 회복시켜주지 않는다면 당신들도, 이 세상도 악마에게나 가버리라고. 반드시 위쳐 한 명에게만은 내 명예를 회복시켜줘야 해요."

"안 돼. 그것 역시 우리 회합의 이익과는 아무 관계가 없어. 네 위쳐의 눈에도 넌 배신자로, 매수당한 마법사로 남을 거야. 위쳐가 분노로 들끓어서 복수를 도모한다면 우리로서는 손해야. 하지만 널 경멸하게 된다면, 복수할 마음 따위는 품지 않겠지. 그리고 너의 위쳐는 아마도 이미 죽었을 거야, 아니면 곧 죽든지."

필리파의 망설임 없는 대꾸에 예니퍼는 먹먹한 목소리로 말했다.

"그 사람의 목숨과 내 정보를 바꾸겠어. 그 사람을 살려줘요, 필리파."

"안 돼, 예니퍼."

예니퍼의 눈에서 보랏빛 불꽃이 튀었다.

"안 된다고? 회합의 이익과는 아무 관계도 없으니까? 트리스, 지금 들었어? 이게 바로 네가 속한 회합의 본모습이야. 이게 바로 진짜 얼굴이고 진짜 속셈이라고. 어떻게 생각해? 넌 시리에게 선생님과도 같아. 네 입으로 말했잖아, 시리는 동생 같다고. 그리고 게롤트는……."

"트리스를 싸구려 낭만주의로 현혹하지 마, 예니퍼. 너의 도움 없이 시리는 우리가 구해내겠어. 만약 네가 성공한다면, 우린 백 번 감사할 일이지.

어차피 그 아이는 우리와 함께하게 될 테고, 넌 그저 우리의 수고를 덜어준 셈이 될 테니까. 네가 시리를 빌게포츠의 손아귀에서 빼내오면, 우리는 너의 손에서 시리를 빼앗아올 거야. 게롤트? 도대체 그게 누구지?"

필리파 역시 눈에서 불을 뿜으며 맞섰다.

"트리스, 들었지?"

"미안해. 날 용서해줘, 예니퍼."

트리스 메리골드가 먹먹한 음성으로 말했다.

"안 돼, 트리스. 절대로."

트리스는 마룻바닥을 쳐다보았다. 크래치의 눈은 마치 매의 눈을 보는 것 같았다.

"그 비밀스러운 대화가 끝나고 이틀 후, 트리스 메리골드, 당신은 전혀 모르는 그 대화가 있은 후 예니퍼는 스켈리게를 떠나 세드나 해구로 출발했소. 왜 하필이면 그곳으로 가냐고 물었더니 예니퍼는 내 눈을 바라보며 자연재해가 비자연적 재해와 어떻게 다른지 확인하러 간다고 했지. 긴 배 두 척과 함께 갔는데, '타마라' 호와 '알키오네' 호, 지원자들로만 구성된 뱃사람들이 타고 있었소. 그게 8월 28일의 일이오, 2주 전이지. 그 이후의 상황은 나도 모르오."

스켈리게 군도의 족장, 크래치 안 크라이트가 말했다.

"그럼 언제 알게……."

"닷새 후지. 9월 첫 달이 뜨고 사흘 후."

크래치 앞에 앉은 아사 트야지 선장은 불안한 기색이 역력했다. 입술을 빨고, 의자에서 몸을 꼬며, 딱딱 소리가 나게 손마디를 꺾고 있었다.

붉은 태양이 드디어 하늘을 덮고 있던 구름에서 벗어나 천천히 모습을 드러내고 있었다.

"말해보시오, 아사."

크래치 족장의 명령에 아사 트야지 선장은 크게 헛기침을 하더니 이야기를 시작했다.

"우리는 아주 빠른 속도로 항해를 했습니다. 바람이 도와준 덕분에 12노트는 충분히 나왔죠. 29일 밤에는 이미 페익세 드 마르 등대의 불빛이 보였습니다. 그리고 우리는 혹시 닐프가드인들을 만날까봐 서쪽으로 방향을 조금 틀었죠. 9월 첫 달이 뜨기 전 새벽에 세드나 해구 주변에 도착했습니다. 그러자 여자 마법사가 나와 집사 구틀라프를 불렀죠……."

"지원자들이 필요해요. 지원자들만요. 잠시 동안 배를 몰 수 있는, 딱 필요한 인원만 있으면 돼요. 배에 대해서는 잘 몰라요, 그래서 몇 명이 필요한지 모르겠어요. 하지만 부탁건대 '알키오네' 호에 필요한 인원수만큼만, 딱 그만큼만 있었으면 해요. 그리고 다시 말하지만 지원자들만이에요. 제가 하려는 일은…… 아주 위험한 일이에요. 해상 전투보다 더 위험해요."

예니퍼의 말에 늙은 집사 구틀라프가 고개를 끄떡였다.

"알겠습니다. 우선 스벤의 아들, 저 구틀라프가 지원하겠습니다. 저에게 그 영광을 주시죠."

예니퍼는 오랫동안 구틀라프의 눈을 바라보다가 말했다.

"좋아요. 저야말로 영광이에요."

"저도 지원했습니다. 하지만 구틀라프가 동의하지 않았죠. 누군가는 '타마라' 호를 지휘해야 한다고 말하더군요. 결국 '알키오네' 호에 승선하겠다며 지원한 사람은 모두 열다섯 명이었습니다. 그중에는 히알마르도 있었습니다, 족장님."

아사 트야지 선장의 말에 크래치는 눈썹을 꿈틀거렸다.

"몇 명이 필요하죠, 구틀라프? 배를 모는 데 필요한 최소 인원 말이에요. 제발, 정확히 계산해주세요."

예니퍼가 재차 묻자 구틀라프는 아무 말 없이 계산을 해보더니 마침내 대답했다.

"여덟 명이면 배를 몰 수 있습니다. 아주 오랫동안 항해하는 게 아니라면. 하지만 열다섯 명 모두 지원자들이고, 강제가 아닌……."

"이 열다섯 명 중에서 여덟 명을 고르세요. 당신이 골라요. 그리고 고른 이들에게 '알키오네' 호로 옮겨 타라고 해주세요. 나머지는 '타마라' 호에 남고요. 아, '타마라' 호에 남아야 할 이들 중 한 명은 내가 고르겠어요. 히알마르!"

"안 돼요! 예니퍼! 이럴 수는 없어요! 난 지원을 했고 당신 옆에 있을 거예요! 난……."

"조용히 해! 넌 '타마라'에 남아! 명령이야! 한 마디만 더 하면 돛에 묶어버리라고 하겠어."

"얘기를 계속하게, 아사."

"여자 마법사와 구틀라프, 그리고 나머지 여덟 명의 지원자들은 '알키오네' 호에 옮겨 타고 세드나 해구로 향했습니다. 우리는 명령에 따라 '타마라'

호에서 조금 떨어져 있었지만, 멀리 떨어져 있지는 않았어요. 그런데 그때까지 굉장히 좋았던 날씨가 갑자기 귀신이라도 들린 듯 이상해졌습니다. 네, 귀신이라도 들린 것처럼요. 왜냐하면 그건 부정한 힘이었습니다, 족장님. 제가 거짓말을 한다면 밧줄로 묶어 배 밑으로……."

"얘기를 계속하게."

"우리가 있던 곳, 그러니까 '타마라' 호는 평안했어요. 바람 소리가 조금 나고 하늘은 구름으로 뒤덮여 마치 낮에서 밤이 된 것처럼 어두워지긴 했지만요. 하지만 '알키오네'가 있는 곳은 갑자기 지옥으로 변한 것 같았습니다. 진짜 지옥처럼……."

'알키오네' 호의 돛들이 너무 세차게 펄럭거리는 통에, 꽤 떨어져 있는데도 그 소리가 선명하게 들려왔다. 하늘은 어두워지고, 더 많은 구름이 몰려들었다. 곧이어 '타마라' 호 주변으로는 평온한 바다가 거센 파도를 일으키며 '알키오네' 호 주변에서 부글거렸다. 누군가는 비명을 지르고, 누군가는 그 비명을 되풀이하더니 잠시 후, 모든 이들이 비명을 질렀다.

'알키오네' 호는 원뿔 모양으로 생긴 검은 구름 아래에서 마치 병뚜껑처럼 빙글빙글 돌더니 거친 파도에 뱃머리와 후미를 이리저리 처박으며 요동쳤다. 순간적으로 배 전체가 시야에서 사라지기도 했고, 돛 끝만 보이기도 했다.

"저건 마법이야! 저건 악마의 마법이라고!"

누군가 아사 선장의 등 뒤에서 고함을 질렀다.

회오리바람이 '알키오네' 호를 점점 더 빨리 빙글빙글 회전시켰다. 원심력 때문에 방패들이 떨어져 나가면서 원반처럼 날아가 버렸고, 노들은 이리저리 세차게 부딪히고 있었다.

"돛을 접어! 노를 저어라! 우리가 그쪽으로 가겠다! 우리는 저들을 구하러 간다!"

아사 선장이 소리쳤지만, 이미 너무 늦었다.

'알키오네' 호 위로 하늘이 검게 변하더니, 어둠 속에서 섬뜩한 번갯불이 해파리의 빨판처럼 배를 둘러쌌다. 기괴한 모양으로 뭉친 구름이 괴물 같은 원뿔 모양으로 휘어졌다. 배는 무서운 속도로 빙빙 돌기만 했다. 돛대는 성냥개비처럼 부러졌고, 찢어진 돛은 큰 파도 위로 거대한 바닷새 앨버트로스의 날개처럼 펼쳐졌다.

"노를 저어! 힘껏!"

모든 것을 삼킬 듯한 무서운 소음을 뚫고, '타마라' 호에 탄 이들의 고함소리를 넘어 '알키오네' 호에 탄 이들의 비명이 들려왔다. 비명 소리가 너무나 끔찍해서 모두들 머리털이 쭈뼛 곤두섰다. 바다의 늑대들, 피투성이의 전사들, 지금까지 온갖 것을 봐왔던 뱃사람들이었지만 어쩔 수 없었다.

모두들 노를 내려놓았다. 어쩔 수 없는 일이라는 것을 절감했던 것이다. 몸이 굳어버려 잠시 동안 고함조차 지르지 못했다.

'알키오네' 호는 계속해서 빙빙 돌며 서서히 높은 파도 위로 올라섰다. 그리고 점점 더 높이 올라가고 있었다. 바닷물을 뚝뚝 흘리며 조개와 해초가 잔뜩 붙어 있는 선체 바닥의 용골이 드러났다. 그와 동시에 사람 형체 하나가 파도 속으로 떨어지는 것이 보였다. 이어서 두 번째, 세 번째 사람들이 바다로 뛰어들었다. 아사 선장이 있는 힘껏 고함을 질렀다.

"바닷물로 뛰어들고 있다! 노를 저어! 쉬지 말고! 있는 힘껏! 구하러 간다!"

'알키오네' 호는 끓는 물처럼 부글거리는 바다 위에서 '타마라' 호와 이미

100완척*은 떨어져 있었다. 거미줄 같은 번개, 보이지 않는 힘에 휩싸인 채로 구름 속에서 물을 뚝뚝 흘리며 여전히 빙빙 돌고 있었다.

그 순간, 공기 중에서 귀를 찢는 듯한 폭발음이 들렸다. 열다섯 쌍의 노를 저어 앞으로 나아가던 '타마라' 호는 갑자기 물 표면에서 튀어 오르며 누군가 조종이라도 한 듯 뒤로 물러났다. 중심을 잃은 아사 선장은 관자놀이를 뱃머리에 부딪히며 바닥으로 쓰러졌다. 혼자서는 일어날 수 없어 누군가가 일으켜줘야만 했다. 아사 선장은 정신을 잃을 지경이 되어 머리를 흔들며 알아들을 수 없는 말을 중얼거렸다. 배에서의 소음이 바로 뒤에서 들려오는 것처럼 웅웅거렸다. 선장은 취한 듯 비틀거리며 갑판으로 나와 난간을 붙들고 섰다.

어느덧 바람은 가시고, 파도도 잦아들고 있었다. 하지만 하늘은 계속해서 몰려드는 구름으로 온통 어두웠다.

'알키오네' 호는 흔적도 없이 사라졌다.

"족장님, 흔적조차 없었습니다. 물론 작은 닻줄이나 천 조각은 있었지만…… 그것 말고는 아무것도 없더군요."

아사 트야지 선장은 스파이크루그의 무성한 숲 뒤로 사라지는 태양을 바라보며 이야기를 멈췄다. 크래치는 아사 선장을 재촉하지 않았다. 잠시 뒤 선장은 다시 입을 열었다.

"알 수가 없습니다. '알키오네' 호가 그 악마의 구름 속으로 빨려들어 가기 전에 몇 명이나 배에서 뛰어내렸는지는 모르겠습니다. 하지만 뛰어내린

---

* 완척: 고대에 사용되었던 길이의 단위로 중지 끝에서 팔꿈치까지의 길이.

사람들은 아무도 살아남지 못했어요. 우리도 최선을 다해 긴 시간 수색했지만, 두 구의 시체밖에 건지지 못했습니다. 파도에 떠내려온 두 명이었죠. 겨우 둘."

"여자 마법사는 그중에 없었겠지?"

크래치는 조금 흔들리는 목소리로 물었다.

"없었습니다."

크래치 안 크라이트는 오랫동안 침묵했다. 해는 스파이크루그 뒤로 완전히 넘어갔다.

"스벤의 아들, 늙은 구틀라프도 실종되었습니다. 지금쯤이면 세드나 해구의 게들이 마지막 뼈까지 씹어 먹었겠죠…… 그게 아니라면 여자 마법사와 함께 사라진 겁니다. 족장님, 사람들이 소문을 퍼뜨리고 있습니다. 이게 다 여자 마법사의 잘못 때문이라고요. 그 여자가 저지른 죄의 대가라고 말입니다."

"그건 바보 같은 소리야!"

"죽어버렸죠, 세드나 해구에서. 파베타 공주와 듀니 공이 죽었던 바로 그 해구에서 말입니다. 우연한 사고……."

"그건 우연이 아니야. 분명히 말해두지만 그때도, 지금도 그건 우연이 아니라고."

크래치 안 크라이트 족장은 확신에 찬 목소리로 말했다.

불행한 이가 고통을 당하는 것은 당연한 일이다. 그의 고통과 수모는 천성으로부터 나오는 것이고, 자연의 목적을 실현하기 위해서는 고통받는 이들이 필요할 뿐만 아니라, 그들에게 고통을 주며 그것을 즐거워하는 이들도 필요하다. 이러한 사실은 독재자나 악한 행위를 하는 사람들이 느껴야 할 양심의 가책을 경감시킨다. 자제할 필요도 없으며 자연의 목소리가 상상 속에서 불러일으킨 모든 행동을 과감히 실행하면 되는 것이다.

만약 신비한 자연의 영감이 우리를 악으로 인도하는 것이라면, 악이란 자연에 필요 불가결한 요소이기 때문일 것이다.

도나시앙 알퐁스 프랑소와 드 사드

제 10 장

삐거덕거리며 열렸다가 쾅 하고 닫히는 감옥의 문소리가 스카라 자매 중 동생을 깨웠다. 언니는 책상 앞에 앉아 주석 그릇에 말라붙은 잡곡을 긁어 먹는 데 여념이 없었다.

"그래서 법정에서는 어떻게 됐어, 켄나?"

켄나라고 불리는 요안나 셀본은 아무 말도 하지 않고 침대에 앉아 무릎에 팔꿈치를 기댄 채 손으로 이마를 감싸 쥐었다.

스카라 자매 중 동생은 하품을 하고 트림을 하더니 커다란 소리로 방귀를 뀌었다. 반대편 침대에 몸을 웅크리고 있던 코후트는 낮은 목소리로 무어라 중얼거리더니 머리를 돌렸다. 코후트는 스카라 자매, 그리고 이 세상 전체에 화가 나 있었다.

흔히 감옥에서는 전통적으로 해오던 대로 성별에 따라 수감자를 분리했다. 하지만 군대의 감옥은 달랐다. 페르구스 바 엠레이스 황제는 황제의 군대에서 여성의 권리는 동등하다라는 칙령을 발표했는데, 이 동등하다는 것은 모든 분야에서 동등하다는 의미로 어떤 예외도, 성별에 따른 특권도 용납되지 않았다. 그때부터 군대와 성채의 죄수들은 남녀 혼성으로 감방에 갇히게 되었다.

"그래서 어떻게 됐냐니까? 풀어준대?"

스카라 자매 중 언니가 다시 물었다.

"교수형이나 당하지 않으면 다행이야, 젠장! 난 사실을 모두 말했어. 거의 아무것도 숨기지 않고 말이지. 그런데 그 개자식들이 날 깔아뭉개면서 처음엔 사람들 앞에서 날 바보로 만들더니, 그 다음엔 내가 신용할 수 없는 인간이고 범죄자라면서 나중에는 반역 음모에 가담했다는 거야."

켄나는 손으로 머리를 계속 감싼 채 씁쓸하게 말했다.

"반역이라…… 아, 만약 반역이라면 아무래도 좋지 않겠는데, 켄나."

스카라 자매 중 언니가 무슨 얘기인지 다 알아듣기라도 했다는 듯 고개를 끄떡였다.

"나도 알아."

스카라 자매 중 동생은 몸을 쭉 펴고 또다시 표범처럼 입을 벌려 큰 소리로 하품을 하더니 2층 침대에서 뛰어내렸다. 그러고는 자기 앞을 가로막은 코후트의 의자를 냅다 발로 차고는 의자 옆에 침을 뱉었다. 코후트는 화가 나서 고함을 질렀지만 그 외에는 달리 뭐라고 말할 엄두도 내지 못했다.

코후트는 켄나에 대해선 죽을 만큼 화가 나 있었고, 스카라 자매는 무서워했다.

사흘 전, 이 감방에 켄나가 들어온 후 코후트는 곧 여성 해방과 남녀평등에 대해서 자기만의 생각이 있다는 것이 밝혀졌다. 한밤중에 켄나의 상체로 담요를 던진 후 하체를 이용해보려고 했는데, 이런 걸 좋아하는 상대를 만났다면 성공할 수도 있는 일이었다. 그러나 켄나는 코후트의 머릿속에 고함

소리를 불어넣었고, 코후트는 마치 늑대인간처럼 울부짖으며 독거미에 쏘인 듯 감옥 바닥을 기어 다녔다. 켄나는 거기서 멈추지 않고 텔레파시를 통해 코후트가 네 발로 엎드린 채 쇠로 된 감옥 문에 머리를 사정없이 찧도록 만들었다. 엄청난 소음 때문에 달려온 경비병들이 문을 열자 코후트는 그중 한 명을 들이받았는데, 그 대가로 다섯 대나 몽둥이질을 당하고 다섯 번이나 걷어차였다.

정리하자면, 이날 밤 코후트는 기대했던 즐거움을 전혀 누리지 못했다. 그리고 켄나에게 화가 났다. 복수는 생각조차 하지 못했는데, 왜냐하면 다음 날 감방으로 스카라 자매가 들어왔기 때문이었다. 이제 여성이 머릿수로 우위를 차지했을 뿐 아니라, 남녀평등에 대한 스카라 자매의 생각은 코후트와 매우 흡사하지만, 성역할에 대해서는 정확히 반대되는 생각을 갖고 있었다. 스카라 자매 중 동생은 맹수 같은 눈으로 코후트를 노려보고는 해석의 여지가 전혀 없는 명확한 말을 지껄였고, 언니는 낄낄거리며 손을 비비고 있었다. 그 결과 코후트는 혹시라도 무슨 일이 생기면 자기방어를 하기 위해서 의자를 안고 자기 시작했다. 그러나 가능성도 전망도 좋지 않았다. 스카라 자매는 최전방에서 싸워왔고 수많은 전투 경험이 있던 터라 의자 따위는 전혀 무서워하지 않았다. 만약 정말로 강간할 작정이라면 남자가 큼직한 도끼로 무장을 했더라도 기어이 강간할 판이었다. 하지만 켄나는 스카라 자매가 장난을 치는 것이라고 확신했다. 거의.

스카라 자매는 장교 한 명을 때린 죄로 감옥에 들어왔고, 코후트는 군대에서 보급품을 담당하고 있었는데 점점 더 일이 커지고 있던 군대용 활 도난 사건에 연루되어 있었다.

"큰일 난 거야, 켄나. 큰일에 말려든 거라고. 아니면 그들이 널 큰일에 끼워 넣거나. 젠장, 그게 정치적인 장난이라는 걸 왜 몰랐어?"

스카라 자매 중 언니가 말했다.

"쳇."

스카라 자매는 '쳇'이라는 말을 어떻게 이해해야 할지 몰라 켄나를 빤히 바라보았다. 켄나는 시선을 돌렸다.

켄나는 시선을 돌린 채 생각했다. 내가 재판관 앞에서도 말하지 않았던 이야기를 너희들에게 할 것 같아? 내가 본 것들에 대해서, 내가 어떤 장난에 휘말렸는지에 대해서 말이야. 그리고 그걸 언제, 어떻게 알게 되었는지도 말하지 않을 거라고.

"넌 이제 큰일 난 거야."

스카라 자매 중 동생, 그러니까 머리가 좀 더 나쁜 쪽이 잘난 척을 하며 말했지만 켄나는 확신했다. 자매 중 동생은 이 대화들을 전혀 이해하지 못한다는 것을 말이다.

"그러면 결국 그 신트라의 공주는 어떻게 된 건데? 그래서 걔를 잡은 거야, 결국은?"

스카라 자매 중 언니가 포기하지 않고 물었다.

"잡았지. 뭐, 잡았다고 하자면 잡은 거니까. 오늘이 며칠이지?"

"9월 22일, 내일이 추분이야."

"하, 이상한 우연이군. 내일이 되면 그날로부터 1년…… 벌써 1년이나 지났네."

켄나는 침대 위에서 몸을 쭉 펴고는 팔베개를 했다. 스카라 자매는 켄나의 입에서 무슨 이야기가 시작될까 하는 기대감에 입을 다물고 있었다.

아니, 절대 안 할 거야. 켄나는 2층 침대 바닥에 갈겨 그린 음란한 그림과

더욱더 음란한 설명을 바라보며 생각했다. 이야기는 없어. 저 코후트 자식이 젠장맞을 밀고자일 것 같아서 그런 것도 아니야. 난 그 이야기를 하고 싶지 않다고. 더는 회상하고 싶지 않아.

1년 전 오늘 있었던 일, 본하트가 클레르몽에서 사라졌던 후야.

우리는 그곳에 이틀 늦게 도착했지, 켄나는 회상했다. 자취는 많이 남아 있지 않았다. 현상금 사냥꾼 본하트가 어디로 갔는지는 아무도 알지 못했다. 상인 후베나겔만 빼고는. 하지만 후베나겔은 스켈렌과 이야기하는 것을 원치 않았고, 스켈렌을 집 안에 들이지도 않았다. 하인을 통해 자기는 시간이 없고, 만날 수 없다는 말만 전해왔다. 올빼미는 화가 나 난리를 쳤지만 달리 방법이 없었다. 그곳은 에빙, 닐프가드의 사법권이 미치지 않는 지역이었다. 우리 방법대로 후베나겔을 어떻게 해볼 수도 없었는데, 클레르몽에는 후베나겔의 개인 군대가 있었기 때문이었다. 그렇다고 전쟁을 시작할 수도 없고…….

보레아스 문이 주변을 탐문하고, 다크레 실리판트와 올라 하쉐임은 매수를 시도하고, 틸 에크레이드는 엘프 마법을, 나는 생각을 듣고 느꼈지만, 얻어지는 것은 거의 없었다. 우리가 알게 된 것은 본하트가 남쪽 문을 통해서 클레르몽을 떠났다는 사실뿐이었다. 떠나기 전에는…… 클레르몽에는 전나무로 지어진 작은 신전이 있었다. 남쪽 문 옆, 작은 시장 광장 옆에 자리한 신전이었다. 클레르몽을 떠나기 전 본하트는 그 광장의 신전 앞에서 팔카를 때렸다. 모든 사람들이 보는 앞에서, 신전의 사제들도 보는 앞에서. 누가 주인인지, 누가 널 다스리는지 증명하겠다고 소리를 지르면서. 원하기만 하면 본하트 자신은 채찍으로 때릴 수 있고, 죽을 때까지 채찍으로 때려도 된다고 소리쳤다. 그 누구도 팔카를 보호하지 않고, 그 누구도 도움을 주지 않을 거라면서. 사람들도, 신들도.

스카라 자매 중 동생은 철창살에 매달려 창문을 넘어다보았다. 언니는 그릇에 붙은 잡곡을 다 긁어 먹었다. 코후트는 의자를 껴안은 채 드러누워 담요를 덮었다.

연병장의 종소리가 울려 퍼지고 수비병들은 벽 위에서 소리를 질렀다.

켄나는 얼굴을 벽 쪽으로 돌렸다.

그리고 며칠 후 우리는 만났지, 켄나는 생각했다. 나와 본하트가 얼굴과 얼굴을 맞대고. 그의 비인간적인 물고기 같은 눈을 보며 나는 그 여자아이를 어떻게 때렸는지에 대해서만 생각했지. 그리고 그의 생각을 잠시 들여다보았어…… 아주 잠깐. 그건 마치 파헤쳐진 무덤 속으로 머리를 들이민 것 같았어…….

그날은 추분이었다. 그리고 그 전날인 9월 22일, 우리 일행 사이로 보이지 않는 첩자가 들어온 것을 나는 알아냈다.

황제의 검시관, 스테판 스켈렌은 끊지 않고 이야기를 끝까지 들었다. 하지만 켄나는 스켈렌의 얼굴 표정이 변하는 것을 보았다. 스켈렌이 다그쳤다.

"다시 말해봐, 셀본. 다시 말해보라고, 내 귀를 의심할 지경이니까."

"조심하세요, 검시관님. 화가 난 척하세요. 제가 검시관님께 뭔가를 부탁하러 왔는데, 부탁을 들어주지 않는 것처럼…… 그렇게 보이도록 말이에요. 제가 착각한 게 아니에요, 저는 확신하고 있거든요. 이틀 전부터 우리 주위에 보이지 않는 첩자가 있어요. 눈에 보이지 않는."

올빼미는 똑똑한 자가 분명했다. 켄나의 말을 바로 이해했기 때문이었다.

"아니, 셀본, 안 돼!"

소리를 질렀지만 연기하는 듯한 부자연스러움은 목소리에서도 표정에서도 느껴지지 않았다.

"모두 다 규칙을 지켜야지. 예외는 없어! 허락할 수 없다!"

"하지만 제 얘기를 들어보세요, 검시관님. 일단 들어보기라도……."

켄나는 올빼미 스켈렌처럼 연기에는 통 재능이 없던 터라 부자연스럽게 말하는 것을 피할 수 없었다. 하지만 이런 상황에서 부탁하는 자의 부자연스러움과 불편함 정도로 받아들일 수는 있겠지.

"말해봐, 셀본. 짧고 간결하게!"

"우리를 이틀 전부터 염탐하고 있어요. 클레르몽에서부터요. 말을 타고 몰래 우리 뒤를 따라와서는 한밤중에 사람들 사이를 돌아다니며 이야기를 엿들어요."

켄나는 무언가 부탁하는 척하며 조그맣게 중얼거렸다.

"엿듣는다고, 빌어먹을 첩자가? 첩자가 숨어들었다는 건 어떻게 알았지?"

스켈렌은 엄한 척도, 화가 난 척도 할 필요가 없었지만 목소리에는 분노가 서려 있었다.

"그저께 여인숙 앞에서 실리판트에게 명령을 내리셨을 때, 의자 위에서 자고 있던 고양이가 씩씩거리며 귀를 내렸어요. 의심스러웠죠, 왜냐하면 고양이 근처에는 아무도 없었으니까요. 곧이어 무언가 느껴졌어요, 낯선 이의 생각과 의지가요. 주위에 있던 사람들이 모두들 비슷한 생각을 하고 있을 때, 그런 낯선 생각은 저에겐 마치 누가 소리를 지르는 것처럼 들리거든요. 저는 주의해서 주변을 살피기 시작했죠, 두 배로요. 그리고 그를 느꼈어요."

"언제든 원할 때 그 첩자를 느낄 수 있나?"

"그건 아니에요, 항상은 아닙니다. 어떤 마법의 방어막 같은 것이 있어요. 아주 가까이 와 있을 때만 느낄 수 있고, 그것도 언제나 느낄 수 있는 건 아니에요. 그래서 지금도 연기를 하는 것이 중요해요. 이 근처 어딘가에 있을 수도 있으니까요."

"겁을 줘서 도망가는 일이 없도록 해라. 쫓아버리지 않도록 주의하라고. 난 산 채로 그자를 잡고 싶으니까. 어떻게 해야 하지?"

"보쌈을 하면 됩니다."

"보쌈?"

"조용히요, 검시관님."

"하지만…… 알겠다. 좋아, 네 마음대로 해."

"내일 우리가 시골 마을 같은 곳에 묵도록 해주세요. 나머지는 제가 알아서 하겠습니다. 그리고 지금은 놈을 속여야 하니 저에게 고함을 질러주세요, 그럼 저는 물러나겠습니다."

"어떻게 내가 고함을 지를 수 있겠나. 셀본 씨의 임무 수행 능력이 무척 만족스럽군."

스켈렌은 작은 목소리로 대꾸하며 켄나에게 웃어 보이고는 살짝 윙크를 하더니, 금세 엄격한 지휘관의 표정으로 돌아갔다.

나에게 '씨'를 붙여주다니…… 셀본 씨. 마치 장교들을 대하는 것처럼.

스켈렌은 다시 한 번 윙크를 하더니 손을 휘저으며 멋지게 자신의 역할을 연기했다.

"안 돼! 요청은 받아들이지 않겠다. 돌아가!"

"알겠습니다, 검시관님."

다음 날 오후 늦게 스켈렌은 레테 강변의 작은 마을에서 이동을 멈췄다. 마을은 꽤 부유해서 장대 울타리로 둘러싸여 있었고, 새로 자른 소나무로 만들어진 회전문을 통해 들어가도록 되어 있었다. 마을의 이름은 '유니콘'이었는데, 이 이름은 작은 돌로 지어진 신전 앞에 자리한 지푸라기 유니콘에서 따온 것이었다.

지푸라기로 만든 유니콘 신을 우리가 얼마나 낄낄거리며 비웃었는지 기억나, 켄나는 생각했다. 그러나 마을의 촌장과 진지한 표정으로 말하길, 이 마을을 보살피는 성스러운 유니콘은 옛날엔 금으로 만들어졌다가 은으로, 동으로 만들어졌고, 몇 차례 동물 뼈로 만들어지다가 이후에 좋은 목재를 사용해 만들어졌다고 설명했다. 하지만 그렇게 정성껏 만들었을 때마다 얼마 못 가 도둑맞았다며 푸념했다. 유니콘을 훔쳐갈 심산으로 먼 곳에서 이곳까지 와 도둑질을 했던 것이다. 그래서 얼마 전부터는 유니콘을 지푸라기로 만들었는데, 그때부터는 아무 일도 없었다는 말을 덧붙였다.

우리는 마을에 천막을 쳤지. 스켈렌은 약속한 대로 마을 회관에 있기로 했다.

그리고 한 시간이 채 지나지 않아 우리는 보이지 않는 첩자를 보쌈하는 데 성공했지. 전통적이고 교과서적인 방법으로.

"모두들 모여봐. 다들 이리 와서 이 서류를 좀 보라고. 빨리! 자, 모두 왔나? 내가 두 번 설명하는 일이 없도록 해."

조금 전 물에 탄 염소젖을 마신 올라 하쉐임이 콧수염에 묻은 염소젖을 핥으며 그릇을 내려놓고는 모인 사람들을 헤아렸다. 다크레 실리판트, 버트 브릭든, 네라틴 세카, 틸 에크레이드, 요안나 셀본…….

"두피시가 안 보입니다."

"불러와."

"어이, 두피시 크리엘! 대장님이 부르신다! 중요한 명령이야! 뛰어와!"

두피시 크리엘이 헐떡거리며 방으로 뛰어오자 올라 하쉐임이 서둘러 보고했다.

"모두 다 왔습니다, 검시관님."

"창문은 열어놓도록. 마늘 냄새에 죽을 수도 있겠어. 문도 열어, 통풍이 잘되게."

브릭든과 크리엘이 시키는 대로 창문과 문을 열었다. 켄나는 또다시 올빼미가 훌륭한 배우라는 사실을 확신했다.

"가까이들 모여. 황제가 보낸 서신을 받았는데, 극비 사항이고 매우 중요하다. 자, 모두 집중을……."

"지금이에요!"

켄나가 천둥이 치는 듯한 강력한 떨림을 보내며 외쳤다.

올라 하쉐임과 다크레 실리판트는 염소젖이 들어 있는 병을 들고 켄나가 가리키는 방향으로 쏟아부었다. 틸 에크레이드는 책상 아래 숨겨놓았던 밀가루 포대를 거칠게 쏟았다. 바닥에는 염소젖과 밀가루에 뒤덮인 어떤 형상이, 알아보기 힘든 어떤 형태가 나타나기 시작했다. 하지만 버트 브릭든은 짐작할 수 있었다. 그는 어디쯤에 보쌈할 대상의 머리가 있는지 알아채고는 실수 없이 있는 힘껏 쇠로 된 프라이팬으로 그곳을 내리쳤다.

그와 동시에 모두들 염소젖과 밀가루로 범벅이 된 첩자에게 달려들어 잘 보이지도 않는 머리에서 모자를 벗겨내고 팔다리를 잡았다. 몇몇 사람들은 재빨리 식탁을 뒤집어 잡힌 첩자의 팔다리를 식탁 다리에 묶었다. 그러고는 신발과 발싸개를 벗겨내 소리를 질러대는 입을 한쪽 발싸개로 틀어막았다.

작품의 안정적인 완성을 위해 두피시 크리엘이 붙잡힌 첩자의 갈빗대를 힘껏 걷어찼고 다른 이들은 만족한 표정으로 그 모습을 지켜보았다.

"대단한 작품이군."

이 짧은 작전이 진행되는 동안 팔짱을 낀 채 꼼짝도 하지 않고 있던 올빼미가 말했다.

"브라보, 축하할 일이군. 무엇보다 셀본 씨의 활약이 컸어."

젠장, 켄나 셀본은 생각했다. 이렇게 계속 가다가는 진짜 장교라도 되겠는데.

"브릭든 씨, 쇠를 석탄에 달궈. 에크레이드 씨, 회관 근처에는 애들이 얼씬거리지 못하게 하고."

올빼미 스테판 스켈렌은 식탁 다리에 팔다리가 묶인 포로를 내려다보며 차갑게 말했다. 그러고는 몸을 굽혀 단단히 묶여 있는 포로의 눈을 응시하며 말했다.

"오랜만에 모습을 드러냈군, 리엔스. 자네에게 무슨 일이라도 생겼나 걱정하고 있었지."

연병장의 종이 울렸다. 보초병의 교대를 알리는 종이었다. 스카라 자매는 리듬을 타듯 코를 골고 있었고, 코후트는 의자를 껴안은 채 쩝쩝거리며 자고 있었다.

리엔스는 용감한 척 연기했지, 켄나는 여전히 당시의 상황을 회상하며 뒤척였다. 보쌈을 당한 마법사 리엔스, 식탁 다리에 맨발로 묶인 리엔스. 영웅놀이를 했지만 아무도 속이지 못했지, 나는 더더욱. 올빼미가 마법사라고 경고를 했던 터라 나는 그가 마법을 쓰거나 마법의 도움을 청하지 못하도록 머릿속을 헤집어놓았지. 그러면서 그의 생각을 읽었어. 처음에는 접근을 차단하는 듯했지만 쇠가 달궈지면서 연기가 피어오르자 마법의 방어막도 오래된 속옷처럼 시접이 죄다 터지고 말았지. 덕분에 난 마음대로 그의 생각을 읽을 수 있었어. 그의 생각은 이런 상황에 놓인 다른 이들과 비교해봤을 때 다른 점이 전혀 없었어. 조금 있으면 고문당하게 될 사람들의 생각은 뭐랄까…… 차갑고, 끈끈하고, 축축하고, 꿀렁꿀렁한…… 시체의 내장 같다고 해야 할까.

그럼에도 입에서 발싸개를 끄집어내자 리엔스는 영웅놀이를 했지.

"좋아, 스켈렌! 날 잡았군, 당신들이 날 잡았어! 축하해. 참으로 존경할 만한 기술과 전문성을 갖췄군. 뛰어난 기량이야. 훈련이 잘된 사람들이라고, 부러울 지경이군. 그러니 이제 그만 이 불편한 자세를 좀 풀어주는 게 어때?"

올빼미는 의자를 놓고 그 위에 다리를 벌리고 앉아 손 위에 턱을 받쳤다. 그는 포로가 된 리엔스를 내려다보며 아무 말도 하지 않았다.

"날 풀어주라고 해, 스켈렌. 그리고 부하들에게 여기서 나가라고 지시해. 당신에게만 할 말이 있으니까."

"브릭든 씨, 쇠가 지금 무슨 색이지?"

올빼미는 고개도 돌리지 않고 물었다.

"아직 좀 기다려야 합니다, 검시관님."

"셀본 씨?"

올빼미의 물음에 켄나는 어깨를 으쓱했다.

"지금은 머릿속을 읽어내는 게 힘듭니다. 겁을 내고 있어서, 공포가 다른 생각들을 모두 가렸거든요. 하지만 생각들은 아주 많습니다. 그중에는 숨기려고 노력하는 생각도 있어요. 마법의 장막을 치고 말이죠. 하지만 저에게는 통하지 않을 거예요, 제가……."

"그럴 필요 없어. 전통적인 방식으로 가자고. 빨간 쇠로 하지."

"젠장! 스켈렌! 정말 그렇게 할 생각은……."

리엔스가 비명을 지르자 올빼미는 몸을 굽혔다. 그의 얼굴 표정은 조금 변해 있었다.

"첫째로, 스켈렌 '님'이라고 불러. 둘째로, 알다시피 이들을 시켜서 너의 발바닥을 구울 생각이야, 리엔스. 말할 수 없는 만족감을 느끼면서 그렇게 할 거라고. 역사의 공정함을 상징하는 행위로 받아들일 생각이야. 물론 넌 이해하지 못하겠지만."

리엔스가 아무 말도 하지 않았기 때문에 스켈렌은 이야기를 계속했다.

"리엔스, 난 이미 7년 전 바티에 드 리도에게 네 발바닥을 구워야 한다고 충고한 바 있어. 네놈이 개처럼 황제의 정보부에 기어들어 와 배신자가 되는 특권의 은혜를 구하며 이중 첩자로 써달라고 했을 때부터지. 4년 전에도 똑같은 충고를 했어. 네가 빌게포츠와의 계약을 중계하며 창피함도 모르고 에미르의 똥구멍을 핥았던 그때 말이야. 신트라의 공주를 사냥하게 되자 넌 아무것도 아닌 염탐꾼에서 제1정보원의 자리로 올라섰지. 난 바티에와 내기를 했어. 네놈 발바닥을 구우면, 네가 누구를 위해 일하는지 실토할 거라고. 아니, 그게 아니지. 내 말은, 네가 지금까지 누구를 위해 일했는지 모두 실토할 거라고. 네놈이 지금까지 배신한 모든 이들에 대해서도 죄다 토해낼 거라고 했다. 그리고 난 이렇게 말했지. '바티에, 그 두 개의 명단을 비교하면 얼마나 똑같은지 알게 될 거야.'라고. 하지만 바티에는 내 말을 듣지 않았어. 그리고 지금은 분명 후회하고 있을 거야. 하지만 아직 늦지 않았어. 난 네놈을 조금만 구워볼 생각이야. 그리고 내가 원하는 걸 알게 된 이후에는 널 바티에의 손에 넘겨줄 거야. 그럼 바티에가 너의 가죽을 조금씩 조금씩 벗겨내겠지."

올빼미는 주머니에서 손수건과 향수병을 꺼냈다. 그리고 손수건에 향수를 잔뜩 뿌리더니 코에 가져다 댔다. 향수는 상쾌한 사향 냄새였지만 켄나는 토할 것만 같았다.

"브릭든 씨, 쇠를 가져와."

"난 빌게포츠의 명령으로 당신들을 따라온 것뿐이야! 그 여자애 때문에! 당신네 부대를 따라오면서 당신들보다 먼저 그 현상금 사냥꾼을 찾아낼 작정이었지! 그 현상금 사냥꾼과 흥정해볼 생각이었소! 당신들이 아니라, 그 현상금 사냥꾼과 말이야! 왜냐하면 당신들은 그 여자애를 죽일 생각이지만 빌게포츠는 산 채로 필요하다고 했으니까! 더 알고 싶은 게 뭐야? 말할게! 다 말할게!"

리엔스가 악을 써대자 올빼미가 재미있다는 듯 말했다.

"오호, 진정해! 그렇게 소리를 지르면서 너무 많은 정보를 쏟아내니까 머리가 다 아플 지경이군. 지금도 이 지경인데 널 불에 구우면 얼마나 더 많은 정보가 나올까? 모조리 불겠군!"

크리엘과 실리판트가 낄낄거렸다. 켄나와 네라틴 세카는 즐거워하는 데 동참하지 않았다. 또한 쇠막대기를 불에서 꺼내 트집이라도 잡는 표정으로 살펴보고 있던 버트 브릭든도 낄낄거리는 데 동참하지 않았다. 쇠는 마치 쇠가 아닌 양, 흐르는 불로 가득 찬 유리 막대처럼 투명하고 붉게 빛나고 있었다.

리엔스는 벌겋게 달궈진 쇠를 보고 꽥꽥 소리를 지르기 시작했다.

"그 현상금 사냥꾼과 여자애를 어떻게 찾아내야 하는지 안다고! 내가 알아! 내가 말해줄게!"

"당연히 그렇겠지."

켄나는 계속해서 리엔스의 생각을 읽으려고 시도하다가 절망적이고 아무 짝에도 쓸모없는 분노의 파도를 느끼고 얼굴을 찡그렸다. 리엔스의 머릿속에서 또 한 번 장막 같은 것이 찢어졌다. 무서워서 뭔가 말하겠군, 켄나는 생각했다. 마지막 패로 끝까지 붙들고 있으려 했던 무언가를, 제일 큰 판돈이 걸렸을 때 다른 패들을 모두 물리칠 수 있는 에이스를 던지겠군. 바로 지금, 고통에 대한 일반적이고 끔찍한 공포로 그 에이스를 써버리고 말 거야.

갑자기 켄나의 머릿속에서 무언가가 떠올랐다. 켄나는 관자놀이가 뜨거워지는 것을, 순식간에 차가워지는 것을 느꼈다.

그리고 리엔스가 숨기고 있던 생각을 알아챘다.

신들이시여, 켄나는 생각했다. 큰일에 연루되고 말았어…….

"말할게! 진짜 중요한 걸 말하겠어, 스켈렌! 바티에 드 리도는……!"

마법사 리엔스는 시뻘게진 얼굴로 튀어나온 눈을 올빼미의 얼굴에 고정한 채 외쳤다.

켄나는 불현듯 낯선 생각을 들었다. 네라틴 세카가 단검을 손에 들고 문 쪽으로 물러나는 것을 보았다.

곧이어 발소리가 나더니 회관 안으로 보레아스 문이 들어왔다.

"검시관님! 나와보셔야 할 것 같습니다! 이곳에 왔습니다. 믿지 못하실 겁니다, 누군지!"

스켈렌은 벌건 쇠를 리엔스의 발바닥 쪽으로 가져다 대려는 브릭든을 손짓으로 저지시켰다.

"넌 복권이라도 사야겠군, 리엔스. 지금껏 너처럼 운 좋은 놈은 처음 본다."

올빼미 스켈렌은 창문 너머를 바라보며 말했다.

창밖으로 사람들이 모여 있는 것이 보였는데, 사람들 사이에 말을 탄 두 사람이 보였다. 켄나는 보자마자 그들이 누군지 알 수 있었다. 커다란 밤색 암말을 탄, 바싹 마른 큰 키에 물고기처럼 창백한 눈을 한 저 남자가 누구인지 알아챈 것이다.

그리고 아름다운 검은 말을 탄 잿빛 머리의 여자아이가 누구인지도 알 수 있었다. 손이 묶여 있었고 목에는 목줄이 매어 있었다. 부풀어 오른 뺨에는 멍 자국이 선명했다.

비소고타는 잔뜩 기분이 나빠진 채 오두막으로 돌아왔다. 걱정에 사로잡혀 아무 말도 하지 않았고, 마치 화가 난 것 같았다. 뗏목을 타고 가죽을 받으러 온 마을 사람을 만나 나눴던 이야기 때문이었다. 마을 사람이 말하길, 봄이 되기 전에는 이번이 마지막으로 오는 길이라고 했다. 매일매일 날씨가 나빠지고 있었고 비바람이 너무 심해 배를 타고 오는 게 겁이 난다고 했다. 매일 아침 웅덩이에는 얼음이 생기고, 곧 눈보라도 칠 테고, 이제 추위가 닥칠 텐데 그때는 강이 어떻게 되는지 지켜본 후에 배는 헛간에 넣어두고 썰매를 꺼내야 한다. 하지만 페레플릿에는 썰매도 소용없다. 이곳저곳이 죄다 늪이니까…….

마을 사람의 말은 맞았다. 저녁이 되자 날이 흐려지더니, 남색이 된 하늘에서 흰 눈이 떨어지기 시작했다. 세찬 동풍이 마른 갈대들을 쓰러뜨리고,

흰 물결이 습지의 표면에서 넘실거렸다. 살을 찢는 듯한 차가운 냉기였다.

이제 모레면…… 비소고타는 생각했다. 사오빈 축일이지. 엘프력에 따르면 사흘 후 새해다. 인간 달력에 따르면 새해가 오기까지는 아직 두 달을 더 기다려야 한다.

시리의 검은 말, 켈피는 헛간에서 발을 구르며 콧김을 뿜고 있었다.

비소고타가 오두막으로 돌아왔을 때, 시리는 그의 옷장 안 상자를 뒤지고 있었다. 비소고타는 시리에게 옷장을 뒤져도 된다고, 뒤져보라고 했었다. 첫째로 그건 켈피를 타거나 책을 들춰보는 것 이외에 할 일이 하나 더 생긴 것이었다. 둘째로 옷장에는 비소고타 딸의 옷도 꽤 있었는데, 시리에게는 따뜻한 겨울옷이 필요했다. 몇 벌의 겨울옷은 있어야 했다. 추운 날씨와 습기 때문에 빨래가 마르는 데 며칠의 시간이 소요되었기 때문이다.

시리는 옷을 비롯한 어떤 물건 하나를 고르고, 입어보고, 신어보고, 옆으로 밀어두었다가 다시 집어 들었다. 비소고타는 식탁 앞에 앉았다. 찐 감자 두 개와 닭 날개 한 개를 먹었다. 그는 아무 말도 하지 않았다.

"좋은 거네요. 이것도 딸의 물건들인가요? 취미였나 봐요?"

시리는 비소고타가 몇 년 동안 본 적도 없는, 가지고 있다는 사실조차 잊어버린 물건들을 꺼내 보였다.

"좋아했지. 겨울을 항상 기다렸어."

"내가 가져도 돼요?"

"갖고 싶은 것들은 다 가지렴. 나한테는 아무 소용없는 물건이니까. 만약 네가 쓸 수 있다면, 크기가 맞는다면…… 하지만 지금 혹시 짐을 싸고 있는 거냐, 시리? 떠나려고 준비하는 거야?"

시리는 잔뜩 쌓여 있는 옷 더미를 바라보았다.

"네, 비소고타 아저씨. 그러려고요. 왜냐하면…… 더 이상 시간을 낭비할 수는 없어요."

시리는 잠시 말이 없다가 천천히 대답했다.

"네 꿈들이……."

"네, 꿈에서 정말이지 무서운 것들을 보았어요. 그 일들이 이미 일어난 것인지, 아니면 미래에 일어날 일인지는 모르겠어요. 내가 그걸 막을 수 있는지도…… 하지만 난 가야 해요. 알다시피, 전에는 내가 좋아하는 사람들에게 화가 났어요. 나를 도우러 오지 않았으니까요. 나를 그냥 운명에 맡겨버렸다고 생각했죠. 하지만 지금은 달라요, 어쩌면 그들이 내 도움을 필요로 할지도 모른다고 생각해요. 난 이제 가야만 해요."

"겨울이 오는데."

"그래서 더더욱 가야 해요. 만약 지금 이곳에 눌러앉는다면, 봄까지 계속 머무르게 되겠죠. 그렇게 되면 봄까지 아무것도 하지 않았다는 사실 때문에 불안해하며 악몽에 시달리게 될 거예요. 가야 해요, 지금 당장 그 제비의 탑을 찾아야 해요. 텔레포트 포털도요. 호수까지 보름 정도 걸린다고 하셨죠? 그럼 11월 보름달이 뜨기 전에는 그곳에 닿을 수 있을 거예요."

"지금은 은신처에서 떠날 때가 아니란다. 지금은 아니야. 널 잡아갈 거다, 시리…… 널 뒤쫓는 자들이…… 매우 가까이 있어. 지금은 안 돼."

비소고타의 힘겨워하는 목소리에 시리는 블라우스를 내던지고는 용수철처럼 벌떡 일어섰다.

"뭔가 들은 게 있군요. 가죽을 가지러 온 마을 사람에게서요. 말해주세요."

시리는 매섭게 다그쳤다.

"시리……."

"제발요, 말해주세요!"

비소고타는 마을 사람에게서 들었던 이야기를 해주었다. 그리고 후회했다.

"그들은 악마가 보낸 게 틀림없어요, 은둔자 아저씨. 분명 악마라고요. 추분날부터 숲을 뒤지고 다니면서 어떤 여자애를 찾고 있어요. 사람들을 겁주고, 소리를 지르고 협박했지만, 사람들에게 진짜로 해를 입히기 전에 서둘러 떠났어요. 하지만 이제는 달라졌어요. 다른 생각이 들었나 봐요. 언제부터인가 여러 마을에 고정적으로 사내놈들을 남겨놓기 시작했거든요. 세 명이나 네 명쯤 되는 건달들인데, 마을의 골칫덩이죠. 그들이 찾고 있는 여자애가 은신처에서 기어 나와 마을로 고개를 내밀지 않을까 싶어서 겨울 내내 감시할 모양이더라고요. 여자아이가 나타나면 그 건달들이 잡는다는 계획이겠죠."

마을 청년은 가죽 세는 것을 중단하고 중얼거리듯 말했다.

"너희 마을에도 있어?"

청년은 얼굴이 흐려지더니 이빨을 꽉 물었다.

"우리 마을에는 없어요. 다행이죠. 하지만 우리 동네에서 반나절 거리에 있는 던 다레에는 놈들이 네 명이나 있어요. 여관에서 죽치고 앉아 기다리고 있죠. 진짜 나쁜 놈들이에요, 아저씨. 완전히 답 없는 건달들이라고요. 여자들을 희롱하고, 마을 남자들이 화를 내면 거리낌 없이 두들겨 팬다니까요, 글쎄. 죽은 사람도……."

"사람을 죽였다고?"

"두 명이요. 마을 촌장과 다른 한 명을 죽였어요. 그런 나쁜 놈들은 무슨 벌을 받을까요? 세상에 법이라는 게 있긴 한가요? 법도, 처벌도 없어요. 던 다레에서 아내와 딸을 데리고 온 어떤 마차꾼이 말하길, 옛날에는 위쳐들이 있어서 그런 악당들은 처리해주곤 했다는데. 던 다레야말로 그런 위쳐를 불러서 놈들을 모두 혼내……."

"위쳐는 괴물을 해치우는 사람이지, 사람을 처리하는 자들이 아니야."

"그들은 괴물이에요. 사람이 아니라고요, 은둔자 아저씨. 지옥에서 기어 나온 괴물들이라니까요. 위쳐가 필요해요, 무서운 위쳐가…… 아휴, 이제 전 가야 할 시간이네요, 아저씨. 어흐, 쌀쌀하네요. 겨울이 다가와요. 뗏목은 집어넣고 썰매를 꺼낼 시간이…… 그리고 던 다레의 나쁜 놈들 앞에는 위쳐가 나타나야……."

"그거예요, 바로 그거라고요. 위쳐가 필요하군요. 진짜 위쳐가 필요한 곳이에요. 네 명이라고 했죠? 던 다레요? 그런데 던 다레는 어디에 있어요? 강 상류에 있나요? 풀이 자란 곳을 통해서 갈 수 있어요?"

시리는 이를 악문 채 말소리가 빨라졌다.

"신들이시여, 시리. 너 정말로 설마……."

비소고타는 공포에 질린 채 시리를 바라봤다.

"신들은 왜 찾는 거예요? 믿지도 않으면서. 아저씨는 신을 안 믿잖아요."

"내 세계관에 대해서 따지지 마라! 시리, 도대체 네 머릿속에는 무슨 황당한 생각으로 가득한 거냐! 어떻게 그런……."

"비소고타 아저씨, 내 세계관에 대해서도 따지려들지 마세요. 난 내가 해야 할 일이 뭔지 안다고요! 난 위쳐예요!"

"넌 어린아이고 아직 생각이 미성숙해! 넌 끔찍한 경험을 한 어린애고, 너무 힘든 일을 겪어서 신경 쇠약에 걸린 아이라고. 그것도 부족해서 복수에 굶주려 있다니! 복수하려는 열망에 눈이 멀어서! 그걸 모르겠단 말이냐?"

비소고타는 참지 못하고 폭발했다.

"아저씨보다는 잘 알아요! 아저씨는 누군가에게 끔찍한 짓을 당한다는 게 어떤 건지도 모르잖아요! 복수가 뭔지도 모르고요! 아무도 아저씨에겐 진짜 나쁜 짓을 한 적이 없으니까요!"

시리는 고함을 지르고는 문을 쾅 닫고 오두막에서 뛰쳐나갔다. 문이 잠시 열린 틈에 오두막 안으로는 살을 에는 듯한 차가운 바람이 불어왔다. 잠시 후 말이 히힝 하는 소리와 말발굽 소리가 이어졌다.

화가 난 비소고타는 접시를 식탁 위에 쾅 내려놓았다. 가든지 말든지, 비소고타는 화가 난 채로 중얼거렸다. 시리는 마음속에 자리한 분노를 털어내야 해. 시리를 크게 걱정한 것은 아니었다. 시리는 밤이나 낮이나 여러 차례 늪지대를 다녀봤고 길도, 자갈밭도, 풀이 나 있는 초원도 잘 알고 있었다. 혹시라도 길을 잃는다면, 고삐를 풀어놓기만 하면 된다. 검은 말 켈피가 집으로, 염소 우리로 오는 길을 알고 있었으니까.

시간이 조금 지난 후, 날이 완전히 캄캄해졌을 때 비소고타는 밖으로 나가 기둥 위에 등불을 걸어놓았다. 그러고는 산울타리에 서서 혹시 말발굽 소리가 들리는지, 질척한 길을 따라 걸어오는 발소리가 들리는지 귀를 기울였다. 하지만 바람 소리와 갈대가 흔들리는 소리 때문에 다른 소리는 모두 묻혔고, 기둥에 걸어둔 등불은 화가 난 것처럼 마구 흔들리다가 꺼져버리고 말았다.

그 순간, 비소고타는 소리를 들었다. 멀리서 들려오는 소리였다. 시리가 말을 타고 간 방향이 아니었다. 반대 방향이었다. 늪에서 나는 소리였다.

인간의 소리가 아닌, 길고 찢어지는 듯한 울음소리였다. 울부짖음이었다.

잠시 동안 조용했다가 또다시 울부짖는 소리가 들려왔다. 밴시였다.

엘프 유령이었다. 죽음을 알리는 유령.

비소고타는 추위와 공포에 몸을 떨었다. 무언가를 계속 중얼거리며 서둘러 오두막 안으로 들어갔다. 그 소리는 들어서도 안 되는 소리였고, 듣고 싶지도 않은 소리였다.

꺼진 등불에 다시 불을 밝히려 할 때, 어둠 속에서 켈피가 나타났다.

"집으로 들어와라. 그리고 오늘은 나가지 말렴. 끔찍한 밤이야."

비소고타는 나직하고 부드러운 음성으로 말했다.

저녁 식사를 하며 둘은 또 싸웠다.

"넌 선과 악의 문제에 대해서 참 많이도 알고 있는 것 같구나!"

"잘 알죠! 그리고 대학에나 있는 책을 통해 배운 것도 아니에요!"

"물론 아니겠지. 넌 모든 걸 네 경험을 통해 배웠으니까. 실제로 말이다. 16년이라는 길고 긴 네 인생을 살면서 상당히 많은 경험을 쌓았겠지."

"쌓을 만큼 쌓았죠! 충분히 많이 쌓았다고요!"

"축하한다, 똑똑한 친구야."

"계속 그렇게 비웃어요. 아저씨 같은 케케묵은 학자들이 얼마나 나쁜 짓을 많이 했는지 알기나 해요? 책을 든 이론가들, 백 년 동안 도덕규범에 대한 책만 죽도록 파느라 이 세상이 어떻게 돌아가는지 창밖을 내다볼 틈도 없었죠. 아저씨 같은 철학자들, 대학에서 월급을 받기 위해 가짜 철학을 가짜로 떠받들죠. 왜냐하면 이 세상에 대한 추악한 진실을 말해봐야 월급을 주지 않을 테니까요, 그래서 윤리학이니 도덕이니 하는 그럴싸하고 낙관적인 학문들을 생각해낸 거예요. 거짓말과 사기로 가득한 학문 말이에요!"

시리는 이를 악물었다.

"아무 생각 없이 우기는 것 만한 사기도 없어, 이 코흘리개야! 성급하고 전혀 생각 없는 결론을 내리는 것도!"

"당신들은 악을 해결할 수 있는 방법을 찾아내지 못했잖아요! 하지만 나, 코흘리개 위쳐는 찾아냈어요! 절대 실패하지 않는 방법을요!"

비소고타는 대꾸하지 않았지만 그의 표정이 생각하는 걸 그대로 드러냈다. 왜냐하면 시리가 식탁에서 벌떡 일어났기 때문이었다.

"내가 헛소리하는 걸로 보여요? 과장하는 걸로?"

"내 생각에 지금 넌 불안정한 상태야. 흥분한 상태에서 복수를 계획하고 있어. 제발 부탁이니, 진정 좀 해다오."

비소고타가 차분하게 말했다.

"난 충분히 침착한 상태예요. 복수요? 말해봐요, 왜 안 되는지. 더 큰 뜻을 이루기 위해서? 나쁜 짓을 하면 벌을 받는다는 세상의 이치보다 더 큰 뜻이 뭐가 있어요? 아저씨 같은 철학자와 윤리학자에게 복수는 아름답지 못하고, 저열하고, 비도덕적이고, 게다가 불법적인 것이겠죠. 그럼 내 질문에 답해보세요. 나쁜 짓에 대한 벌은 어디에 있나요? 누가 징벌을 내리고 선고하고 이행하나요? 누가? 아저씨는 믿지도 않는 그 신들이? 아저씨가 신 대신으로 생각한 데미우르고스가요? 아니면 법인가요? 닐프가드의 법, 황제의 재판정, 지사들이요? 아저씨는 정말 순진하네요!"

"그럼 눈에는 눈, 이에는 이? 피에는 피? 그 피에 대해서는 또 다른 피? 넌 이 세상을 피바다에 빠트리고 싶은 거냐? 이 순진하고 상처받은 아가씨야. 그런 식으로 악과 싸우고 싶은 거냐, 소녀 위쳐로?"

"네, 바로 그거예요! 왜냐하면 난 악이 무엇을 두려워하는지 아니까요. 비소고타 아저씨, 그건 당신의 도덕도, 설교도, 정직한 삶에 대한 윤리 책도 아니에요. 악이 무서워하는 건 고통이고 상처 입는 거예요. 그중에서도 가장 무서워하는 건 죽음이죠! 칼에 베인 악은 마치 개새끼처럼 울어요! 바닥에 납작 엎드려 꽥꽥거리며 동맥과 정맥에서 피가 꿀렁거리며 나오는 것을 보고, 잘린 팔에서 뼈가 튀어나오는 걸 보고, 배에서 내장이 흘러나오는 걸 보고 냉기와 함께 죽음이 오는 것을 느끼죠. 바로 그때, 그때가 되어서야 악의 머리카락은 쭈뼛 곤두서죠, 그러면서 악은 소리를 질러요. '자비를 베풀어주세요! 죄를 저지른 걸 후회해요! 이제 난 착하고 정직하게 살 거예요, 맹세해요! 제발 살려주세요! 피를 멈춰주시고 이렇게 죽지 않게 해주세요!'

그렇다니까요, 은둔자님. 악과는 그런 방법으로 싸우는 거예요! 만약 악이 당신에게 나쁜 짓을 하려고 하거나 고통을 주려고 한다면, 그걸 앞지르면 돼요. 악이 전혀 예상치 못할 때 앞지르는 게 가장 좋죠. 하지만 악을 앞지르지 못한다면, 만약 악에게서 상처를 입게 된다면 되갚아주세요! 습격하는 거죠. 악이 이미 모든 것을 잊고, 안전하다고 느낄 때가 가장 좋아요. 그때 두 배로 갚아주는 거예요, 아니 세 배로. 눈에는 눈? 아니! 눈 하나에 양쪽 눈 모두! 이에는 이? 아니에요! 이빨 하나에 이빨 전체를 몽땅 뽑아야죠! 악에 대한 대가를 치르도록 해야 한다고요! 고통으로 비명을 지르도록, 너무 비명을 질러서 눈이 빠져나올 정도로 되갚아줘야 해요. 그제야 바닥을 보고, 이렇게 말할 수 있는 거예요. 여기 뻗어 있는 것은 이제 아무도 해치지 못해! 누구에게도 위협이 되지 못해! 눈도 없으면서 다른 사람을 어떻게 위협할 수 있겠어요? 양쪽 손이 없는데 무슨 짓을 하겠어요? 내장이 쏟아져 나와 모래 위에 흩어지고 모래 속으로 피가 스며들면 무슨 수로 다른 사람을 해치겠어요?"

"그럼 너는 손에 칼을 들고서 모래 속으로 피가 스며드는 광경을 보며 서 있겠지. 그리고 건방지게도 이렇게 생각하겠지, 이제야 오래된 딜레마가 풀리는구나, 철학자들의 꿈이 이루어졌구나 하겠지. 악의 본성이 변한다고 믿는 거냐?"

"그래요. 왜냐하면 땅에 쓰러져 피를 쏟아내고 있는 것은 더 이상 악이 아니니까요. 선이라고 할 수도 없지만, 최소한 악은 확실히 아니니까요!"

시리는 반항적으로 대답했다.

"사람들은 말하지, 자연은 공백을 싫어한다고. 그러면 땅에 쓰러져 피를 흘리는 존재, 네 칼을 맞고 쓰러진 존재가 이미 악이 아니라면, 그럼 그 쓰러진 존재는 대체 뭐가 되는 거지? 그런 걸 생각해본 적은 있니?"

"아니요, 난 위쳐예요. 훈련을 받을 때, 나는 앞으로 악과 맞서 싸우겠다고 맹세했어요. 영원토록. 고민 따위 없이요."

"왜 그런 줄 아니? 고민하기 시작하면, 죽이는 행위가 더는 아무 의미도 없다는 걸 깨닫기 때문이지. 복수가 무의미해지는 거야. 그렇게 되게끔 가르칠 수는 없었겠지."

비소고타가 먹먹한 목소리로 고개를 저었지만, 시리는 더 이상의 논쟁은 하지 않겠다는 듯 손짓으로 막았다.

"이제 내 얘기를 끝낼 때가 됐어요, 비소고타 아저씨. 추분부터 사오빈까지 30일 밤을 이야기했지만, 내 이야기를 다 한 것은 아니에요. 이곳을 떠나기 전에, 유니콘이라는 마을에서 추분 밤에 무슨 일이 있었는지 아저씨도 알아야 해요."

안장에서 끌어내려지자 시리는 아파서 소리를 질렀다. 어제 발로 차인 허벅지가 아팠던 것이다.

본하트는 목줄에 묶인 쇠사슬을 홱 잡아채며 밝은 건물 쪽으로 시리를 끌고 갔다.

건물 앞에는 몇 명의 무장한 남자들이 서 있었다. 그리고 키가 큰 여자도 한 명 있었다.

"본하트, 사람을 놀라게 하는 재주가 있군."

구리가 박힌 채찍을 손에 든, 큰 키에 바싹 마른 얼굴의 남자가 말했다.

"안녕하셨습니까, 스켈렌 검시관님."

스켈렌이라고 불린 남자가 잠시 동안 시리의 눈을 똑바로 바라보았다. 시리는 그 시선에 몸을 떨었다.

"그래서 어떻게 된 건가? 지금 바로 설명할 건가, 아니면 하나하나 천천히?"

남자가 다시 본하트에게 물었다.

"밖에서 설명하는 건 싫군요, 입에 파리가 들어가니까. 안으로 들어가도 되겠습니까?"

"들어오게."

본하트는 다시 한 번 목줄에 묶인 쇠사슬을 홱 잡아챘다.

회관 안에는 머리가 헝클어진 창백한 얼굴의 남자 한 명이 있었는데, 옷에서 밀가루와 우유 같은 얼룩을 닦아내는 것으로 보아 아마도 요리사인 것 같았다. 시리를 본 남자의 눈이 빛났다. 그러더니 가까이 다가왔다.

요리사가 아니었다. 시리는 그제야 남자를 알아보았다. 끔찍한 눈과 입가의 흉터. 타네드에서 다람쥐들과 함께 시리를 쫓아오던 자였다. 당시에 시리는 그를 피해 창문을 뛰어넘었고, 그는 엘프들에게 쫓아가라고 명령했었다. 엘프가 저 남자를 뭐라고 불렀더라, 렌스였던가?

"아이쿠, 이런, 이런! 시리 아가씨! 타네드에서 만난 후로 처음 보네! 아주 오랫동안 아가씨를 찾았다고. 결국은 이렇게 찾아냈지만!"

남자는 시리의 가슴을 손가락으로 아프게 쿡쿡 찌르며 독사처럼 말했다. 그러자 옆에 있던 본하트가 남자를 노려보며 차갑게 쏘아붙였다.

"난 당신이 누군지 모르겠소. 하지만 당신이 찾아냈다는 그것은 사실 내 것이지. 그러니 손가락을 소중히 생각한다면 손을 떼고 뒤로 물러나."

"내 이름은 리엔스라고 하오. 기억해두는 편이 좋을 거요, 현상금 사냥꾼. 그리고 내가 누구인지는 곧 가르쳐주지. 그리고 저 아가씨가 누구의 것이 되어야 하는지도. 하지만 미리 모든 것을 다 알 수는 없는 법이니까. 일단은 저 아가씨에게 인사나 하고, 앞으로의 일들과 관련해서 약속이나 좀 하려는 거요. 그 정도는 상관없겠지?"

마법사의 눈이 흉측하게 번뜩였다.

"마음대로."

본하트가 긍정의 의미로 고갯짓을 하자 리엔스는 시리 옆으로 가까이 다가오더니 시리의 눈을 빤히 쳐다보았다.

"너의 선생인 마녀 예니퍼는 예전에 나에게 해를 입힌 적이 있지. 하지만 내 손에 잡혔을 때, 나 리엔스가 고통이 뭔지 알게 해줬어. 바로 이 손으로, 이 손가락으로 말이야. 그리고 그 앞에서 약속한 게 있어. 만약 너를 내 손으로 잡게 된다면, 공주님, 너에게도 고통이 뭔지 알게 해주겠다고. 바로 이 손으로, 이 손가락으로……."

리엔스가 독사처럼 계속 말을 이어가자 본하트는 나지막한 음성으로 말했다.

"위험하군. 리엔스 씨, 그건 아주 위험천만한 일이오. 내 아가씨를 자극하고 협박하는 것 말이지. 복수심이 아주 강한 아가씨라고. 그리고 당신을 꼭 기억할 거요. 다시 말하지만, 손이고 손가락이고 몸의 어떤 부분이든 저 아이와 멀리 떨어져 있는 편이 좋아."

"이제 그만. 그만해, 본하트. 리엔스, 당신도 성질 좀 죽이고. 은혜를 베풀어 살려는 줬지만, 생각을 바꿔서 다시 식탁 다리에 묶어둘 수도 있으니까. 둘 다 앉아. 교양 있게 얘기 좀 나눠보자고. 우리 셋이서, 세 쌍의 눈으로 말이지. 왜냐하면 우리 사이엔 분명 해야 할 이야기가 있거든. 하지만 우리 대화의 주제인 저 아가씨는 잠시, 감시를 붙여서 밖에 두지. 실리판트 씨!"

스켈렌이 흥미롭다는 듯 시리에게서 시선을 거두지 않은 채 말했다.

"하지만 잘 감시해야 할 겁니다, 정신 똑바로 차리고."

본하트가 실리판트에게 목줄을 넘겨주며 말했다.

켄나는 옆으로 물러나 있었다. 물론 그토록 난리인 여자아이를 가까이서 보고 싶긴 했지만, 이 수수께끼의 포로를 밖에 세워진 기둥으로 끌고 가는 하쉐임과 실리판트를 에워싸며 서로 밀쳐대는 무리들에게서 이상한 혐오감이 느껴졌다.

모두들 몰려들어 서로를 거칠게 밀치며 여자아이를 구경하고 있었다. 여자애를 건드려보고 떠밀어보기도 하고 흔들어대기까지 했다. 여자애는 뻣뻣하게 발을 옮기며 다리를 조금 절고 있었지만 고개는 높이 쳐들고 있었다. 무지막지하게 두들겨 팬 거야, 켄나가 생각했다. 하지만 굴복시키지는 못했어.

"그러니까, 저게 그 팔카……."

"아직 애티도 못 벗었잖아!"

"여자아이라고? 맙소사, 살인자야!"

"클레르몽의 경기장에서 장정 여섯 명을 해치웠다고, 저건 사람이 아니야……."

"그 전에도 얼마나 많은 사람을…… 악마야, 악마……."

"그야말로 늑대군!"

"저 검은 말 좀 봐! 맙소사, 저 말…… 완전한 순종이라고. 그리고 저기 본하트의 안장 옆에 걸린 칼 좀 봐. 하, 대담한데!"

"놔둬! 만지지 말고! 남의 물건을 왜 만져! 여자애도 건드리지 말고 만지지 말고, 모욕하지도 말고 창피를 주지도 마! 가엾게 생각해. 새벽이 되기 전에 저 애를 죽이라는 명령을 받을 수도 있으니까. 그때까지만이라도 가만히 좀 내버려둬!"

실리판트가 버럭 고함을 질렀다.

"만약 저 여자애가 어차피 죽을 거라면 생의 막바지에 재미라도 좀 보게 해주고 잘해주는 게 어떨까? 건초 헛간으로 데려가서 말이야!"

치프리안 프립 주니어가 이를 드러내 보이며 말했다.

"그래! 좋은 생각이야! 그래도 되는지 올빼미에게 물어보자!"

카베르닉 투렌트가 낄낄거렸다.

"이미 말했지만, 안 돼! 이 강간범 자식들, 머릿속엔 그 생각밖에 없다니까! 내가 여자애는 가만 놔두라고 했을 텐데. 안드레스, 스티그바르드, 여기 여자애 옆에 서 있어. 한시도 눈을 떼지 마라, 한 걸음도 떠나선 안 돼. 그리고 여자아이 옆에 오는 놈들은 죄다 패버려!"

실리판트가 딱 잘라 말했다.

"쳇! 알았다고, 이러나저러나 똑같구먼. 가자고, 건초 헛간으로. 이 마을 여자들도 있으니까. 마을 사람들이 축제를 한다고 양과 돼지를 굽고 있어. 오늘은 추분이야, 축제라고. 나리들이 회의하는 동안, 우리는 좀 놀아도 되겠지."

프립이 금세 포기하며 떠들어댔다.

"가자고! 데데, 찬장에서 술병 좀 챙겨! 마시자고! 그래도 되죠, 실리판트 님? 하쉐임 님? 오늘은 축일이잖아요? 그리고 어차피 오늘 밤엔 아무 데도 안 가잖습니까."

"생각하는 거라곤! 먹고 마시고 노는 것 말고는 생각이 없군! 그럼 스켈렌 님이 부르시면 누가 여자애를 데려가고, 감시는 또 누가 할 건데?"

실리판트가 눈살을 찌푸린 채 언성을 높였다.

"내가 남겠어요." 네라틴 세카가 말했다.

"나도요." 켄나가 말했다.

실리판트는 둘을 찬찬히 바라보더니 허락한다는 표시로 손을 휙휙 내저었다. 프립을 비롯한 일행 모두가 알아들을 수 없는 환호성을 지르며 감사를 표했다.

"하지만 나가서 놀 때는 주의해! 마을 여자들은 가만히 놔두란 말이야. 자칫했다간 이 동네 남자들에게 그곳을 찔리고 말 테니까!"

올라 하쉐임이 주의를 주었다.

"에이! 우리랑 같이 갈 건가, 클로에? 켄나, 너는? 이따가 오고 싶을 텐데?"

"아니, 여기 있을 거야."

"내 몸을 쇠사슬로 묶고, 손도 묶어서 기둥 아래 놔뒀어요. 나를 바로 옆에서 감시하는 건 두 명이었죠. 그리고 조금 떨어진 곳에 서 있는 또 다른 두 명이 계속해서 나를 살피며 관찰하고 있더군요. 한 명은 키가 크고 얼굴이 괜찮은 여자였어요. 그리고 다른 한 명은 여자 같은 몸짓에 여자 같은 외모의 남자였어요, 조금 이상한."

방 한가운데 앉아, 다 지쳐버린 생쥐가 재미없어진 고양이는 크게 입을 벌려 하품을 했다. 비소고타는 아무 말도 하지 않았다.

"본하트, 리엔스, 스켈렌인지 올빼미인지 하는 그자들은 계속 마을 회관에서 이야기를 나누고 있었어요. 무슨 얘기를 하는지는 알 수 없었죠. 최악의 상황은 예상할 수 있었지만, 나는 이미 포기한 상태였어요. 또 경기장에 올라가야 하나? 날 그냥 죽일 건가? 그러거나 말거나, 이제는 제발 좀 끝났으면 좋겠다, 그렇게 생각했죠."

비소고타는 아무 말도 하지 않았다.

본하트는 한숨을 내쉬었다.

"너무 그렇게 노려보지 마시죠, 스켈렌 님. 난 돈을 좀 벌려고 한 것뿐입니다. 나도 은퇴할 때가 됐다는 생각이 들더군요. 베란다에 앉아 비둘기나 바라보면서 말이죠. 시궁쥐의 값으로 100플로렌을 준다고 했는데, 꼭 죽여야 한다고 당부하셨지요. 그 점이 의문이었던 겁니다. 저 여자애가 사실은 얼마나 값어치가 있을까, 그런 생각을 한 것이죠. 내가 여자애를 죽이거나 그냥 내주는 건, 여자애를 내가 데리고 있는 것보다 확실히 적은 돈이 들어온다는 걸 깨달았습니다. 그간의 경제 법칙에 의해서. 이런 물건은 계속해서 값어치가 올라가거든요. 그러면 다시 흥정할 수도 있고……."

올빼미 스켈렌은 마치 지독한 냄새라도 맡은 것처럼 코에 주름을 잡았다.

"당신, 지나치게 솔직하군, 본하트. 하지만 본론으로 들어가지. 설명을 해보라고. 하지만 제대로 된 설명을 하는 게 좋을 거야. 여자애를 데리고 도망을 치다가, 갑자기 나타나서는 경제 법칙 때문이라고 말하고 있잖아. 도대체 무슨 일이 있었던 것인지 제대로 말해보라고."

스켈렌의 말에 리엔스가 흉측한 웃음을 지었다.

"말할 게 뭐가 있어? 본하트 씨는 한마디로, 저 여자애의 진짜 정체가 뭔지 알게 된 거라고. 그리고 얼마나 값어치가 나가는지도."

스켈렌은 리엔스를 쳐다보지도 않았다. 그는 본하트의 물고기 같은 눈을 바라보며 말했다.

"그렇게 값나가는 여자애를, 노후 자금을 보장해줄 그렇게 값나가는 물건을, 클레르몽의 경기장에 밀어 넣고 죽을 때까지 싸우게 했다고? 목숨을 잃게 될 수도 있는데? 아이가 살아 있어야 값어치가 나간다는 걸 뻔히 알면서? 왜 그런 짓을 했나, 본하트? 말이 안 되잖아."

"만약 경기장에서 죽는다면, 그건 값어치가 없다는 걸 증명하는 것이니까요."

본하트는 스켈렌의 눈을 피하지 않았다.

"알겠네. 하지만 여자애를 또 다른 경기장에 세우지 않고, 나에게 데려왔단 말이지. 왜 그랬는지 물어도 될까?"

올빼미는 눈썹을 꿈틀거리며 물었다.

"다시 말하지만, 저 여자아이가 누구인지 드디어 알게 된 거라니까."

리엔스가 얼굴을 찡그렸다.

"똑똑하시군, 리엔스 씨. 당신 짐작이 맞아. 그래, 케어 모헨에서 훈련받은 위쳐 소녀는 또 다른 수수께끼를 품고 있었지. 게소에서 남작의 딸을 공격할 때, 저 여자애가 입을 놀린 거야. 그렇게 중요한 사람인 척하고 신분이 높은 척하지만, 남작 따위 자기에겐 아무것도 아니니까 자기 앞에서는 납작 엎드려야 한다고. 즉 팔카는 최소한 백작 집안의 딸내미 정도는 된다는 소리야. 흥미로운 일이지. 위쳐 소녀라는 것도 흥미롭고. 여자 위쳐가 어디 많나? 게다가 시궁쥐 무리에 속했다는 것도 재밌잖아. 그뿐인가? 황제의 검시관이 직접 나서서 이 여자애를 코라트에서 에빙까지 쫓아가 반드시 죽이라고 명령했다는 것도 흥미롭지. 그 모든 것을 모아보면…… 신분 높은 귀족 가문의 아가씨라…… 하, 아무래도 계집애에게 진짜 정체가 뭔지 직접 물어봐야겠군."

본하트는 딱 소리가 나게 자신의 손마디를 꺾고는 잠시 입을 다물었다. 그는 소매로 코를 쓱 닦더니 말을 이었다.

"처음엔 도통 입을 열지 않더군. 내가 부탁을 했는데도 말이야. 손으로, 발로, 그리고 몽둥이로 부탁했지. 상처를 내는 것은 원하지 않았어. 하지만 무슨 우연인지, 이발사 의사가 나타났지. 이빨을 뽑는 도구들을 들고 말이야. 난 계집애를 의자에 묶고……."

스켈렌은 귀에 들릴 정도로 침을 삼켰다. 리엔스는 웃었고, 본하트는 소매를 살펴봤다.

"다 불더군, 그 도구들을 보자마자 말이야. 이를 뽑을 때 쓰는 죔쇠와 집게였지. 갑자기 대화가 풀리기 시작했어. 계집애는 바로……."

"신트라의 공주였지. 왕위 계승자, 에미르 황제의 결혼 상대 후보자."

리엔스가 올빼미를 바라보며 대꾸하자 본하트는 입술을 일그러뜨렸다.

"그건 여기 계신 스켈렌 님이 나에게 말해주지 않은 이야기지. 그냥 죽이라고만 했어, 몇 번이나 그렇게 말했지. 잡자마자 바로 그 자리에서, 잔인하게! 어떻게 된 겁니까, 스켈렌 님? 왕비가 될 아이를 죽이라니? 당신의 황제와 미래에 결혼할 여자를? 항간에 떠도는 소문으로는 양탄자에 서 있는 모습만 봐도 황제가 대사면을 내릴 거라고 한 그 여자아이를?"

일장 연설을 떠들어댄 본하트가 스켈렌을 노려보고 있었다. 하지만 황제의 검시관 스켈렌은 그의 눈길을 조금도 피하지 않았다. 본하트는 할 말이 아직 남아 있었다.

"그래서 이렇게 된 겁니다. 내 입장에선 서운한 일이지만, 그 공주 위쳐 계집아이에 대한 내 계획은 그래서 포기하게 된 것이지요. 결국 저 계집을 싸들고 스켈렌 님 앞에 온 겁니다. 얘기를 좀 해야 할 것 같아서요. 정리를 해야 하지 않겠습니까. 왜냐하면 이 일은 나, 본하트가 감당하기엔 너무 큰 건이라서 말입니다."

그 순간 킬킬거리고 있던 리엔스의 손 안에서 째지는 듯한 목소리가 들려왔다.

"아주 현명한 결론이야. 아주 현명하다고, 본하트 씨. 당신들이 잡은 건, 당신들이 감당하기엔 너무 크지. 다행히도 당신들에겐 내가 있어."

"이게 뭐야? 염병할, 이게 도대체 뭐냐고?"

기겁한 스켈렌이 의자에서 벌떡 일어나자 리엔스가 손 안에서 은으로 된 작은 상자를 들어 보였다.

"나의 스승이신 빌게포츠 마법사님이시지. 이렇게 목소리만 등장해서 좀 그렇지만, 바빠서 텔레프로젝트나 텔레포트를 할 시간이 없었거든."

"젠장, 이런 빌어먹을! 짐작할 수도 있었는데. 리엔스가 독자적으로 이런 짓을 하기엔 너무 멍청하지. 당신이 어디 컴컴한 곳에 숨어서 도사리고 있다는 걸 짐작했어야 했어, 빌게포츠! 커다란 늙은 거미처럼 어둑한 곳에 숨어서 거미줄이 흔들리기를 기다리고 있었던 거야!"

스켈렌이 고래고래 소리를 질렀다.

"굉장히 시각적인 비유로군."

빌게포츠의 대꾸에 스켈렌은 거칠게 숨을 몰아쉬었다.

"우리를 현혹시키지 말라고, 빌게포츠. 리엔스와 그 빌어먹을 상자를 이용하는 이유가 바빠서라고 했나? 너를 쫓는 마법사 대위원회의 옛 동료들이 너의 알고리즘을 추적하며 전 세계를 스캔하고 있기 때문이겠지. 만약 텔레포트를 시도라도 했다가는 하나, 둘, 셋, 하는 사이에 너의 위치가 들통나고 말 테니까."

"지식 수준이 상당하신데."

"서로 자기소개도 없이 너무하는군요."

본하트가 은으로 만든 상자 앞에 연극적으로 몸을 굽혀 인사했다.

"하지만 결국은 당신이 시킨 대로, 당신의 허락을 받고 여기 마법사 리엔스 씨가 여자아이에게 고문을 하겠다고 협박한 것 아닌가요? 그게 맞죠? 진심으로 말하는데, 분초마다 이 여자애가 점점 더 중요해지는군요. 모두들 이 여자아이를 손에 넣으려고 혈안이 되어 있으니 말이죠."

"자기소개는 한 적이 없지. 하지만 난 당신을 알고 있소, 레오 본하트. 당신은 놀라겠지만 상당히 잘 알고 있지. 그리고 여자아이는 물론 중요하오. 고대의 혈통, 신트라의 새끼 사자니까. 이틀린의 예언처럼, 이 여자아이의 후손들이 이 세상을 지배하게 될 거요."

빌게포츠가 상자 안에서 말했다.

"그래서 당신들에게 그렇게 필요했던 겁니까?"

"우리에게 필요한 건 그 아이의 태반뿐이오. 자궁 말이지. 여자아이에게서 자궁을 들어내고 나면, 나머지는 당신들이 가져가도 좋소. 이게 무슨 소리지? 콧김을 내뿜는 소리인가? 혐오감으로 가득 찬 한숨과 씩씩거리는 소리 같은데? 누가 내는 소리지? 온갖 방법으로 어린 여자애를 매일매일 육체적, 정신적으로 괴롭힌 본하트, 당신인가? 배신자들과 반역자들의 명령으로 여자아이를 죽이려고 했던 스켈렌이 내는 소리인가?"

나는 그들의 이야기를 엿들었지, 켄나는 팔베개를 하고 침대에 누워 회상했다. 모퉁이에 서서 그들의 대화를 들었어. 온몸의 털이 쭈뼛 곤두섰지, 모조리 말이야. 내가 지금 연루된 일이 얼마나 큰일인지 알아버린 거야.

"그래, 그렇지. 당신이 섬기는 황제를 배신하고 말이지, 스켈렌. 아무 망설임 없이, 기회가 오자마자 말이야."

작은 상자에서 목소리가 흘러나왔고, 올빼미 스켈렌은 가소롭다는 듯 콧방귀를 뀌었다.

"당신 같은 대 반역자 입에서 배신을 들먹이는 소릴 듣다니 굉장한 일이군. 영광스러울 정도야. 싸구려 농담 따위가 아니라면 말이지."

"스켈렌, 난 당신의 반역을 탓하는 것이 아니야. 반역 행위에서 나타난 당신의 순진함과 어리석음을 비웃는 것일 뿐. 도대체 누구를 위해 당신의 주군을 배신한 건가? 황제가 신트라의 공주와 혼인을 결심한 바람에 자신의 딸들이 가능성에서 배제되었다고 생각하는 아르달 아엡 다히와 드 베트 같은 귀족들을 위해서? 그들은 자기들 가문에서 새로운 왕조가 나오길, 자기 가문이 제국에서 최고가 되길, 그리고 왕위보다 더 높은 곳에 올라서길 바라고 있어. 에미르 황제는 대번에 이들의 야심을 꺾었고, 그러자 그들은 자신의 힘으로 역사의 흐름을 바꾸려고 한 것이지. 무기를 들고 덤빌 준비는 아직 되어 있지 않지만, 에미르가 자신들의 딸내미보다 위에 둔 신트라의 여자아이를 처치할 수는 있겠구나, 싶었던 거야. 물론 자기들의 고귀한 손을 더럽힐 생각은 전혀 없어서 돈을 주고 스테판 스켈렌이라는, 야심이 너무 많아 괴로운 살인자를 고용했어. 어떻게 된 건가, 스켈렌? 우리에게 할 이야기 없나?"

"뭐하러 그런 수고를 하나? 그리고 누구에게? 당신은 언제나 그렇듯 모든 걸 알고 있군, 대마법사! 리엔스는 언제나처럼 아무것도 모르고, 당연히 그래야겠지만. 그리고 본하트는 어차피 아무 상관도 없는데."

스켈렌이 얼굴을 찡그린 채 대꾸하자 빌게포츠는 말을 이었다.

"내가 이미 말했듯 당신 역시 떳떳한 처지는 아니야. 귀족들은 온갖 약속을 하며 당신을 매수했겠지만, 당신은 너무 똑똑해서 결국에는 그들에게 방해만 되는 성가신 존재가 되리라는 걸 벌써 알고 있지. 지금은 신트라의 공주를 없애는 도구로 그들에게 필요하지만, 당장 내일이라도 당신을 없애버리려고 하겠지. 왜냐하면 당신의 출생 신분은 비천하고 벼락출세를 했으니까. 그들이 새로운 제국에서 바티에 드 리도의 자리를 주겠다고 약속했나? 아마 당신도 그걸 곧이곧대로 믿지는 않았겠지, 스켈렌. 그들은 바티에가 더욱더 필요해질 거야. 나라가 뒤집어지건 말건 정보부는 언제나 같은 자들이 장악하니까. 당신의 손을 통해서는 살인을 원할 뿐이고, 정보부를 통제하기 위해 그들에게 필요한 건 바티에야. 게다가 바티에는 공작이지만, 당신은 아무것도 아니잖아?"

스켈렌은 입술을 깨물었다.

"정말 그렇군. 그걸 몰랐다고 하기엔 난 너무 똑똑하지. 그럼 이제 아르달 아엡 다히를 배신하고 당신 옆에 설 차례라는 건가, 빌게포츠? 당신이 의도하는 게 그건가? 하지만 난 탑 위의 깃발이 아니야! 혁명을 찬성하는 것은 그 정신에 대한 확신이지. 독재를 끝내고 법치 국가를 만든 후에, 민주주의를……."

"뭐라고?"

"사람들이 다스리는 거지. 사람들이 다스릴 수 있는 국가의 구조를 구축하는 거야. 모든 지역의 대표자들이 정직한 선거를 통해 가장 정직하고 가장 훌륭한 대표자들을 뽑아서……."

느닷없이 리엔스가 웃음을 터뜨렸다. 본하트 역시 미친 사람처럼 웃었다. 약간 삑삑거리는 소리가 나긴 했지만, 상자 속 빌게포츠 역시 웃음을 터뜨렸다. 세 명 모두 오랫동안 눈물이 나올 정도로 웃으며 낄낄거렸다.

한참을 웃어대던 본하트가 즐거운 분위기를 끝냈다.

"좋아, 우리가 광대놀음이나 보려고 여기 모인 건 아니니까. 우린 거래를 해야지. 계집애가 가장 정직하고 가장 훌륭한 지역의 대표자들에게 속하기 전에. 분명히 말하지만 여자애는 내 겁니다. 하지만 내가 되팔 수는 있지요. 마법사님은 나에게 뭘 줄 수 있을까?"

"이 세상을 다스릴 권력 같은 것에 관심 있나?"

"아니."

"그렇다면 내가 여자아이에게 행하는 일들을 지켜볼 수 있게 해주지. 바로 옆에서 말이야. 당신이 무엇보다도 그런 종류의 구경을 최고로 생각한다는 걸 알고 있어."

본하트의 물고기 같은 눈이 흰 불꽃으로 이글거렸다. 하지만 침착함을 유지했다.

"좀 더 구체적으로 설명해주시죠."

"좀 더 구체적으로 설명해보자면, 난 당신이 받기로 한 돈보다 스무 배는 더 줄 준비가 되어 있어. 2000플로렌이지. 생각해봐, 본하트. 이건 다 들지도 못할 만큼의 돈이라고, 돈만 실어 나를 노새가 필요할 거야. 은퇴, 베란다, 비둘기, 술과 계집을 즐기기에도 충분한 돈이지. 한꺼번에 다 쓰지만 않는다면 말이야."

"좋아, 마법사님, 술과 계집이라니 내 취향을 잘 아시는군. 계약을 성사시킵시다. 하지만 조금 전에 말한 그 구경 역시 마음에 들어. 나는 계집애가 경기장에서 싸우다 죽는 걸 보는 편이 낫지만, 당신들의 칼질 작업 역시 기꺼이 지켜보고 싶으니까. 서비스라고 생각하면서."

겉으로는 아무렇지도 않은 척 본하트가 웃어 보였다.

"좋아."

"얘기가 빨리 끝났군. 본하트와 아주 매끄럽고 신속하게 한 팀을 이뤘잖아, 빌게포츠. 이거야말로 지금도, 앞으로도 불공정 계약일 텐데. 하지만 혹시 잊은 건 없나? 지금 앉아 있는 이 회관과 당신들이 계약으로 넘기고 넘겨받은 신트라 여자아이는, 스물네댓 명이나 되는 무장한 병사들이 지키고 있어. 내 부하들 말이야."

스켈렌이 이죽거리자 상자에서 빌게포츠의 목소리가 다시 흘러나왔다.

"검시관 스켈렌 씨, 이 거래로 당신을 해하려 한다고 생각하는 건 너무 섭섭한 일이야. 정반대지. 난 당신에게 아주 잘해줄 생각이야. 물론 당신이 조금 전에 말한, 그 민주주의라는 걸 내가 만들어줄 수는 없어. 하지만 당신에게 물질적 도움과 장소 협조, 그리고 정보에 대한 접근 권한을 주지. 모반자들에게 당신이 더 이상 도구나 몸종이 아니라, 그들의 파트너가 될 수 있는 그런 정보들 말이야. 요아힘 드 베트 공, 아르달 아엡 다히 공작, 브로인 백작, 아르비 백작 등등 푸른 피를 가진 귀족들 전체가 당신에게 의지하고 당신의 의견을 받아들이게 할 그런 정보 말이야. 어때, 이래도 불공정 계약이라고 하겠나? 물론, 우리의 사냥감이 시릴라라고 했을 때, 제일 좋은 부분은 내가 갖는 거지. 왜냐하면 난 그럴 자격이 있으니까. 하지만 그게 그렇게 못마땅한가? 자네의 몫도 적지는 않을 거야. 만약 나에게 신트라의 공주를 넘긴다면, 바티에 드 리도의 자리는 당신 것이나 다름없지. 스테판 스켈렌, 정보부의 수장이 되면 갖가지 유토피아를 실현할 수 있어. 민주주의든 공정한 선거든 말이야. 그러니까 열다섯 살짜리 깡마른 계집애 하나만 넘기면, 당신의 꿈과 야망이 실현되는 거야, 알겠나?"

"아니, 잘 모르겠는데."

스켈렌이 고개를 가로저었다.

"리엔스."

"네, 스승님."

"스켈렌에게 우리 정보의 질을 증명할 수 있는 예시를 들어봐. 바티에에게서 들은 정보 말이야."

빌게포츠의 말에 리엔스는 스켈렌을 보며 입을 열었다.

"이 부대에는 첩자가 있어."

"뭐라고?"

"말 그대로야. 바티에 드 리도가 이곳에 첩자를 심어놓은 거지. 바티에는 당신이 뭘 하는지 다 알고 있어. 왜 이런 짓을 하는지, 누구를 위해 하는지도. 바티에가 당신들 무리에 자신의 첩자를 심어뒀거든."

그는 켄나에게 조용히 다가왔다. 오는 소리를 거의 듣지도 못했다.

"켄나."

"네라틴."

"내 생각을 읽었겠지, 회관에서 말이야. 내가 무슨 생각을 하는지 알았을 거야. 그러니 내가 누군지도 알아냈겠지."

"네라틴, 들어봐……."

"아니, 요안나 셀본, 너야말로 들어봐. 스테판 스켈렌은 제국과 황제를 배신하고 있어. 음모를 꾸미고 있다고. 스켈렌 옆에 있다간 모두 처형당하고 말 거야. 천년 광장에서 사지에 말들을 묶어놓고 달리게 하겠지, 그럼 갈가리 찢겨질 거라고."

"난 아무것도 몰라, 네라틴. 난 그냥 명령을 수행할 뿐이야…… 내가 뭘 어떻게 해야 하는데? 난 검시관님의 명령을 따르고 있어. 넌 누구의 명령을 받는 거야?"

"제국. 그리고 바티에 드 리도 님."

"내가 뭘 어떻게 해야 하는데?"

"이성을 되찾고 현명하게 생각해."

"네 자리로 돌아가. 네 정체를 밝히지는 않을게. 말은 안 할 거야…… 하지만 제발 저리 가. 난 못해, 네라틴. 난 그냥 아무것도 모르는 여자일 뿐이야. 나한테 이 일은 너무……."

어떻게 해야 할지 모르겠다. 스켈렌이 '셀본 씨'라고, 마치 장교들을 대하는 것처럼 나를 불러주었는데. 누구의 명령을 들어야 하지? 스켈렌? 황제? 제국?

내가 그런 걸 어떻게 알아?

켄나는 기둥 아래 묶여 있는 팔카를 향해 막대를 휘두르며 짓궂게 으르렁거리는 마을 아이들을 쫓아냈다.

엄청난 일에 연루된 거야. 공기 중에서 교수대 냄새가 나. 그리고 천년 광장의 말똥 냄새도.

이 일이 어떻게 될지 도저히 모르겠다. 하지만 저 팔카라는 아이 안에 들어가 봐야 해. 잠시라도 저 아이의 생각을 느껴보고 내면을 들여다봐야 해. 이해해야 한다고.

"그 여자가 근처로 다가왔어요. 키가 크고, 잘 꾸몄고, 무리의 다른 건달들과는 완전히 달랐어요. 어떻게 보면 아름답다고 할 수도 있었어요. 뭔가 함부로 할 수 없는 면이 있었죠. 내 옆을 지키고 있던 두 명은 욕설을 내뱉고 있다가 그 여자가 다가오자 입을 다물었어요."

시리가 고양이를 쓰다듬으며 말했다. 비소고타는 아무 말도 하지 않았다.

"그 여자는 몸을 굽히더니 내 눈을 바라봤어요. 곧바로 뭔가가 느껴졌죠. 무언가 이상한…… 머리 뒤쪽을 때린 것처럼 아팠어요. 귀에서는 바람 소리가 났고요. 눈앞이 순간적으로 아주 밝아졌다가…… 뭔가가 내 안에 들어온 거예요, 구역질나는 미끌미끌한 것이…… 나는 그게 뭔지 알고 있었어요. 예니퍼가 신전에서 내게 시범을 보인 적이 있거든요. 하지만 그 여자에게 그런 걸 허락할 수는 없었어요. 그래서 난 그냥, 내 안을 뚫고 들어온 그것을 밀쳐내고 있는 힘껏 떨어냈어요. 그러자 그 여자는 몸이 확 꺾이더니 마치 주먹으로 맞은 것처럼 휘청휘청 두 걸음 뒤로 물러났어요. 그 여자의 코에서는 피가 흐르고 있었죠. 양쪽 콧구멍에서요."

비소고타는 여전히 아무 말도 하지 않았다.

"그리고 나는 무슨 일이 생겼는지 알아챘어요. 갑자기 내 안에서 '힘'을 느꼈던 거예요. 코라트의 사막에서, 나는 힘을 거절하고 그곳에서 힘을 잃었어요. 그 후로는 힘을 끌어낼 수도, 이용할 수도 없었죠. 하지만 여자가 나에게 그 '힘'을 준 거예요, 마치 내 손에 무기를 쥐어준 것처럼. 나에겐 기회였어요."

켄나는 비틀거리다가 모래 위에 털썩 주저앉아 술에 취한 것처럼 땅바닥을 더듬으며 몸을 떨었다. 코피가 입과 턱까지 흘러내렸다.

"왜 이래……?"

안드레스가 자리에서 일어났지만, 갑자기 양손으로 머리를 붙잡더니 입을 벌렸다. 입에서 꽥 하는 이상한 소리가 흘러나왔다. 눈을 크게 뜨고서 스티그바르드를 바라보았지만, 스티그바르드의 눈과 귀에서도 피가 흘러나오고 눈은 흐려져 있었다. 안드레스는 무릎을 꿇고 쓰러지며 바로 옆에 서서 잠자코 구경만 하고 있는 네라틴 세카를 바라보았다.

"네라……틴…… 도와……줘……."

네라틴 세카는 움직이지 않았다. 그저 여자아이를 가만히 바라보고 있었다. 여자아이가 네라틴에게로 시선을 돌리자 네라틴은 순간 휘청했다. 네라틴이 서둘러 말했다.

"그럴 필요 없어. 난 네 편이야. 널 도와줄 거야. 자, 줄을 끊어줄게. 여기 칼이 있어, 목줄은 네가 직접 끊어. 내가 말을 가져올 테니까."

"세카…… 이 배신……."

목이 조이는 듯한 통증을 느끼면서도 안드레스가 간신히 중얼거렸다.

시리가 안드레스를 바라보자, 안드레스는 꼼짝도 하지 않고 널브러져 있는 스티그바르드 위로 쓰러져 태아처럼 몸을 웅크렸다. 켄나는 일어날 수가 없었다. 진한 핏방울이 가슴과 배까지 물들이고 있었다.

"경보! 경보! 실리판트! 스켈렌 님! 여자애가 도망간다!"

갑자기 오두막 뒤에서 나타난 클로에 스티츠가 손에 들고 있던 양갈비를 내던지며 고함을 질렀다.

하지만 시리는 이미 말안장 위에 오른 뒤였다. 손에는 칼을 들고 있었다.

"켈피, 가자!"

"비상!"

켄나는 모래를 헤집고 있었다. 도무지 일어설 수가 없었다. 다리가 통나무라도 된 것처럼 말을 듣지 않았다. 초능력자야, 켄나는 생각했다. 그것도 엄청나게 강력한 초능력자. 저 여자애는 나보다 열 배는 강해…… 죽지 않은 것만으로도 다행이야…… 그런데 지금 난 어떻게 정신을 잃지 않고 이렇게 생각할 수가 있지?

오두막에서 올라 하쉐임과 버트 브릭든, 틸 에크레이드 무리가 달려오고 있었다. 또한 마당과 문 앞을 지키고 있던 다크레 실리판트와 보레아스 문도 달려왔다. 시리는 말을 돌려 고함을 지르고는 강 쪽으로 달려갔다. 하지만 그쪽에서도 무장한 사람들이 달려오고 있었다.

스켈렌과 본하트가 마을 회관에서 뛰어나왔다. 본하트의 손에는 칼이 들려 있었다. 네라틴 세카가 소리를 지르더니 스켈렌과 본하트를 향해 말을 몰아 둘 모두를 쓰러뜨렸다. 그러고는 안장에서 곧장 본하트에게 달려들어 땅에 내리꽂았다. 리엔스는 문지방에 서서 온몸이 굳은 채 바라만 보고 있었다.

"여자애를 잡아! 잡든지 죽이든지!"

스켈렌이 땅바닥에서 일어나며 소리를 지르자 리엔스가 다급하게 외쳤다.

"살려둬! 산 채로 잡아!"

켄나는 강변의 울타리를 따라 시리가 쫓기는 것을 보았다. 그러다 검은 말을 돌려 마을의 출입구인 회전문 쪽으로 달리는 것도 보았다. 카베르닉 투렌트가 바싹 쫓아가 시리를 안장에서 끌어내리려 하는 것과 칼이 번쩍이는 것, 투렌트의 목에서 진홍빛 핏줄기가 솟구치는 것도 보았다. 데데 바르가스와 프립 주니어 역시 이 광경을 보았다. 그들은 시리를 막아서는 대신 집 사이로 숨었다.

본하트는 칼자루로 땅을 딛고 자리에서 일어나 네라틴 세카를 떼어내고는 무서운 힘으로 세카의 가슴을 베어버렸다. 그는 곧장 시리를 향해 달려가기 시작했다. 온몸이 피투성이가 된 네라틴 세카는 본하트의 다리를 움켜잡았고, 단검이 모래 바닥까지 박힐 만큼 깊숙이 찔린 후에야 놔주었다. 하지만 그 몇 초의 지체만으로 충분했다.

시리는 검은 말의 고삐를 붙잡고서 실리판트와 보레아스 사이를 쏜살같이 지나갔다. 그때 스켈렌이 마치 늑대처럼 조용히 움직이더니 재빠른 동작으로 손을 움직였다. 켄나는 무언가가 날아가며 번쩍이는 것과 여자아이가 잠시 멈춰 선 채 안장에서 흔들리는 것을, 그리고 여자아이의 얼굴에서 분수처럼 솟구치는 피를 보았다. 여자아이는 잠시 검은 암말의 엉덩이에 등을 댄 채 쓰러져 있었다. 하지만 안장에서 떨어지지 않고, 몸을 꼿꼿하게 펴더니 균형을 유지하고 말의 목을 붙잡았다. 검은 암말은 무장한 병사들을 모두 떼어내고 회전문을 향해 달렸다. 그 뒤로 보레아스와 실리판트, 석궁을 든 클로에 스티츠가 달려가고 있었다.

"저 회전문은 못 넘어가! 잡은 것이나 다름없어! 일곱 척이나 되는 높이를 무슨 수로 넘어!"

보레아스 문이 의기양양하게 외쳤다.

"클로에, 쏘지 마!"

주위가 워낙 시끄러웠던 탓에 클로에 스티츠는 이를 듣지 못했다. 그는 멈춰 서서 석궁의 시위를 빽 옆으로 당겼다. 모두에게 알려진 바와 같이, 클로에는 절대로 빗맞히는 법이 없었다.

"이제 끝났다! 죽어라!"

클로에의 고함 소리와 함께 켄나는 이름도 모르는 키 작은 남자 하나가 달려와 클로에의 등을 향해 석궁을 쏘는 모습을 보았다. 활은 클로에의 몸을 관통하며 피가 터져 나왔다. 클로에는 비명도 지르지 못하고 쓰러졌다.

검은 말은 회전문 앞까지 전속력으로 달려가다가 살짝 머리를 틀었다. 그리고 일말의 망설임도 없이 뛰어올랐다. 공중으로 솟구쳐 오른 검은 말의 앞발은 검은 비단 리본처럼 우아하게 접혔고, 균형 잡힌 뒷발은 회전문 꼭대기의 서까래를 스치지도 않았다.

"신들이시여! 저게 대체 무슨 말이야! 저런 말이라면 말 무게만큼 금 무게를 달아야겠는데!"

다크레 실리판트가 탄성을 내뱉으며 외쳤다.

"여자애를 잡는 자에게 말을 주겠다! 말을 쫓아라! 말을 쫓아가!"

스켈렌이 다급한 목소리로 소리쳤다.

열린 회전문을 통해 먼지바람을 일으키며 시리를 쫓는 무리가 달려 나갔다. 맨 앞에는 본하트와 보레아스 문이 달리고 있었다.

켄나는 힘겹게 일어났지만 다시 쓰러져 모래 위에 털썩 주저앉았다. 다리에 쥐가 난 것 같았다.

카베르닉 투렌트는 팔다리를 쭉 뻗은 채 피 웅덩이 속에 누워 있었다. 안드레스 비에르니는 정신을 잃은 스티그바르드를 일으키려고 애쓰고 있었다.

모래 위에 몸을 둥글게 말고서 쓰러져 있는 클로에 스티츠는 마치 아이처럼 작아 보였다.

올라 하쉐임과 버트 브릭든은 클로에를 죽인 키 작은 남자를 스켈렌 앞으로 끌고 오고 있었다. 올빼미는 씩씩거리고 있었다. 너무 화가 난 나머지 말을 더듬었다. 가슴 앞에 찬 탄창에서 조금 전 여자아이의 얼굴에 상처를 입힌 것과 똑같은 별 모양의 금속을 꺼냈다.

"지옥이 널 삼켜버리길, 스켈렌."

키 작은 남자가 말했다. 켄나는 그의 이름을 기억해냈다. 메케세르, 야니아 메케세르. 게메라인이었다. 켄나는 그를 로케인에서 만난 적이 있었다.

올빼미는 허리를 굽히더니 조금 전과 같은 동작으로 세차게 손을 움직였다. 여섯 개의 꼭짓점이 있는 금속 별이 공기 중에서 쉭 하는 소리를 내더니 메케세르의 눈과 코 사이로 날아가 깊숙이 박혔다. 메케세르는 비명조차 지르지 못하고 하쉐임과 브릭든에게 붙들린 채로 경련을 일으킬 뿐이었다. 오랫동안 몸을 떨며 유령처럼 이빨을 드러내자 모두들 고개를 돌렸다. 올빼미 스켈렌만 빼고.

"저자에게서 내 오리온을 빼내라, 올라. 그리고 저 쓰레기를 남잔지 여잔지 모를 그 쓰레기와 함께 퇴비 속에 파묻어. 더러운 두 놈의 자취가 남지 않게."

하쉐임과 브릭든에게 붙들려 있던 시체가 힘없이 늘어지자 스테판 스켈렌이 말했다.

갑자기 바람이 무서운 소리를 내며 구름을 몰고 왔다. 주위는 온통 어두워졌다.

경비병들은 연병장에서 서로의 이름을 불렀다. 스카라 자매는 사이좋게 코를 골았고, 코후트는 빈 변기통에 큰 소리로 오줌을 쌌다.

켄나는 담요를 턱 밑까지 당겨 덮었다. 그리고 회상했다.

여자아이는 잡지 못했다. 없어진 것이다. 한마디로 없어졌다. 보레아스 문은 한 번도 그런 적이 없었는데, 3마일 이후에는 검은 말의 자취를 찾지 못하고 말았다. 갑작스럽게 날이 어두워지더니 나무들을 쓰러뜨릴 정도로 세찬 바람이 불어왔다. 비가 쏟아지고 천둥이 치고 번개가 번쩍거렸다.

본하트는 포기하지 않았다. 그는 유니콘 마을로 다시 돌아왔다. 본하트, 스켈렌, 리엔스, 그리고 사람의 목소리가 아닌 것 같은, 빽빽거리는 목소리의 수수께끼 남자가 서로서로를 향해 소리를 질러댔다. 잠시 뒤 무리 전체에게 말 위에 오르라고 지시했다. 나처럼 말을 탈 수 없는 상태의 사람들만 빼놓고. 마을의 농부들에게 횃불을 들고 숲으로 들어가라고 명령했다. 그리고 새벽에 돌아왔다.

아무 성과도 없이, 눈에 선명한 공포심만 담아왔다.

하지만 소문은 며칠 후부터 시작되었다. 처음엔 모두들 스켈렌과 본하트를 몹시 무서워했다. 이들은 너무 화가 나 있는 상태라 눈에 띄지 않는 편이 나았다. 조심성 없는 말 한마디 때문에 장교인 버트 브릭든은 채찍 손잡이로 머리를 얻어맞았다.

하지만 그 이후, 여자아이를 쫓아갔을 때 무슨 일이 있었는지 이야기하기 시작했다. 신전에 있던 지푸라기로 만든 작은 유니콘이 갑자기 용처럼 커지는 바람에 말들이 공포에 사로잡혀 난리를 쳤고 말에 탄 사람들은 바닥으로 떨어졌다. 목이 부러지지 않은 것만으로도 다행이라고 안도했다. 해골 왕의 인도에 따라 뼈만 남은 말을 타고 하늘을 달리는 이글거리는 눈의 유령들, 이 유령들은 찢어진 외투 자락으로 검은 말의 자취를 지웠다. '피의 리이이크-보르! 피의 리이이크-보르!'라고 외치는 끔찍한 쏙독새들의 울부짖음에 대해서 이야기했고 죽음의 사자인 밴시의 소름 끼치는 울음소리에 대해 수군거렸다.

바람, 비, 구름, 관목과 기이한 형태의 나무들, 거기에 공포가 더해지면 모든 게 악몽처럼 왜곡되어 보이는 법이지, 같이 갔던 보레아스 문은 그렇게 설명했다. 충분히 그런 식으로 설명할 수 있었다. 하지만 쏙독새는? 쏙독새들은 뭐, 언제나 크게 울잖아.

시체는? 그리고 발자국은? 갑자기 하늘로 날아가기라도 한 것처럼 사라진 말발굽 자국은?

물속의 물고기도 추적해 찾아낼 수 있는 보레아스 문의 얼굴이 이 질문에 굳어졌다. 바람이야, 바람이 모래와 나뭇잎으로 흔적을 지운 거라고. 달리 설명할 방법이 없잖아.

어떤 이들은 이러한 설명을 믿었다. 켄나는 회상했다. 어떤 이들은 이 모든 것이 자연적 현상이거나 일어날 법한 상황이라고 생각했다. 비웃는 이들까지 있었다.

하지만 웃음은 금방 그쳤다. 던 다레 이후…… 던 다레 이후 더는 아무도 웃지 않았다.

비소고타는 시리를 보자마자 화들짝 놀라며 뒤로 물러서더니 숨을 들이 마셨다.

거위 기름과 굴뚝의 기름때를 섞어 만든 검은 염료로 눈 밑과 눈썹을 검게 칠하고, 그 검은 선을 귀와 관자놀이까지 이어지도록 그렸던 것이다.

그 모습은 마치 악귀 같았다.

"네 번째 덤불숲에서 높은 산으로, 길 가장자리만 따라가야 한다. 그리고 강을 따라서 나무 세 그루가 말라 죽은 데까지, 거기서 서쪽으로 뻗은 서어나무 숲으로 가는 거야. 그러다 소나무들이 나타나면 끝 쪽으로 붙어서 길을 세어봐. 아홉 번째 길에서 꺾은 다음엔 계속 직진이야. 그러면 던 다레가 나오고 북쪽에 집이 보일 거란다. 집이 몇 채 있지. 그러다 사거리가 있는 곳에 주점이 하나 있어."

비소고타는 다시 한 번 길을 일러주었다.

"기억해요. 걱정 마세요, 찾을 수 있어요."

"강이 꺾이는 곳에서 가장 주의해야 한다. 갈대가 조금밖에 없는 곳에서 조심하고. 마디풀이 자란 곳도 조심해. 소나무들이 나오기 전에 혹시 어두워지면, 멈췄다가 아침까지 기다리렴. 늦은 밤중에 다녀서는 안 돼, 절대로. 이제 새 달이 거의 떴고, 게다가 구름도……."

"알아요."

"백 개의 호수 지역은…… 북쪽으로 언덕을 통해 가야 한다. 주도로는 피해. 주도로에는 군대가 가득하니까. 강에 다다르면, 큰 강 말이다, 강 이름은 실테인데 이미 반은 온 거야."

"알아요, 아저씨가 그려준 지도도 있잖아요."

"아하, 그렇지. 맞다."

시리는 또다시 마구와 말에 실어둔 짐을 점검했다. 기계적으로. 무슨 말을 해야 할지 알 수 없었다. 결국은 말해야 할 것을 계속 미루고 있었다.

"네가 우리 집에 머물러서 기뻤단다. 정말이야. 잘 가렴, 위쳐."

비소고타가 먼저 말했다.

"안녕히 계세요, 은둔자 아저씨. 모든 것에 감사드려요."

시리는 이미 안장 위에 올라 켈피에게 키스하려고 했을 때, 비소고타는 시리의 손을 잡았다.

"시리, 가지 마라. 겨울까지 기다리려무나……."

"추워지기 전에 호수에 다다를 거예요. 그리고 만약 아저씨가 말한 것처럼 된다면, 그 걱정들은 다 아무 의미 없겠죠. 텔레포트로 타네드까지 갈 수 있을 테니까요. 아레투자의 학교로 다시…… 리타 교장 선생님께요…… 비소고타 아저씨…… 옛날로 다시……."

"제비의 탑은 전설이야. 전설일 뿐이라는 걸 기억해라."

"나도 전설일 뿐이에요. 태어날 때부터요. 지라엘, 제비, 놀라움의 아이, 선택된 자, 운명의 아이, 고대 혈통의 아이…… 갈게요, 비소고타 아저씨. 건강하세요."

시리는 쓰디쓴 목소리로 작별 인사를 건넸다.

"건강해라, 시리."

집 뒤에 있는 주점은 비어 있었고 치프리안 프립 주니어와 세 명의 동료들은 마을 사람들에게 들어오지 말라며 을러대고 지나가는 여행자들은 죄다 내쫓았다. 그렇게 자기들끼리만 남게 되자 겨울이면 창문도 문도 잘 열지 않는 주점에서 풍기는 지독한 냄새와 함께 연기가 자욱한 컴컴한 실내에서 이곳저곳 옮겨 앉으며 하루 종일 먹고 마셨다. 땀내와 고양이 냄새, 쥐 냄새, 발싸개 냄새, 소나무 냄새, 방귀 냄새, 기름 냄새, 타버린 음식 냄새와 젖어서 김이 나는 빨래 냄새가 모두 뒤섞여 있었다.

"젠장맞을 장소야. 올빼미가 미친 거지. 이런 염병할 주점에 앉아서 기다리라고 하다니! 수비대와 함께 말 타고 숲을 달리는 게 훨씬 나을 텐데!"

게메라인인 유스 야노비츠가 점원 아가씨에게 보드카를 더 가져오라고 손짓하며 아마도 백 번쯤 같은 말을 하고 있었다.

"넌 돌대가리야. 밖이 얼마나 추운지 알아? 여기 따뜻한 데 앉아 있는 게 훨씬 낫다고. 여자들도 있고!"

데데 바르가스가 대꾸하며 점원 아가씨의 엉덩이를 때렸다. 점원은 비명을 질렀지만, 그다지 절박하지도, 딱히 신경 쓰는 것 같지도 않았다. 사실 그녀는 머리가 조금 둔한 편이었다. 주점에서 일하는 동안 배운 것은, 누군가 때리거나 꼬집으면 비명을 질러야 한다는 것이었다.

프립 주니어와 동료들은 주점에 도착한 지 이틀째 되는 날부터 주점에서 일하는 아가씨들에게 손을 대기 시작했다. 주점 주인은 무서워서 뭐라고 따지지도 못하고, 점원들은 그들에게 대들기엔 답답할 정도로 순진했다. 괜히 대들어봤자 일만 복잡해진다는 것을 배웠기 때문이었다. 그저 사내들이 제풀에 지칠 때까지 무시하는 편이 나았다.

리스파트 라 포앙트는 지루한 저녁 시간에, 지루한 주제를 또 꺼냈다.

"그 팔카라는 여자애는 숲 어디선가 죽은 거라니까. 내가 이미 말했지만, 스켈렌이 그 여자애 얼굴에 오리온을 던져서 피가 분수처럼 뿜어져 나오는 걸 봤다고. 도저히 살아남을 수가 없어!"

"올빼미가 빗맞혔다니까. 오리온으로는 생채기만 조금 냈을 뿐이야. 입가랑 얼굴을 맞히는 건 나도 봤어. 하지만 회전문을 그렇게 넘어가는 데 무은 문제 있었어? 말에서 떨어지기라도 했냐고? 그렇지! 내가 그 회전문을 재봤다니까. 7척 2자나 됐다고, 맹세해. 하지만 그걸 뛰어넘었다고! 어떻게 뛰어넘었는지 다들 봤지? 안장과 엉덩이 사이에 칼날도 안 들어갈 만큼 착 붙어서 넘어갔잖아!"

야노비츠가 시끄럽게 떠들어대며 반박했다.

"피가 양동이에서 쏟아지는 것처럼 흘렀어. 말을 타고 갔겠지, 계속 가다가 떨어져서 구덩이에라도 빠졌을 거야. 늑대와 새들이 시체를 벌써 다 먹어버렸을 거라고. 담비가 찌꺼기를 처리하고 개미가 흔적을 감췄겠지. 그렇게 끝난 거라고, 데이레아드! 지금 우린 쓸데없이 여기 앉아서 술값으로 돈만 쓰고 있는 거야. 그것도 우리 돈으로! 월급도 못 받고!"

리스파트가 불만 가득한 목소리로 언성을 높였다.

"그럴 수는 없어. 시체가 흔적도, 자취도 없이 사라질 수는 없다고. 뭐라도 항상 남는 법이야. 해골이나 골반뼈, 큰 뼛조각들이 남는다고. 마법사 리엔스가 팔카라는 계집애의 흔적을 찾아낼 거야. 그러면 다 끝나겠지."

바르가스가 확신을 가지고 말했다.

"그런 다음엔 우리에게 난리를 치겠지. 그럼 우린 이 돼지우리에서 아무것도 안 하고 빈둥거리던 때를 그리워하게 될 거야. 이 끔찍한 술도, 양파 냄새를 풍기는 저 두 명도. 섹스를 해도 송아지처럼 누워서 천장만 바라보며 이빨을 쑤신다고."

프립 주니어는 질렸다는 눈길로, 갈라진 틈새와 박혀 있는 못의 위치까지 다 외워버린 주점의 벽을 멀거니 바라보았다.

"뭐라도 상관없으니까 이렇게 지겹지만 않았으면 좋겠어. 비명이라도 지르고 싶을 지경이야. 젠장, 빌어먹을, 뭐라도 좀 하자고! 뭐라도! 뭘 불태우는 건 어떨까?"

야노비츠의 말이 끝나자마자 주점 문이 삐꺽거렸다. 어떤 소리가 들리는 건 너무 드문 일이라 네 명은 모두 자리에서 벌떡 일어났다.

"저리 가! 노인네야! 가버리라고! 이 거지야! 냄새나는 늙은이! 나가! 바깥으로!"

바르가스가 소리를 질렀다.

"그냥 놔둬. 저거 봐, 무슨 파이프를 끌고 오고 있어. 떠돌아다니면서 노래와 연주로 돈을 버는 늙은 병사인가 보지. 밖은 비가 내리고 춥다고. 저기 그냥 앉아 있게 놔둬."

프립이 지루한 듯 손을 흔들었다.

"우리 근처에는 얼씬도 하지 마쇼. 이가 옮을지도 모르니까. 여기서도 이가 기어 다니는 게 보이네. 저건 이라고 말할 수도 없어, 거북이만 하다고."

야노비츠는 주점 안으로 들어온 노인네에게 앉을 자리를 손으로 지시했다.

"저 사람한테 뭐 먹을 것 좀 줘. 주인장! 우린 술 좀 더 갖다주고!"

프립 주니어가 명령조로 고개를 까딱했다.

노인이 머리에서 커다란 털가죽 모자를 벗어들자 주점 안에 지독한 냄새가 퍼졌다.

"감사합니다, 귀하신 분들. 오늘은 사오빈 축제일 밤입니다요. 밖에는 비도 오고 날도 추운데, 축제일에는 쫓아내선 안 됩니다. 축제일에는 음식을 나누고……."

"그렇지. 오늘이 사오빈이잖아! 10월의 마지막 날이야!"

리스파트가 자신의 머리를 탁 쳤다.

"마법의 밤이지요. 유령들과 귀신들의 밤!"

노인은 가져다 준 묽은 죽을 우물거리며 말했다.

"오호! 이거, 저 노인네가 곧 이상한 이야기라도 해서 우릴 재미있게 해 줄 모양인데!"

야노비츠가 말했다.

"그거 좋지, 뭐라도 지겹지만 않으면 좋아!"

바르가스가 하품을 하며 말했다.

"사오빈이면 유니콘 마을에 머물렀던 이후로 5주나 지난 거잖아. 여기 온 지도 2주나 된 거고. 2주를 이렇게! 사오빈이라, 하!"

프립 주니어의 표정이 어두워졌다.

"이상한 일이 일어나는 밤이지요. 유령과 마법의 밤!"

노인은 숟가락을 핥더니 손가락으로 그릇 바닥에 있는 무언가를 건져 먹으며 말했다.

"내가 말했잖아! 저 노인네가 이상한 이야기를 할 거라고!"

야노비츠가 이빨을 드러내며 떠들었다.

노인은 몸을 쭉 펴고 여기저기를 긁적이더니 딸꾹질을 했다. 그러고는 제법 뚜렷한 목소리로 이야기를 시작했다.

"사오빈의 밤은 11월의 새 달이 뜨기 전 마지막 밤이지요. 엘프들에게는 묵은해의 마지막 밤이기도 하고요. 내일 새날이 밝으면, 엘프력으로는 이미 새해가 되는 겁니다요. 그래서 엘프들은 사오빈 밤에 집 안과 마당의 모든 불을 모아 초 한 자루로 태워버리는 풍습이 있습죠. 그리고 남은 초와 불씨는 다음 해 5월까지 잘 가지고 있다가 벨레틴 때 다시 불을 붙이면 모든 일이 잘되고 풍년이 들 것이라 여기지요. 하지만 그걸 믿는 것은 엘프들만이 아니에요, 인간들도 그렇게 하지요. 사악한 유령으로부터 자신을 보호하기 위해서……."

"유령이라고? 이 노인네가 하는 말 좀 들어봐!"

야노비츠가 콧김을 뿜으며 빈정거리자 노인은 걱정스러운 목소리로 다시 말했다.

"오늘은 사오빈의 밤입니다요! 오늘 같은 날은 유령들이 땅으로 내려온다고요! 죽은 자들의 영혼이 창문을 두드리고, 자신들을 들여보내 달라고 소리를 지르지요. 우리를 들여보내 달라고! 그럼 그들에게 꿀이나 곡식을 줘야 해요. 그 위에 보드카를 뿌려서……."

"보드카는 내 목에나 뿌리는 게 더 좋지. 이거 봐, 노인 양반, 유령들은 내 엉덩이에 키스나 하라고 해."

리스파트가 낄낄거렸다.

"아이고, 귀하신 분들, 혼령에 대해서 함부로 농담하면 안 됩니다요, 들을 수도 있어요! 복수심이 강하다고요! 오늘은 사오빈의 밤, 유령과 마법의 밤입니다. 귀를 쫑긋 세워보세요, 무언가 바스락거리며 두드리는 소리가 나지 않나요? 그건 죽은 자들이 저세상에서 내려왔다는 거예요. 집으로 들어와 불 옆에서 몸을 데우고, 배를 채우려고 하는 것입죠. 저기, 수확이 끝난 아무것도 없는 들판과 잎이 다 떨어진 숲에서 바람이 휘몰아치고 추위가 닥쳐오면, 불쌍한 혼령들은 추위에 떨며 불과 온기가 있는 집 쪽으로 오게 되지요. 그럴 때면 문지방이나 마당에 그들을 위한 먹을 것을 놓아둬야만 합니다요. 왜냐하면 이 유령들이 아무것도 발견하지 못하면 자정이 넘었을 때 자신들이 직접 집 안으로 먹을 걸 찾으러 들어오니까요."

"오, 맙소사!"

점원 아가씨 중 한 명이 소리를 지르더니 곧이어 꽥 비명을 질렀다. 프립 주니어가 엉덩이를 꼬집었기 때문이었다.

"이야기가 꽤 재미있는데! 하지만 더 재미있으려면 멀었어! 주인장! 이 노인네에게 따뜻한 술 좀 따라줘! 더 재미있는 이야기가 나올지도 몰라! 유령이 나오는 재미있는 이야기! 너무 재미있어서 여자들은 듣고 있다가 자기가 당하는 줄도 모를 거야!"

프립 주니어의 말에 남자들은 낄낄거렸고 듣고 있는지, 안 듣고 있는지 시험당한 점원 아가씨들은 비명을 질렀다. 노인은 데운 맥주를 쩝쩝거리고 트림을 해가며 꿀꺽꿀꺽 마셨다.

"하지만 취하거나 여기서 잠들면 안 돼! 이건 공짜 술이 아니라고! 이야기를 해봐! 노래를 하든지! 파이프를 연주해도 좋아! 재미있게 좀 해보라고!"

바르가스가 거칠게 경고하며 소리를 질렀다.

노인이 입을 벌리자 한 개밖에 남아 있지 않은 이빨이 어두운 들판의 표지석처럼 하얗게 빛났다.

"그게 무슨 말입니까요, 귀하신 분들, 사오빈이라고요! 음악도, 노래도 당치 않아요! 절대 안 될 일이지요! 사오빈의 음악은 창밖에서 울리는 바람 소리에요. 늑대인간과 뱀파이어가 소리를 지르고 복수심으로 가득 찬 유령들이 신음하고, 구울은 이빨을 갈고 있지요! 밴시들이 뛰어나와 비명을 지르는데, 그 소리를 들은 자는 반드시 꼭 죽게 되어 있습죠. 모든 사악한 유령들과 귀신들이 자기가 숨어 있던 곳에서 나와 겨울 전, 마지막 회합에 모이는 겁니다! 사오빈은 유령의 밤, 이상한 일들이 일어나고 귀신들이 나오는 밤이에요! 숲에 들어가도 안 됩니다! 숲의 유령이 물어뜯을 테니까요. 묘지를 지나가는 것도 안 돼요! 죽은 이들이 붙잡을 테니까요! 오늘 같은 날은 집 밖으로 나가서는 안 되고, 더 확실히 해두려면 문지방에 새 칼을 꽂아놓는 것이 좋습니다요. 그러면 악귀들이 문지방을 넘지 못할 테니까요. 여자들에게는 아이들을 잘 돌보라고 당부해야 해요. 사오빈의 밤에는 루사우카*나 우는 귀신이 아이들을 훔쳐가고, 아이들의 빈자리에 가짜 아이를 놔둘 테니까요. 임신한 여자는 특히 집 밖으로 나와선 안 됩니다. 밤의 혼령이 아이에게 마법을 걸 수도 있으니까요. 아기 대신 쇠 이빨이 달린 스트리가를 낳을 수도……."

"오, 맙소사!"

"쇠 이빨이 달려 있다니까요. 그 이빨로 엄마의 가슴을 물어뜯지요. 그 다음엔 손을, 얼굴을…… 흠, 그나저나 조금 출출해서……."

"여기 뼈가 있어, 아직 고기가 좀 붙어 있소. 노인네들은 많이 먹어선 안 돼, 건강에 안 좋다고. 목이 막혀 죽을 수도 있으니까, 하하! 어이, 맥주 좀 더 갖다줘, 이 계집애야! 자, 노인 양반, 귀신 얘기 좀 더 해봐!"

"귀하신 분들, 사오빈은 귀신들이 마음대로 돌아다닐 수 있는 마지막 밤이지요. 그 후에는 너무 추워서 힘이 빠져 땅속의 심연으로 들어가 겨울 내내 코빼기도 비추지 않습죠. 그래서 사오빈에서 2월, 임바엘크 축일까지가 보물을 찾기 위해 마법에 걸린 장소들을 찾아가는 데는 최적의 시간이지요. 따뜻할 때는, 예를 들어 어떤 귀신의 무덤 근처를 얼씬거렸다가는 2 더하기 2가 4인 것처럼 곧장 화가 잔뜩 난 귀신이 깨어나 그자를 물어뜯겠지요. 하지만 사오빈부터 임바엘크까지는 힘이 닿는 대로 무덤을 헤집어보고 파도 됩니다. 귀신들이 늙은 곰처럼 쿨쿨 자고 있으니까요."

"다 꾸며낸 이야기야, 이 늙은이가!"

---

* 루사우카(Rusalka): 슬라브 민담에 나오는 여자 물귀신.

"이건 정말입니다요, 귀하신 분들. 사오빈의 밤은 마법의 밤이지요, 무서운 밤이기도 하고요. 하지만 점을 치거나 미래를 내다보는 데는 최고의 밤입니다요. 오늘 같은 밤에는 하던 일을 멈추고 뼈로 점을 치거나, 손금을 보거나, 흰 수탉으로 점을 치거나, 양파, 치즈, 토끼 내장, 썩은 박쥐로도……."

"우웩!"

"사오빈의 밤, 귀신과 유령들의 밤이지요…… 집 안에 있는 것이 좋습니다요. 가족이 모두 모여 불 옆에……."

"가족이 모두 모여! 가족이 모두 모여, 아하! 일주일 전부터 수풀에 숨어 안 나오는 그 대장장이네 계집까지 모두 모여서 말이지!"

프립 주니어가 갑자기 맹수 같은 이빨을 무리들에게 드러내 보이며 고함쳤다.

"대장장이네 딸! 금발의 이쁜이! 프립, 넌 역시 머리가 좋아. 오늘 밤엔 개를 헛간에서 어떻게 해볼 수도 있겠어! 어때, 이 자식들아? 대장장이네 헛간으로 같이 갈까?"

야노비츠가 바로 짐작하고는 맞장구를 쳤다.

"좋아, 지금 당장이라도 좋다고. 그 대장장이네 딸이 마을을 지나가는 모습이 눈에 선하네. 젖꼭지가 튀어나온 채로 엉덩이를 흔들면서…… 그때 바로 덮쳤어야 했는데, 기다리지 말고! 하지만 실리판트가 씨부렁거려서…… 하지만 지금은 실리판트도 없고 대장장이네 딸은 집에 있지! 우릴 기다리면서!"

바르가스가 몸을 쭉 뻗으며 목소리를 높였다.

"우린 이미 이 마을 촌장을 도끼로 해치웠지. 그리고 도우러 온 다른 놈도 죽였어. 사람을 더 죽여야 하나? 대장장이랑 그 아들들은 통나무처럼 체격이 단단하다고. 겁을 주는 걸로는 안 될 거야. 어떻게 처리를 해야…….”

리스파트가 얼굴을 찡그리며 말했다.

“상처만 입히면 돼. 그냥 상처만 좀 입히고 놔두면 된다고. 다들 빨리 맥주잔이나 비워. 채비를 갖추고 마을로 가자고. 사오빈 축제를 한번 시작해 보는 거야! 털가죽 옷에 달린 털이 밖으로 나오게 입고, 소리를 지르면서 난리를 치면 촌뜨기들은 우리를 악마나 귀신으로 생각할 거야!”

프립이 여유롭게 말했다.

“대장장이네 딸을 여기로 데려오는 건가, 아니면 게메라식으로 가족들 보는 앞에서 하나?”

“두 개 다 해도 되지. 바람이 엄청 부네, 젠장! 플라타너스 나무가 꺾일 지경이야!”

프립 주니어는 흐릿한 창문 너머로 밤 풍경을 내다보며 투덜거렸다.

“오, 오호! 귀하신 분들! 그건 바람도 폭풍도 아닙니다요! 그건 마녀들이 빗자루를 타고 날아오는 것이거나 돌로 된 절구를 타고서 자기 뒤의 자취를 빗자루로 쓸고 있는 것이지요. 마녀가 숲에서 길을 막아서거나 뒤에서 갑자기 공격해도, 아무도 모르는 겁니다요! 마녀의 이빨은 또, 이런!”

술잔 너머로 노인이 말했다.

“마녀 이야기는 애들한테나 통하는 거야, 노인네!”

“귀하신 분들, 이렇게 시기가 좋지 않을 때는 입조심을 해야 합니다요. 왜냐하면 귀신 중 최악의 귀신은 바로 귀족 귀신과 공주 귀신입지요. 왜냐하면 이들은 빗자루를 타지도 않고, 절구를 타지도 않으니까요! 이들은 자신의 검은 고양이를 타고 다녀요!”

"헤헤헤!"

"정말입니다! 사오빈 밤, 일 년에 단 한 번 있는 이 밤에 마녀들은 자신의 고양이를 타르처럼 검은 말로 변신시키지요. 타르처럼 새카만 밤, 말발굽 소리를 듣고 검은 말을 탄 마녀를 보게 되면 큰일이 납니다요. 검은 말을 탄 마녀를 만난 사람은 틀림없이 죽게 되니까요. 마녀가 그 사람을 바람 속의 낙엽처럼 빙빙 돌려 저세상으로 데려간다고요!"

"우리가 돌아오면 얘기를 끝내라고! 재밌게 잘 이야기할 준비나 하고 있어, 이 노인네야. 그리고 파이프도 손질해놔! 오자마자 잔치가 시작될 거니까! 우린 여기서 춤도 추고 대장장이네 딸도 손봐주고…… 뭐야, 리스파트?"

방광을 비우러 문 밖으로 나갔던 리스파트가 뛰어들어 왔다. 얼굴은 눈처럼 창백했다. 손을 마구 휘저으며 문을 가리켰다. 입 밖으로 말조차 내뱉지 못했다. 사실 그럴 필요도 없었다. 마당에서 말이 히힝거리는 소리가 들려왔던 것이다.

"검은 말이야. 바로 그 검은 말이라고. 그 계집애야."

프립이 뿌연 유리창에 얼굴을 붙인 채 낮게 중얼거렸다.

"마녀?"

"팔카라고, 이 돌대가리야!"

"팔카의 유령이야! 유령! 살아남았을 리 없다고! 죽어서 귀신이 되어 돌아온 거야! 사오빈의 밤에……."

리스파트가 숨을 몰아쉬며 소리쳤다.

"타르처럼 새카만 밤에 찾아오지요. 만나는 사람은 죽음을 피할 수 없고……."

노인은 빈 잔으로 배를 누르며 말했다.

"무기, 무기를 들어! 빨리! 문 양옆에 자리를 잡아! 모르겠어? 우린 재수가 좋은 거라고! 팔카는 우리가 여기 있다는 걸 몰라! 배고픔과 추위에 떨다가 숨어 있던 곳에서 기어 나온 거야, 몸을 녹이러 여기 온 거라고! 우리 손아귀로 딱 떨어진 거야! 올빼미와 리엔스가 우리에게 금으로 보상해줄 거야! 무기를 들어, 다들!"

프립이 열을 내며 소리치는 순간, 문에서 삐걱거리는 소리가 났다.

노인은 식탁 아래로 들어가 눈을 꼭 감았다. 어차피 잘 보이지 않았다. 시력도 좋지 않았고, 녹내장에, 고질적인 결막염도 있었다. 게다가 주점 안은 어둡고 연기로 가득 차 있었다. 그래서 노인은 주점 안으로 들어온 가녀린 형체를, 사향쥐 가죽으로 된 옷을 입고 모자를 둘러쓰고 목도리로 얼굴을 가린 형체를 제대로 보지 못했다. 하지만 노인의 청력은 좋았다. 점원 아가씨들 중 한 명의 가느다란 비명 소리와 다른 아가씨의 나막신 소리, 웅얼거리는 주점 주인의 욕설이 들렸다. 칼집에서 빠져나오는 칼들의 쇳소리도 들렸다. 그리고 프립 주니어의 낮고 사나운 목소리도 들렸다.

"팔카! 넌 우리에게 잡혔어! 우리가 여기 있는지 꿈에도 몰랐겠지?"

"알고 있었어!"

노인에게 목소리가 들려왔다. 그 목소리에 노인은 몸을 떨었다.

가녀린 형체의 움직임이 들려왔다. 그리고 위협적인 숨소리도 들었다. 아가씨들 중 누군가가 작게 비명을 지르는 것도 들었다. 팔카라고 불린 여자아이가 모자와 목도리를 벗은 것은 보지 못했다. 기괴하게 꿰매어진 얼굴도 보지 못했다. 마치 악귀의 눈처럼 기름과 타르로 눈 주변을 까맣게 칠한 것도 보지 못했다.

"난 팔카가 아니야. 난 케어 모헨의 시리야. 여자 위쳐지. 너희를 죽이려고 이곳에 왔어."

여자아이의 목소리가 들려왔다. 노인은 잘 보이지 않는 빠른 움직임 속에서 등잔불 아래 무언가가 불꽃처럼 빛나는 것을 보았다.

노인은 살아오는 동안 주점에서의 싸움을 익히 보아왔기에 부상을 피하고자 나름의 숙련된 방법을 터득하고 있었다. 식탁 밑에 납작하게 엎드려 몸을 둥글게 말고 식탁 다리를 꼭 잡고 버티는 방법이었다. 그 자세로는 당연히 아무것도 보이지 않는다. 사실 보고 싶지도 않았다. 식탁을 꽉 붙들고 있었지만, 식탁은 주점의 다른 가구들과 함께 이리저리 부딪치며 쿵쾅거리고 부서지는 소리가 났다. 그리고 무거운 신발들의 발소리와 욕설, 비명과 신음 소리, 쇠붙이들이 쩔렁거리는 소리가 주점 안을 채웠다.

점원 아가씨는 끊임없이 꽥꽥 비명을 질러댔다.

누군가가 식탁 위에 쓰러졌다가 마룻바닥으로 떨어졌다. 노인은 뜨끈한 피가 자신에게 튀자 비명을 질렀다. 노인은 조끼의 구리 단추를 보고 자기를 내쫓으려고 했던 바르가스라는 사내임을 알 수 있었다. 바르가스는 끔찍한 비명을 지르며 몸을 던지더니 피를 튀기면서 주먹을 마구 휘둘렀다. 그러다가 노인도 눈두덩이를 한 대 맞았다. 노인은 이제 아무것도 보이지 않았다. 계속해서 비명을 지르던 점원 아가씨가 휘청하더니, 잠시 조용하다가 다시 숨을 들이켜고는 좀 더 높은 소리로 비명을 지르기 시작했다.

누군가 쿵 소리를 내며 바닥으로 쓰러졌는데, 깨끗이 닦아둔 소나무 판자 위로 또다시 피가 흘러내렸다. 노인은 지금 쓰러진 자가 리스파트라는 사내이고, 시리에게 목이 베여 죽었다는 것을 전혀 알 수 없었다. 시리가 프립과 야노비츠의 코앞에서 한 바퀴를 돌며 그들의 방어막을 마치 그림자처럼, 회색 연기처럼 뚫어버린 것도 알지 못했다. 야노비츠는 부드럽고 재빠른, 고양이 같은 움직임으로 시리를 따라 돌았다. 야노비츠는 기술이 좋은 칼잡이였다. 오른쪽 다리로 버티고 서서 여자아이의 얼굴을, 끔찍한 상처를 겨냥해 칼을 내리쳤다. 빗나갈 리 없었다.

하지만 빗나갔다. 방어할 틈도 없었다. 시리는 웅크렸다가 양손을 사용해 야노비츠의 가슴과 배를 가격했다. 그리고 곧장 뛰어올라 몸을 한 바퀴 회전하며 프립의 일격을 피하고, 고통스러워하며 상체를 숙인 야노비츠의 목을 쳤다. 야노비츠는 의자에 얼굴을 처박고 쓰러졌다. 프립이 의자와 야노비츠의 시체를 타넘고는 무섭게 칼을 휘둘렀다. 시리는 대각선으로 칼을 막다가 반 회전으로 몸을 틀어 프립의 옆구리를 짧게 찔렀다. 프립은 휘청거리다가 식탁 위로 쓰러졌고, 중심을 잡고자 반사적으로 양손을 들었다. 프립이 식탁을 손으로 잡는 순간, 시리는 재빨리 그의 손을 베어버렸다.

프립은 피를 뿜고 있는 잘린 팔을 쳐든 채 바라보더니, 식탁 위에 놓여 있는 자신의 손을 보고는 갑자기 쓰러졌다. 마치 비누를 밟고 미끄러진 것처럼 바닥에 엉덩이를 쿵 하고 찧었다. 그렇게 쓰러진 채로 비명을 지르다가 길게 이어지는 높은 소리로, 마치 늑대처럼 울부짖기 시작했다.

온몸이 피범벅이 된 노인은 식탁 아래에서 몸을 둥글게 만 채, 같은 소리로 계속 비명을 지르는 점원 아가씨의 목소리와 경련을 일으키며 울부짖는 프립의 목소리를 듣고 있었다.

어느 순간 점원 아가씨가 목이 메었는지 쉰 소리와 함께 비명을 멈췄다. 프립도 조용해졌다.

"엄마…… 엄마…… 엄마…… 이게…… 내가…… 어떻게 된 거지? 이게…… 뭐지?"

울부짖음을 멈춘 프립이 갑자기 정신이 돌아온 듯 정확한 발음으로 중얼거렸다.

"죽는 거야."

얼굴에 무시무시한 흉터가 있는 여자아이가 말했다.

노인의 얼마 남지 않은 머리카락이 쭈뼛 섰다. 이빨이 맞부딪치는 것을 감추고자 노인은 더러운 소매를 입에 물었다.

프립 주니어는 무언가를 힘들게 삼키는 듯한 소리를 냈다. 그리고 더 이상 아무 소리도 내지 않았다. 아무 소리도.

주점 안은 완전히 고요해졌다.

"얘야, 대체 무슨 짓을…… 무슨 짓을 한 거냐, 얘야……."

주점 주인이 적막 속에서 신음하듯 중얼거렸다.

"난 위쳐예요. 괴물들을 죽이죠."

"우린 모두 교수형을 당하고 말 거야…… 마을과 주점을 모두 불태울 거라고!"

"난 괴물을 죽여요."

여자아이는 다시 대답했다. 하지만 그 목소리에는 무언가 의구심 같은 것이 담겨 있었다. 마치 주저하는 듯한, 불확실한…….

신음하던 주점 주인의 몸이 굳었다. 그는 울기 시작했다.

노인은 얼굴이 엉망이 된 바르가스의 시체를 밀쳐내며 천천히 식탁 밑에서 기어 나왔다.

"검은 암말을 타고 왔어…… 타르처럼 새카만 밤에…… 자신의 자취를 지우고……."

중얼거리는 노인의 목소리에 여자아이는 돌아서서 노인을 바라보았다. 얼굴은 이미 목도리로 감싼 상태였고, 검게 칠한 유령 같은 눈만 드러났다.

노인이 천천히 말을 이었다.

"너를 만나는 이들은 죽음을 피할 수 없지…… 왜냐하면 네 자신이 곧 죽음이니까."

여자아이는 노인을 바라보았다. 오랫동안, 아무 감정 없이. 마침내 여자아이가 입을 열었다.

"그 말이 맞아요."

저 멀리 늪 어디에선가, 하지만 전보다는 훨씬 가까운 곳에서 또다시 밴시의 긴 울음소리가 들려왔다.

비소고타는 침대에서 일어나다가 쓰러진 채 바닥에 누워 있었다. 비소고타는 자신이 공포에 질려 일어날 수 없다는 것을 알았다. 심장이 어찌나 두근거리는지 목 바로 밑에서 뛰는 것만 같았다. 숨이 막혀왔다.

비소고타는 엘프 유령이 이 밤중에 누구의 죽음을 알리는지 이미 알고 있었다. 삶은 아름다웠어, 비소고타는 생각했다. 그 모든 것에도 불구하고.

"신들이시여…… 난 당신들을 믿지 않지만…… 하지만 당신들이 정말로 존재한다면……."

엄청난 고통이 비소고타의 가슴 쪽, 갈비뼈 밑에서 폭발했다. 저 멀리 늪 어디에선가, 하지만 전보다는 훨씬 가까운 곳에서 밴시의 세 번째 울음소리가 들려왔다.

"만약 존재한다면, 먼 길 떠나는 소녀 위쳐를 보살펴주십시오!"

"널 좀 더 잘 보려고 내 눈이 이렇게 크지!" 무쇠로 된 늑대가 외쳤다. "그리고 널 잡아서 껴안으려고 이렇게 커다란 발이 있단다! 난 모든 게 다 커, 모두 다 말이야. 너도 곧 알게 될 거야. 그런데 왜 그렇게 이상한 눈으로 날 보는 거니? 작은 소녀야, 왜 대답이 없어?"

소녀 위처는 웃음을 지었다.

"너에게 줄 놀라운 선물이 있거든."

플루오렌즈 델라노이, 〈동화와 민담 중 '놀라운 선물'〉

제 11 장

수련 소녀들은 대사제 앞에서 팽팽하게 당긴 현처럼 미동도 없이, 긴장한 듯 얼굴이 하얗게 질린 채 서 있었다. 길을 떠날 준비는 되어 있었다. 가장 세세한 부분까지 모든 준비를 마쳤다. 회색의 여행용 남성복, 따뜻하지만 움직임을 제한하지 않는 털가죽 옷, 편안한 엘프 신발. 머리카락은 행군 때 막사에서도 단정하고 깨끗하게 매만질 수 있도록, 일할 때 방해가 되지 않도록 짧게 잘랐다. 작은 봇짐에는 길에서 먹을 식량과 꼭 필요한 물건만 들어 있었다. 나머지는 군대에서 제공하도록 되어 있었다. 그들이 갈 군대에서.

두 소녀의 얼굴은 무덤덤했다. 겉으로 보기에는…… 트리스 메리골드는 두 소녀의 손과 입술이 가늘게 떨리고 있는 것을 보았다.

바람이 신전 나무들의 앙상한 나뭇가지를 흔들며 마당 위를 뒹구는 낙엽들을 흩날렸다. 하늘은 남색이었다. 공기 중에는 눈보라가 걸려 있는 듯했다.

네네케가 침묵을 깨고 말했다.

"이미 배치는 되었니?"

"저는 아직요. 일단은 비지마 앞에 주둔한 부대에서 겨울을 날 거예요. 신병 모집 담당이 그러는데, 북쪽에서 오는 용병 부대들이 봄에 도착한다고…… 그중 한 곳에서 간호사로 일하게 될 거라고 했어요."

에우르네이드가 웅얼거리듯 대답했다.

"저는 배치됐어요. 밀로 반데벡크 외과 선생님의 야전 병원이에요."

작은 이올라가 창백하게 웃어 보였다.

"나를 부끄럽게 만들면 안 돼. 나와 신전과 위대한 멜리텔레 님이 창피하지 않도록 잘해야 한다."

대사제 네네케는 두 수련 소녀들을 엄한 눈으로 바라보았다.

"그런 일은 절대로 없을 거예요, 어머니."

"그리고 몸조심하고."

"네, 어머니."

"부상병들 사이에서 너희는 피곤해 쓰러질지도 몰라, 잠도 제대로 못 잘 테고. 두려움이 생기고 고통과 죽음을 보면서 의구심이 생길지도 모른다. 그런 힘든 시간을 보낼 때는 마약이나 흥분제에 쉽사리 의지하게 되지. 조심하기 바란다."

"알아요, 어머니."

"전쟁, 공포, 살인과 피. 어떤 이들에게는 이런 것들이 행실을 느슨하게 만드는 마약과도 같지. 너희들 같은 코흘리개에게는 어떤 영향이 있을지, 지금은 모를 것이고 앞으로도 알아서는 안 되겠지. 조심하기 바란다. 하지만 혹시 모르니 예방 조치를 취하는 게 좋겠지. 그럼에도 너희들 중 누군가 문제가 생겼을 때, 마을의 아줌마나 엉터리 의사에게 가서는 절대 안 돼! 신전을 찾아가든지, 제일 좋은 건 여자 마법사를 찾아가는 것이야."

대사제 네네케는 두 소녀를 다시 한 번 엄한 눈빛으로 바라봤다.

"알아요, 어머니."

"당부할 말은 다했다. 이제 축복을 빌게 가까이 오너라."

네네케는 소녀들의 머리에 손을 얹고, 차례로 포옹을 한 후 입을 맞추었다. 에우르네이드는 코를 훌쩍거렸다. 작은 이올라는 울음을 터뜨렸다. 네네케의 눈도 보통 때보다 훨씬 더 촉촉해져 있었지만, 짐짓 화라도 난 것처럼 엄하게 말했다.

"엄살 부리지 말고. 늘 있는 전쟁일 뿐이야. 갔다가 다시 돌아오면 되고. 이제 짐을 챙겨서 조심히 가거라."

"안녕히 계세요, 어머니."

두 소녀는 신전 문까지 뒤도 돌아보지 않고 걸어갔다. 대사제 네네케와 여자 마법사 트리스 메리골드, 수련 소년 쟝은 두 소녀를 시선으로 배웅했다.

쟝은 계속해서 헛기침을 하며 대사제가 자신에게 주목해주길 바랐다.

"왜 그러느냐?"

네네케가 쟝을 쏘아보았다. 쟝의 얼굴은 불만과 서운함으로 가득했다.

"쟤들은 허락해주시고! 저 여자애들에게는 신병 모집에 가도록 허락해주셨잖아요! 나는요? 왜 나만 안 돼요? 이 성벽 뒤에 숨어서 먼지투성이 양피지나 뒤적이라고요? 난 장애인도 아니고 겁쟁이도 아니에요! 여자애들도 전쟁터에 나가는데, 나만 이 신전에 앉아 있으라는 건 수치……."

"저 여자애들은 지금까지 치료와 보건, 아픈 사람들과 부상자들을 돌보는 법을 배워왔어. 전쟁터에 나가는 건 애국심 때문도 아니고, 모험에 굶주려서도 아니야. 전쟁터에는 아프고 다친 이들이 너무 많기 때문이지. 밤낮으로 할 일이 태산이라고! 에우르네이드와 이올라, 미라, 카티에 프룬, 데보라 등 다른 여자애들은 이 전쟁에 대한 우리 신전의 헌납이야. 신전은 사회의 일부로써 사회에 진 빚을 갚는 것이지. 군대와 전쟁에 우리 것을 내놓는 것이야, 한 분야의 전문 인력들을. 이해하겠니, 쟝? 전문 인력들이라고! 푸줏간에 내놓는 고깃덩어리가 아니라!"

"모두들 전쟁에 나가잖아요! 겁쟁이들만 집에 남아 있어요!"

"바보 같은 소리를 하는구나, 쟝. 아무것도 이해하지 못했어."

트리스도 엄한 목소리로 말했다.

"나는 전쟁에 나가고 싶어요. 난…… 시리를 구하러……."

쟝의 목소리는 갈라지고 있었다.

"맙소사. 백마라도 타고 공주님을 구하러 가고 싶은 거니, 방랑 기사들처럼……."

네네케가 한심하다는 듯 쟝의 말을 끊었지만 트리스의 시선을 느끼고는 단호한 말투로 말했다.

"그만해라, 쟝. 허락하지 않는다고 이미 말했다! 가서 책이나 읽어! 공부를 해라. 너의 미래는 학문이야. 이리 오게, 트리스. 시간 낭비하지 맙시다."

네네케는 다시 한 번 무서운 눈초리로 쟝을 쏘아봤다.

제단 앞에 펼쳐진 천 위에는 뿔로 만든 빗, 싸구려 반지, 표지가 떨어진 책, 여러 번 빨아 너덜너덜해진 파란 스카프가 놓여 있었다. 큰 이올라가 무릎을 꿇고서 물건들을 내려다보고 있었다. 큰 이올라는 예언의 능력이 있는 사제였다.

"서두르지 마, 이올라. 천천히 집중해. 번쩍이는 예언을 원하는 것도 아니고, 천 개의 해답이 있는 에니그마를 원하는 것도 아니니까. 우리는 형상을 원해, 뚜렷한 형상을. 물건들에서 아우라를 끌어내야 한다. 저것들은 시리의 물건들이고, 시리가 만졌던 물건들이야. 아우라를 끌어내, 천천히. 서두를 건 없다."

옆에 서 있던 네네케가 말했다.

밖에서는 바람이 불며 눈보라가 뭉치기 시작했다. 신전 지붕과 마당에는 금세 눈이 덮였다.

11월의 아홉 번째 날이었다. 보름달이 뜨는 날.

"준비됐어요, 어머니."

큰 이올라가 노래하는 듯한 목소리로 말했다.

"시작해라."

"잠시만요! 잠시만요, 네네케. 나도 함께 트랜스에 들어가고 싶어요."

트리스가 용수철처럼 의자에서 튀어 오르더니 어깨에 걸쳐진 친칠라 털가죽을 내던졌다.

"그건 너무 위험하네."

"알아요. 하지만 보고 싶어요, 내 눈으로. 그렇게 해야만 해요. 시리…… 난 시리를 내 동생처럼 사랑해요. 케드웬에서는 자기 목숨을 걸고 내 목숨을 구해주었다고요."

트리스 메리골드의 목소리가 갑자기 갈라졌다.

"쟝과 똑같군. 눈이 먼 채로 구하러 달려가겠다는 모습이. 목이 부러지건 말건, 어디로 가는지, 뭐하러 가는지도 모르는 채 말이야. 하지만 쟝은 순진한 어린아이고, 당신은 성숙하고 현명한 마법사이지 않나. 트랜스에 들어

간다고 해서 시리에게 도움이 되진 않는다는 것 정도는 알고 있을 텐데. 그리고 본인은 해를 입을 수도 있고."

네네케가 고개를 저었다.

"이올라와 함께 트랜스에 들어가고 싶어요. 허락해주세요, 네네케. 위험할 게 뭐가 있어요? 간질 발작? 만약 그런 일이 일어난다 해도 당신이 날 구해줄 텐데요."

트리스는 입술을 깨물며 다시 말했다.

"위험하지. 당신이 보면 안 되는 것을 볼 수도 있으니까."

네네케의 대답에 트리스는 겁에 질려 생각했다. 언덕, 소든의 언덕. 언젠가 내가 죽었던 그곳. 나를 묻고 묘비 오벨리스크에 내 이름을 새겼던 곳. 언덕과 무덤, 언젠가 나를 기념할 그곳. 나는 알고 있어. 이미 예언된 것이니까.

"난 이미 결정을 내렸어요. 시작해요."

트리스는 차갑고 거만하게 말하면서 아름다운 머리카락을 목 뒤로 넘겼다.

네네케는 무릎을 꿇고 모은 손 위에 이마를 얹고는 작은 목소리로 말했다.

"시작하지. 준비해라, 이올라. 내 옆에 무릎을 꿇게, 트리스. 이올라의 손을 잡아."

밖은 밤이었다. 눈 폭풍이 울부짖으며 눈을 뿌렸다.

남쪽, 아멜 산맥을 한참 넘어 백 개의 호수라고 불리는 메틴나, 엘란더 시와 멜리텔레 신전에서 까마귀가 나는 길로 500마일이나 떨어진 곳에 사는 어부 고스타가 악몽을 꾸고 벌떡 일어났다. 잠에서 깬 고스타는 아무것도 기억할 수 없었지만, 이상한 불안감에 오랫동안 다시 잠들지 못했다.

고기잡이를 아는 어부라면 누구든지, 농어를 잡기 위해서는 첫 얼음이 얼 때여야 한다는 사실을 알고 있다.

올해 겨울은 예상 외로 빨리 왔지만, 마치 인기가 많은 예쁜 아가씨처럼 변덕을 부리며 장난을 쳤다. 그 누구도 첫눈과 첫추위가 오리라고는 예상치 못했던 11월 초, 사오빈 축제일이 지나자마자 숨어 있다가 공격하는 산적처럼 사람들을 힘들게 했던 것이다. 할 일은 너무나 많았다. 11월 중순에 이미 호수 위에는 살얼음이 깔렸고 사람이 올라가도 될 만큼 제법 단단해 보였다. 하지만 갑자기 변덕스러운 겨울이 물러나면서 다시 가을이 되어 비를 뿌렸고, 비를 맞은 살얼음판이 소리를 내며 호숫가에서 물러나고 남쪽에서 불어온 따뜻한 바람에 녹아버렸던 것이다. 이게 도대체 무슨 일이지, 농부들은 의아해했다. 겨울이 오는 거야, 마는 거야?

사흘이 채 지나기도 전에 겨울은 다시 돌아왔다. 이번엔 눈도, 바람도 없었지만 추위는 마치 집게를 든 대장장이처럼 매서웠다. 온몸이 떨릴 지경이었다. 지붕에서 뚝뚝 흐르던 물은 하룻밤 만에 날카로운 고드름으로 변했고, 깜짝 놀란 오리들은 호수 안에서 얼어붙을 지경이었다.

밀 트라흐타의 호수는 한숨을 내쉬며 얼어붙었다.

확실히 하기 위해 고스타는 하루를 더 기다렸다. 그러고는 다락에서 어깨에 메는 줄을 꺼냈다. 다락 안에는 고기를 잡는 도구들이 들어 있었다. 고스타는 신발에 지푸라기를 꼼꼼히 채우고, 털가죽 옷을 입고, 끌과 자루를 챙겨 호수로 서둘러 갔다.

농어잡이는 첫 얼음이 최고였다.

얼음은 단단했다. 사람의 무게에는 약간 휘어지며 흔들렸지만, 지탱할 만큼은 얼어 있었다. 고스타는 호수 깊은 곳까지 나아가 끌로 구멍을 내고 상자에 앉았다. 그는 짧은 구리로 된 낚싯바늘에 주석으로 만든 작은 물고기를 걸고 말총으로 만든 낚싯줄을 물속에 드리웠다. 팔뚝의 절반만 한 첫 번째 농어가 낚싯줄을 다 내리기도 전에 낚싯바늘을 물었다.

한 시간이 채 지나지 않아, 얼음 구멍 주위로 50마리쯤 되는 초록빛의 물고기가 핏빛처럼 빨간 지느러미를 하늘거리며 모여들었다. 고스타는 필요한 것보다 더 많은 농어를 낚았지만 낚시의 즐거움 때문에 그만둘 수가 없었다. 남는 물고기는 이웃들에게 나눠줘도 되니까.

그때 어디선가 숨을 몰아쉬는 소리가 들려왔다.

고스타는 얼음 구멍에서 고개를 들었다. 호숫가에 아름다운 검은 말이 서 있었고, 콧구멍에서는 하얀 김이 나고 있었다. 사향쥐 털옷을 입은 기수는 목도리로 얼굴을 싸매고 있었다.

고스타는 침을 꿀꺽 삼켰다. 도망치기에는 이미 너무 늦었다. 마음속으로 기수가 얇은 얼음 위로 말을 달리지 않기만을 바랐다.

고스타는 기계적으로 낚싯대를 움직였고, 농어는 또 낚싯줄을 건드렸다. 고스타는 농어를 끌어올려 낚싯바늘을 빼고 얼음 위로 던졌다. 곁눈질로 보니 말을 탄 사람이 검은 말에서 내려 잎이 다 떨어진 덤불로 고삐를 던지고는 미끄러운 얼음을 조심스럽게 밟으며 고스타 쪽으로 오고 있었다. 고스타는 혹시라도 무슨 일이 생기면 무기로 쓸까 싶어 끌 쪽으로 몸을 굽히며 일어섰다.

"걱정하지 마세요."

여자아이였다. 목도리를 벗자 끔찍한 상처가 나 있는 얼굴이 보였다. 등에는 칼을 차고 있었는데, 팔 옆으로 삐쭉 튀어나온 칼자루는 아름답게 세공되어 있었다.

"아무 짓도 안 할 게요. 길을 물어보려고 왔어요."

여자아이는 조그마한 목소리로 말했다.

그렇겠지, 고스타는 생각했다. 도대체 무슨 소리야? 이 겨울에, 이 추위에 누가 밖을 돌아다니고 길을 떠나겠어? 산적이겠지. 아니면 추방당한 사람이거나.

"이 동네가 밀 트라흐타인가요?"

"음…… 밀 트라흐타. 우리는 그냥 '백 개의 호수'라고 부르지."

고스타는 얼음 구멍 안의 검은 물을 바라보며 말했다.

"그럼 타른 미라 호수는요? 혹시 그 호수 알아요?"

"모두들 알지. 하지만 우리는 베즈드노*라고 불러. 저주받은 호수지. 무서우리만치 깊은 곳이야…… 그 호수에는 물귀신들이 살아. 사람들을 물에 빠져 죽게 하지. 그리고 오래되고 저주받은 폐허에는 유령들이 살고 있어."

고스타가 겁먹은 얼굴로 여자아이를 바라보자 아이의 초록빛 눈이 반짝하고 빛나는 것을 볼 수 있었다.

"그곳에 폐허가 있나요? 무슨 탑이죠?"

"탑은 무슨…… 돌 위에 돌, 무너진 돌무더기 위로 풀이 무성할 뿐이야. 폐허가 된……."

고스타는 코웃음이 나오는 걸 참지 못했다.

농어는 더 이상 팔딱거리지 않고 축 늘어진 채로 줄무늬 친구들 옆에서 아가미를 움직이고 있었다. 여자아이는 그 광경을 바라보며 생각에 잠겼다.

---

* 베즈드노(Bezdno): 폴란드어로 '바닥이 없는, 깊은'이라는 의미이다.

"얼음 위에서 죽는 것도 제법 매력 있군요."

여자아이가 혼잣말처럼 중얼거렸다.

"뭐라고?"

"그 폐허가 있는 호수까지는 얼마나 되나요? 어느 쪽으로 가야 해요?"

고스타는 설명을 해주었다. 그리고 손가락으로 어딘가를 가리켰다. 날카로운 끌 끝으로 얼음 위에 그림을 그려주기까지 했다. 여자아이는 고개를 끄떡이며 머리에 담았다. 호숫가에 서 있는 검은 암말은 얼어붙은 땅에 발을 구르며 콧구멍에서 김을 뿜고 있었다.

고스타는 호수의 서쪽 벼랑 끝을 따라 잎이 다 떨어진 오리나무와 자작나무 가지에 하얗게 서리가 맺힌, 동화의 한 장면처럼 아름다운 숲을 배경으로 말 탄 기수가 멀어져가는 뒷모습을 바라보았다. 검은 암말은 말할 수 없이 우아하고 빠르게, 언 땅에 닿는 말발굽 소리가 거의 들리지도 않을 만큼 가볍게 달렸다. 발굽에 닿은 나뭇가지에서 은색 눈이 떨어지지 않을 만큼 가볍게. 동화의 숲에서 환상의 말이 등장한다면 틀림없이 저런 말이리라.

어쩌면 정말 환상이었을까?

환상의 말을 탄 악마. 커다란 초록빛 눈망울에, 얼굴에는 깊은 상처가 있는 여자아이의 모습을 한 악마? 만약 악마가 아니라면, 어떤 사람이 겨울에 길을 나설까? 어떤 사람이 저주받은 폐허에 대해 물을까?

여자아이가 말을 타고 떠나자 고스타는 서둘러 낚시 의자를 챙긴 후, 숲을 지나 집으로 갔다. 그렇게 가면 더 멀었지만 이성과 본능이 큰길로는 가지 말라고 일러주었다. 이성적으로 생각했을 때 여자아이는 귀신이 보낸 사자는 아니었고, 분명 사람이었다. 검은 말은 환상이 아니라 살아 있는 진짜 말이었다. 아무도 다니지 않는 길을 엄동설한에 홀로 달리는 이들 뒤로는 보통 쫓아오는 무리들이 있기 마련이었다.

한 시간 뒤, 쫓아가는 무리들이 길을 따라 나타났다. 말 열네 마리와 함께.

리엔스는 또 한 번 은색 상자를 흔들어보고 욕설을 내뱉은 뒤, 화를 참지 못하고 안장 앞머리를 내리쳤다. 하지만 은색 상자는 아무 말이 없었다. 마치 마법에라도 걸린 것처럼.

"개똥같은 마법이군. 고장 난 모양이야, 싸구려 상자가."

본하트가 차갑게 말했다.

"아니면 우리 따위는 안중에도 없다는 걸 빌게포츠가 보여주고 있거나."

스테판 스켈렌이 덧붙였다.

리엔스는 머리를 들고 차가운 시선으로 둘을 노려보았다.

"싸구려 상자 덕분에 우리가 길에 제대로 들어설 수 있었고, 이제 놓칠 일도 없어. 빌게포츠 선생 덕분에 여자아이가 어디로 가는지 알게 된 거야. 우리의 목적지가 어디인지도 알고, 뭘 해야 하는지도 알지. 그것만으로도 대단하지 않아? 몇 달 전, 당신들의 우왕좌왕에 비하면."

리엔스가 빈정거리며 쏘아붙였다.

"말이 많군. 보레아스, 여자아이의 자취는 어때?"

보레아스 문은 몸을 쭉 펴더니 기침을 했다.

"한 시간 전쯤 우리 앞을 지나갔습니다. 조심하며 가는 중이죠. 하지만 여긴 위험한 지역이에요. 그 엄청난 말을 타고도 우리보다 고작 5, 6마일 정도 앞섰을 뿐입니다."

"그러니까 호수들 사이로 가고 있는 건 맞군. 빌게포츠 말이 맞아. 믿지 않았는데…….”

스켈렌이 중얼거리자 본하트도 고개를 끄덕이며 말했다.

“나도 그랬죠. 하지만 어제 시골 사람들이, 타른 미라 호수 위에 어떤 마법의 건물이 있다고 말하는 걸 듣고 생각이 바뀌더군요.”

말들은 숨을 내쉬며 콧구멍에서 김을 뿜었다. 스켈렌은 왼쪽 옆에 있는 요안나 셀본을 흘끗 쳐다보았다. 며칠 전부터 얼굴 표정이 마음에 들지 않았다. 내가 신경이 곤두섰나 보군, 스켈렌이 생각했다. 이 추격전에 모두들 지친 거야. 육체적으로, 정신적으로. 이제 끝낼 때가 됐어, 되도록 빨리.

갑자기 등에 소름이 끼쳤다. 어젯밤에 꾼 꿈이 생각났던 것이다. 하지만 올빼미는 재빨리 정신을 차렸다.

“좋아! 고민은 그만. 말에 올라!”

보레아스 문은 흔들리는 안장에 앉은 채 발자취를 찾느라 여념이 없었다. 쉽지 않았다. 땅은 뼈처럼 딱딱하게 굳어 있었고, 건조한 눈은 바람에 날려 구덩이나 흙바닥이 파인 곳에만 남아 있었다. 그런 곳에서 보레아스 문은 검은 암말의 말발굽 흔적을 찾았다. 가는 길을 놓치지 않도록 주의해야만 했다. 더구나 은색 상자에서 흘러나오던 목소리가 침묵하면서 더 이상 길을 지시하거나 가르쳐주지 않았기 때문이다.

보레아스 문은 피곤해서 죽을 지경이었다. 게다가 불안했다. 여자아이를 쫓기 시작한 지 이미 3주, 사오빈 축제일부터, 던 다레의 참상 이후부터였다. 거의 3주 내내 말 위에 앉아 뒤쫓고 있었다. 하지만 검은 암말도, 말을 탄 여자아이도 전혀 지치는 기색 없이, 속도가 떨어지지 않았다.

보레아스 문은 발자취를 찾았지만 어젯밤에 꾼 꿈에 대한 생각을 떨쳐버릴 수가 없었다. 그 꿈에서 자신은 물에 빠져 죽어가고 있었다. 검은 물이 머리 위에서 닫히고, 깊은 바닥으로 끌려 들어가 목과 폐에 얼음처럼 차가운 물이 차오르는 꿈이었다. 날이 추운데도 불구하고 온몸이 땀에 젖어, 열이 오른 채 깨어났던 것이다.

이제 그만! 보레아스 문은 안장 위에서 흔들리며 생각했다. 이제는 끝낼 때가 됐어.

"스승님? 제 말 들리세요, 스승님?"

작은 상자는 마법에라도 걸린 것처럼 아무 말이 없었다.

리엔스는 어깨를 으쓱하더니 언 손을 후후 불었다. 목과 등은 차가웠고, 허리와 사타구니는 아팠고, 말이 조금이라도 세게 움직이면 더 아팠다. 욕할 기운도 없었다.

3주 내내 말을 타고 이어진 추적이었다. 엄청난 추위 속에서 말을 달렸고, 며칠 전부터는 요란한 서리 속에서 이동하고 있었다.

스승인 빌게포츠는 아무 말이 없었다.

우리도 말을 하지 않지. 서로를 늑대 같은 눈초리로 노려볼 뿐.

리엔스는 소매를 당겨 내리며 손을 비볐다.

스켈렌, 저 작자가 날 이상한 눈초리로 본단 말이지, 리엔스는 생각했다. 배신이라도 할 생각인가? 그때 너무 빨리, 너무 쉽게 빌게포츠 선생과 이야기가 되었단 말이지…… 그리고 이 부대는 스켈렌에게 충성을 다하고 스켈렌의 명령을 수행하는 부대야. 만약 우리가 여자아이를 잡으면, 약속된 것과는 달리 여자아이를 바로 죽여버리거나 모반자들에게 데려가는 건 아닐까? 민주주의인지 시민이 다스리는 정부인지 하는 터무니없는 이상을 실현하겠답시고?

아니면 스켈렌은 이미 모반에서 빠진 건가? 원래 타협하길 좋아하는 천성이고 기회주의자라 지금은 여자아이를 에미르 황제에게 데려가기로 마음을 굳힌 건가?

날 이상한 눈으로 본단 말이지, 올빼미 저자가. 그리고 저 무리 전체……켄나 셀본…….

그럼 본하트는? 본하트는 한마디로 사디스트지. 시리의 이야기를 할 때, 목소리가 분노로 떨렸어. 자기 변덕에 따라 여자아이를 잡아서 죽이든지 아니면 경기장에서 싸우게 하려고 납치할 속셈이겠지. 빌게포츠 선생과 약속? 글쎄, 저자는 절대로 약속을 지키지 않을 거야. 게다가 지금처럼 빌게포츠 선생이…….

리엔스는 다시 은으로 만들어진 작은 상자를 꺼냈다.

"스승님, 제 말 들리세요? 저 리엔스……."

상자는 여전히 아무 말이 없었다. 리엔스는 욕을 하고 싶지도 않았다.

빌게포츠는 침묵하고 있다. 스켈렌과 본하트는 스승님과 약조를 했지. 하지만 하루나 이틀 뒤, 우리가 여자아이를 잡으면 그 약조라는 게 아무것도 아니라는 사실이 밝혀질지도 몰라. 그럼 난 목에 칼을 맞겠지. 아니면 올빼미의 충성심에 대한 증거로 포승줄에 묶여 닐프가드로 끌려갈…….

젠장!

빌게포츠는 아무 말이 없다. 그 어떤 조언도 해주지 않는다. 길을 알려주지도 않는다. 차분하고 논리적이면서 듣는 이의 영혼 깊숙이 닿는 특유의 그 목소리로 설명해주지 않는다. 아무 말이 없다.

상자는 고장 났다. 추위 때문일까? 그럴지도…….

어쩌면 스켈렌의 말이 맞는 걸까? 빌게포츠는 정말 다른 일로 바빠서 우리와 우리의 운명 따위엔 아무 관심도 없는 걸까?

젠장, 이 일이 이렇게 되리라고는 상상도 못했는데. 조금이라도 알았더라면 이 일에 기꺼이 자원하지는 않았을 거야. 쉬루 대신 위쳐를 죽이러 갔을 텐데…… 젠장! 난 여기서 추위로 떨고 있는데, 쉬루는 분명 어딘가 따뜻한 곳에서…….

내가 이 일을 맡겠다고 우기다니…… 나는 시리를 찾을 테니 쉬루는 위쳐를 쫓으라고, 내가 그렇게 요청했잖아!

9월 초, 우리 손에 예니퍼가 떨어졌을 때 말이야.

조금 전까지만 해도 실체가 아닌, 부드럽고 흐릿하면서 물컹한 검은 덩어리 같았던 세상이 갑자기 딱딱한 표면과 윤곽선을 갖추었다. 그리고 밝아졌다. 실체가 된 것이다.

예니퍼는 경련하듯 돋치는 소름에 눈을 떴다. 예니퍼는 돌 위에, 시체들과 타르 칠이 된 나무토막들 사이에, '알키온' 호의 부서진 파편들 사이에 누워 있었다. 옆으로 사람들의 다리가 보였다. 묵직한 신발을 신은 다리들이었다. 그 신발 중 하나가 조금 전에 예니퍼를 깨우며 발로 찼다.

"일어나, 마녀야!"

또다시 걷어찼다. 이빨 뿌리까지 고통이 밀려왔다. 예니퍼는 자기 위로 숙여진 얼굴을 알아봤다.

"일어나라고, 말했잖아! 일어나! 날 알아보겠나?"

예니퍼는 눈을 깜빡였다. 알아보았다. 언젠가 텔레포트로 도망치려고 했을 때, 예니퍼가 화상을 입혔던 그 남자였다. 리엔스.

"나중에 갚아주겠어. 이 모든 것을 죄다 갚아주겠어. 너에게 고통을 가르쳐주지. 이 손과 이 손가락으로 너에게 고통을 가르쳐줄 거야."

당시, 리엔스라는 이름의 남자는 그렇게 말했었다.

예니퍼는 몸을 긴장시키고 손을 쥐었다 펴며 주문을 외울 준비를 했다. 그러나 숨이 막혀 헐떡거리더니 기침을 하며 몸을 움츠렸다. 리엔스가 낄낄거리는 웃음소리와 목소리가 들려왔다.

"아무것도 안 되지, 어때? 넌 지금 아무 힘도 없어. 빌게포츠 님과 감히 마법을 겨루려 하다니! 치즈에서 물을 짜내듯 모든 힘을 다 짜내버린 거야. 넌 지금……."

리엔스는 말을 끝맺지 못했다. 예니퍼가 허벅지 안쪽에 숨겨둔 단검을 꺼내 고양이처럼 달려들어 아무데나 찔렀던 것이다. 하지만 빗나갔다. 칼날은 찌르려고 한 곳을 찌르지 못하고 바지 천을 찢었을 뿐이었다. 리엔스는 급히 뒤로 물러서다가 넘어졌다.

곧이어 구타와 발길질이 우박처럼 쏟아졌다. 묵직한 구두가 예니퍼의 손을 짓밟으며 곤죽이 된 주먹 안에 칼날을 박을 때 비명을 질렀다. 두 번째 구두는 배 아래를 걷어찼다. 예니퍼는 몸을 말고 컥컥거렸다. 예니퍼는 들어 올려진 채 손은 뒤로 꺾였다. 예니퍼는 자신의 얼굴 쪽으로 날아오는 주먹들이 보였고, 번쩍거리는 빛과 함께 얼굴이 고통으로 터질 것 같았다. 고통은 파도처럼 아래로 내려와 배와 사타구니에 도달하더니 무릎이 젤리처럼 힘없이 꺾였다. 예니퍼는 붙들고 있는 손들 사이에서 휘청거렸다. 누군가가 머리채를 뒤에서 붙잡고 얼굴을 들었다. 또다시 눈가에 가격을 당하고 눈이 멀 것 같은 빛이 번쩍이다 사라졌다.

예니퍼는 정신을 잃지 않았다. 모든 것을 그대로 느끼며 구타를 당하고 있었다. 잔인하고 거칠게, 남자들의 싸움처럼 때리고 있었다. 단지 고통을 주려는 게 목적이 아니라, 뼈를 부러뜨리고, 모든 기력을 앗아가고, 더 이상 저항하지 못하도록 때리고 또 때렸다. 여러 명이 예니퍼를 붙잡은 채로.

예니퍼는 차라리 기절하고 싶었지만 그러지 못했다. 모든 것을 고스란히 느껴야만 했다.

"충분해. 정신이 나간 건가, 리엔스? 죽일 참이야? 난 살아 있는 몸이 필요하다고."

갑자기 멀리서, 고통의 장막 뒤에서 목소리가 들려왔다.

"예전에 약속한 게 있습니다, 스승님. 갚아주겠다고⋯⋯ 이 손으로 직접⋯⋯."

예니퍼 앞에서 흔들리던 흐릿한 형상이 리엔스의 형체와 얼굴을 갖추며 대답했다.

"자네가 뭘 약속했는지 따위는 내 알 바 아니네. 다시 말하지만, 제대로 발음할 수 있는 상태로 살아 있어야 해."

"고양이와 마녀는 원래 죽이기가 그리 쉽지 않죠."

예니퍼의 머리채를 잡고 있는 자가 웃으며 말했다.

"잘난 척하지 말고, 쉬루. 때리는 건 그만하면 됐어. 끌어올려. 예니퍼, 어떻게 지냈나?"

예니퍼는 새빨간 피를 퉤하고 뱉으며 부어오르는 얼굴을 들었다. 처음엔 알아보지 못했다. 얼굴 왼쪽을 모두 가리고 있는 가면 비슷한 것을 얼굴에 쓰고 있었기 때문이었다. 하지만 그가 누구인지는 알 수 있었다.

"악마에게나 가버려, 빌게포츠."

예니퍼는 혀로 앞니와 찢어진 입술을 조심스럽게 만지며 내뱉었다.

"내 마법을 어떻게 평가하나? 내가 당신과 그 배를 바다에서 끌어올린 것 말이야, 괜찮았지? 날아온 건 어땠나? 추락에도 살아남다니, 어떤 마법으로 스스로를 보호한 거지?"

"악마에게나 가버리라고 했을 텐데."

"목에서 저 흑요석 별을 벗겨내. 그리고 실험실로 데려와. 시간 낭비하지 말자고."

질질 끌다가 아무렇게나 떠메고서 예니퍼를 끌고 갔다. 돌바닥에는 '알키온' 호가 부서진 채 자리하고 있었다. 그리고 다른 난파선들도 보였다. 마치 바다 괴물의 백골을 연상케 하는 배의 뼈대와 이음새가 그대로 드러난 채 놓여 있었다. 크래치 안 크라이트의 말이 맞았어, 예니퍼는 생각했다. 세드나 해구에서 아무 흔적도 없이 사라진 배들은 자연재해를 당한 게 아니었어. 신들이시여…… 파베타와 듀니 역시…….

바닥 위, 저 멀리서 구름 가득한 하늘 사이로 산봉우리들이 보였다.

곧이어 벽과 문, 복도, 바닥, 계단이 나타났다. 모든 것이 이상할 만큼 부자연스럽게 컸다. 하지만 여기가 어딘지, 마법이 자신을 어디로 데려왔는지 파악하기엔 세부 사항이 너무 적었다. 부어오른 얼굴이 관찰을 더욱 힘들게 했다. 감각으로 느낄 수 있는 정보는 단 하나였다. 후각. 포르말린과 에테르, 스피리투스, 그리고 마법의 냄새가 났다. 실험실의 냄새였다.

예니퍼는 철로 된 의자에 거칠게 앉혀졌다. 팔목과 발목에는 차갑고 꽉 조이는 금속이 아프게 철컹거렸다. 철로 된 죔쇠가 관자놀이를 압박하고 머리를 고정하기 전에 예니퍼는 밝게 조명을 밝힌 큰 홀을 둘러볼 수 있었다. 돌로 된 바닥에는 이상하게 생긴 철로 된 의자 하나가 더 놓여 있었다. 뒤에서 있던 빌게포츠의 목소리가 들려왔다.

"저 의자는 너의 시리를 위한 거야. 이미 오래전에 만들어졌고 그 아이를 기다리고 있지. 나도 기대가 커."

목소리는 아주 가까이서 들려왔다. 숨결이 느껴질 정도였다. 빌게포츠는 예니퍼의 머리에 바늘을 꽂고는 무언가를 귓불에 꽂았다. 그러고는 예니퍼 앞에 서서 가면을 벗었다. 예니퍼는 자기도 모르게 한숨을 내쉬었다.

"이게 바로 너의 시리가 만든 작품이야."

한때 고전적으로 잘생겼던 빌게포츠의 얼굴이 지금은 끔찍하게 엉망이 되어 있었다. 그는 왼쪽 눈알 자리에 금으로 된 자물쇠와 걸쇠로 고정되어 있는 크리스털을 가리키며 말했다.

"갈매기 탑의 텔레포트로 들어가려 할 때, 내가 잡으려고 했지. 난 그 텔레포트가 아이를 죽일 거라고 생각해서 목숨을 구해주려고 한 거야. 내가 순진했지! 그 아이는 매끈하게, 엄청난 힘으로 텔레포트에 들어갔어. 포털은 그 힘을 견디지 못하고 터져버렸는데, 내 얼굴 바로 앞에서 폭발했지 뭔가. 난 한쪽 눈과 왼쪽 뺨, 그리고 얼굴 피부 중 상당 부분과 목, 가슴의 피부를 잃었지. 정말 유감이고, 매우 아프고, 사는 게 녹록지 않아졌어. 무엇보다도 보기 싫고, 그렇지 않나? 하, 내가 마법으로 이만큼 회복하기 전의 모습을 봤어야 했는데!"

빌게포츠는 예니퍼의 코앞에 구리로 된 휘어진 파이프를 들이밀며 이야기를 이어갔다.

"내가 그런 걸 믿는다면, 난 이게 내 비서였던 리디아 반 브레데보르트의 복수라고 생각했겠지. 무덤에서의 복수. 지금은 회복 중이지만 아주 천천히, 시간이 많이 걸리고 힘들어. 특히 눈알을 회복하는 건 몹시 어려워…… 하지만 눈에 박아둔 크리스털은 자기 역할을 아주 잘하고 있지, 3차원으로 보이지만. 어쨌거나 본래의 내 눈은 아니잖아? 내 눈이 없다는 게 가끔은 미칠 정도로 화가 나. 그렇게 비이성적인 분노에 사로잡힐 때면, 난 스스로에게 맹세를 해. 내가 시리를 잡기만 하면, 잡자마자 그 커다랗고 초록색으로 빛나는 눈 중 하나를 뽑으라고 리엔스에게 시킬 작정이야. 손가락으로, 리엔스가 항상 말하듯 자신의 그 손가락으로. 아무 말도 하지 않는군, 예니퍼? 당신 눈도 뽑아버리고 싶은 내 마음을 혹시 알까, 양쪽 눈을 다?"

빌게포츠는 예니퍼의 손등에 드러난 동맥에 바늘을 꽂았다. 되는대로 꽂는 통에 바늘이 뼈에 닿았다. 예니퍼는 이를 악물었다.

"당신이 골치 아픈 문제를 일으켰어. 하던 일을 내가 중단해야만 했다고. 그리고 위험을 무릅쓸 수밖에 없었지. 그 배로 세드나 해구까지 밀고 들어왔어, 내 소용돌이 깔때기 바로 밑까지…… 우리의 짧은 결투의 잔향이 멀리 퍼져서 부르지도 않은 참견쟁이들의 코까지 들어갔을지도 모른다고. 하지만 나 또한 참을 수가 없었지. 당신을 이곳에 데려와 내 스캐너에 연결할 수 있다는 생각은 정말이지 유혹적이었거든."

빌게포츠는 다음 바늘을 찔러 넣으며 계속 말을 이었다.

"설마 내가 당신의 자극에 반응했다고 생각하는 건 아니겠지? 내가 당신의 미끼를 물었다고? 아니야, 예니퍼. 만약 그렇게 생각한다면, 그건 호수 표면에 비친 별을 보고 그 호수를 하늘로 착각한 것과 같아. 당신은 날 추적했지, 하지만 나도 당신을 추적했어. 세드나 해구로 배를 몰고 들어오면서, 당신이 내 일을 쉽게 만들어준 거야. 왜냐하면 내 힘으로는 시리를 스캔할 수 없거든. 당신이 만든 장치의 도움 없이는 불가능하지. 시리는 타고난 방어 기제가 있어. 매우 강한 반(反)마법과 금제의 아우라가 있지. 뭐, 고대 혈통이니까. 그래도 내 슈퍼 스캐너가 그 아이를 찾아낼 거라고 생각했지. 하지만 찾지 못했어."

예니퍼는 이미 은과 도기로 만든 파이프와 연결되어 있는 구리선과 은 전선에 칭칭 휘감겨 있었다. 의자 옆 책상 위에는 투명한 액체들이 담긴 유리병들이 흔들리고 있었다.

빌게포츠는 이번엔 유리로 된 파이프를 예니퍼의 코앞으로 들이밀었다.

"그래서 나는 시리를 스캔할 수 있는 방법이 감성 검출법밖에는 없다는 결론에 도달했어. 그러기 위해서는 그 아이와 감정적 교류를 충분히 했던 사람, 그리고 어떤 감정의 틀을 형성한 사람, 그러니까 요즘 말로 하자면 감정의 알고리즘과 서로 좋아하는 마음이 있는 사람이 필요했던 거지. 난 위쳐를 생각했지만 위쳐는 사라져버렸고, 사실 위쳐는 매개자로 쓰기엔 좋지 않아. 그래서 트리스 메리골드를 납치하라고 지시할 생각이었어. 소든 언덕에서 활약한 우리의 열네 번째 마법사 말이야. 그리고 엘란더의 네네케를 납치할까도 생각했어. 하지만 당신, 벤거버그의 예니퍼가 굳이 내 손에 들어온다면…… 그거야말로 나는 더 이상 바랄 것이 없는 거지. 이 기계에 연결된 당신이 나에게 시리를 스캔해줄 거야. 물론 이 작업에는 당신의 협력이 좀 필요하지. 협력을 유도하는 데는 여러 가지 방법이 있으니까."

빌게포츠는 몹시 기대된다는 듯 손을 비볐다.

"당신도 약간의 설명을 들어야겠지. 예를 들어, 내가 어디서 어떻게 고대 혈통에 대한 이야기를 들었을까? 라라 도렌의 유산에 대해서? 도대체 그 유전자가 뭔데? 어떻게 시리가 그 유전자를 가지게 되었지? 누가 시리에게 그 유전자를 넘겨주었을까? 내가 그 유전자를 어떻게 채취하고 무엇에 쓸 것인가? 세드나 해구의 소용돌이 깔때기는 어떻게 작동하는 것이며 그걸로 누구를 빨아들였고, 빨아들인 자들로 무엇을 했으며 왜 그런 일을 했을까?

질문이 상당히 많겠지? 이걸 다 당신에게 얘기해줄 시간이 없다는 게 아쉬울 지경이야, 진심으로. 왜냐하면 그중 몇 가지는 당신을 놀라게 만들 테니까, 틀림없이 말이야. 하지만 말했듯이, 시간이 없어. 이제 슬슬 약이 효력을 발휘할 거야, 당신이 집중할 수 있도록."

예니퍼는 이를 악물고 깊은 곳에서 터져 나오는 신음을 억눌렀다. 그러든지 말든지 빌게포츠는 거미줄 같은 은색 전선들과 엮여 있는 커다란 확대 환등기와 화면, 삼발이 위에 놓인 커다란 크리스털 구슬을 가까이 밀며 말했다.

"나도 알아. 알고말고, 아주 더러운 느낌이야. 게다가 고통스럽기도 하지. 스캔을 빨리 할수록 빨리 끝날 거야. 알아두라고, 예니퍼. 여기 이 화면에서 난 시리를 보고 싶어. 어디 있는지, 누구와 함께 있는지, 뭘 하는지, 뭘 먹는지, 누구와 어디서 자고 있는지 전부 다."

예니퍼는 짐승 같은 절망의 비명을 질렀다.

"아프지. 물론 아플 거야. 자, 스캔을 해, 예니퍼. 저항하지 말고. 영웅인 척하지 마. 당신도 알다시피 이걸 참을 수는 없어. 저항했다가는 그 결과가 무서울 거야. 뇌출혈과 하반신 마비, 아니면 식물인간이 되겠지. 스캔을 해!"

빌게포츠가 생생한 자신의 눈 한쪽과 크리스털로 만든 의안으로 예니퍼를 노려보며 소리쳤다.

예니퍼가 이가 떨릴 만큼 턱을 악물자 빌게포츠는 다시 부드럽게 말했다.

"아니, 예니퍼, 궁금하지도 않나? 당신의 제자가 어떻게 지내고 있는지 분명 궁금할 텐데. 지금 혹시 위험에 처해 있는 건 아닐까? 아니면 도움을 필요로 하거나? 얼마나 많은 사람들이 시리에게 나쁜 일이 일어나길 바라고, 시리가 사라지길 원하는지 당신도 알잖아. 스캔을 해. 시리가 어디 있는지 내가 알게 되면, 이리로 데려올 테니까. 여긴 안전해…… 여기선 아무도 그 애를 찾을 수 없지, 아무도."

빌게포츠의 목소리는 벨벳처럼 부드럽고 따뜻했다.

"스캔을 해, 예니퍼. 스캔을 하라고. 제발 부탁이야. 내가 약속하지. 내가 필요한 것만 시리에게서 취할 거야. 그리고 당신도, 시리도 자유롭게 놔주지. 맹세할게."

예니퍼는 이를 더 꽉 악물었다. 턱으로 피가 흘러내렸다. 빌게포츠는 벌떡 일어나 손짓했다.

"리엔스!"

곧이어 예니퍼는 손과 손가락에 어떤 장치가 조여드는 것을 느꼈다.

"가끔은 마법도, 약도, 마약도 효과가 없는 상황에서 말이야, 말을 듣지 않고 저항하는 이들에게 전통적인 방식으로 고통을 주는 것이 효과를 발휘하기도 하지. 나에게 그런 짓까지 시키지는 않았으면 좋겠군. 어서 스캔을 해."

빌게포츠가 예니퍼 위로 고개를 숙이며 말했다.

"악마에게나 가라니까, 빌게포츠!"

"나사를 조여, 리엔스. 천천히."

빌게포츠는 축 늘어진 예니퍼의 몸을 지하실 계단으로 끌고 내려가는 것을 바라보았다. 그는 잠시 뒤, 리엔스와 쉬루를 돌아보며 말했다.

"항상 그런 위험은 있지. 너희들 중 누군가가 내 적들의 손에 떨어져 심문을 당하는 것 말이야. 그러면 너희들도 저 여자 마법사 못지않은 정신력과 각오를 보여줬으면 하는 바람이 있네. 물론 너희들을 믿고 싶지만, 도통 믿음이 가질 않거든."

리엔스와 쉬루는 아무 말도 하지 않았다. 빌게포츠는 또다시 확대환등기를 작동시켜 거대한 크리스털에서 발현된 이미지를 화면에 비추었다. 그는 이미지를 가리키며 말했다.

"스캔한 거라고는 저게 전부야. 난 시릴라를 원했는데, 나에게 보여준 건 위쳐라니…… 흥미롭군. 시릴라와의 감정 연결을 찢어내는 건 허락하지 않았지만, 게롤트 이야기를 하니 무너졌어. 난 게롤트에 대한 예니퍼의 감정 따위는 생각지도 않았는데…… 하지만 일단은 우리가 갖고 있는 것에 만족하자고. 위쳐, 카히르 엡 셀락, 단델라이온, 그리고 여자 한 명? 흠…… 누가 임무를 수행할 건가? 위쳐 수수께끼를 마지막으로 푸는 임무 말이야."

그 임무에는 쉬루가 자원했지. 리엔스는 아픈 엉덩이가 조금이라도 덜 고통스럽게 안장에서 몸을 일으키며 생각했다. 쉬루가 위쳐를 죽이기로 했어. 예니퍼가 게롤트와 놈의 일행이 어디에 있는지 보여주는 바람에 위치를 알게 되었고, 쉬루는 그곳에 지인인지 친척인지도 있다고 했지. 빌게포츠 선생은 바티에 드 리도와의 협상에 나를 보내면서, 협상이 끝나는 대로 스켈렌과 본하트를 쫓아가라고 지시했어.

내가 어리석었어. 그때만 해도 난, 내가 맡은 임무가 훨씬 더 쉽고 재미있을 거라고 생각했으니까. 빨리 해결할 수 있고, 쉽고 재미있는…….

"만약 농부들이 거짓말을 한 게 아니라면 그 호수는 저 언덕 뒤, 분지에 있을 거야."

스켈렌이 안장 위에 서서 언덕 너머를 가리키자 보레아스 문이 말했다.

"그쪽으로 발자취도 나 있습니다."

"그럼 여기 뭐하러 서 있나? 당장 말을 달려야지!"

리엔스가 얼어붙은 귀를 어루만지며 언성을 높이자 본하트가 리엔스를 저지했다.

"서두르지 마. 여기서 일단 무리를 나누자고. 분지를 포위하는 거지. 어느 쪽 호숫가를 따라갔는지 모르잖아. 만약 우리가 방향을 잘못 잡는다면, 호수 하나만큼 멀어지게 되는 거야."

"정말 그렇군요." 보레아스가 고개를 끄떡였다.

"호수는 얼어붙었는데."

"말이 지나가기에는 얼음이 너무 약할지도 몰라. 본하트의 말이 맞다, 무리를 나눠야 해."

스켈렌은 재빨리 명령을 내렸다. 일곱 마리의 말과 함께 본하트와 리엔스, 올라 하쉐임이 이끄는 무리가 동쪽 호숫가로, 검은 숲 속으로 금세 사라졌다.

"좋아. 가자, 실리판트."

명령을 내리던 스켈렌은 순간, 무언가가 이상하다는 것을 알아챘다.

올빼미는 말을 돌려 채찍으로 내리치고는 켄나에게 다가갔다. 켄나는 자신의 말을 돌려 세웠다. 그녀의 얼굴은 돌처럼 굳어 있었다.

"어쩔 수 없어요, 검시관님. 더 이상 뭐라고 하지 마세요. 우린 가지 않겠습니다. 돌아갈래요. 우린 이제 진저리가 나요."

켄나가 쉰 목소리로 말했다.

"우리? 우리가 누구야? 이게 뭐하는 짓이지? 지금 배신이라도 하겠다는 건가?"

실리판트가 고함을 질렀다.

스켈렌은 안장에서 몸을 굽혀 얼어붙은 땅에 침을 뱉었다. 켄나 뒤에는 안드레스 비에르니와 금발의 엘프인 틸 에크레이드가 서 있었다. 스켈렌이 천천히 입을 열었다.

"셀본 씨, 당신이 앞으로 화려하게 펼쳐질 경력을 망치는 것도, 일생일대의 기회를 이렇게 날려버리는 것도 문제가 아니야. 문제는, 당신이 곧 교수형을 당할 거라는 사실이지. 당신과 뜻을 함께한 저자들도 말이야."

올빼미 스켈렌의 목소리는 차분하고 무서웠다.

"교수형을 당하게 되면 최소한 얼음물에 빠져 죽지는 않죠. 그리고 교수대 정도로는 우리를 겁줄 수 없어요, 검시관님. 왜냐하면 누가 교수대와 더 가까이 있는지는 모르니까요. 우리인지, 검시관님인지 그건 알 수 없잖아요."

켄나의 꽤나 형이상학적인 대답에 올빼미의 두 눈이 번뜩였다.

"그렇게 생각하나? 교활하게 누군가의 생각을 엿듣고 그런 결론에 이르렀다, 이건가? 당신이 조금은 더 현명할 줄 알았는데. 당신은 그냥 바보였군, 이 여자야. 나는 언제나 이기는 편이고, 내 반대편에 있는 자들은 언제나 패배하지! 그걸 알아두라고. 내가 추락했다고 생각해도, 난 언제든지 당신을 교수대로 보낼 수 있어. 들었나, 모두들? 빨간 갈고리로 당신들의 살점을 뼈에서 발라내라고 해주지!"

"태어나는 건 단 한 번뿐이죠, 검시관님. 당신은 당신의 길을 선택한 것이고, 우린 우리의 길을 선택한 거예요. 양쪽 다 확실치 않고 위험하죠. 그리고 누구에게 어떤 일이 닥칠지도 알 수 없어요."

틸 에크레이드가 부드럽게 말했다.

"우린 함께하지 않겠어요. 저 개들이 여자아이를 공격할 때 우린 없을 거예요, 스켈렌 님. 그리고 네라틴 세카처럼 개죽음을 당하지도 않을 거예요.

자, 말이 너무 길었네요. 가자! 보레아스, 우리랑 같이 가요."

켄나가 당당하게 고개를 들고 말했다.

"싫어. 조심해서 가. 당신들에게 나쁜 일이 생기길 바라진 않아. 하지만 난 남겠어. 이건 의무야. 난 맹세를 했으니까."

보레아스는 이마를 털모자로 닦으며 고개를 가로저었다.

"누구에게? 황제께, 아니면 스켈렌 님에게? 아니면 상자 속에서 말하는 마법사에게?"

켄나가 눈썹을 찡그린 채 다그쳐 물었다.

"난 군인이야. 이건 의무고."

"기다려! 나도 같이 가. 나도 넌더리가 난다고! 어젯밤에 내가 죽는 꿈을 꿨어. 난 이 냄새나는 수상한 짓거리 때문에 죽기는 싫어!"

실리판트의 등 뒤에서 두피시 크리엘이 말을 타고 오며 외쳤다.

"배신자들! 변절자들! 한심한 개자식들!"

실리판트가 고함을 질렀다. 검붉은 피가 얼굴로 몰리는지 체리처럼 얼굴이 시뻘게졌다.

"입 다물어."

올빼미는 계속 켄나를 응시하고 있었다. 두 눈은 그의 별명인 올빼미처럼 무서웠다.

"자신들의 길을 선택했다고 하지 않나. 소리 지를 것도 없고, 침을 튀길 것도 없어. 하지만 우린 언젠가 다시 만날 거야. 내가 약속하지."

"같은 교수대에서 만날 수도 있죠. 왜냐하면 스켈렌 님은 높으신 귀족들과 함께 처형당하지 않고, 우리 같은 비천한 자들과 함께 처형당할 테니까요."

켄나는 이렇다 할 악의 없이 차분히 말하며 덧붙였다.

"하지만 맞아요. 침까지 튀길 건 없죠. 갈게요. 잘 있어, 보레아스. 잘 있어요, 실리판트 씨."

다크레 실리판트는 말 옆으로 침을 뱉었다.

"그리고 지금까지 말한 것 외에 더 이상 진술할 것은 없습니다, 존경하는 재판장님."

요안나 셀본은 당당하게 고개를 들며 검은 머리카락을 쓸어 올렸다.

재판장은 위에서 셀본을 내려다보았다. 얼굴 표정은 읽을 수 없었다. 눈은 회색이었다. 착한 눈이었다.

아, 뭐 아무렴 어때, 켄나가 생각했다. 한번 해보면 되지. 염소가 한 번 죽지, 두 번 죽나. 난 감방으로 다시 돌아가 죽음을 기다리진 않을 거야. 올빼미가 헛소리를 한 것도 아니고, 무덤 뒤에서도 복수를 할 수 있는데…….

뭐 어떠냐고! 모르고 넘어갈 수도 있어. 되거나 말거나!

요안나 셀본은 마치 코를 닦는 것처럼 손을 코에 댔다. 그리고 재판장의 회색 눈을 똑바로 쳐다보았다.

"경비병! 증인 요안나 셀본을 다시……."

재판장은 말을 끊더니 기침을 했다. 갑자기 이마에 땀이 송골송골 맺혔다. 재판장은 코를 크게 들이마시더니 말을 이었다.

"재판정 집무실로 데려가라, 서류를 제대로 기록해서. 그리고 풀어줘라. 증인 켄나는 더 이상 이 법정에 필요하지 않다."

켄나는 코에서 나온 피를 몰래 닦아냈다. 그리고 매혹적으로 웃어 보이며 살짝 고개를 숙여 감사 인사를 했다.

"가버렸다고? 그냥 가버렸다는 거야? 탈영? 스켈렌, 그걸 허락했단 말입니까?"

못 믿겠다는 듯 본하트가 다시 물었다.

"우리를 고발한다면……."

리엔스가 말을 꺼내자마자 올빼미가 바로 중단시켰다.

"고발은 못해. 왜냐하면 자기들 목도 위험하니까! 내가 뭘 어떻게 할 수 있었겠어? 크리엘까지 그쪽으로 가는 바람에 우리 쪽에는 버트와 보레아스밖에 없었어, 그들은 네 명이었고."

"네 명이라, 그렇게 많지도 않군요. 계집애를 잡은 후에 내가 뒤를 쫓아가지요. 놈들을 까마귀 밥으로 만들 테니. 원칙의 문제가 있잖습니까."

본하트가 음산한 목소리로 말했다.

"일단 여자애부터 잡고. 보레아스! 발자취를 잘 찾아!"

올빼미는 채찍으로 말을 때리며 재촉했다.

분지는 짙은 안개로 가득 차 있었지만, 아래쪽엔 호수가 있다는 것을 모두들 알고 있었다. 왜냐하면 여기 밀 트라흐타는 모든 분지마다 호수 있기 때문이었다. 그리고 그 호수로 이어지는 길에 검은 암말의 말발굽이 나 있었다. 그 발굽은 빌게포츠가 찾아보라고 말한 그곳으로 향하고 있었다. 설명한 그대로. 그 호수의 이름도 말해주었다.

타른 미라.

호수는 화살을 쏘면 건너편 끝에 닿을 정도로 작았다. 하얀 눈가루로 아름답게 덮여 있는 검은 전나무들이 가파른 호숫가에 높이 자라 있었다. 언덕은 너무나 고요해서 소리가 울리는 듯했다. 열흘 동안 오는 길 내내 깍깍거렸던 까마귀들도 조용해졌다.

"여기가 남쪽 끝이야. 마법사가 우릴 놀린 것이 아니라면, 그 마법의 탑은 북쪽 끝에 있겠지. 보레아스, 흔적을 잘 찾아봐! 만약 우리가 길을 잘못 든다면 그 계집과는 호수 하나만큼 멀어지는 거니까!"

본하트가 말했다.

"발자국은 확실합니다! 생긴 지 얼마 안 됐군요! 호수 방향으로 향하고 있습니다."

아래쪽에서 보레아스 문이 외쳤다.

"달려! 아래로!"

스켈렌이 벼랑에서 옆으로 향하려는 회색 말의 고삐를 붙들고는 소리쳤다.

콧김을 뿜는 말들을 달래며 가파른 벼랑을 조심스럽게 달렸다. 호숫가로 향하는 도중에 나타난, 빽빽한 검은 관목 숲을 간신히 통과하기도 했다.

회색과 갈색 털이 섞인 본하트의 말은 조심스럽게 얼음 위에 올라 위로 삐쭉삐쭉 솟아나온 마른 갈대들을 꺾으며 발굽을 움직였다. 그러자 빙판이 흔들리며 말발굽 아래 얼음이 별 모양으로 갈라지기 시작했다.

"뒤로! 말에서 내려! 얼음이 너무 얇다."

본하트가 고삐를 잡아당기며 헐떡거리는 말을 호숫가로 다시 몰았다. 그러자 실리판트가 빙판을 발뒤꿈치로 찍으며 말했다.

"여기 호숫가 주변, 갈대가 있는 곳만 그렇습니다. 하지만 여기도 1.5인치는 되는 걸요. 말은 버틸 겁니다, 걱정할 필요 없……."

그 순간, 욕설과 히힝거리는 소리에 뒷말은 들리지 않았다. 스켈렌의 회색 말이 미끄러지면서 엉덩이를 바닥에 깐 채 다리를 쭉 뻗었던 것이다. 스켈렌은 박차로 말을 걷어차며 욕을 했지만, 이번에는 갈라지는 얼음 소리가 욕설과 함께 들렸다. 회색 말은 뒷다리를 마구 움직였지만, 뒷다리는 얼음을 깨고 그 아래의 검은 물을 튀기며 점점 더 빠져들 뿐이었다. 올빼미는 안장에서 뛰어내려 고삐를 끌어당겼지만, 미끄러지고 쓰러져 자기 말의 발굽에 걷어차이지 않은 것만 해도 기적이었다. 게메라인 부하 둘이 말에서 내려 올빼미를 일으켜주었고, 올라 하쉐임과 버트 브릭든은 히힝거리는 회색 말을 간신히 호숫가로 끌어냈다.

"말에서 내려야 해. 위험을 감수할 필요는 없어. 여자애는 걸어가서 잡으면 돼. 그 계집도 내린 거야. 걷고 있을 거라고."

본하트가 호수 위로 피어오르는 안개에 시선을 고정한 채 말했다.

"정말 그렇군요. 저기 보입니다."

보레아스가 호수를 가리키며 말했다.

호숫가 가장자리, 가지가 드리워져 있는 곳의 얼음 표면은 반들반들하고 어두운 색의 유리처럼 반투명했다. 더 가서 호수 한가운데에는 얼음 위에 젖은 눈이 얇게 쌓여 있었다. 그리고 그 위에, 안개 속에서 작고 검은 발자국이 보였다.

"저기 있군! 생각만큼 똑똑한 건 아니네! 호수 한가운데로 지나갔어. 만약 호숫가 길 중 하나나 숲을 택했더라면 잡는 게 쉽지 않았을 텐데 말이야!"

리엔스가 고삐를 나무 그루터기에 던지며 흥분한 듯 소리쳤다.

"호수 한가운데라…… 호수 한가운데를 가로질러 가는 게, 빌게포츠가 말한 그 마법의 탑으로 가는 가장 쉽고 빠른 길이지. 계집애는 그걸 알고 있어. 보레아스, 우리보다 얼마나 앞서간 거지?"

본하트는 생각에 잠긴 채 물었고, 보레아스 문은 이미 무릎을 꿇고 몸을 바싹 엎드려 발자국을 들여다보며 말했다.

"반 시간 정도입니다. 그보다 빠르진 않을 거예요. 점점 따뜻해지고 있지만, 발자국은 아직 생생히 남아 있습니다. 신발 바닥의 징 모양도 그대로 살아 있어요."

"이 호수는 북쪽으로 5마일이나 뻗어 있지. 빌게포츠가 그렇게 말했어. 만약 여자애가 우리보다 30분 먼저 출발했다면, 우리보다 1마일쯤 앞에 있을 거야."

본하트가 안개 사이를 내다보려고 헛된 노력을 하며 중얼거리자 보레아스는 고개를 저었다.

"이렇게 미끄러운 빙판에서? 그건 아닙니다. 잘해봤자 6, 7스타야니아 정도 앞에 있어요."

"그러면 더 좋지. 가자!"

"가자고. 빙판을 지나가야 하니까 다들 조심해!"

올빼미도 동의하며 말했다.

일행은 거친 숨을 몰아쉬며 걸음을 옮겼다. 사냥감이 가까이 있다는 사실이 마약처럼 일행을 흥분시켰다.

"우릴 피하지는 못할 거야!"

"발자국을 놓치면 안 돼."

"이 안개 속에서 우리가 길을 잃으면 안 된다고. 그런데 안개가 우유같이 새하얗군. 스무 발자국 앞도 안 보여, 젠장……."

"빨리 가! 더 빨리, 더 빨리! 얼음에 눈이 쌓여 있는 동안에는 발자국을 쫓아갈 수 있어."

리엔스가 외쳤다.

"발자국은 지금 막 생긴 겁니다. 완전히 새것인데…… 신발의 징 자국도 선명하게 보이고…… 우리 바로 앞에 있어. 바로 앞에 있다고! 그런데 왜 안 보이지?"

보레아스가 갑자기 발걸음을 멈추고 몸을 굽히며 중얼거렸다.

"그리고 왜 소리가 안 들리지? 우리 발소리는 얼음 위에서 쿵쿵 소리가 나고, 눈 때문에 미끌거려서 삑삑거리는 소리가 나잖아? 그런데 왜 여자애의 발소리는 하나도 안 들리지?"

올라 하쉐임도 이상하다는 듯 말했다.

"떠들고 있으니까 그렇지! 빨리 가기나 해!"

리엔스가 버럭 화를 내며 다그쳤지만, 보레아스 문은 여전히 걸음을 멈춘 채 모자를 벗고 땀이 맺힌 이마를 닦았다.

"여자애가 저기 있어, 안개 속에. 저기 안개 속 어딘가에…… 하지만 정확한 위치를 모르겠어. 어디서 공격해올지 알 수가 없군. 던 다레에서처럼 말이야. 사오빈의 밤, 그때처럼……."

보레아스 문은 작은 목소리로 중얼거리다가 느닷없이 떨리는 손으로 칼을 뽑아 들었다. 그러자 스켈렌이 달려들어 보레아스의 팔을 잡고 거칠게 밀치고는 씩씩거렸다.

"입 닥쳐, 이 늙다리야."

하지만 너무 늦었다. 다른 사람들에게 이미 공포가 전염되었던 것이다. 모두들 칼을 뽑아, 반사적으로 뒤쪽을 방어하며 열을 지어 섰다.

"여자애가 유령은 아니잖아! 마법사도 아니야! 우린 열 명이라고! 던 다레에는 고작 네 명뿐이었고, 모두 술에 취해 있었다고!"

리엔스가 소리를 질러대자 본하트가 나지막한 목소리로 말했다.

"대열에 서. 왼쪽과 오른쪽으로 줄을 맞춰서. 그리고 함께 움직여! 서로 눈에서 놓치지 말고."

"당신까지? 당신도 겁이 나는 거야, 본하트? 이렇게 비이성적일 줄은 몰랐는데."

본하트는 빈정거리는 리엔스를 얼음보다 더 차가운 눈길로 노려보며 다시 말했다.

"대열에 서. 거리를 유지하고. 난 말을 가져오겠다."

"뭐라고?"

본하트는 리엔스의 물음에 대답하지 않았다. 리엔스가 욕을 해대자 스켈렌은 리엔스의 어깨에 손을 얹으며 말했다.

"놔둬. 가게 놔두라고. 우린 시간 낭비하지 않는다! 열을 맞춰 서! 버트와 스티크바르드, 왼쪽으로! 올라, 오른쪽……."

"왜 자꾸 열을 지으라는 거야, 스켈렌?"

리엔스의 물음에 보레아스 문이 대신 대답했다.

"무리를 지어 움직이게 되면 열을 지어 가는 것보다 빙판이 더 쉽게 깨질 수 있어. 그리고 열을 지어 이동하면 여자애가 측면에서 공격하는 걸 막을 수도 있지."

"옆에서? 어떻게 옆에서? 발자국이 이렇게 버젓이 나 있는데. 여자애는 화살처럼 똑바로 가고 있어. 만약 한 발짝이라도 옆으로 옮기면 눈 위의 발자국이 죄다 말해줄 텐데!"

리엔스가 코웃음을 쳤다.

"그만 떠들어. 앞으로!"

올빼미는 본하트가 사라진 안개 속을 돌아보며 말했다.

일행은 계속 걸었다.

"점점 더 따뜻해지는군. 위쪽의 얼음이 녹을 거야, 그러면 얼음 바닥이

물로 질척……."

보레아스 문이 숨을 몰아쉬며 중얼거렸다.

"안개가 더 짙어진다……."

"하지만 발자국은 계속 보여. 내 생각엔 여자애가 아까보다 천천히 가고 있는 것 같아. 힘이 빠지는 모양인데."

실리판트가 말했다.

"우리 역시 마찬가지지."

리엔스가 모자를 벗고는 모자로 부채질을 했다.

"쉿! 들었어? 이게 무슨 소리지?"

실리판트가 갑자기 멈춰 섰다.

"난 아무 소리도 못 들었는데."

"난 들었어. 삐걱하는 소리…… 얼음이 긁히는 소리…… 하지만 이쪽이 아니라 왼쪽, 측면 같은데……."

보레아스 문은 발자국이 사라진 안개 속을 바라보며 말했다.

"나도 들었다. 하지만 지금은 안 나. 젠장, 이상하군. 이상하다고!"

올빼미가 불안한 듯 주위를 두리번거리자 리엔스는 지긋지긋하다는 듯 언성을 높였다.

"발자국! 발자국이 계속 보이잖아! 눈이 삔 거야, 뭐야! 여자애는 활을 쏜 것처럼 똑바로 가고 있다고! 한 발짝이라도 옆으로 옮기면, 아니 반 발짝이라도, 바로 보일 거야! 앞으로 가! 빨리! 곧 잡을 수 있어! 곧 보일 거야, 확실하……."

리엔스는 갑자기 말을 멈췄다. 보레아스 문은 폐까지 닿도록 크게 숨을 들이쉬었다. 올빼미는 욕설을 퍼부었다.

열 걸음 앞, 우유처럼 짙은 안개 사이로 발자국은 끝나 있었다. 완전히 사라진 것이다.

"염병할!"

"이게 뭐야?"

"날아가기라도 한 거야, 뭐야?"

"아니야. 날아간 게 아니야. 더 안 좋은 거야."

보레아스 문이 고개를 저었다.

리엔스가 상스럽게 욕설을 퍼붓고 얼음 위에 나 있는 선 자국을 가리켰다.

"스케이트야. 스케이트를 갖고 있다가 신은 거라고. 빙판 위를 달려서 바람처럼 사라질 거야. 못 쫓아간다고! 젠장, 염병할 본하트는 어디로 갔어? 말 없이는 여자애를 못 쫓아가!"

리엔스는 소리를 지르고는 자기도 모르게 주먹을 불끈 쥐었다.

보레아스 문이 크게 헛기침을 하며 한숨을 쉬었다. 스켈렌은 천천히 털가죽 옷의 단추를 열고 가슴에 맨 탄창에 대각선으로 걸려 있는 오리온들을 드러내 보였다.

"우리가 쫓아갈 필요는 없다. 이제 그 여자애가 우릴 쫓아올 테니까. 오래 기다릴 필요도 없어."

스켈렌이 차갑게 말했다.

"당신, 미친 거 아니야?"

"본하트는 그 사실을 미리 안 거야. 그래서 말을 가지러 간 거지. 여자애가 우리를 덫으로 몰아넣고 있다는 사실을 안 거라고. 조심해! 스케이트 지치는 소리를 주의해서 들어!"

실리판트의 얼굴은 추위로 시뻘겋게 얼어 있는데도 불구하고 창백해졌다.

"다들 조심해! 주의하고! 한데 모여! 한데 모이라고! 안개 속으로 흩어지지 말고!"

실리판트가 고함을 질러대자 스켈렌이 버럭 화를 냈다.

"조용히 해! 조용히 하라고! 무조건 조용히 해. 그렇게 소리를 지르면 안 들린다고……."

그 순간 소리가 들렸다. 빙판의 왼쪽, 저 멀리 안개 속에서 외마디 비명이 들려왔다. 곧이어 쇳조각으로 유리창을 긁는 듯한, 머리카락을 곤두서게 하는 소리가 들려왔다. 빙판 위로 미끄러지는 스케이트 날 소리였다.

"버트! 버트, 거기 무슨 일이야?"

올빼미가 고함을 질렀다.

하지만 대답 대신 알 수 없는 비명 소리가 들리더니, 곧 안개 속에서 버트 브릭든이 미친 듯이 도망쳐 오는 모습이 보였다. 버트는 일행 근처에 다다랐을 때 빙판에서 미끄러져 배를 바닥에 깔고 쓰러졌다.

"스티그바르드가 당했어…… 칼로…… 날아가는 중에…… 너무 빨라서 제대로 보이지도 않았…… 마녀라고, 마녀……."

버트 브릭든은 헐떡거리며 힘겹게 일어났다.

스켈렌은 욕설을 내뱉었다. 실리판트와 보레아스는 손에 칼을 들고 돌아서서 눈을 부릅뜬 채 안개 속을 노려보았다.

스읔, 스읔, 스읔, 빨라지는 소리, 리듬을 타는 듯한 소리는 점점 더, 점점 더 또렷이…….

"어디에서 나는 소리지? 어디에서?"

보레아스는 양손으로 붙들고 있는 칼을 휘두르며 이리저리 몸을 돌렸다.

"조용히 해! 아마도 오른쪽? 그래! 오른쪽이야! 오른쪽에서 온다! 조심해라!"

스켈렌이 오리온을 쥔 손을 높이 들고서 외쳤다.

오른쪽 끝에 있던 게메라인이 갑자기 욕을 하더니 몸을 돌려 안개 속, 질척이며 녹고 있는 얼음 위를 미친 듯이 달려갔다. 멀리 가지도 않았다. 일행의 눈앞에서 사라지지도 않았다. 얼음 위를 지치는 스케이트 날의 날카로운 소리가 울리고, 격렬하게 움직이는 흐릿한 그림자가 보였다. 그리고 번쩍거리는 칼날이 보였다. 게메라인은 비명을 질렀다. 곧이어 쓰러지는 모습과 빙판 위로 피가 번지는 광경을 보았다. 상처 입은 게메라인은 다시 덤벼들고 다시 피했다가 이내 고함을 지르고 비명을 질렀다. 그리고 조용해졌다. 움직임도 없었다.

그렇게 비명 소리가 들려오는 동안, 그 누구도 다가오는 스케이트 날 소리를 듣지 못했다. 여자아이가 그렇게 빨리 방향을 바꾸리라고는 아무도 예상하지 못했다.

일행 사이로, 일행들의 한가운데로 공격해 들어왔다. 먼저 올라 하쉐임의 무릎 아래를 내리쳐 다리를 부러뜨렸다. 그대로 회전하며 몸을 틀어 보레아스를 향해 우박처럼 박히는 얼음 파편을 선사했다. 스켈렌이 허둥대며 피하다가 미끄러지면서 리엔스의 소매를 잡았다. 두 명 다 요란하게 쓰러졌다. 스윽 하는 얼음 위를 지치는 스케이트 날 소리가 바로 옆에서 들려왔고, 그와 동시에 날카롭고 차가운 얼음 조각이 얼굴 위로 쏟아졌다. 곧이어 게메라인들 중 하나가 비명을 질렀는데, 비명은 끽끽대는 이상한 소리를 내며 끊어지고 있었다. 올빼미는 왜 그런 소리가 나는지 알았다. 비명을 지르는 중에 목이 잘려 나가는 사람들을 여럿 보았으니까.

올라 하쉐임은 얼음 위를 뒹굴며 비명을 질렀다.

스읍, 스읍, 스읍.

고요.

"스켈렌 님…… 스켈렌 님이 도와주셔야…… 살려주세요…… 이렇게 죽을 수는……."

실리판트가 가까스로 말을 이었다.

"내 다리를 부러뜨렸어, 씹할! 도와줘! 제발! 일어나게 도와줘!"

올라 하쉐임이 소리를 질렀다.

"본하트! 본하트! 어디 있는 거야! 이 빌어먹을 새끼! 어디로 간 거야! 본하트!"

스켈렌은 짙은 안개에 대고 고래고래 악을 썼다.

"우릴 에워싸고 있어. 안개 속에서 원을 그리며 돌고 있다고…… 어디서 공격해올지 몰라. 죽음! 저 여자애는 죽음이야! 여기서 우린 다 죽는 거야! 던 다레에서처럼, 사오빈의 밤처럼 모두 죽을 거야……."

보레아스가 이리저리 몸을 돌리며 소리의 방향을 찾아내려고 안간힘을 썼다.

"한데 뭉쳐 있어. 한데 뭉쳐 있으라고. 여자애는 혼자 있는 자를 공격한다…… 만약 근처로 오는 것이 보이면, 정신 똑바로 차려…… 다리 아래로 칼을 던져. 주머니나 허리띠나…… 아무거나 던져서……."

신음하며 간신히 말을 이어가던 스켈렌은 말을 끝맺지 못했다. 이번에는 스케이트 날이 움직이는 소리조차 들리지 않았다. 실리판트와 리엔스는 빙판 위에 납작 엎드려 가까스로 목숨을 구했다. 보레아스는 풀쩍 뛰어 피하다가 미끄러져 쓰러지면서 버트 브릭든을 넘어뜨렸다. 여자아이가 옆으로 공격해 들어오자 스켈렌은 몸을 허우적대며 오리온을 던졌다. 명중했다.

그러나 오리온이 박힌 사람은 여자아이가 아니었다. 일어나는 데 간신히 성공한 올라 하쉐임이 경련을 일으키며 피투성이가 된 빙판 위로 쓰러졌고, 코 위에 박힌 금속 별 사이로 치뜬 눈이 사팔눈처럼 보였다.

게메라인들 중 마지막으로 남아 있던 자가 칼을 버리고 짧은 경련을 일으키더니 훌쩍이며 울기 시작했다. 스켈렌이 달려들어 있는 힘껏 얼굴을 때리며 소리쳤다.

"정신 차려! 정신 차리라고! 고작 여자애 하나야! 여자애 하나뿐이라고!"

"던 다레, 사오빈의 밤처럼 이제 우린 이 빙판에서, 이 호수에서 나갈 수 없어. 귀를 기울이라고, 귀를! 그리고 우리를 향해 죽음이 다가오는 걸 들어봐!"

보레아스 문은 정신이 나간 듯 중얼거렸다.

스켈렌은 울고 있는 게메라인의 칼을 그의 손에 쥐어주려고 했지만, 아무 소용이 없었다. 경련을 일으키며 정신을 차리지 못한 채 스켈렌을 멍한 눈으로 바라볼 뿐이었다. 올빼미는 칼을 버리고 리엔스에게 달려갔다.

"뭐라도 해봐, 마법사!"

스켈렌은 리엔스의 어깨를 잡아 흔들며 소리쳤다. 공포심 때문인지 갑자기 힘이 세진 것 같았다. 리엔스는 스켈렌보다 키도 크고 몸무게도 많이 나갔으며 체격이 좋았는데도 불구하고 올빼미의 손아귀에서 헝겊 인형처럼 흔들거렸다.

"뭐라도 좀 해보라고! 능력 있는 빌게포츠 님을 부르든지! 아니면 네놈 힘으로 마술을 부려봐! 마법을 써보라고! 유령을 저주하고 악마를 불러! 뭐라도 하라고, 이 쓸모없는 버러지 새끼, 이 빌어먹을 개자식! 뭐라도 해! 저 귀신같은 여자애가 우릴 모조리 죽이기 전에!"

스켈렌의 외침은 나무로 빽빽한 호숫가를 쩌렁쩌렁 울렸다. 그 메아리가 채 가시기도 전에, 또다시 스케이트 날 소리가 났다. 울고 있던 게메라인은 무릎을 꿇고 쓰러져 손으로 얼굴을 가렸다. 버트 브릭든은 괴성을 지르며 칼을 들고 도망치기 시작했다. 그러다가 미끄러져 넘어지자 마치 개처럼 네 발로 기기 시작했다.

"리엔스!"

스켈렌의 외침에 리엔스는 욕설을 내뱉고 손을 들었다. 주문을 외우는 목소리와 손은 떨리고 있었다. 하지만 주문은 이루어졌다. 모두 다 이루어진 것은 아니었지만.

손가락 끝에서 가는 번개가 뻗어 나와 얼음 위에 떨어지자 빙판이 깨졌다. 하지만 달려드는 여자아이를 막을 수 있는 가로 방향이 아니라, 세로로 길게 깨진 것이다. 빙판이 굉음을 내며 갈라지더니 그 안에서 검은 물이 쿵쿵 소리를 내며 용솟음쳤다. 곧이어 얼음 위로 갈라진 틈은 이 광경을 굳은 채 보고 있던 실리판트 쪽으로 벌어졌다.

"옆으로 뛰어! 피해!"

스켈렌이 소리쳤지만 너무 늦었다. 갈라진 틈은 실리판트의 다리 사이로 뻗어 나가더니 갑자기 활짝 벌어지며 유리처럼 여러 조각으로 터져버리고 말았다. 실리판트는 중심을 잃은 채 쓰러졌고 비명 소리는 물에 가려졌다. 얼음 위에 뚫린 커다란 구멍으로 보레아스 역시 빠졌고, 무릎을 꿇고 있던 게메라인과 올라 하쉐임의 시체도 구멍 속으로 사라졌다. 뒤이어 리엔스가 비명과 함께 빠졌고, 그 뒤로는 스켈렌이 구멍의 가장자리를 악착같이 붙들고 있었다. 여자아이는 멀찍이 물러났다가 갈라진 틈 위로 날아올라 녹고 있는 얼음 위에 착지하더니 도망치는 버트 브릭든을 뒤쫓았다. 잠시 후 구멍 가장자리에 매달려 있던 스켈렌의 귀로 머리카락이 쭈뼛 서는 듯한 비명이 들려왔다.

여자아이가 버트 브릭든을 해치운 모양이었다.

"스켈렌 님…… 손을 주세요…… 검시관님……."

어찌 올라왔는지 알 수 없었지만 구멍에 빠졌던 보레아스가 얼음 위로 올라와 신음하며 손을 내밀었다. 끌어올려진 스켈렌은 얼굴이 시퍼렇게 질린 채로 몸을 마구 떨고 있었다. 올라오려고 안간힘을 쓰고 있던 실리판트 주위의 얼음이 깨져버리면서 또다시 물속으로 사라졌다. 하지만 곧 물속에서 기어 나와 켁켁거리며 물을 뱉었다. 악착같이 얼음 위로 올라온 것이다. 가까스로 기어 나온 실리판트는 완전히 녹초가 되어 쓰러졌다. 그 옆으로 웅덩이가 생기고 있었다.

보레아스는 신음하며 눈을 감았고, 스켈렌은 덜덜 떨고 있었다.

"도와줘…… 보레아스…… 살려줘……."

얼음 구멍 끝에, 겨드랑이까지 잠긴 리엔스가 매달려 있었다. 젖은 머리카락이 머리에 착 달라붙어 있었고, 이빨은 마치 캐스터네츠처럼 소리를 내며 연옥의 '죽음의 춤' 서곡이라도 되는 듯 딱딱거렸다.

그때 빙판 위를 지치는 스케이트 소리가 났다. 보레아스는 꼼짝도 하지 않고 기다렸다. 스켈렌은 몸을 떨었다.

점점 가까이 다가오고 있었다, 천천히. 여자아이의 칼에서 피가 뚝뚝 떨어져 얼음 위에 핏자국을 만들고 있었다. 보레아스는 침을 꿀꺽 삼켰다. 온몸이 얼음처럼 차가운 물에 흠뻑 젖어 있었지만, 갑자기 온몸이 뜨거워지는 것 같았다.

하지만 여자아이는 보레아스를 보고 있지 않았다. 여자아이는 얼음 위로 필사적으로 올라오려고 발버둥 치는 리엔스를 보고 있었다.

"도와줘…… 살려줘……."

리엔스는 이빨을 부딪치며 떠는 중에도 애걸했다.

여자아이는 스케이트를 지치며 춤추듯 우아하게 몸을 돌려 멈춰 섰다. 다리를 살짝 벌리고, 허벅지 높이 정도로 낮게 칼을 들고 있었다.

"살려줘…… 제발 살려줘…… 그럼 다 말해줄게…… 예니퍼가 어디 있는지…… 맹세해……."

리엔스는 이미 감각이 없는 손가락을 얼음 위에 박으며 울먹이듯 말했다.

여자아이는 천천히 얼굴에서 목도리를 풀었다. 그리고 웃었다. 보레아스는 아이의 뺨에 난 끔찍한 상처를 보고 비명이 나오는 것을 간신히 참았다.

"리엔스, 당신이 나에게 고통을 가르쳐주겠다고 했잖아. 기억해? 그 손으로, 그 손가락으로. 지금 빙판을 붙들고 있는 그 손가락으로 말이야?"

여전히 웃고 있는 시리가 말했다.

리엔스는 무어라 대답했지만, 리엔스의 이빨이 심하게 맞부딪치는 통에 보레아스는 그가 무슨 말을 하는지 도저히 알아들을 수 없었다. 시리는 돌아서서 칼을 든 손을 치켜들었다. 보레아스는 시리가 리엔스를 찌를 것이라 확신하고 이를 악물었지만, 여자아이는 그저 더 빨리 스케이트를 지칠 뿐이었다. 놀랍게도 여자아이는 멀리, 그리고 빨리 양손을 휘저으며 자리를 떠나고 있었다. 안개 속으로 여자아이가 사라지자 리듬을 타는 듯한 스케이트 날 소리도 조용해졌다.

"보, 보레아스…… 나, 나, 날…… 꺼, 꺼내……줘."

리엔스가 얼음 구멍 끝에 턱을 대고 말했다. 양팔을 얼음 위에 올려놓고 손톱으로 고정하려 했지만, 손톱은 이미 다 빠져 있었다. 손가락을 쫙 펴고,

피투성이가 된 얼음 위를 손과 손목으로 붙잡고 있으려고 애를 썼다. 보레아스는 리엔스를 멍하니 바라보다가 확실히 알았다. 무서운 일이 일어나리라는 것을…….

사라졌다고 생각했던 스케이트 날 소리가 순간 귓전을 때렸다. 여자아이는 형언할 수 없는 속도로, 흐릿하게 보일 만큼 빠른 속도로 달려오고 있었다. 그렇게 빙판 끝까지 달려오더니 순식간에 사라졌다.

리엔스는 비명을 질렀다. 납처럼 무거운 물이 첨벙거리더니 눈앞에서 리엔스는 사라졌다.

얼음 위, 반듯하게 난 스케이트 자국 위에는 피가 남아 있었다. 그리고 손가락이 남아 있었다. 여덟 개의 손가락이.

보레아스 문은 위장에 들어 있던 내용물을 얼음 위에 죄다 게워냈다.

본하트는 호숫가 끝을 따라 미친 듯이 말을 달렸다. 이러다 눈 쌓인 구덩이에 말발굽이 빠져 다리가 부러질지도 모른다는 염려 따위는 전혀 하지 않았다. 서리 내린 전나무 가지들이 얼굴 옆에서 바스락거렸고 어깨가 스치자 옷깃 뒤로 얼음 조각들이 떨어져 내렸다.

호수는 보이지 않았다. 분지 전체가 부글부글 끓는 마녀의 냄비처럼 안개로 꽉 차 있었다.

하지만 본하트는 여자아이가 그곳에 있다는 것을 알고 있었다.

느꼈던 것이다.

얼음 아래 깊은 물속에서 줄무늬 농어들이 불빛을 깜빡거리는 신기한 은색 상자 주변으로 모여들었다. 물속에서 부유하던 시체의 주머니에서 굴러 떨어진 상자였다. 상자가 호수 바닥으로 떨어져 진흙 속에 파묻히기 전에 대담한 농어들은 입으로 건드리기까지 했다. 그러다가 농어들은 깜짝 놀라 뒤로 헤엄쳐 물러났다.

상자에서 수상쩍은 떨림이 전해졌던 것이다.

"리엔스? 들리나? 도대체 무슨 일이 일어난 거야? 왜 이틀 전부터 아무 말이 없지? 보고를 하라고! 여자애는 어떻게 됐나? 그 애가 탑에 들어가도록 놔둬선 안 돼! 들리나? 그 애가 제비의 탑으로 들어가게 놔두면 안 된다고. 리엔스! 대답해, 젠장! 리엔스!"

당연한 말이지만, 리엔스는 대답할 수 없었다.

호수의 방죽이 평평해지는 곳에 다다랐다. 여기가 호수의 끝이군, 본하트는 생각했다. 끝에 다 온 거야. 여자애를 앞지른 거지. 그런데 어디 있지? 그리고 그 빌어먹을 탑은 도대체 어디 있는 거야?

안개의 장막이 파열되듯 갑자기 걷히면서 안개가 사라졌다. 바로 그 순간 보였다. 여자아이는 바로 앞에, 검은 암말 위에 앉아 있었다. 마녀야, 본하트는 생각했다. 저 암말과 의사소통을 하는군. 호수 끝으로 보내면서 거기서 기다리라고 한 거야.

그래봤자 아무 소용없다.

난 저 계집을 죽여야만 한다. 빌게포츠는 악마에게나 가버리라지. 난 죽여야만 해. 일단은 살려달라고 애걸하게 만들어야지…… 그런 후에 죽여주마.

본하트는 고함을 지르며 말을 박차로 걷어찬 후, 목이 부러질 듯 달리기 시작했다.

그리고 찰나의 순간 자신이 졌다는 것을 깨달았다. 여자아이가 그를 함정에 빠트린 것이다.

겨우 반 스타야니아밖에 떨어져 있지 않았지만, 얇은 얼음이었다. 여자아이는 호수 반대편에 있었다. 게다가 여자아이는 반달 모양의 호수 윗부분에서 말을 달리고 있던 터라 이제 곧 호수 끝에 닿을 것이다.

본하트는 욕을 내뱉고는 고삐를 당겨 얼음 위에 말을 몰았다.

"달려, 켈피!"

검은 암말의 말발굽 밑으로 얼음이 갈라졌다.

시리는 말의 목에 바짝 붙었다. 쫓아오는 본하트의 모습에 공포를 느꼈다. 시리는 본하트를 두려워했다. 그와 대적해 싸울 생각을 하니 보이지 않는 손이 배 속을 조이는 것 같았다.

아니, 시리는 그와 싸울 수 없었다. 아직은.

탑. 시리를 구할 수 있는 것은 탑뿐이었다. 그리고 포털. 마법사 빌게포츠가 바로 코앞까지 왔던 타네드에서처럼, 시리에게 팔을 내밀었던 그때처럼…….

제비의 탑만이 살 길이었다.

안개가 걷혔다.

시리는 갑자기 온몸이 뜨거워지는 것을 느끼며 고삐를 당겼다. 눈앞에 보이는 그것을 믿을 수 없었다. 자신 앞에 있는 그것을.

본하트 역시 보았다. 그리고 의기양양하게 함성을 질렀다.

호수 끝에는 탑이 없었다. 탑의 폐허는 물론 아무것도 없었다. 단지 잘 보이지도 않는, 티도 나지 않는 낮게 솟은 언덕이 있었다. 얼어붙은 나뭇가지와 돌무더기가 있는 언덕뿐이었다. 본하트가 큰 소리로 외쳤다.

"이게 너의 탑이지! 이게 너의 마법의 탑이야! 이게 널 구해줄 거야! 저 돌덩이가!"

여자아이는 본하트의 목소리가 들리지도 않는 것 같았다. 검은 암말을 몰고 언덕 근처로, 돌무더기 쪽으로 가고 있었다. 마치 자신이 마주한 것을 향해 저주라도 퍼붓듯 양손을 하늘로 쳐들고 있었다.

"내가 말했지. 넌 내 거라고! 내가 원하는 대로 하겠다고! 누구도 날 방해할 수는 없어! 인간들도! 신들도! 악마들도! 악귀들도! 빌어먹을 탑도! 넌 내 거야, 꼬마 위쳐!"

본하트가 말을 박차로 차며 외쳤다. 빙판 위를 달리는 요란한 말발굽 소리가 났다.

그 순간 안개가 피어오르더니 어디서 불어오는지 알 수 없는 거센 바람과 섞여 휘몰아쳤다. 말은 울부짖으며 온몸을 흔들면서 이빨을 드러냈다. 본하트는 안장 위에서 몸을 굽힌 채 온 힘을 다해 고삐를 잡고 있었다. 말이 미친 듯이 고개를 흔들고 발을 구르며 빙판에서 미끄러지고 있었기 때문이었다.

본하트의 눈앞에는 시리가 서 있는 호숫가와 그 사이의 빙판, 그리고 눈처럼 하얀 유니콘이 보였다. 유니콘은 앞발을 높이 든 채 문장에서나 볼 수 있는 포즈로 춤을 추고 있었다.

"나에게 그런 속임수는 안 통해! 마술 따위로 날 겁줄 수는 없어! 넌 내 손에 잡힐 거다, 시리! 이번엔 널 죽여주마, 꼬마 위쳐! 넌 내 거야!"

본하트는 말을 제어하면서도 고래고래 악을 썼다.

또다시 안개가 짙게 피어오르며 몰아치더니 기이한 모양이 되었다. 그 모양은 점점 더 명확해졌다. 말을 달리는 기수들이었다. 악몽에서나 볼 법한 유령 기수들의 형상이었다.

본하트는 두 눈을 부릅떴다.

해골 말 위에 녹이 슨 방패와 갑옷을 갖춰 입은 해골 기수가 타고 있었다. 다 찢어진 외투 자락을 날리며, 구부러져 녹이 슨 투구에는 소뿔과 타조, 공작의 깃털이 장식되어 있었다. 투구의 눈가리개 밑에서 유령들의 눈은 파란 빛을 내며 빛났고, 찢어진 깃발들이 펄럭거렸다.

이 유령 기사단의 맨 앞에는 머리에 왕관을 쓰고, 녹슨 흉갑 위로 가슴에 목걸이를 드리운 이가 있었다.

가라, 본하트의 머릿속이 어떤 목소리로 쿵쿵 울렸다. 물러가라, 인간아. 저 여자아이는 네 것이 아니다. 여자아이는 우리 것이다, 물러가라!

본하트에 대해서 한 가지만큼은 명확히 말할 수 있다. 그는 용감하다. 유령을 무서워하지 않았다. 유령의 협박에도 불구하고 공포에 질리지 않았다.

하지만 본하트의 말은 그만큼 용감하지 못했다.

말은 앞발을 쳐든 채 발레를 하듯 뒷발로 춤을 추며 끔찍하게 울부짖다가 갑자기 달려 나가 풀쩍 뛰어오르는 듯 싶더니 말발굽 아래에서 얼음이 굉음을 내며 깨졌다. 얼음판이 수직으로 솟구쳐 오르고 물이 튀어 올랐다. 말은 계속 울부짖으며 얼음판 한쪽을 말발굽으로 쳐 깨버렸다. 본하트는 안장에서 발을 빼고 뛰어내렸다. 하지만 너무 늦었다.

물에 빠진 본하트의 머리 위로 수면이 닫히고 있었던 것이다. 그의 귀로 쿵쿵거리는 소리와 먹먹한 물소리가 마치 종탑의 거대한 종처럼 울렸다. 폐는 당장이라도 터질 것만 같았다.

하지만 본하트는 운이 좋았다. 마구 휘저은 발이 무언가에 닿았는데, 물 밑으로 가라앉는 말이었던 것이다. 본하트는 가라앉는 말을 디딤돌 삼아 뛰어오르며 반동을 이용해 물 밖으로 고개를 내밀었다. 그는 침을 뱉고 헐떡거리며 얼음 구멍의 가장자리를 잡았다. 본하트는 겁먹지 않고 침착하게 칼을 꺼내어 칼끝을 얼음에 꽂고 몸을 끌어올렸다. 물 밖으로 나온 본하트는 숨을 몰아쉬며 드러누웠다. 숨을 쉴 때마다 꿀렁꿀렁 물이 쏟아졌다.

호수, 얼음, 눈 쌓인 호숫가의 절벽, 흰 설탕이 덮인 것 같은 검은 전나무숲, 이 모든 것들 사이로 갑자기 시체를 연상케 하는 부자연스러운 창백한 빛이 쏟아졌다.

본하트는 온 힘을 다해 무릎을 꿇고 일어났다.

짙은 남색 하늘 수평선 위로 눈이 멀 것 같은 밝은 빛이, 빛으로 가득한 돔이 빛나고 있었다. 그 돔 위로 불로 된 기둥과 나선 계단, 움직이는 기둥과 빛의 소용돌이가 보였다. 수평선에는 휘날리는 리본처럼 빛이 번뜩이며 변화무쌍하게 형태가 변하고 있었다.

본하트는 쉿소리를 내며 소리를 질렀다. 그의 목이 철로 된 교수대에 걸린 것처럼.

조금 전까지만 해도 언덕과 돌무더기만 있던 곳에 탑이 솟아오른 것이었다. 마치 거대한 현무암 덩어리를 깎아놓은 듯한 반들반들한 탑이었다. 탑은 웅장하면서도 늘씬하게 하늘을 향해서 곧게 뻗어 있었고, 수많은 창에서는 불빛이 점멸하고 있었으며, 뾰족한 탑 꼭대기에는 오로라가 빛나고 있었다.

본하트는 검은 암말의 안장에 앉아 그를 향해 돌아서고 있는 여자아이를 보았다. 빛나는 눈과 끔찍한 상처가 난 뺨을 보았다. 여자아이는 조금도 서두르지 않은 채, 검은 암말을 몰고 새카만 어둠 속으로, 돌로 된 아치 안으로 들어가는 모습을 보았다.

그리고 그렇게 사라지는 모습도 보았다.

곧이어 밝게 빛나던 오로라가 눈이 멀 것 같은 바람을 일으키며 폭발했다.

본하트가 다시 앞을 볼 수 있게 되었을 때, 탑은 이미 사라지고 없었다. 눈 덮인 언덕과 돌무더기, 말라버린 나뭇가지들밖에 보이지 않았다.

얼음 위에 무릎을 꿇고, 물웅덩이에 주저앉은 현상금 사냥꾼 본하트는 끔찍한 괴성을 지르며 짐승처럼 울부짖었다. 양팔은 하늘로 향한 채 소리를 지르고 울부짖고 욕설을 퍼부으며 사람들과 신들과 악마들을 모두 저주했다.

괴성의 메아리는 전나무가 있는 호숫가 절벽 위를 돌아 타른 미라 호수의 빙판 위로 울려 퍼졌다.

탑의 내부는 케어 모헨을 연상케 했다. 아치 뒤로는 긴 복도가 있었고 시야 끝까지, 심연까지 펼쳐진 기둥과 조각상들의 행렬이 이어졌다. 늘씬한 탑의 몸체에 어떻게 그런 심연이 존재하는지는 알 수 없는 일이었다. 하지만 시리는 그런 걸 분석하고 알아내봐야 아무 의미도 없다는 것을 알고 있었다. 아무것도 없는 곳에서 생겨난 탑, 없었던 곳에서 나타난 탑 역시 그런 분석은 의미가 없었다. 그런 탑이라면 무엇이라도 될 수 있었고, 이상할 것도 없었다.

시리는 주위를 둘러보았다. 본하트가 감히 자신을 따라 이곳에 들어왔으리라고는 생각하지 않았다. 하지만 확실히 해두고 싶었다.

시리가 말을 타고 들어온 아치는 비자연적인 빛으로 불타고 있었다.

켈피의 발굽이 다각다각 바닥을 울렸고, 발굽 밑으로 무언가가 바스락거렸다. 뼈, 두개골, 정강이뼈, 갈비뼈, 허벅지뼈, 골반뼈…… 시리는 거대한 납골당 사이를 지나고 있었던 것이다. 케어 모헨, 시리는 생각했다. 죽은 이들은 땅에 묻어줘야 해…… 얼마나 오래전의 일일까…… 그때만 해도 그런 걸 믿고 있었지. 죽음의 엄숙함, 죽은 사람에 대한 존중…… 하지만 죽음은 죽음일 뿐이야. 그리고 죽은 자는 그저 차가운 시체일 뿐이지. 어디에 안치되어 있는지, 어디서 그 뼈가 삭고 있는지는 중요하지 않아.

시리는 아치 아래 컴컴한 어둠, 기둥들과 조각상들 사이로 말을 타고 지나갔다. 어둠이 마치 연기처럼 넘실거리며 귓속으로는 끈질긴 속삭임과 한숨, 주문을 외우는 작은 소리가 들려왔다. 갑자기 시리 앞으로 환한 빛이 타오르더니 거대한 문이 열렸다. 문은 열리고 또 열렸다. 문. 육중하고 끝없이 많은 문들이 시리 앞에서 아무 소리도 없이 열리고 있었다.

켈피는 바닥에 발굽 소리를 울리며 앞으로 나아갔다.

둘러싸고 있는 벽들과 아치, 기둥의 형태가 갑자기 이상해지기 시작했고, 시리는 머리가 빙빙 도는 것만 같았다. 시리는 논리적으로 불가능한, 거대한 다면체 안에 들어와 있는 기분이었다.

문은 계속해서 열리고 있었다. 하지만 문은 한 방향으로만 열리는 것이 아니었다. 무한한 방향과 무한한 가능성을 향해 열리고 있었다.

그리고 시리의 눈에 보이기 시작했다.

검은 머리의 여자가 잿빛 머리 소녀의 손을 잡고 있다. 소녀는 겁을 낸다. 왜냐하면 어둠이 무섭기 때문에, 어둠 속에서 커지는 속삭임과 말발굽 소리가 무섭기 때문이다. 다이아몬드들로 반짝이는 별을 목에 건 검은 머리의 여자 역시 겁을 내고 있다. 하지만 두려움을 내보이지 않으려 애쓴다. 여자아이를 계속 인도한다. 여자아이의 운명으로.

켈피는 계속 걷는다. 다음 문들을 향해서.

작은 이올라와 에우르네이드가 털가죽 옷을 입고, 봇짐을 들고서 꽁꽁 얼어붙은 길을 걷고 있다. 하늘은 진한 쪽빛이다.

또 다음 문들.

큰 이올라가 제단 앞에 무릎을 꿇고 있다. 그 옆에는 네네케 어머니가 있다. 둘의 얼굴은 공포로 일그러진 채 무언가를 보고 있다. 무얼 보고 있지? 과거일까, 미래일까? 사실일까, 사실이 아닐까?

네네케와 이올라의 머리 위로 손이 있다. 황금빛 눈을 번쩍이는 여자의 손이 축복하듯 뻗어 있다. 여자의 목에는 샛별처럼 빛나는 다이아몬드가 걸려 있다. 여자의 어깨에는 고양이가 앉아 있다. 여자의 머리 위에는 매가 앉아 있다.

또 다음 문들.

트리스 메리골드가 세찬 바람에 날려 헝클어진 아름다운 밤색 머리카락을 붙들고 있다. 바람 앞에선 도망칠 수도, 몸을 숨길 수도 없다.

여기가 아니야. 이곳 언덕 위가 아니야.

언덕 위로 끝나지 않는 그림자들의 행렬이 올라온다. 사람들…… 천천히 걷고 있다. 어떤 이들은 시리 쪽으로 얼굴을 돌리고 있다. 아는 얼굴들이다. 베스미어, 에스켈, 램버트, 코엔, 야르펜 지그린과 폴리 달버그, 파비오 작스…… 쟈…… 티사이아 드 브리스.

그리고 미슬.

게롤트?

또 다음 문.

습기로 축축한 감옥 벽에 박힌 쇠사슬에 묶여 있는 예니퍼. 그녀의 손은 말라붙은 핏덩어리로 엉망이었다. 검은 머리는 마구 헝클어져 엉켜 있다…… 입술은 맞아서 부어 있다…… 하지만 보랏빛 눈에는 싸움과 저항의 의지가 사라지지 않고 그대로 남아 있다.

"엄마! 힘내요! 버텨요! 내가 구하러 갈게요!"

다음번 문. 시리는 고개를 돌렸다. 화가 나서, 그리고 창피해서.

게롤트. 머리가 짧은 초록빛 눈의 여자. 두 명 다 발가벗고 있다. 스스로에게 집중한 채로 서로에게 쾌락을 선사한다.

시리는 목 위로 치밀어 오르는 아드레날린을 제어하며 켈피를 계속 몰았다. 말발굽이 바닥에 부딪쳤다. 어둠 속에서 들려오는 속삭임이 커졌다 작아졌다를 반복했다.

또 다음 문.

안녕, 시리.

"비소고타 아저씨?"

네가 성공할 줄 알았어, 꿋꿋한 아가씨. 나의 용감한 제비. 아무 문제없이 통과한 거니?

"그들을 물리쳤어요. 빙판 위에서. 난 놀라운 선물을 가지고 있었거든요. 아저씨 딸의 스케이트……."

난 정신적 문제를 물어본 거였는데.

"복수는 자제했어요. 모조리 죽이지도 않았고요. 올빼미도 죽이지 않았어요…… 올빼미가 내 뺨에 상처를 내고 흉터를 만들었지만, 자제했어요."

네가 승리하리라는 걸 알았단다, 지라엘. 그리고 탑에 도착하리라는 것도. 읽은 적이 있거든. 그건 이미 책에 적혀 있었던 거야. 이 모든 것이 기록되어 있었어. 공부가 인간에게 뭘 주는지 아니? 정보를 이용할 수 있는 능력을 준단다.

"그런데요, 우린 지금 어떻게 이야기를 나눌 수 있는 거예요? 비소고타 아저씨…… 설마……."

그래, 시리. 난 죽었단다. 아이쿠, 그런 건 중요하지 않아! 중요한 건, 내가 뭘 알아냈는지, 그리고 어떤 생각을 해냈는지, 그게 중요한 거야. 난 그 사라진 날짜들이 어디로 갔는지, 코라트의 사막에서 무슨 일이 일어난 것인지, 네가 수색대의 눈에서 어떻게 사라졌는지 알고 있단다.

"그리고 이 탑에 어떻게 들어왔는지도요, 그렇죠?"

고대의 혈통. 네 혈관에 흐르고 있는 그 피가 너에게 시간을 지배할 수 있는 능력을 준단다. 시간뿐 아니라 공간도, 차원과 우주도. 시리, 넌 이제 세계의 지배자야. 너에겐 엄청난 힘이 있어. 다른 이들이 그 힘을 너에게서 빼앗아가지 않도록, 자신들의 범죄와 비도덕적인 일에 이용하지 못하도록 절대로 허락해선 안 돼.

"허락하지 않겠어요."

잘 가라, 시리. 잘 가라, 제비야.

"안녕히, 늙은 까마귀 님."

다음번 문. 빛, 눈이 멀 것 같은 빛.

그리고 강렬한 꽃향기.

호수에는 연한 안개가, 깃털처럼 가벼운 수증기가 바람을 따라 금방 흩어졌다. 수면 위는 거울처럼 반들반들했고 활짝 펴진 수련의 이파리 위로는 하얀 연꽃들이 피어 있었다.

호숫가는 초록 잎과 하얀 꽃으로 뒤덮여 있었다.

따뜻했다.

봄이었다.

시리는 전혀 이상하지 않았다. 이상할 게 뭐가 있을까? 이제 모든 것이

가능해진 것이다. 11월, 얼음, 눈, 얼어붙은 흙, 마른 가지와 돌무더기가 있는 언덕은 그곳이었다. 하지만 여기는 이곳이다. 하얀 연꽃이 점점이 피어 있는 초록빛 호수의 수면 위로 높이 솟은 현무암 탑이 비치는 곳. 여기는 5월이었다. 들장미와 귀룽나무 꽃이 피어 있었으니까.

근처에서 누군가가 파이프인지 플롯인지를 불며 춤을 추듯 즐겁게 연주하고 있었다.

호숫가에는 앞발을 물에 담그고 물을 마시고 있는, 눈처럼 새하얀 말 두 마리가 있었다. 켈피는 낮게 투레질을 하며 발굽으로 바위를 찼다. 그러자 새하얀 두 마리 말이 고개를 들고, 물이 뚝뚝 떨어지는 앞발을 들었다. 시리는 숨을 삼켰다.

왜냐하면 그 두 마리는 말이 아니라 유니콘이었기 때문이다.

시리는 이상하지 않았다. 이상해서가 아니라, 감탄스러워서 긴 숨을 내쉬었다.

곡조는 점점 더 명확하게, 무성한 귀룽나무 덤불 너머에서 들려오고 있었다. 켈피는 시키지도 않았는데 스스로 그쪽을 향해 움직였다. 시리는 침을 삼켰다. 조각상처럼 꼼짝하지 않는 두 유니콘이 시리를 바라보고 있었고, 거울처럼 반질반질한 수면 위로 그 모습이 비쳤다.

귀룽나무 덤불 뒤, 둥근 바위 위에는 삼각형의 얼굴에 커다란 아몬드 모양의 눈을 한 금발의 엘프가 앉아 있었다. 엘프는 손가락을 자유자재로 움직이며 피리를 연주하고 있었다. 금발의 엘프는 시리와 켈피를 쳐다보았지만, 연주를 멈추지는 않았다.

하얀 꽃들의 향기, 시리는 이렇게 진한 향기를 풍기는 귀룽나무 꽃들을 단 한 번도 본 적이 없었다. 이 또한 이상한 일은 아니지, 시리는 또렷한 정신으로 생각했다. 내가 지금까지 살아왔던 세상의 귀룽나무에서는 이런 향이 나지 않았어.

왜냐하면 이 세상과 그 세상은 모든 것이 다르니까.

엘프는 계속되는 높은 트릴로 연주를 마무리하고는 피리를 입가에서 떼고 일어났다.

엘프는 웃으며 물었다.

"왜 이렇게 오래 걸렸지? 어쩌다가 이렇게 늦게 온 거야?"

〈4| 제비의 탑 끝〉